질로 아기

옮긴이 김욱

서울대 신문대학원에서 공부했으며, 30년 넘게 신문기자로 일했다. 지은 책으로 《세계를 움직이는 유대인의 모든 것》《희망과 행복의 연금술사》《성공한 리더십, 실패한 리더십》 등이 있으며, 옮긴 책으로 《산다는 것의 의미》《노던라이츠》《나 자신의 노래》 등이 있다.

지로 이야기 3_ 세상 속으로

1판 1쇄 발행 2009년 5월 30일 | **1판 2쇄 발행** 2013년 10월 31일

지은이 시모무라 고진 | **옮긴이** 김욱
펴낸이 조재은 | **펴낸곳** (주)양철북출판사 | **등록** 제25100-2002-380호(2001년 11월 21일)
편집 임중혁 김성은 김지훈 김인정 이단비 박시영 | **교정** 이송희 | **디자인** 나지은 |
마케팅 조희정 | **관리** 정영주
주소 서울시 마포구 양화로8길 17-9 | **전화** 02)335-6407 | **팩스** 02)335-6408
ISBN 978-89-90220-98-1 03830 | **값** 11,000원

카페 http://cafe.daum.net/tindrum 블로그 http://blog.naver.com/tin_drum

※잘못된 책은 바꾸어 드립니다.

시모무라 고진 장편소설 | 김욱 옮김

지로이야기

3
세상 속으로

양철북

차례

5부

우애숙, 공림암 · 7
두 얼굴 · 34
오가와 무몬, 히라키 중좌 · 65
입숙식 · 92
첫 좌담회 · 120
딱딱이 소리 · 149
첫 번째 일요일 · 178
편지 · 209
이변1 · 239
이변2 · 265
혼미 · 297
교훈 강습 · 326
여행 · 348

| 일러두기 |
· 《지로 이야기》 3권은 총 5부작의 마지막 편이다.
· 본문 괄호 안에 있는 설명은 옮긴이가 한 것이다.

우애숙, 공림암

짹짹거리는 참새 소리가 들렸다. 그렇게 한 번 울었을 뿐 그 뒤로는 쥐죽은 듯 조용하다.

아침마다 겪는 익숙한 풍경이었다.

지로는 지난주부터 추위에 얼어붙은 참새 주둥이에서 조용하면서도 들을수록 애처로운 소리가 새나오면, 읽던 책을 덮고 살며시 일어나 창에 달린 커튼을 젖히고 유리창 너머로 바깥을 살펴보는 것이 버릇으로 되어 있었다. 지로는 오늘 다른 날보다 더 일찍 잠에서 깨어나 벌써 한 시간이 넘도록 《탄니쇼》(歎異抄, 13세기 일본의 정토 사상가 신란의 법어를 기술한 책)를 한 구절씩 음미하고 있었다.

여느 때와 다름없이 참새들은 늘 같은 시간에 단풍나무를 찾았다. 오늘도 참새 한 마리가 단풍나무의 작은 가지에서 얼마 떨어지지 않은 곳에 앉아 부리로 날개 깃을 고르는 모습이 눈에 띄었다. 지로는 그것을 본 순간 이상하게도 눈가가 뜨거워졌다.

지로의 눈에 비친 참새는 고독의 상징과도 같고, 운명의 관찰자와도 같았다. 참새들은 새벽의 신성한 정적을 깨뜨리기가 두렵다는 듯 조심스레 고개를 좌우로 흔들었는데, 그 모습이 마치 경건한 신앙인 같았다.

날개 깃을 고르던 참새가 기세 좋게 고개를 쳐들었다. 녀석은 몸을 부르르 떨며 이제 막 떠오르는 해를 향해 깃털을 곤두세웠다. 마치 몸 안 깊이 숨어 있는 힘과 몸 밖 어딘가에 있는 힘이 호흡을 일치시키는 순간 같았다. 바로 그때 참새가 앉아 있던 단풍나무의 작은 가지가 흔들렸다. 그 반동에 힘입어 참새는 힘차게 날개를 퍼덕였다. 하지만 멀리 가지는 않고 맞은편 가지에 다시 내려앉았다. 참새는 태양과 함께 자기 안에서 샘솟기 시작한 생명을 주체할 수 없다는 듯 기세를 높였다.

조금 뒤에 참새는 힘찬 날갯짓을 하며 날아올랐다. 참새는 맑게 갠 겨울 하늘에 돋을새김처럼 고요한 상수리나무 숲을 벗어나 멀리 날아가버렸다. 그리고 창밖에는 또다시 적막이 찾아왔다.

지로는 숨을 깊게 들이마신 뒤 천천히 내뱉으며 책상 위에 켜둔 스탠드를 껐다. 그러고는 커튼을 활짝 열어젖히고 밖에서 들어오는 빛에 의지해 다시 한 번 《탄니쇼》를 보았다.

책상 위에 있는 작은 책꽂이에는 불교, 유교, 기독교의 경전들과 철학자들이 남긴 어록을 수집한 책들이 10권쯤 꽂혀 있었다. 그 밖에는 일기장 한 권과 공책 두서너 권이 전부였다. 지로는 무슨 생각이 들었는지 한 달 전쯤 책장에서 평소 자주 읽는 책들만 몇 권 골라내고는 나머지 책들은 모두 다락으로 옮겨버렸다. 그리고 요즘 들어서는 몇 권 안 되는 그 책들마저 가까이 하지 않고 거의 《탄니쇼》만 되풀이해서 읽었다.

지로가 고향의 중학교에서 쫓겨난 지도 어느덧 3년 반이라는 세월이 흘렀다. 슌스케는 지로가 퇴학당하자마자 아사쿠라 선생님에게 편지를 보냈다. 며칠 뒤에 아사쿠라 선생님은 지로에게 도쿄로 올라오라고 답장을 보냈다. 지로가 도쿄에 갔을 때 아사쿠라 선생님은 오쿠보 거리에 있는 조그마한 집에 살고 있었다. 아사쿠라 선생님이 도쿄에 간 지 기껏 20일 남짓밖에 안 되었으므로 지로가 갔을 때는 아사쿠라 선생님도 사정이 여의치 못했다. 이삿짐 정리도 끝마치지 못한 상황이었다. 이삿짐들이 현관과 복도마다 널려 있었다. 지로는 처음 열흘 정도는 사모님과 그 짐을 정리하며 보냈다.

"혼다하고는 정말 인연이 깊은 것 같아. 같은 학교에서 쫓겨난 선생과 제자가 같은 집에서 살게 되다니."

도쿄 역까지 지로를 마중 나온 사모님은 오쿠보 거리까지 전차를 타고 오면서 그렇게 말했다. 지로는 사모님과 이삿짐을 정리하면서도 사모님이 마음속으로 언제나 같은 말을 되뇌일 것 같아 기분이 그리 좋지 않았다.

아사쿠라 선생님은 도쿄에서 더 바빠졌다. 아침에 집을 나서면 밤늦게 돌아왔다. 세 사람이 함께 저녁을 먹는 기회도 드물었다. 일요일에는 하루 온종일 집에 있었는데, 그렇다고 사모님이나 지로와 이야기를 하는 것도 아니었다. 혼자 무언가 골똘이 생각하다가 마음에 떠오르는 것이 있으면 공책에 기록해 두고는 했다.

사모님과 지로는 이삿짐을 대강 정리한 뒤에 다다미 여섯 장짜리 방은 선생님의 서재와 손님방 겸 식당으로 쓰고, 다다미 넉 장짜리 이 층 방은 지로가 쓰기로 했다. 사모님은 특별히 신경 써서 간소하게나마 이 층을 보기 좋게 꾸며 주었다. 하지만 이날따라 일찍 돌아온 아사쿠라 선생님은 지로 방과 서재를 둘러보고는 미안하다는 표정을 지으며 말했다.

"두 사람이 힘들게 짐 정리를 마치자마자 이런 말을 해서 미안한데 어쩌면 다른 곳으로 집을 옮겨야 할지도 모르겠어."

"어머!"

사모님은 여간해서는 선생님에게 화를 내거나 섭섭한 감정을 드러낸 적이 없었는데 불만스런 기색이 역력했다.

"집이 비좁아서 그래요?"

여전히 심각한 얼굴로 그런 말을 묻는 사모님을 보면서 지로는 자기가 선생님께 짐이 되어서 그러나 보다 싶어 몸둘 바를 몰랐다. 그러나 선생님은 웃으면서 말했다.

"비좁은 건 벌써 각오했잖소. 이번에 집을 옮겨도 좁기는 마찬가지일 거요. 어쩌면 이 집보다 더 좁을지도 몰라. 아직 확실하게 결정된 건 아니지만 머지않아 내가 전부터 생각한 일을 할 것 같아. 그동안은 아직 확실히 정해진 게 없어서 말을 못했던 것뿐이라고."

"무슨 생각을 했는데요?"

"청년숙(일반 청년들이 공동생활을 하며 공부하는 곳)을 맡아볼까 생각 중이야."

"어머, 그래요?"

사모님은 뜻밖에 기쁜 소식을 듣고 놀라면서도 기쁨에 들떠 아사쿠라 선생님과 지로를 번갈아 보았다.

"땅도 생겼고 건물도 지을 수 있어. 다누마 선배가 도와주셨거든."

다누마 씨는 아사쿠라 선생님이 학창 시절부터 선배로 모시며 가깝게 지내던 분이다. 아사쿠라 선생님과 고향이 같은데 오랫동안 공직 생활을 해 온 분으로, 관계(官界)보다는 재야에서 대중청년 운동의 아버지로 일컬어지며 젊은이들의 지도자로서 칭송받는 사회교육자였다. 그 공로를 인정받아 얼마 전에는 귀족원 의원으로 뽑히기도 했다. 지로는 아직 다누마 씨를 만나본 적이 없었다. 하지만 아사쿠라 선생님에게서 다누마 씨에 대한 이야기를 많이 들어왔다. 아사쿠라 선생님의 표현에 따르면 다누마 씨는 '성현의 마음과 시인의 정열을 겸비한 이상적인 정치가'이며, '메이지, 다이쇼, 쇼와 시대를 통틀어 일본이 낳은 최고의 교육자'였다.

지로는 "다누마 선배가 도와주셨거든." 하는 말을 듣고 알 수 없는 흥분으로 온몸이 떨렸다. 아사쿠라 선생님이 청년숙을 계획하고 있다는 것은 금시초문이었다. 물론 선생님이 도쿄에서 그동안 해왔던 학교교육이 아닌 다른 일을 계획하고 있을지도 모른다고는 생각해왔다. 그런데 실제로 다누마 씨와 아사쿠라 선생님이 청년숙을 계획하고 있다니……. 지로는 청년숙을 생각하기만 해도 지난 몇 년 동안 일본의 하늘을 무겁게 짓누르고 있던 구름 속으로 한 줄기 상쾌한 바람이 스쳐 지나가는 것 같았다.

지로는 자기야말로 아사쿠라 선생님이 구상하는 청년숙에서 첫 번째 숙생이 될 자격이 충분하다고 생각했다. 자신은 오래전부터 아사쿠라 선생님의 제자였다. 따라서 누구보다도 그분의 인격과 교육철학을 깊이 깨닫고 있다. 청년숙에서 새로운 기풍을 수립하고 기초를 다지는 것이 자신의 사명처럼 느껴졌다. 또 아사쿠라 선생님이 세상에서 가장 존경하는 다누마 씨 같은 인격자와 함께 생활하며 친밀하게 말을 건네거나 하는 모습만 상상해도 가슴이 두근거리면서 벅차올랐다.

아사쿠라 선생님은 자신이 어떤 계기로 청년숙을 준비하게 되었는지 하나하나 설명해주었다.

청년숙은 도쿄 교외에 지을 예정인데, 시모아카스카 역에서 걸어서 10분이면 갈 수 있다. 그곳은 소나무와 상수리나무 숲으로 둘러싸인 한적한 곳이다. 대지는 약 5천 평이며, 그중 절반은 지금 당장이라도 채소밭으로 가꿀 수 있을 만큼 정비가 잘 되어 있다. 본디 그 땅은 도쿄의 어느 사업가가 은퇴한 뒤에 노년을 보낼 작정으로 오래전부터 준비해온 곳이라고 했다. 그 실업가는 한가할 때마다 그곳에 들러 갖가지 정원수를 심었는데, 특별히 천 그루가 넘는 철쭉이 장관이며, 철쭉꽃이 활짝 피면 땅에 비단을 깔아놓은 것처럼 아름답다고 했다.

그런데 몇 달 전 그 사업가가 사고로 죽고 말았다. 상속자인 그의 아들은 아버지가 공들여 가꾼 그 땅을 좀 더 뜻있게 사용하고 싶어 했다. 그래서 사회에서 믿을 만한 사람 가운데 그 땅을 쓰고 싶어 하는 사람이 있다면 토지뿐 아니라 그곳에 건물을 세우는 것도 돕고 싶다고 가까운 지인들에게 전했다. 그 이야기를 듣고 어떤 사람이 다누마 씨에게 그 같은 정황을 알려주었다. 그 무렵 다누마 씨는 만주사변 이후 유행처럼 번지고 있던 청년숙 교육이 처음 취지와는 달리 강권적인 국가정책을 지지하는 세력 집단으로 변질되는 것을 보면서 깊이 우려하고 있었다. 그때 어느 복지가가 땅을 내놓고 건물을 지어주겠다고 한다는 말을 듣고 다시 없는 기회라고 생각했다.

다누마 씨는 이번 기회에 제대로 된 청년숙 운동을 전개하고 싶은 욕심이 생겼다. 하지만 그러기 위해서는 사상을 같이하는 동지들이 많아야 했다. 또 청년숙은 어디까지나 교육이 목적이므로 젊은 청년들을 가르칠 수 있는 사람이 절실하게 필요했다. 마음 같아서는 자기가 나서고 싶었지만 정계에 투신한 몸이라 쉽지 않았고, 더구나 요즈음은 헌법 수호와 정치 정화 운동을 전개하는 중이어서 청년숙에 온 힘을 기울이기란 생각처럼 쉽지 않았다. 이런 이유로 다누마 씨는 은밀하게 적임자를 물색했다. 바로 그때 5·15 사건을 비판하는 발언으로 아사쿠라 선생님이 위기에 빠졌고, 끝내 학교에서 쫓겨났다. 이 과정에서 아사쿠라 선생님과 다누마 씨는 편지를 몇 번 주고받았고, 아사쿠라 선생님이 청년숙을 맡는 것으로 결론이 났다. 도쿄로 올라온 뒤 아사쿠라 선생님은 날마다 다누마 씨와 만나 여러 가지를 의논하고 구체적인 계획을 세웠다. 또한 토지를 내놓기로 약속한 사업가의 아들을 찾아가 두 사람이 생각하는 것을 이야기했다. 그 사람은 다누마 씨와 아사쿠라 선생님의 계획에 무조건 찬성했다. 모든 경비는 물론이고 필요하면 해마다 운영비도 어느 정도 제공하겠다고 했다.

"다행히 그쪽에서 경비까지 제공하겠다고 먼저 말하더구나. 정말 꿈 같은 얘기지. 기분이 좋으면서도 한편으로는 창피한 생각도 들었단다. 우리 쪽에서는 청년숙을 운영하면서 돈 걱정을 하지 않아도 된다는 게 큰 소득이었지. 물론 자급자족이라는 방법도 있지만 교육기관이 돈벌이에 나서는 것도 보기 좋은 모습은 아니고. 다누마 선배도 그런 이야기를 하면서 무척 기뻐하셨어."

"그럼 청년숙이라는 건 앞으로 어떻게 되는 거예요?"

사모님이 물어보았다.

"시간이 지나면 알게 될 거요. 당신은 기숙사 생활을 돌봐주는 안주인 같은 노릇을 하게 될 거야. 나름대로 연구해보도록 해요. 나도 청년숙 같은 곳에서는 일해본 적이 없으니 스스로 겪어보는 게 제일 빠를 거요."

"어쩐지 꽤 어려운 일일 것 같아요."

"어렵게 생각하면 어려운 일이고 쉽게 생각하면 쉬운 일이지."

"청년숙에서 정확하게 뭘 하는 건가요?"

"나이가 비슷한 또래 청년들끼리 우애의 감정을 공유하는 거지. 사회에 나가기 전에 자신들의 손으로 공동생활을 건설해본다고 할 수 있겠군. 이런 설명이 마음에 와 닿지 않는다면 지금까지 학교에서 진행되던 백조회가 사회로까지 확대되었다고 생각하구려. 그 편이 이해가 더 쉽겠군."

"그렇게 말하니까 조금 이해가 되네요. 나도 잘할 수 있을 것 같아요. 그렇지, 혼다?"

"예, 저도 선생님을 도와 무슨 일이든 하고 싶어요."

지로는 뺨이 불그레해졌다.

"아직 시작도 안 했는데 자신감이 너무 넘치는 것 아냐? 백조회와 비슷한 정신으로 설립된 단체인 건 사실이지만 청년숙은 뭔가를 가르치거나 강요하는 곳이 아냐. 처음부터 백조회식으로 밀고 나갔다간 실패할 수도 있어. 자연스러운 게 가장 중요해. 서로 만나고 이야기하고 배우면서 저마다 생각을 키워나가도록 이끌어야겠지. 그러면서 공동생활에 적응하게 되는 거라고. 청년숙의 생활 목표는 바로 이 점이야."

사모님과 지로는 말없이 고개를 끄덕였다.

"어쨌든 이 얘긴 앞으로 천천히 해보자. 먼저 혼다 문제부터 처리해야 하니까. 중학교 5학년에 전학이라면 공립학교는 쉽지 않을 것 같구나. 내 친구 중에 사립학교 선생들이 몇 명 있단다. 얼마 전에 네 얘기를 했다만 여름방학 때문인지 정확한 대답은 듣지 못했단다. 어때, 내가 소개장을 써줄 테니 면접을 한번 보는 게 어떻겠니?"

"예?"

지로는 내키지 않는다기보다는 뜻밖이라는 얼굴로 선생님을 보았다.

"왜, 사립은 마음에 안 드니?"

"그런 건 아니에요."

"그럼 곧 면접을 보자꾸나. 사립이라도 제대로 된 학교라면 면접도 안 하고 입학시켜주지는 않을 테니까."

"선생님!"

갑자기 지로가 몸을 앞으로 내밀었다.

"저는 청년숙에 들어가고 싶어요."

"청년숙에? 네가?"

아사쿠라 선생님은 눈을 휘둥그레 뜨고 지로를 보았다.

"중학교를 졸업하는 건 아무래도 상관없어요. 선생님이 청년숙을 맡는다는 걸 알면서 중학교에 들어가고 싶은 생각은 없어요."

"지금 무슨 소릴 하는 거냐? 내가 계획하고 있는 청년숙은 일반 학교가 아냐. 이곳은 학생들을 위한 기숙학교가 아니란 말이다. 일하는 청년들을 위해 세우려는 거야. 기껏해야 2개월이면 끝나는 거야. 이건 강습회란다. 강습회에 참석해서 네가 뭘 어쩌겠다는 거냐?"

지로는 잠자코 있었다. 자신이 상상한 청년숙과 아사쿠라 선생님이 계획하고 있는 청년숙의 모습이 완전히 다르다는 것을 깨닫고는 이만저만 실망한 게 아니었다. 하지만 아사쿠라 선생님이 상상하는 청년숙이 어떤 곳이든 선생님의 제자로서 최초의 교육생이 되고 싶다는 열망은 사그라들지 않았다. 최초의 교육생이 되어 아사쿠라 선생님이 원하는 기풍을 세우고 싶었다.

"나도 언젠가는 너한테 일반 청년들과 생활할 수 있는 기회를 만들어주고 싶어. 하지만 지금은 아냐. 지금은 중학교를 졸업하고 상급학교로 진학하는 게 중요해."

"선생님이 청년숙을 시작하신다는 말을 듣고 선생님 밑에서 평생토록 청년숙 일을 도와드려야겠다고 생각했어요."

지로는 조금 수줍은 기색으로 애원하듯 말했다.

"고맙구나. 그건 나도 바라는 점이란다. 사실 기회가 되면 너한테 부탁하려고까지 생각했어. 하지만 그러기 위해서라도 지금 공부해두지 않으면 안 돼."

"공부는 독학으로도 얼마든지 할 수 있어요. 공부도 중요하지만 선생님 밑에서 여러 가지 체험을 쌓는 것도 공부 못지않게 중요하다고 생각하는데요."

"이제 보니 청년숙의 대선배가 되고 싶은 모양이구나, 하하하!"

아사쿠라 선생님이 큰 소리로 웃었다. 하지만 이내 진지한 얼굴로 돌아왔다.

"너만큼 내 생각을 잘 아는 제자도 드물 거다. 처음 시작하는 청년숙이니 기풍이 중요한 것도 사실이야. 네가 1기로 들어와 순다면 나한테 큰 도움이 될 기다. 어쨌든 그런 생각을 해줘서 고맙다."

그 말을 듣고 지로의 눈이 빛났다. 그러나 조금 뒤에 아사쿠라 선생님은 또다시 웃음을 터뜨렸다.

"맨 먼저 청년숙에 들어가려는 네 마음은 이해가 되지만 완성되려면 아직도 멀었어. 건물도 지어야 하고, 숙생도 모집하려면 적어도 석 달은 더 걸릴 거다. 숙생들을 모아놓고 교육을 시작하려면 적어도 반년은 더 있어야 해. 네가 중학교를 졸업한 뒤에야 1기가 시작될 수도 있어. 그러니까 먼저 전학 수속부터 끝내자꾸나. 너나 나나 청년숙에 너무 흥분해서 현실을 잊어버렸던 모양이다, 하하."

사모님과 지로도 웃음을 터뜨렸다.

이렇게 해서 지로는 다시 중학교에 다녔다. 이번 학교는 사립 중학교였다. 처음부터 학교에 기대를 걸지 않았으므로 큰 불만은 없었다. 과목에 따라서는 고향에서 다니던 학교보다 수업이 훌륭해 공부가 재미있었다.

그러는 동안 숙당 건축도 조금씩 진척되었다. 일요일마다 지로는 아사쿠라 선생님과 함께 시모아카스카 역으로 갔다. 주마다 건물이 조금씩 완성되는 것을 흐뭇하게 지켜보면서 지로는 자기도 뭔가 해야겠다는 생각에 철쭉과 나무들을 심기 시작했다. 아사쿠라 선생님 내외분이 머물 사택이 제일 먼저 완공되었다. 그 집에는 지로가 쓸 방도 있었다. 집은 본관과 조금 떨어진 곳에 있었는데, 지로는 그곳에 꽃과 나무를 심었다. 그리고 얼마 안 되어 정원이라고 불러도 손색이 없을 만큼 훌륭한 꽃밭이 만들어졌다.

그해 10월 초에 집이 완성되었다. 사모님과 지로는 또다시 이삿짐을 싸느라 정신없이 바빴다. 이번에는 마음이 들떠서 그랬는지 두 사람 모두 힘든 줄을 몰랐다. 사모님과 함께 이삿짐을 쌀 때마다 지로는 사모님이 "혼다하고는 정말 인연이 깊은 것 같아." 하고 말하던 소리를 떠올리고는 했다. 사모님은 요새 지로를 '혼다'라고 부르지 않고 '지로'라고 친근하게 불렀다. 그래서 지로도 그때 생각을 할 때면 '지로하고는 정말 인연이 깊은 것 같아' 하고 자기 마음대로 이름을 바꾸어 생각하고는 했다. 자신에게 한없이 다정한 사모님을 보면서 지로는 자신이 '어머니'라고 부르면 사모님이 얼마나 기뻐할까 하고 생각하고는 얼굴을 붉힌 적도 있었다.

선생님 내외분이 생활할 집은 무척 간소하게 지었다. 다다미 여덟 장짜리와 열석 장짜리 방, 거기에 현관과 화장실이 전부였다. 본격적으로 숙생들이 밀려들면 식사는 숙생들과 함께 본관에서 할 예정이었으므로 다다미 열석 장 반짜리 방 옆에 임시로 부엌을 만들었다.

짐이라고 해봤자 많지도 않았지만 비좁은 집에 다 들여놓는 것은 무리였다. 짐은 대부분 책이었다. 본관에 아사쿠라 선생님이 쓸 전용 서재를 만들 예정이었고, 또 커다란 창고도 몇 개 짓고 있었기 때문에 조금만 참으면 문제될 것은 없었으나 그때까지 지내기가 여간 곤혹스럽지 않았다. 하는 수 없이 세 사람은 당분간 불편을 감수하기로 했다. 생각 끝에 다다미 넉 장 반짜리 현관을 창고로 이용했다. 당분간 다다미 여덟 장짜리 방에서 함께 생활하는 수밖에 없었다. 탁자 하나에서 낮에는 밥을 먹고, 책을 읽고, 사무를 봤다. 그리고 밤이 되면 탁자를 툇마루로 내놓고 세 사람이 누울 이부자리를 폈다. 지로는 자기 때문에 선생님 내외분이 불편한 것을 감수하는 건 아닌가 싶어 죄송한 마음이 들면서도 한편으로는 어린 시절 오하마의 집에서 수양아들로 지낼 때가 생각나 기분이 묘했다. 그 시절 비좁은 소학교 수위실에서 일곱 명이나 되는 사람들이 서로 몸을 포갠 채 잠을 자던 모습이 떠오르고는 했다.

이삿짐이 모두 정리되자 아사쿠라 선생님은 날마다 밖으로 나갔다. 강사를 섭외하고, 청년숙을 돌볼 일꾼들을 모으고, 음식 만드는 일을 맡을 요리사를 구하기 위해서였다. 이런 일도 생각처럼 쉽지는 않았다. 더구나 강사를 섭외하는 데 많은 어려움이 따랐다.

"역시 책이나 세상 사람들이 평한 건 믿을 게 못 돼. 이 정도면 마음 놓고 청년숙 강의를 맡길 수 있겠다 싶어 찾아가면 인품이 형편없어. 확실히 지성과 생활을 일치시키는 건 말처럼 쉬운 일이 아닌 것 같아."

아사쿠라 선생님은 곧잘 이런 말을 했다.

오래간만에 아사쿠라 선생님이 집에 있을 때는 사모님이 밖으로 나갔다. 앞으로 청년숙을 돌봐야 하는 '안주인'으로서 참고가 될 만한 시설을 찾아다니며 견학하기 위해서였다. 사모님은 청년숙과 관계있는 책도 선생님 못지않게 많이 읽었다. 그래서 평소에는 선생님의 비서 노릇까지 하고, 선생님이 외출했을 때는 본관 공사를 맡은 사람들에게 의논 상대도 되었다.

지로는 학교에 다니느라 제대로 일을 돕지는 못했지만 집에 머물 때만은 청년숙 건축에 도움이 될 만한 일을 스스로 찾아내고는 했다. 누가 시키지 않아도 혼자 밭을 일궈 씨도 뿌렸다. 또 닭을 30마리쯤 키울 수 있는 닭장도 만들었다. 닭장을 만들 때는 고향에서 보고 겪은 게 큰 도움이 되었다. 그해 말에 닭이 알을 낳았고, 밭에는 겨우내 먹을 채소들이 자랐다.

도쿄에 온 뒤부터 지로는 슌스케에게 자주 편지를 보냈다. 지로는 기쁜 마음으로 이곳에서 생활하는 게 얼마나 행복한지를 전했다. 교이치와 오자와, 신가, 우메모토에게도 잊지 않고 엽서를 보냈다. 고향에서 지낼 때는 오하마 생각이 잘 안 났는데, 타향에서 생활하다보니 가끔 그리웠다. 그래서 오하마에게도 자주 편지를 보냈다. 오하마에게 편지를 쓸 때는 이상하게 마음 한구석이 애잔해졌다. 중학교에 까지 찾아온 오하마에게 퇴학당했다는 말은 도무지 털어놓을 수가 없어 사정상 도쿄에서 공부한다는 것만 적어 보냈다. 마사키 가와 오마키 가에도 생각날 때마다 엽서를 보냈다. 중학교에 들어가고부터 마사키 외할아버지 댁을 그 전처럼 자주 찾아가지는 못했어도 어린 시절의 수많은 추억들이 서려 있는 그 집을 한시도 잊고 지낸 적이 없었다. 더구나 외할아버지와 외할머니는 이미 여든 살에 가까웠기 때문에 언제 다시 건강한 모습으로 만나볼 수 있을지 알 수 없는 일이었다. 지로는 두 분을 생각할 때마다 가슴이 무거웠다. 도쿄로 올라오기 전에도 꼭 한 번 들러보고 싶었지만 중학교에서 퇴학당했다는 소식을 차마 털어놓을 용기가 없어 결국 찾아뵙지 못하고 떠났다. 지로는 그때 생각을 하면서 외할아버지에게 긴 편지를 보냈다. 오마키 가는 바로 옆집에서 살았으므로 굳이 숨길 것도 없었다. 오마키 노인은 지로가 도쿄로 가는 것을 위로하기 위해 일부러 잔치까지 마련했다. 그날 오마키 노인은 특별히 검무를 췄다. 자연히 오마키 노인에게 편지를 쓸 때는 마음이 한결 가벼웠다. 그러나 오마키 가에서 보낸 마지막 밤은 결코 유쾌하지 않았다. 그날 밤을 떠올릴 때마다 교이치와 미치에가 서로 다정하게 무슨 말인가를 주고받던 모습이 생각났기 때문이다. 그날 본 두 사람의 다정한 모습은 계속해서 지로를 번민 속으로 몰아넣고는 했다.

"교이치 오빠는 어느 대학에 갈 거예요? 도쿄, 아니면 교토?"

"도쿄야."

"그럼 내년엔 지로 오빠하고 도쿄에서 만나겠네요. 괜히 나까지 부러워지네요."

"그러고 보니 미치에도 내년엔 여학교 졸업이지?"

"예."

"졸업하면 뭘 할 건데?"

"나도 도쿄에 가서 공부하고 싶어요. 하지만 집에서 허락해 줄지 모르겠어요."

"그래도 한 번 얘기해봐."

"교이치 오빠 찬성이에요?"

"미치에 마음이 그렇다면 무조건 찬성이야."

지로는 여기까지만 생각해도 머릿속이 엉망진창으로 복잡해졌다. 그 뒤 미치에가 갑자기 물었다.

"지로 오빠도 찬성이야?"

"응, 찬성해도 되겠지."

지로는 반 농담 투로 말했지만 농담이 아니었다. 허를 찔린 사람이 허둥거리며 자신의 추태를 숨기기 위해 구차하게 변명을 늘어놓는 것에 지나지 않았다. 그 사실은 누구보다도 지로 자신이 잘 알고 있었다. 미치에의 얼굴에 떠오른 희미한 웃음이 자신의 이런 모습을 경멸하는 것처럼 보였다.

지로는 오마키 가를 떠올릴 때마다 미치에가 생각났고, 미치에를 생각할 때마다 그 희미한 웃음이 떠올랐다. 그래서인지 지로는 오마키 가에 한 번밖에 편지를 보내지 않았다. 나중에는 아버지께 보내는 편지에 오마키 가에도 안부를 전해달라는 말을 간단하게 적어서 인사를 대신했다.

도쿄에 올라온 뒤로 미치에에게는 한 번도 편지를 보내지 않았다. 그동안 미치에가 왜 자기에게는 편지를 보내지 않느냐며 원망하는 투로 엽서를 보낸 적이 있었지만 지로는 답장하는 것도 꺼렸다.

이듬해 1월 중순께 청년숙 본관이 완공되었다. 선생님 내외분이 거처할 사택도 숨통이 트였다. 다다미 넉 장 반짜리 방이 마침내 지로에게 돌아왔다. 모두가 열심히 노력한 끝에 2월 초에는 개숙 준비도 끝났다. 그리고 본격적으로 제1기 신입 숙생 모집을 했다.

청년숙의 이름은 '우애숙(友愛塾)'이라고 지었다.

개숙 날짜는 지로가 중학교를 졸업하기 한 달 전이었다. 지로로서는 무척 억울한 일이었다. 그러나 이 반년 동안 지로는 우애숙과 자신은 떼려야 뗄 수 없는 인연을 맺고 있다고 확신했기에 섭섭한 마음은 오래가지 않았다. 그 때문인지 반드시 첫 회에 참여해야 한다는 집념도 예전처럼 강하지 않았다.

여러 사정을 고려하기는 했지만 아사쿠라 선생님이 배려하여 개숙식 날은 일요일로 잡혔다. 당연히 지로도 숙생들과 함께 입숙식에 참여했다. 그날 내내 지로는 1기 신입 숙생들과 함께 행동했다. 밤에는 좌담회에도 참석했고, 뒤풀이 때는 자기 소개도 했다. 또 이튿날부터는 수업이 끝나는 대로 그들과 함께 갖가지 모임에 참가했다. 사실상 1기 신입 숙생이나 다름없었다.

1기 숙생들은 나이가 스무 살에서 스물다섯 살까지 다양했다. 대부분은 고향에서 농사를 짓는 청년들이었다. 개중에는 서른을 훌쩍 넘긴 사람도 있었다. 이런 사람들은 자기 지역에서 활동하는 청년운동가였다. 앞으로 자신의 고향에서 청년운동을 이끌어나갈 지도자들이었다. 아사쿠라 선생님은 청년운동의 성패는 지도자를 양성하는데 달려 있다고 믿었기 때문에 숙생들과 함께 청년운동가들도 많이 초청했다.

숙생들의 학력은 천차만별이었다. 그러나 학력이 낮은 청년들도 중학교 5학년생과 비교하면 상식뿐 아니라 이해력과 판단력에서 월등히 뛰어났다.

지로는 이 청년들과 생활하면서 자신이 학창 시절을 보잘것없게 보냈다는 회의에 사로잡혔다. 아사쿠라 선생님이 백조회 모임 때마다 근로 청년들을 사귀어야 한다고 말한 까닭을 조금은 알 것 같았다. 지로는 그들과 함께 지내는 시간이 많아질수록 숙생들에 대한 애정과 존경심이 깊어만 갔다. 중학교 졸업 시험이 얼마 남지 않았는데도 지로는 조금이라도 이들과 더 많은 시간을 함께 보내려고 노력했다.

지로가 우애숙에서 가장 보람 있게 보낸 때는 다누마 선생과 함께하는 좌담회에 참석한 때였다. 숙사가 문을 열고부터 다누마 씨는 자연스레 다누마 선생이 되었다.

다누마 선생은 청년숙 재단의 이사장 자격으로 개숙식 연설을 맡았다. 지로는 불상을 떠올리게 하는 맑은 눈동자와 자비로운 눈매, 사람을 품에 감싸려는 듯 따뜻하게 보이는 웃음에 완전히 매료되었다. 따스한 혈색이 감도는 그 통통한 뺨은 어린아이처럼 귀여운 데가 있었다. 그러나 말과 행동은 확실히 여느 사람과 달랐다. 다누마 선생이 한 마디, 한 마디에 정열을 남아 진심으로 호소하며 연설하는 것을 들으면서 지로는 물론이고 그 자리에 참석한 모든 숙생들이 뜨겁게 흥분했다.

"옛말에 청년 시절에 금의환향하는 것이야말로 고향과 부모에게 가장 좋은 선물이라고 했습니다. 만에 하나 내가 금의환향하여 내 고향이 비단결처럼 아름다워질 수 있다면 우리 이상은 금의환향이라고 자랑스레 말할 수 있을 것입니다. 그러나 현실은 정반대입니다. 많은 청년들이 비단옷을 입고 고향을 찾았지만 내 고향은 여전히 누더기를 걸친 채 굶주리고 있습니다. 더군다나 청년 한 사람에게 비단옷을 입히려면 내 고향 사람들은 더 비참한 누더기를 입고 돌아다녀야 했습니다. 일본이 필요로 하는 인물은 비단옷을 바라는 자들이 아닙니다. 누더기를 입고 진흙밭을 뒹구는 여러분들입니다. 여러분들이 세운 목표는 한 사람에게 비단옷을 입혀주는 것이 아닙니다. 내 고향 사람들 모두가 비단옷을 입고 아름답게 살아가는 세상을 만드는 것입니다. 내 고향을 비단으로 만들겠다는 불타는 염원으로 일생을 바치려는 청년들, 그런 청년들이 이 나라의 주인이 된다면 온 나라가 젊음을 되찾고, 우리에게도 미래에 대한 희망이 빛나게 될 것입니다."

다누마 선생이 연설하는 것을 듣고 지로는 마음속에서 혁명이 일어나는 것 같은 감상에 빠져들었다.

그 뒤 아사쿠라 선생님은 다누마 선생에게 지로를 소개시켜 주었다. 그 뒤 두 사람은 누구보다도 가까운 사이가 되었다. 지로의 눈에는 다누마 선생이 사람에 대한 사랑과 깊이를 헤아릴 수 없는 식견을 가진 사람으로 비쳤다. 지로는 다누마 선생 곁에 앉는 것만으로도 피가 뜨거워지고, 머릿속이 맑아지는 것 같았다.

아사쿠라 선생님이 한 연설도 지로가 잊을 수 없을 만큼 감동 깊었다. 아사쿠라 선생님은 학생들은 인간이 본디 지니고 있는 창조의 욕망과 조화의 욕망을 지켜나가야 한다고 강조했다. 우애숙에는 규칙도 없고 명령도 없는데, 그 까닭은 저마다 마음에서 우러나오는 조화로운 힘에 의지하여 새로운 공동체를 조직해나가야 하기 때문이라고 말했다. 공동생활에 대해 아사쿠라 선생님이 생각하는 것은 백조회 모임 때 자주 들은 이야기지만, 이토록 명확하게 설명한 적은 없었기에 지로에게는 무척 새롭게 들렸다.

하지만 청년숙 운영은 아사쿠라 선생님의 이상처럼 보람되지는 않았다. 1기 숙생들이 공부하는 기간이 절반쯤 남았을 때 아사쿠라 선생님의 얼굴에 가끔 고뇌하는 빛이 떠오르는 것을 발견하고는 지로의 마음도 함께 어두워졌다. 그러나 기간이 거의 끝나갈 즈음에는 모두의 얼굴에 점점 밝은 빛이 떠올랐다.

"숙생들도 이제야 뭘 좀 알게 된 것 같군."

아사쿠라 선생님은 1기 강습회가 열흘쯤 남았을 때 사모님께 그렇게 말했다. 사모님도 그 말에 동감한다는 듯 말했다.

"예, 정말이에요. 다들 말과 행동이 전보다 나아졌어요. 친근감도 느껴지고요. 무엇보다 숙생들끼리 서로 이야기를 많이 나눠요. 앞으로 하고 싶은 계획도 세우고요. 덕분에 나도 할 일이 많이 줄어들었네요."

강습회 마지막 일정은 숙생들이 모두 3박 4일로 여행을 떠나는 것이었다. 이 여행에는 아사쿠라 선생님 부부도 같이 갔다. 지로는 학교를 빠지는 한이 있어도 따라가고 싶었지만 때마침 졸업 시험이 코앞으로 다가왔기 때문에 아사쿠라 선생님은 허락하지 않았다. 그 사흘 동안 지로는 혼자 우애숙을 지켰다. 도쿄에 올라오고 나서 이때처럼 따분한 적은 없었다.

지로는 수료식에도 참석하지 못했다. 이번에도 시험이 발목을 잡았다. 나중에 사모님이 들려주신 이야기를 들으니 교육생들이 문을 나서기 전에 꽤나 눈물겨운 장면도 펼쳐진 것 같았다. 사모님에게 그런 이야기를 듣자 숙생들과 다시 만날 수 있는 날이 하루라도 빨리 찾아오기만을 기다리게 되었다.

다행히 그 기회는 생각보다 빨리 찾아왔다. 지로가 중학교를 무사히 졸업한 그 다음 달부터 2기 신입 숙생 모집을 시작했기 때문이다. 하지만 지로에게는 아직 남은 문제가 있었다. 다름 아닌 진학 문제였다. 아사쿠라 선생님 부부는 무슨 일이 있더라도 상급 학교로 진학해야 한다며 뜻을 굽히지 않았다. 반대로 지로는 우애숙에 남겠다고 버텼다. 여느 때와 달리 지로는 고집을 쉽게 꺾을 것 같지 않았다.

"독서를 해서 할 수 있는 공부라면 전 어떤 공부라도 하겠습니다. 상급 학교의 강의 정도라면 독서하는 것만으로도 충분할 거예요. 그리고 이곳을 찾는 청년들에게 상급 학교를 다니지 않더라도 책만 열심히 읽으면 그에 못지않은 지식을 얻을 수 있다는 것도 알려주고 싶어요."

지로는 이렇게 말하며 끝내 결심을 되돌리려고 하지 않았다. 이미 지로는 1기 개숙 때부터 이런 생각을 굳혀온 것 같았다. 그리고 아사쿠라 선생님이 그 때문에 자기를 쫓아내지 않는 한 결심을 바꾸지 않을 모양이었다.

결국 아사쿠라 선생님도 지로에게 두 손을 들었다.

"좋아, 네 마음은 알겠다. 먼저 아버님과 의논하고 나서 결정하자. 그리고 만일을 위해 다누마 이사장님에게 의견을 들어보는 게 좋을 것 같구나."

이렇게 해서 아사쿠라 선생님은 지로의 소원을 받아들였다. 선생님은 그날 저녁 슌스케에게 편지를 쓰고 나서 다누마 선생을 찾아갔다. 이튿날 슌스케가 보낸 전보가 왔다. 지로의 인생이므로 지로가 결정하는 대로 따르겠다고 했다. 다누마 선생도 지로의 생각이 그 정도로 확고하다면 굳이 반대할 이유가 없다고 했다. 그러면서 지로가 앞으로 청년운동에 뛰어들 작정이라면 어려운 여건 때문에 공부를 하고 싶어도 할 수 없었던 청년들을 위해서라도 그런 길을 걷는 게 나쁘지는 않다며 뜻밖에 쉽게 찬성했다. 아사쿠라 선생님 처지에서도 지로가 선택한 길을 탓할 수만은 없었다. 선생님 곁에는 함께 우애숙을 꾸려나갈 일꾼이 부족했다. 지로 정도라면 조수치고도 최고 수준이었다. 선생님은 당분간 지로에게 조수 일을 맡기기로 결심했다. 처음에는 중학생 신분으로 구경꾼에 지나지 않던 지로는 마침내 우애숙에서 조수로서 숙생들을 맞이하기 시작했다.

지로는 그렇게 제1기를 포함해 벌써 9기째 숙생들과 함께 강습회에 참여하고 있다. 그리고 며칠 뒤에는 제10기가 들어올 예정이다. 그동안 지로는 몸과 마음이 몰라보게 성장했다. 책도 누구 못지않게 열심히 읽었다. 이곳에서 지로가 한 가지 변화한 게 있다면 학창 시절에는 별로 열의를 보이지 않던 운동

경기라든가, 음악, 오락 같은 것에도 관심을 기울인다는 점이다. 지로는 숙생들을 위해 새로운 오락거리를 고안해내기도 하며 우애숙을 운영하는 데 꽤 큰 구실을 하고 있었다.

아사쿠라 선생님 부부는 온 정성을 다 바쳐 숙생들에게 헌신했다. 한 기수가 강습을 마칠 때마다 작은 실수도 철저히 반성했고, 다음 기수 때는 더 훌륭한 내용을 가르치기 위해 노력했다. 두 분에게서는 다른 청년운동가들에서처럼 자아도취라는 것을 찾아볼 수가 없었다. 지로가 보기에는 강습회가 크게 성공한 것 같은데도 두 분은 언제나 반성할 게 많다고 말했다. 지로는 아사쿠라 선생님 내외분을 보면서 '노심초사'라는 말을 떠올렸다. 노심초사라는 말을 누가 처음 만들었는지는 모르겠지만 아사쿠라 선생님 부부를 위해 만들어냈을 거라고 생각했다. 두 분은 우애숙을 위해서라면 말 그대로 뼈를 깎는 고통스런 나날도 참고 견뎌냈다. 그러나 실제로는 두 분 모두 취미 생활을 즐기듯이 여유가 넘쳤다. 아무리 급한 일이 생겨도 초조한 빛이 없었고, 긴박한 순간에도 온유함을 잃지 않았다. 지로는 그런 두 분이 부럽기도 하고 새삼 존경스럽기도 했다. 그와 동시에 자신의 미숙함을 되돌아보았다.

어느 겨울날 아침, 제4기 의숙 생활을 시작하기 며칠 전의 일인 듯하다. 아사쿠라 선생님은 거실 유리창 너머를 유심히 지켜보며 말없이 앉아 있었다. 그때 지로가 평소처럼 아침 인사를 하러 들어왔다. 아사쿠라 선생님은 말없이 지로에게 눈짓을 했다. 창밖을 한 번 보라는 신호였다. 지로는 사모님 뒤에 앉아 밖을 바라보았다. 잎이 다 떨어진 상수리나무 숲이 보였다. 맑게 갠 하늘은 얼어붙은 호수처럼 반짝거렸다. 동쪽 끝에서는 이제 막 해가 돋으려는 참이었다. 조금 뒤에 구름이 금빛으로 물들어갔다. 잠깐 사이에 진홍빛 원이 나타나더니 수십 그루나 되는 상수리나무 가지 위로 햇살이 내려앉았다.

"정말 조용하고도 따스한 빛깔이군."

아사쿠라 선생님은 상수리나무 숲에 눈길을 고정시킨 채 속삭이듯 말했다. 사모님과 지로는 아사쿠라 선생님이 한 말을 되새기면서 조용히 창밖을 바라보았다.

이윽고 태양은 상수리나무 위로 완전히 떠올랐다. 지로가 그 모습에 감격한 듯 먼저 말을 꺼냈다.

"저 상수리나무 숲은 겨울의 우애숙을 상징하는 것 같아요. 더구나 이런 아침에는……. 벌거벗은 채 맑고 따뜻한 모습이……."

"맞아, 하지만 본관에서는 이 경치를 볼 수 없으니 그게 좀 아쉽구나."

"그럼 이 사택의 상징이라고 하면 되겠네요. 제 생각엔 그것도 괜찮겠어요. 선생님, 상수리나무 숲을 위해서라도 사택에 이름을 지어야 하는 것 아닐까요?"

"음……, 그렇다면 공림은 어떨까? 그래, 공림암(空林庵)이 좋겠다. 조금 차가운 느낌이려나?"

"공림이라……. 그거 좋은데요. 암(庵)이라는 말에서 어쩐지 스산한 기분이 드는 것 같긴 하지만요."

"어쩔 수 없지. 이렇게 작은 집을 각(閣)이니 장(莊)이니 할 수는 없잖겠냐, 하하하!"

그러자 사모님도 말했다.

"좋은 이름이네요. 산뜻하고 이곳 분위기랑 잘 어울려요. 따사로움은 우리 세 사람이 채워가기로 해요."

이렇게 해서 사택 이름은 공림암으로 결정되었다. 지로는 한동안 '암'이라는 글자가 마음에 걸렸지만 요즘에는 소박하고 정갈한 느낌도 괜찮다는 생각이 들었다. 지로는 공림암이라는 글자를 생각할 때마다 현재의 생활에 감사드렸다. 그리고 하루하루에 만족할 수 있는 생활이 자신을 기다리고 있다는 데 행복을 느꼈다. 이 행복은 자신이 고향의 중학교에서 퇴학당하는 불행에서 시작되었다. 그런 것을 생각할 때마다 지로는 인생은 '섭리'의 품에서 헤어나오지 못한다는 가르침을 떠올리면서 마음속 깊이 안도하고는 했다.

지로는 그 공림암에 있는 다다미 넉 장 반짜리 자기 방에서 참새들이 사라진 빈 하늘을 멍하니 바라보고 있다. 지로의 책상 위에는 여전히 익숙한 구절이 적혀 있는 《탄니쇼》의 한 쪽이 펼쳐져 있다.

지로가 왜 하고 많은 책들 중에 《탄니쇼》만 고집하는지는 아무도 그 이유를 몰랐다. 며칠 뒤로 다가온 제10기 개숙을 준비하는 마음일 수도 있고, 아사쿠라 선생님에 대한 지로의 마음이 '법연상인(法然上人)'의 가르침을 따라 염불한다면 지옥에 떨어진들 후회하지 않으리라'는 신란의 말과 통하는 점이 있었기 때문인지도 모른다. 또는 자신의 현재 생활에 행복을 느끼면서도 여전히 마음 밑바닥에서 불타오르고 있는 미치에에 대한 연정과 교이치에 대한 질투심, 우마다에 대한 적의, 소네 소좌와 니시야마 교감을 만나면서 싹튼 권력에 대한 반항심을 《탄니쇼》에 흐르고 있는 '번뇌는 치열하고 죄악은 깊으면서도 무겁다'는 이치를 깨달아 다스리려는 것인지도 몰랐다. 이 모든 것들은 앞으로 지로의 생활이 어떻게 변하느냐에 따라 판단할 수밖에 없을 것이다.

두 얼굴

 지로는 아침부터 사무실에 틀어박혀 제10기 숙생 명단을 등사판으로 인쇄하고 있었다. 인쇄 작업을 끝낸 뒤 지로는 한숨 돌리려는 듯 화롯불로 다가갔다. 화롯불은 가느다랗게 죽어가고 있었다. 등사 잉크로 더러워진 지로의 손끝은 별다른 감각이 느껴지지 않을 만큼 차갑게 얼어 있었다.

 의숙의 현관은 북향이고 사무실은 그 옆에 붙어 있었으므로 온종일 볕이 들지 않았다. 더구나 현관 앞에는 노송나무 여남은 그루가 빽빽하게 서 있어서 하늘을 대부분 가리고 있다. 반들반들 닳아 윤이 나는 마룻바닥에 노송나무로 가려진 햇살이 어슴푸레 비치면 왠지 모르게 그 햇살이 차갑게 느껴졌다.

 지로는 화로에 숯을 더 집어넣으려다 그만두었다. 그 대신 인쇄한 명단을 모두 모아 들고 복도 맞은편 방으로 들어갔다. 그곳은 식당으로도 쓰고, 좌담회 장소로도 쓰는, 다다미를 깐 넓은 방이었다.

 사무실에서 식당으로 옮겨오자 마치 온실에라도 들어온 듯 따뜻했다. 한낮의 햇살이 다섯 칸짜리 반투명 유리창을 가득 비추고 있었다. 지로는 윗자리에 걸려 있는 '평상심'이라고 써놓은 낙관 없는 족자가 눈부시게 빛나 보였다.

지로는 들고온 인쇄물을 창가에 올려놓고 유리창부터 열었다. 몇 년 전 지로가 심어놓은 철쭉들이 물결치듯 맞은편 소나무 숲까지 이어져 있었다. 투명한 하늘은 이날따라 바람 한 점 없었다. 창틀 근처의 진흙들이 햇살에 녹아 축축하게 젖어 있었다.

지로는 창틀에 걸터앉아 멍하니 바깥을 내다보았다. 그러다 문득 생각났다는 듯이 창가에 등을 기대고 앉아 명단을 정리했다. 정리라고 해야 클립으로 끼우는 것이 전부여서 60~70부 되는 분량도 금세 끝마쳤다.

명단을 정리한 지로는 창틀에 등을 기댄 채 눈을 감았다. 지로는 눈을 감고 생각에 잠겼다. 개숙 준비는 이것으로 완전히 끝났다. 다행히 날씨도 춥지 않고, 며칠이 지나면 새로운 숙생들로 북적거릴 것이다. 하지만 지로는 마음이 개운치 않았다. 지금쯤이면 흥분과 기대로 마음이 설레야 하는데 이번에는 뭔가 달랐다. 개숙 날짜가 다가올수록 마음은 불안해지기만 했다. 요즘 걸핏하면 떠오르는 두 사람의 얼굴 때문이다. 두 사람은 서로 아무런 관계가 없었지만 번갈아 떠오르며 전혀 다른 의미에서 마음을 불안하게 만들었다.

그중 한 명은 아라다 나오토라는 일흔이 넘은 육군 퇴역 장교였다.

아라다 노인은 중위인가, 대위일 때 러일전쟁에 참전했다가 거의 실명에 가까운 중상을 입었다. 그 뒤 제대해서 임제종(중국 당나라 때 불교의 한 종파)에 귀의하여 오랫동안 선을 수행했다고 한다. 세상에서 흔히 말하듯 뱃심이 대단한 사람이었다. 아라다 노인은 집안도 대단해서 상류층에 친한 사람이 많았다. 또 사관학교 동기생이나 선배 가운데는 장성을 지낸 사람들도 많았는데, 그런 사람들조차 아라다 노인에게 경의를 표할 정도로 영향력이 있었다. 그래서 정치적인 중대 사건이 터질 때마다 노인의 집은 정치가들로 북적거린다는 소문이 퍼졌다.

지로가 아라다 노인을 처음 만난 것은 제7기 입숙식 때였다. 그날 지로는 현관 앞에서 내빈들을 안내하고 있었다. 입숙식에 참가하는 내빈이라고 해봐야 겨우 예닐곱 명밖에 없었고, 그마저도 대부분 창설 초기부터 많은 도움을 준 분들이었다. 그분들은 모두 우애숙의 정신에 진심으로 공감했고, 오래전부터 자주 봐왔기 때문에 맞이하는 데 가벼운 인사 정도로 충분했다. 그런데 그날은 늘 오는 내빈들이 아직 한 분도 오지 않은 시간, 그러니까 식이 시작되기 30분이나 앞서 낯선 고급 승용차 한 대가 현관 앞에 멈췄다. 그리고 앞자리에서 눈매가 날카로운 40대 남자가 내렸다. 남자는 신사복을 말끔하게 차려입고 있었는데, 두 손으로 뒷문을 열고 공손하게 말했다.

"다 왔습니다."

그러자 뒷자리에서 누군가가 외치는 것 같으면서도 차분하게 가라앉은 목소리로 말했다.

"그래 말씀은 드렸나?"

"아, 예……. 그게 저……, 아직 못 했습니다."

"야, 이놈아!"

지로는 깜짝 놀랐다. 자기도 모르게 목을 길게 뽑고 신사복을 입은 남자 옆으로 차 안을 들여다보려고 했다. 하지만 지로가 뒷자리에 앉은 사람을 확인하기도 전에 신사복을 입은 남자가 지로 쪽으로 돌아섰다. 남자는 서먹한 것을 숨기려는 듯이, 또는 버릇인지는 모르겠으나 어깨를 으쓱이며 천천히 지로에게 다가왔다.

남자는 예의를 차리며 모자를 벗었지만 인사는 하지 않았다. 그러고는 점퍼 차림으로 서 있는 지로를 위아래로 흘깃거리며 거만한 말투로 물었다.

"오늘 새로운 숙생들이 들어오는 날 맞습니까?"

"예, 그런데요."

"식은 몇 시부터 하나요?"

"30분 뒤에 시작합니다."

"아라다 씨가 일부러 견학하기 위해 오셨다고 전해주시죠."

"아라다 씨라고요?"

"아라다 나오토 씨입니다. 다누마 이사장에게 그렇게 전하면 아실 거요."

"다누마 이사장님은 아직 안 오셨는데요……."

"아직 안 오셨다고?"

"예, 하지만 곧 오실 겁니다."

"숙장님은?"

"예, 안에 계십니다."

"그럼 숙장님이라도 좋으니 그렇게 알려줘."

지로는 상대방의 말투가 점점 험해지는 것을 깨닫고 기분이 나빴다. 하지만 이제 그런 일 때문에 화를 낼 지로는 아니었다.

"죄송하지만 잠깐 기다려주십시오."

지로는 예의를 갖춰 말한 뒤 숙장실로 뛰어갔다. 곧이어 지로는 아사쿠라 선생님과 함께 돌아와서 현관 앞에 슬리퍼 두 짝을 가지런히 내려놓았다.

아사쿠라 선생님은 여느 때처럼 맑은 눈에 웃음을 띠며 신사복을 입은 남자에게 말했다.

"제가 이곳 숙장인 아사쿠라입니다. 처음 뵙겠습니다. 잘 오셨습니다. 안으로 들어가시죠."

"잠깐만 실례하겠습니다……."

신사복을 입은 남자는 조금 당황하면서 아사쿠라 선생님에게 인사하고는 자동차 쪽으로 달려갔다.

"다누마 씨는 아직 안 오셨는데 일단 안으로 들어오시랍니다."

남자는 자동차 뒷자리에 몸을 반쯤 밀어 넣으며 말했다.

"그래?"

또 외치듯이 말하는 소리가 들렸다. 조금 지나 뚱뚱하게 살이 찐 노인이 신사복을 입은 남자에게 부축을 받으며 차에서 내리는 모습이 보였다. 노인은 가문을 새겨넣은 하오리와 하카

마를 입고 있었는데 키가 꽤 큰 편이었다. 검은색 선글라스를 쓰고 있어서 어디를 보는지는 알 수 없었지만 산탄총에라도 맞은 것처럼 얼굴에 상처 자국이 울퉁불퉁했다. 한눈에 봐도 흉측한 용모였다.

두 사람이 다가오기를 기다리던 아사쿠라 선생님이 노인에게 목례하며 말했다.

"아라다 선생님이신가요? 저는 이곳 숙장인 아사쿠라입니다. 이렇게 찾아주셔서 감사합니다. 자, 안으로 들어가시죠."

"숙장인가요? 아라다입니다."

아라다 노인은 가볍게 고개를 숙였다. 그러나 얼굴은 다른 쪽을 보고 있었다. 노인은 신사복을 입은 남자에게 부축을 받으며 슬리퍼를 신고는 현관으로 올라와 천천히 숙장실로 걸어갔다.

"다누마 씨가 청년숙을 시작했다는 소문은 꽤 오래전부터 듣고 있었소. 나 또한 청년 지도에 관심이 많아서 한 번 구경 오고 싶었는데 마침 아는 분이 이곳에서 오늘 개숙식이 있다고 알려주기에 찾아왔소이다. 괜히 나 때문에 폐가 되는 건 아닌지 모르겠소."

"아닙니다……. 폐라뇨, 당치 않습니다……. 이사장님께서도 기뻐하실 겁니다……. 이곳은 문을 연 지도 얼마 안 되었고 규모도 작아서 아는 분들이 많지 않습니다. 아직은 시험 단계여서 여러분들을 초청하기도 송구스럽습니다. 그저 가까운 사람들끼리 간소하게 모임을 갖는 정도입니다."

아사쿠라 선생님은 평소와 다르지 않은 목소리로 담담하게 이야기했다. 아라다 노인이 심통스레 말했다.

"앞으로는 가까운 사람 중에 이 늙은이도 끼워주시구랴."

이 말에는 아사쿠라 선생님도 조금 당황했는지, "아, 예……." 하면서 숙장실 문을 열었다.

세 사람이 숙장실로 들어가던 바로 그때 다누마 선생이 자동차를 타고 들어왔다. 지로는 다누마 선생을 맞이하면서 작은 소리로 아라다 노인이 찾아왔다고 전했다.

"아, 그래?"

다누마 선생은 고개를 한 번 끄덕이고는 숙장실로 들어갔다. 지로가 그렇게 생각해서였는지는 모르겠지만 고개를 끄덕거리는 다누마 선생의 얼굴이 조금 어두워 보였다.

시간이 조금 지나자 내빈들이 하나 둘씩 오기 시작했다. 예전 같으면 왁자지껄하게 떠드는 소리가 복도까지 들리는데 이 날은 쥐 죽은 듯이 조용하기만 했다. 지로도 계속 마음이 편치 않았다. 그러는 동안에도 사환인 가와세가 차와 과일을 들고 숙장실을 들락거렸다. 지로는 가와세를 붙잡고 숙장실 분위기가 어떠냐고 물어보려다가 아직 어린 가와세에게 그런 것을 물어보는 것도 한심한 생각이 들어 혼자 애만 태웠다.

마침내 시간이 되어 지로는 교육생들은 식장에 들여보내고 내빈을 안내하기 위해 숙장실에 들어갔다. 그때도 이야기 소리는 거의 들리지 않았다. 보자 하니 아라다 노인은 팔짱을 끼고 고개를 숙이고 있는 것이 언뜻 보기에는 졸고 있는 것 같았다.

의자 등받이에 머리를 기대고 눈을 감고 있는 내빈들도 몇몇 보였다. 그 밖에 다른 사람들은 책상 모서리에 걸터앉아 숙생 명단을 뒤적거리고 있었다. 다들 이 어색한 분위기를 안간힘을 쓰며 버티고 있는 듯했다.

아라다 노인은 지로에게 안내를 받아 식장에 들어와서는 신사복을 입은 남자와 함께 앞쪽에 앉았다. 지로는 자리에 앉는 아라다 노인의 뒷모습을 바라보며 흉물스런 괴물을 조각한 목상을 보는 것 같은 착각이 들었다. 입숙식은 일반 학교에서 하는 것과 별 차이가 없이 여러번 일어났다 앉았다 했다. 아라다 노인은 일어섰다 앉으면 반드시 두 손을 가지런히 포개 무릎 위에 올려놓고는 고개를 빳빳이 들고 선글라스 속에서 어느 한 점을 응시했다. 다누마 선생과 아사쿠라 선생님, 그리고 우애숙에 많은 도움을 준 내빈들이 차례로 단상에 올라 인사말을 했다. 입숙식은 한 시간 정도 진행되었다. 그 한 시간 동안 아라다 노인은 몸을 움찔거리지도, 무릎 위에 포개놓은 손을 움직이지도 않았다. 검은 선글라스의 반사광조차 아무런 움직임이 없었다.

식이 끝나고 내빈과 숙생들이 함께 점심을 먹을 때가 되었다. 아사쿠라 선생님이 아라다 노인에게 점심을 같이 하자고 하자 노인은 식장에서 나와 숙장실에도 들르지 않고 바로 돌아가겠다고 했다. 다누마 선생까지 나서서 여기까지 오셨는데 대접하는 것이 마땅하다고 얘기하자, "밥? 밥이라면 나도 얼마든지 있소." 하고 무뚝뚝하게 대답했다. 그러고는 신사복을 입은 남자를 재촉해 자동차에 올라탔다.

사모님은 제1기 때부터 입숙식 날에는 교육생들을 돕거나 식당에서 일을 거들어야 했기 때문에 입숙식이 시작된 뒤에야 아라다 노인의 기괴한 모습을 발견하고는 크게 놀랐다. 오후에 다누마 이사장과 내빈들이 모두 돌아간 뒤 사모님은 지로에게 오늘 있었던 일에 대해 물어보았다. 그리고 숙장실에서 아사쿠라 선생님에게서 아라다 노인의 인간됨과 사회적인 명성을 전해듣고는 조금 걱정이 되는 듯 눈썹을 찌푸리며 이렇게 말했다.

"우애숙 때문에 어려움을 겪는 거라면 얼마든지 참아낼 수 있어요. 오히려 즐거움이라고 생각해요. 하지만 벌써부터 외부에서 간섭하려고 든다면 정말 힘들겠네요."

그러나 아사쿠라 선생님은 사모님과 달리 대수롭지 않게 말했다.

"외부의 압력이 없으면 공동생활이라고 할 수 없지. 압력이 없는 공동생활이야말로 무의미한 것이지. 지금까지 편하게 지냈으니 이제부터는 고생 좀 할 거요. 이제부터가 진짜인 셈이군."

그날부터 우애숙에서 입숙식과 폐숙식을 할 때마다 아라다 노인이 우애숙을 방문했다. 아사쿠라 선생님이 아라다 노인에게 안내장을 보내 정확한 날짜와 시간을 미리 알려주었다. 식장에서 다누마 선생과 아사쿠라 선생님이 인사말을 할 때면 아라다 노인은 더욱 자세히 듣는 것 같았다. 두 분은 표현이 조금씩 달랐지만 내용은 제1기 때부터 늘 한결같은데도 아라다 노인은 처음 듣는다는 표정을 하고 주의 깊게 귀를 기울였다. 그리고 식이 끝나기 무섭게 신사복을 입은 남자를 붙들고 돌아갔다. 지로는 대체 뭐가 재미있다고 노인이 행사 때마다 꼬박꼬박 얼굴을 내미는지 이해가 안 되었다. 세간에는 내빈 축사를 시켜줄지도 모른다고 생각해 졸업식과 입학식에 빠짐없이 참석하는 사람이 있다고 하지만 아라다 노인은 그런 사람들과는 좀 달라 보였다. 그 정도로 세속에 물든 인물은 아닌 것으로 보였다. 아라다 노인은 겉보기에도 범상치 않은 인물이었다. 다누마 선생이 걱정하는 것처럼 우애숙의 지도 방침에 꼬투리를 잡고 싶어서 찾아오는 것이라면 기회는 많이 있었다. 그런데도 언제나 조용히 찾아와서는 아무 말도 없이 식에 참석해 다누마 이사장과 아사쿠라 선생님의 인사말을 듣고 말없이 돌아가기만 했다. 지로는 그러한 행동이 불가사의하기만 했다. 그럴수록 아라다 노인의 기괴한 용모가 더욱 기괴하게 느껴졌다. 지로는 제9기 입숙식 날 마침내 이 궁금증을 풀 수 있었다.

그날 아라다 노인은 무슨 꿍꿍이가 있는지 식후 행사에도 참석해야겠다며 내빈들과 함께 처음으로 점심을 먹었다. 점심을 먹고 나서는 목상 같던 평소와는 달리 가벼운 농담을 주고받으며 잡담까지 나누었다. 아무래도 좌담회까지 지켜보려고 마음먹은 듯싶었다. 아라다 노인이 이렇게 버티고 있자 다른 내빈들의 처지만 더욱 곤란해졌다. 전처럼 점심을 먹고 돌아가자니 아리디 노인이 남아서 무슨 일을 벌일지 신경이 쓰인 것이다.

결국 내빈들은 아라다 노인 곁에서 눈치만 보며 자리를 지켰다. 그러다가 더 참을 수 없다는 듯 한 사람이 아라다 노인에게 다가갔다.

"실례되는 일인 줄은 압니다만 급한 볼일이 있어서 먼저 가봐야겠습니다……."

그 사람은 무척 황송하다는 표정을 지으며 말했다. 아라다 노인이 고개를 돌려 그 사람을 보았다.

"지금 나한테 말하는 거요? 나까지 신경 쓸 필요 없소. 나는 오후까지 천천히 견학이나 해야겠소."

그러고는 아사쿠라 선생님이 앉아 있는 쪽으로 얼굴을 돌리며 말했다.

"숙장 선생, 폐가 되는 건 아니오?"

"별말씀을 다하십니다. 천천히 구경하시다 가십시오."

아사쿠라 선생님은 사람들의 긴장한 눈길이 오가는 속에서 그렇게 대답했다. 조금도 꾸밈없는 침착한 태도였다.

"저 말이오, 숙장 선생……."

아라다 노인이 자세를 고쳐 앉으며 위압적으로 말했다.

"숙장 선생의 교육 방침에 대해서는 나도 몇 번 들어서 알고는 있소. 그런데 아직도 이해가 안 되는 부분이 좀 있소. 숙장 선생의 교육 방침만이 아니라 다누마 씨의 생각에 대해서도 사실 나는 이해가 잘 안 되오. 그래서 말인데 오늘은 충분히 얘기를 들어봐야겠소."

"아, 그러셨군요. 입숙식 때 자세하게 하나하나 얘기하기가 뭣해서 이해가 안 되는 부분도 있으셨을 겁니다……. 그럼 어떤 부분이 궁금하셨는지 말씀하시지요."

밖으로 나가려던 내빈들이 그 자리에 선 채 아라다 노인이 하는 말을 기다렸다. 그러자 아라다 노인은 호통치듯 말했다.

"나하고 당신이 문답을 한들 아무 소용 없소."

"예?"

아사쿠라 선생님은 의아스러운 표정을 지어 보였다.

"숙장 선생이 지금부터 숙생들에게 무슨 말을 하는지, 그게 듣고 싶단 말이오."

"아, 그러셨군요. 지당하신 말씀입니다."

아사쿠라 선생님은 웃음을 지으며 고개를 끄덕였다.

"듣자 하니 오후에 무슨 좌담회가 있다는데, 숙장 선생은 아침에 그 좌담회 때 당신의 생각을 좀 더 자세히 설명하겠다고 했소."

"예, 그렇게 말했습니다."

"난 그게 듣고 싶소."

"그러셨군요. 좋을 대로 하시지요."

내빈들은 걱정스러운 얼굴로 돌아갔다. 다누마 선생도 곧 일어섰는데 자리에서 일어서면서 아라다 노인의 어깨를 가볍게 두드리며 농담처럼 한 마디 툭 던졌다.

"천천히 많이 들으십시오. 전 먼저 실례하겠습니다. 지금부터 이곳은 숙장 선생이 다 알아서 하실 겁니다. 뭐 마음에 안 드는 일이 있으면 꾸중은 제가 들어 드릴 테니 저한테 말씀하시면 됩니다."

아라다 노인은 가타부타 대답이 없었다. 목상처럼 딱딱하게 굳은 자세로 책상다리를 하고 앉아 있을 뿐이었다.

그 뒤 지로는 현관에서 아사쿠라 선생님과 다누마 선생이 작은 목소리로 이렇게 말하는 것을 듣게 되었다.

"행사는 예정대로 진행할 겁니다."

"당연히 그렇게 해야지."

"피할 수 있다면 되도록 마찰이 없게끔 주의하려고 합니다만……."

"그렇게 해요……. 그래도 우애숙의 방침이 애매해지지 않을 정도만."

"그야 물론이지요."

조금 뒤에 예정대로 좌담회를 시작했다. 우애숙에서는 일정을 시작하는 신호를 할 때 현관에 매달아 놓은, 사원 같은 데서 흔히 쓰는 딱딱이를 이용했다. 지로가 딱딱이를 두드리려는데 아라다 노인을 시중드는 스즈다라는 남자가 숙장실에서 나와 지로에게 물었다.

"좌담회는 어디에서 하나?"

"조금 전에 점심을 먹었던 곳에서 합니다."

"아, 그래?"

스즈다는 다시 숙장실로 돌아갔다. 지로가 딱딱이를 치기 시작하자 아라다 노인이 스즈다에게 부축을 받으며 식당으로 들어가는 모습이 보였다.

지로가 식당으로 들어갔을 때 아라다 노인은 스즈다와 함께 창가에 앉아 있었다. 지로가 상석을 가리키며, "이쪽에 앉으시죠." 하고 말했다. 스즈다는 말없이 손을 내저으며 눈만 반짝거리고 있었다.

곧이어 사모님이 취사장 쪽에서 손을 닦으며 왼쪽 출입구로 들어왔다. 거의 동시에 아사쿠라 선생님도 오른쪽 입구로 들어왔다. 두 사람은 차례로 아라다 노인에게 상석을 권했다. 그러나 아라다 노인은 검은 선글라스를 쓴 채 말없이 정면만 바라보며 목석처럼 꿈쩍도 하지 않았다. 스즈다만이 바쁘게 손을 내저을 뿐이었다.

아직 숙생들은 하나도 보이지 않았다. 5분쯤 지나서야 마흔 명 남짓 되는 숙생들이 식당으로 들어왔다. 하지만 창가에 앉아 있는 아라다 노인을 보고는 거북하게 무릎을 꿇고 앉아 멀뚱멀뚱 아라다 노인 쪽을 바라볼 뿐이었다.

"여기 처음 온 것도 아닌데 왜들 그렇게 불편해 하나? 편안하게 앉으라고."

도코노마(일본식 방의 상좌에 바닥을 한 층 만든 곳)를 등지고 앉아 있던 아사쿠라 선생님이 웃으며 말했다. 사모님도 선생님 오른편에 비스듬히 앉아 있다가 숙생들에게 몇 번이고 손짓을 했다.

그제야 숙생들은 못 이기는 척 자리에서 일어나 아사쿠라 선생님 앞으로 걸어왔다. 하지만 이번에는 강연이라도 듣는 것처럼 열을 맞추어 앉았다. 그러나 아직도 아사쿠라 선생님과 다나미 두 징 정도 거리를 두고 있었다.

"이 자리가 좌담회라는 얘길 못 들었나?"

아사쿠라 선생님이 맨 앞에 앉아 있는 숙생에게 물어보았다.

"아, 예……."

선생님이 갑자기 질문을 하자 숙생은 당황하여 옆에 앉은 숙생을 보며 머리를 긁적였다.

"이렇게 앉으면 좌담회를 못 하지. 자네들은 마을 청년단에서 좌담회를 할 때도 이렇게 앉았나?"

숙생들은 긴장한 얼굴로 서로 마주 보았다.

"좌담회이니만큼 좌담회답게 좀 더 자연스럽게 앉는 것이 어떨까? 숙장과 숙생들이 강물을 사이에 두고 떨어져 있는 것처럼 마주하고 있어서야 무슨 좌담이 되겠나. 이렇게 앉아 있으면 자네들끼리 이야기를 나누기도 불편할 거야. 내가 다 큰 어른들에게 이런 말까지 해야겠나."

그 말에 다시 한 번 숙생들이 우르르 자리에서 일어났다. 이번에는 둥그렇게 원을 그리고 앉았다. 하지만 여전히 분위기는 어색했다. 몇몇 숙생들이 쑥스러워하면서 뒤쪽에 앉는 바람에 서로 얼굴이 겹쳐졌다. 아사쿠라 선생님이 앉아 있는 자리에서는 아직도 숙생들이 한눈에 들어오지 않았다.

그러자 선생님 왼편에 앉아 있던 지로가 나섰다.

"사내대장부는 폭풍을 만나도 피하지 않는다는 말이 있는데 숙장님을 피할 이유는 없겠죠?"

지로가 재치 있게 한마디 하자 분위기가 많이 누그러졌다. 숙생들은 모두 웃으면서 다시 자리를 정돈했다.

이 와중에도 아라다 노인은 눈썹 하나 까딱하지 않고 그 시커먼 선글라스로 정면만 바라보고 있었다. 스즈다는 비웃듯 숙생들을 노려보았다.

 자리가 정돈되자 아사쿠라 선생님이 천천히 이야기를 시작했다.

 "입숙식 때 이곳이 어떤 곳이라는 얘기를 들었겠지만 아직은 낯설 거라고 생각한다. 지금까지 여러분들이 각 지역에서 교육받아온 과정과는 아주 다를 것이다. 물론 이곳의 생활이 불만인 사람도 생길 수 있다. 납득이 되지 않을 때도 있을 거라고 생각한다. 그래서 말인데, 좌담회를 시작하기 전에 몇 가지 여러분에게 부탁하고자 한다."

 아사쿠라 선생님이 이야기하는 동안 지로는 곁눈질로 아라다 노인을 살펴보았다. 아라다 노인은 시커먼 선글라스로 정면만 바라보다 아사쿠라 선생님 쪽으로 조금 기울어진 것 같았다.

 "나는 여러분이 이곳을 외딴섬으로 생각하면 좋겠다. 여러분은 우연히 같은 시간에 이 외로운 무인도로 표류해왔다. 나 또한 여러분과 마찬가지로 표류자 가운데 한 사람일 뿐이다. 지금까지는 서로 이름도 모르고 얼굴도 몰랐지만 우리의 운명이 우리를 이 외로운 섬에서 함께 지내도록 만들었다. 여러분은 그래서 이 자리에 모인 것이다. 먼저 그런 마음부터 가지기를 바란다. 그런데 이런 마음가짐이 생겼다면 서로 모른 척하고 지낼 수는 없는 노릇이다. 외톨이로 혼자 지내도 상관은 없겠지만, 이렇게 만난 것도 인연이니 서로 말이라도 주고받고 싶어지는 것이 인간의 마음이다. 이것은 당연한 일이다. 물론 이 섬에는 나 말고도 많은 사람들이 있다. 그중에는 얼핏 스쳐지나간 것뿐인데 꼴도 보기 싫은 놈도 있다. 그냥 이유도 없이 싫은 것이다. 하지만 이곳은 외딴섬이다. 우리는 외딴섬에 갇혔다. 보기 싫어도 날마다 얼굴을 마주하면서 지내야 한다. 이것을 운명이라고 생각한다면 굳이 싸움 같은 것은 하고 싶지 않을 것이다. 웬만하면 서로 웃으면서 지내고 싶을 것이다. 비록 거짓일지라도 서로 사이가 좋은 듯 아무 일 없이 지내고 싶을 것이다. 이것이 자연스런 인정이다. 서로 미워하는 것도 애정이라면 애정이다. 하지만 여러분 앞에 미워하는 애정과 사이좋게 지내는 애정이 놓여 있다면 무엇을 택하겠는가? 두말할 필요도 없이 사이좋게 지내는 애정일 거다. 왜 그럴까? 서로 미워하며 지내기보다는 사이좋게 지내는 편이 즐겁기 때문이다. 애정 중의 애정, 다시 말해 모든 애정의 기초가 되는 것은 즐겁게 살고 싶다는 욕구다. 여기 모인 사람 가운데 불행해지고 싶은 사람은 없을 것이다. 서로 미워하는 것이 사람의 애정이 된 것도 그 연유를 캐보면 불행해지고 싶지 않은 마음이 있었기 때문이다. 상대방이 나를 불행하게 만들지도 모른다고 생각했기 때문에 상대방을 미워하고 괴롭히려는 애정이 생긴 것이다. 서로에 대한 미움이 싹트면 두 번 다시 즐거워질 수 없다. 시간이 흐를수록 더욱 불쾌해지고, 더욱 미워진다. 서로 미워하고, 그래서 불쾌해지는 것이라면 이것을 애정이라고 말할 수는 없다. 참다운 애정이라고는 할 수 없다.

한 가지 여러분에게 부탁하고 싶은 말이 있다. 우리 모두가 품고 있는 가장 위대한 애정을 소중히 여기자는 것이다. 행복하게 살고 싶다는 그 마음을 존귀하게 여기자는 얘기다. 종교, 도덕, 철학을 끄집어낼 필요도 없이 바로 나 자신이 이 순간에도 행복을 꿈꾸고 있다. 이것이 거짓 없는 애정이다. 서로 행복해지기 위한 것, 서로 사이좋게 지내기 위한 것, 그것이 여러분과 나의 애정인 만큼 다른 이론은 젖혀두고 이것 하나만 우리 마음속에서 살려낸다면 나는 그것으로 충분하다고 생각하며, 우리의 공동생활은 바로 이러한 믿음을 바탕으로 시작해야 한다고 생각한다."

지로는 이제껏 여러번 아사쿠라 선생님과 숙생들이 함께하는 좌담회에 참석했지만 이날처럼 깊이 감동한 적은 없었다. 숙생들을 '외딴섬의 표류자'로 이야기한 것도 재미있었고, 누구나 쉽게 이해할 수 있는 '애정'이라는 말로 우애숙의 공동생활을 설명하는 것도 새로웠다. 지로는 아사쿠라 선생님이 하는 이야기에 정신이 팔려 아라다 노인이 그 자리에 있다는 것을 잊고 말았다.

아사쿠라 선생님은 온화하게 웃으면서 숙생들을 보며 말을 이었다.

"그런데 서로 이해하면서 화목하게 지내는 것에도 엄연한 차이가 있다. 서로 감정을 이해하는 것에도 종류가 있고, 그 마음 씀씀이에도 깊이의 차이가 있다는 뜻이다. 잘못하면 사이좋은 관계에 이끌려 다른 사람이 잘못을 제대로 지적하지 못하는 경우가 생길 수도 있다. 쉽게 말해 다 함께 타락해버리는 것이다. 이것은 서로를 죽이는 것과 다르지 않다. 함께 타락하는 것은 서로 종말을 지켜보는 것과 같다. 이것은 서로를 죽이는 행동이다. 타인의 죽음을 아무렇지도 않게 지켜보는 것은 그 사람을 죽이는 것과 다름없다. 이것은 애정이 아니다. 더구나 이런 식의 애정이라면 결코 오랫동안 지속되지 않는다. 눈 깜짝할 사이에 차갑게 식어버리기 일쑤다. 식어버리는 것으로 그치지 않고 서로 원수가 될 수도 있다. 감정의 골이 너무 깊어져서 이왕이면 잘 지내보고 싶다는 인간의 기본적인 마음마저 고개를 들지 못하는 경우가 생길 수 있다. 다 함께 행복해지고 싶다는 마음도 사라져버리는 것이다.

무엇보다 중요한 것은 서로 인간성을 발전시켜나가야 한다는 점이다. 혼자가 아닌 우리 모두가 발전해나가도록 마음을 써야 한다는 점이다. 내가 여러분에게 당부하고 싶은 두 번째 부탁은 바로 이것이다. 인간성은 단독으로 성장하지 않는다. 함께 모여 있을 때 우리 모두 인간성이 성장해나간다. 함께 지내다 보면 때로는 마음에 들지 않는 일이 생길지도 모른다. 서로 기분 나쁜 사이가 될 수도 있다. 상대방이 듣기 싫어하는 말을 해야 할 때도 있고, 내가 듣기 싫은 말을 상대방이 할 때도 있을 것이다. 또 내가 격려하는 것을 상대방이 무시하는 경우도 있을 것이다. 언뜻 생각하면 무척이나 기분 나쁜 일들이다. 이 모두가 사람의 애정에 어긋나는 말과 행동들이다. 그러나 이런 것도 참아낼 줄 알아야 인간성이 성장할 수 있다. 사람과 사람 사이에서 벌어지는 온갖 일들을 인내하지 못한다면 우리는 진정으로 서로 이해할 수도, 위로할 수도, 가까워질 수도 없다. 진정으로 아끼고 위하는 사이가 되지 못한다면 공동체에서 행복은 기대할 수가 없다. 결국 애정 중의 애정을 나누지 못하게 된다.

서로를 위하는 마음에서 상대방의 잘못을 이야기하고, 상대방의 부족한 면을 격려하는 것은 말처럼 쉬운 일은 아니다. 그러기 위해서는 인간성이 뒷받침되어야 한다. 저마다 자신뿐 아니라 다른 사람의 마음까지 신경 써줄 수 있는 깊은 인간성을 지녀야 한다. 인간성이 더욱 깊어지려면 물론 서로 위해주고, 충고하고, 협력해야 한다. 처음부터 이런 것들이 마음에 와 닿지는 않을 것이라고 생각한다. 그러나 시간이 지나면, 어느 정도 서로를 이해하게 되면, 참고 말없이 행동하다 보면 이런 것에서 크나큰 기쁨을 맛보게 된다. 이 기쁨이야말로 우리의 인간성이 깊어졌다는 증거다. 인간성이 한 번 깊어지면 무서울 정도로 가속도가 붙는다. 우리의 인간성이 한층 깊어질수록 공동체에서 맛보는 인정의 기쁨도 그만큼 커진다. 점점 크게, 점점 높게, 점점 깊게 우리의 삶이 풍요로워진다.

여러분에게 세 번째로 부탁할 것은 우리 공동체를 활성화시킬 수 있는 방안을 만들어달라는 점이다. 다 함께 지혜를 모으자는 얘기다. 우애숙의 공동생활에 어떤 체제를 만들기 위해 지혜를 모아야 한다는 이야기가 아니다. 우리에겐 특정한 체제가 필요치 않다. 소식을 위해 조직을 만드는 것은 어떤 의미에서는 폐단이다. 조직을 도모한다는 이유로 그런 폐단에 빠져서는 곤란하다. 서로가 사이좋게 인간성을 발전시키는 데 가장 좋은 조직을 만들자는 것이다.

방금 말했던 것처럼 이곳은 외딴섬이다. 우리는 우연히 같은 섬에 표류하게 된 인연으로 이 자리에 모였다. 따라서 이 섬에는 기존의 질서라는 것은 없다. 우리가 의지할 만한 사회적 전통 또한 존재하지 않는다. 과거에 우리와 비슷한 사정으로 이 섬에 잠깐 머문 사람들이 있기는 하지만 그들이 어떤 식으로 이곳에서 조직을 만들고 서로 협력했는지는 알 길이 없다. 다시 말해 이곳에는 우리를 구속하는, 또는 우리에게 방향을 제시할 만한 것이 없다. 모든 것은 이제부터가 시작이다. 물론 이 섬에는 건물도 있고, 숲도 있고, 밭도 있다. 때문에 과거의 표류자들이 이곳에서 어떻게 살아왔는지 대강 짐작할 수 있는 무엇인가가 남아 있을지 모른다. 하지만 법률과 제도와 규칙과 명령 같은 것은 전혀 남아 있지 않다. 어쩌면 여러분은 그 같은 질서들을 나한테 물어보려고 생각할지도 모른다. 그러나 분명한 사실은 나 또한 오늘 여러분과 함께 이 섬에 표류하게 된 한 사람일 뿐이라는 점이다. 나도 여러분과 마찬가지로 이 섬의 사회질서에 대해 무지하다. 여러분 중에는 내가 앞장서서 이 섬의 사회질서를 수립해주면 좋겠다고 생각하는 사람도 있을 것이다. 분명히 말하겠는데 난 그럴 마음이 조금도 없다. 나라는 인간은 여러분보다 이 세상을 몇 해 더 살았을 뿐이다. 이곳 생활에 익숙치 않다는 점에서 여러분과 나는 다른 점이 없다.

따라서 나는 여러분의 선배도, 지도자도, 명령을 하는 사람도 아니다. 내가 여러분에게 뭔가를 명령하거나, 방향을 제시할 거라고 생각했다면 잘못 생각한 것이다. 미리 말해두지만 나한테 아무것도 기대하지 말기 바란다. 나한테 뭔가를 기대하면 여러분은 이곳에서 아무것도 거두지 못할 것이다. 이곳의 모든 생활은 여러분에게 달려 있다. 여러분의 의지와 노력에 따라 결정될 것이다."

평소 같으면 지로는 이쯤 해서 숙생들이 어떻게 반응하는지 살펴봤을 것이다. 하지만 그때 지로의 눈길은 아라다 노인에게 고정되어 있었다. 그런데 뜻밖에도 아라다 노인은 두 손으로 입을 가리고 크게 하품을 하고 있었다. 아라다 노인이 당황하는 모습을 기대했던 지로는 무척 실망했다. 차라리 아무 말도 못 들었다는 듯 조금 전처럼 아무 표정없이 앉아 있었다면 그나마 나을 텐데, 아라다 노인은 지루해서 못 견디겠다는 듯 연신 하품을 하는 것이었다.

아라다 노인을 바라보던 지로는 자기도 모르게 입술을 꽉 깨물었다. 아사쿠라 선생님은 변함없이 조용히 말을 이어나갔다.

"이처럼 아무런 전통도 없고, 앞장서서 우리를 인도해줄 지도자도 없는 무인도에서 살아남으려면 서로 지혜를 모으는 수밖에 없다. 서로 협력하고 조직을 만들어 생존하는 것이 우리의 목표다. 따라서 우리한테 가장 필요한 것은 창조 정신이다. 여러분은 지금껏 전통과 규칙, 그리고 몇몇 지도자들의 명령에 복종하는 것만을 강요받아왔다. 여러분에게 공동생활이란 복종하는 훈련일 뿐이었다. 아마도 이곳을 찾기 전까지 그런 생각을 했을 것이다. 우애숙의 공동생활 또한 예전에 받았던 복종 훈련과 다르지 않겠거니 여겼을 것이다. 하지만 이곳 훈련은 여러분이 그동안 받아왔던 훈련과는 완전히 다르다. 완전히 다르다는 표현은 조금 지나칠 수도 있으나, 어쨌든 이곳에서는 여러분이 스스로 판단해야 한다. 스스로 생각해야 하고, 여러분이 저마다 생각한 것을 종합해야 한다. 여러분의 의견 중에서 가장 타당하다고 생각되는 것을 선택해야 한다. 공동생활에서 질서를 지키는 것은 아주 중요하다. 모두를 위한 명령에 복종하는 것도 아주 중요하다. 하지만 현재로서는 이곳에 아무런 법도, 권위도 없다. 아직 우리는 어떤 질서도 만들어내지 못했다. 만약 여러분들 생각에 법과 권위, 질서가 필요하다고 판단된다면 먼저 서로 의견을 나누어야 한다. 함께 노력해서 만들어내면 된다. 전통이나, 미리 만들어져 있는 규칙에 익숙한 인간이라면, 또는 누군가의 명령에 복종하도록 길들여져 있는 인간이라면 이 갑작스런 변화에 당혹스러워할 수도 있다. 도대체 뭘 어떻게 해야 하는지 앞이 깜깜할 것이다. 하지만 이곳은 무인도다. 의지할 사람도, 의지할 그 무엇도 없는 곳이다. 그렇게 생각하면 마음이 조금 편안해질 것이다. 이 상황은 내 힘으로도 어쩔 수 없는 것이다. 따라서 노력하는 수밖에 없다. 여러분 가운데는 – 물론 그렇지 않기를 바라지만 – 조직이야 어찌 되든 상관없다, 강제 명령이 없으니 차라리 잘 되었다, 하고 마음 편하게 생각하는 사람도 있을 것이다. 만에 하나 여러분이 모두 이렇게 생각한다면, 다시 말해 여러분이 모두 의견을 교환하고 지혜를 모았는데 결론이 이와 같다면 나는 반대하지 않을 것이다. 인생에서 중요한 것은 경험이다. 몸으로 부딪쳐보아야만 그때 내린 판단이 옳았는지, 그릇되었는지를 깨달을 수 있다. 여러분의 선택으로 여러분의 생활이 어떻게 변하는지 경험해보는 것도 좋다고 생각한다. 그러나 여러분은 모두 상식을 갖춘 젊은이들이므로 이런 쓸모없는 실험에 귀중한 시간을 허비할 것이라고는 생각하지 않는다.

앞서도 말했듯이 우리의 지혜를 하나로 모으는 것은 결코 쉽지 않다. 공동사회를 건설하는 것은 말처럼 간단치가 않다. 전통도 없고 규칙도 없고 명령도 없이 질서의 모양새를 다듬어가는 일은 어려운 만큼 좌절할 확률도 크다. 어쩌면 마지막 순간까지 좌절하게 될지도 모른다. 실패로 끝나버릴지도 모른다. 그래도 상관없다. 이런 경험을 하면서 저마다 인간성이 깊어지고, 인격이 발전한다. 진정한 뜻에서 행복은 명령과 복종이라는 단순한 관계에서 얻어지지 않는다. 스스로 나서서 참여하는 생활에서 얻을 수 있다. 비록 힘들지라도 나는 이런 생활이 훨씬 가치 있다고 믿는다. 나는 여러분에게 일정한 틀을 제시하거나 하지는 않을 것이다. 어디까지나 창조하는 생활이 목표다. 서로 행복하게 살고 싶다는 한 가지 목적 아래 우리 모두가 마음을 모아 그 목적을 이루어나가도록 노력해야 한다. 그러기 위해 우리는 조직을 만들고, 운영하고, 한 사람 한 사람의 머리와 가슴에서 새로운 질서를 창조해나갈 작정이다. 그렇게 해서 여러분은 공동체의 행복을 맛보게 될 것이다.

　마지막으로 한 가지 더 말해둘 것이 있다. 어떤 일이 있어도 서로 결과를 속이지는 말자. 자기 자신을 속여서는 안 된다는 뜻이다. 그럴듯한 모양새를 갖춘 공동체도 중요하지만, 그 목적에 도취되어 적당히 타협하거나, 무조건 복종하거나, 남에게 맡겨버리는 행동은 삼가야 한다. 우리 모두가 서로에게, 또한 자신에게 정직해져야 한다. 최선을 다해 능력을 발휘하면 그것으로 충분하다. 당장 눈에 보이는 결과보다는 모순과 충돌을 극복하는 것이 전체를 위해 중요하다. 서로 생각과 느낌을 종합해나가면서 통일된 질서로 정착시키는 것이야말로 무엇보다 중요한 일이다. 결과보다는 과정이다. 적당한 과정도 결과를 만들어낼 수는 있다. 하지만 그런 결과가 여러분을 더 나은 인간으로 만들지는 못한다. 결과가 어찌 되었든 간에 그 과정이 성실했다면 여러분은 발전한 것이다. 이곳에서 경험하는 게 여러분의 앞날에 엄청난 힘이 될 거라고 믿는다. 세상 사람들은 겉으로 드러난 결과만 추종하려는 경향이 있다. 그들은 결과만 보고 온갖 비평을 쏟아내기 일쑤다. 그러나 여러분은 세상 사람들의 비평에 신경 쓸 필요가 없다. 여러분이 신경 써야 할 것은 여러분의 내면에서 토해 나오는 양심의 소리이다. 그 소리에 귀 기울이면서 어떻게 하면 우리 모두가 좀 더 발전된 인격으로 살아갈 수 있을까를 궁리하면 된다……."

　아사쿠라 선생님은 그 어느 때보다 단호하게 말했다. 지로는 또 한 번 아라다 노인 쪽을 흘깃거렸다. 아라다 노인은 어느새 목상으로 되돌아가 있었다. 스즈다는 아사쿠라 선생님이 하는 말에 감정이 상했는지 신경질을 내듯 입술을 잘근거리며 주위를 두리번거렸다.

"그나저나……."

아사쿠라 선생님은 목소리를 조금 낮추었다.

"지금부터는 저마다 생활 설계를 어떻게 할 것인지 구체적으로 이야기를 나눌까 하는데, 먼저 우리가 표류하게 된 이 섬이 어떤 곳인지를 알아보는 게 중요할 거라고 생각하네. 우리가 지금 어떤 환경에 처해 있는지부터 알아두는 것이 순서일 테니까. 객관적인 현실을 무시했다간 이상이든, 신념이든 시도해보기도 전에 물러서야 하는 경우가 생긴다. 내 생각엔 간담회를 시작하기 전에 먼저 여러분들이 이 섬의 곳곳을 탐험해보면 좋겠다. 대강 형편은 모두 짐작하고 있겠지만, 앞으로 어디에서 생활하고, 무엇을 어떻게 이용하고, 무엇이 필요한지는 스스로 판단하기를 바란다. 거리낄 것 없이 편하게 행동하면 된다. 숲과 밭도 좋고, 부엌이나 창고도 좋다. 서재가 됐든 어디가 됐든 거침없이 탐험해보기 바란다. 다만 본관 일부는 음식을 만드는 분들과 사환이 쓰고 있으니 주의하고, 저 건너편에 있는 공림암은 우리 식구들이 살고 있으니 그곳만은 제외해주기 바란다. 예외를 두니까 어쩐지 무인도라는 느낌이 옅어지는 것 같지만 어쩔 수 없는 일이니 다들 이해해주면 좋겠다, 하하."

숙생들도 아사쿠라 선생님 말에 웃음을 터뜨렸다. 웃지 않은 사람은 아라다 노인과 스즈다 두 사람뿐이었다.

지로는 두 사람을 흘끗 보며 자리에서 일어났다.

"그럼 한 시간쯤 뒤에 딱딱이를 칠 테니까 그때 다시 이곳에 모이면 됩니다. 그때까지 자유롭게 탐험하시기 바랍니다."

숙생들은 조금 당황한 듯 보였으나 처음 시작할 때보다 훨씬 밝은 표정을 지으며 홀을 빠져나갔다.

숙생들이 미처 다 나가기도 전에 아사쿠라 선생님이 아라다 노인에게 다가가 말했다.

"저도 모르게 얘기가 조금 길어졌습니다. 숙장실에서 차라도 한잔 하시죠."

"아니, 됐소."

아라다 노인이 무뚝뚝하게 대답했다.

"어이, 스즈다. 볼일이 끝났으니 우리도 그만 가자."

스즈다가 아라다 노인을 일으켰다. 검은 선글라스는 여전히 정면만 바라보고 있었다.

스즈다는 아라다 노인의 팔을 붙들고 걸어가면서 경멸하듯 아사쿠라 선생님을 쏘아보았다.

"지금 가시게요? 대접이 시원찮아 정말 죄송합니다."

아사쿠라 선생님도 굳이 두 사람을 붙잡지는 않았다. 사모님과 지로는 서로 눈길을 주고받으며 현관까지 따라나섰다.

아라다 노인은 현관에서 신발을 갈아신을 때까지 한 마디도 하지 않았다. 그러다 차에 올라타기 바로 전에 뒤를 돌아보며 큰 소리로 물었다.

"숙장 선생, 신문은 날마다 보고 있소?"

"물론 보고 있습니다."

"시국이 변하고 있다는 걸 잊지 마시오."

"아, 예……."

"국가가 명령만 내리면 언제든 죽을 수 있는 청년들로 길러야 하지 않겠소."

"……."

자동차가 멀리 사라지자 아사쿠라 선생님은 사모님과 지로를 보며 씁쓸하게 웃었다.

그 뒤로 아라다 노인은 우애숙을 방문하지 않았다. 지난번 9기 폐숙식을 앞두고 아사쿠라 선생님이 안내장을 보냈지만 아라다 노인의 괴기한 얼굴은 끝내 나타나지 않았다. 지로는 아라다 노인이 다누마 선생을 찾아갔는지 무척 궁금했다. 아사쿠라 선생님에게 몇 번 그 이야기를 물어보았지만 아사쿠라 선생님은 아무 말도 하려고 하지 않았다. 그러던 어느 날, 아사쿠라 선생님은 문득 이런 말을 했다.

"앞으로는 청년운동이 더욱 어려워질 거야. 그럴수록 이런 성격의 우애숙이 더욱 중요해진다."

지로는 그 말을 듣고 아라다 노인이 우애숙 경영을 부정하는 행동을 하고 있다는 것을 알아차렸다. 하지만 그날 뒤로 아사쿠라 선생님은 아라다 노인에 대해서는 물론이고, 그와 비슷한 말도 꺼내지 않았다. 지로는 더욱 불안해져만 갔다. 10기 입숙식이 가까워질수록 아라다 노인의 얼굴이 더 자주 떠오르는 것도 그 때문이었다.

지로는 머릿속에 떠오른 아라다 노인의 얼굴을 지우려는 듯 고개를 세차게 흔들었다. 그러자 이번에는 미치에의 얼굴이 떠올랐다.

교이치는 지금 도쿄대 문과 3학년에 다니고 있었다. 미치에도 몇 년 전 여학교를 졸업했다. 미치에는 도쿄의 여대에 진학하고 싶어 했지만 무슨 사정에서인지 갈 수 없었다. 지로는 차라리 잘되었다고 생각했다. 도쿄에서까지 미치에 때문에 괴로움을 겪고 싶지는 않았기 때문이다. 도쿄에서 새로운 생활을 하면서 지로의 기억 속에서 과거의 경험들은 하나 둘씩 흐릿해져갔다. 그리고 3년 반이라는 세월이 흐른 요즘에는 교이치를 만나도 예전처럼 미치에가 떠오르지 않았다. 때로는 미치에를 잊은 듯 유쾌하게 이야기를 나눌 수도 있게 되었다. 그런데 이 주일 전부터 미치에의 얼굴이 지로의 머릿속을 가득 채우기 시작했다. 제10기 신입 숙생 모집을 마감하던 날 뜻밖에도 미치에가 편지 한 통을 보낸 것이다. 미치에는 지로가 도쿄로 떠난 지 3년 반이라는 시간이 흘렀으며, 그동안 자신에게 한 번도 편지를 보내지 않았다는 것을 가볍게 불평하면서 편지를 시작했다. 여기까지는 지로도 편하게 읽을 수 있었다. 하지만 마지막 부분이 문제였다.

아버지가 일 때문에 도쿄로 가게 되셨어. 그래서 구경도 할 겸 그때 아버지를 따라 도쿄로 갈 거야. 숙소 같은 자잘한 일은 교이치 오빠한테 모두 부탁해뒀으니까 걱정하지 않아도 돼. 아직 날짜는 확실하게 정해지지 않았지만 도착하는 대로 알려줄 테니 기다리고 있어. 아 참, 그리고 교이치 오빠가 역으로 마중 나오기로 했으니까 괜한 걱정은 하지 마. 여러 가지로 불만이 많지만 나중에 만날 때 얘기할게.

지로는 눈앞이 아득해지는 것 같았다. 미치에의 마음속에 자신은 그저 동네 오빠에 지나지 않는 존재로 남아 있다는 것을 선고받은 느낌이었다. 동시에 지난 3년 동안 교이치와 미치에의 사이가 보통 관계를 넘어섰다는 것도 통보받은 것 같은 기분이 들었다. 편지를 읽는 순간 피가 머리로 쏠리는 것을 느낄 수 있었다. 문득 자신이 왜 이런 일로 화를 내야 하는지 한심하다는 생각이 들었다. 이때부터 지금껏 잊어버린 듯 지낸 미치에의 얼굴이 불쑥불쑥 떠올랐고, 때로는 아라다 노인의 기괴한 얼굴을 밀어내고 떠오르기도 했다.

창가에 기댄 채 눈을 감고 있던 지로는 길게 한숨을 내쉬었다. 지금은 두 사람을 생각할 때가 아니라고 스스로를 다독였다. 입숙식은 당장 내일이다. 지로의 인생에서 가장 중요한 것은 우애숙이었다. 이곳에서 아사쿠라 선생님 부부를 돕는 것이 자신이 맡은 임무였다. 지로는 입숙식을 하고 새롭게 시작해야 할 공동생활에 필요한 것들이나 점검해야겠다고 생각했다. 그렇게 해서라도 아라다 노인과 미치에의 얼굴을 멀찍이 떨어뜨리고 싶었다. 그러나 어느새 또 아라다 노인의 일그러진 얼굴과 미치에가 해맑게 웃는 모습이 번갈아가면서 가슴을 헤집었다.

후우 하고 지로는 한숨을 내뱉었다. 그리고 다시 한 번 숙생 명단을 집어들고 살펴보았다. 숙생들이 들어오기 전에 이름과 경력을 외워둬야 했기 때문이다. 그런데 눈으로는 분명 명단에 적힌 활자를 읽고 있는데 머릿속에 떠오르는 것은 아라다 노인과 미치에의 얼굴이었다.

지로는 참다못해 명단을 방바닥에 내던지고는 방을 나가려는데 입구에 걸린 족자가 발길을 붙잡았다. '평상심'이라고 적어놓은 족자였다. 족자는 지로의 흐트러진 마음을 나무라듯 햇살을 받으며 조용하게 빛나고 있었다.

오가와 무몬, 히라키 중좌

 점심때가 다 되어서도 지로는 식당에서 나올 낌새가 없었다. 등으로 내리쬐는 햇살을 받으며 창틀에 걸터앉아 멍하니 숙생 명단을 뒤적이는가 하면 살며시 눈을 감았다가 물끄러미 족자를 바라보며 뒤숭숭해진 마음을 가누지 못하고 있었다.
 "지로, 한참 찾았잖아. 아침부터 계속 여기 있었어?"
 옷 위에 주머니가 달린 앞치마를 두른 사모님이 복도로 난 창문을 열면서 말했다.
 "점심은 여기서 먹어야겠다. 본관에선 그래도 여기가 따뜻해. 선생님 좀 불러올래?"
 사모님은 지로가 대답하는 것도 듣지 않고 취사장 쪽으로 걸어갔다.
 지로는 사모님이 사라진 창문 쪽을 멍하니 바라봤다. 별다른 이유도 없이 당황스러웠다. 지로는 벌떡 일어나 방 한쪽 구석에 쌓아놓은 길다란 상 하나를 햇빛이 잘 드는 곳에 내려놓았다. 그러고는 서둘러 공림암으로 갔다.

아사쿠라 선생님과 지로가 식당으로 왔을 때는 이미 점심 준비가 끝난 뒤였다.

"오늘은 간단하게 덮밥을 준비했어요. 그래도 맛있는 걸로 차렸으니까 기대해도 좋아요."

"그래?"

밥그릇 뚜껑을 열면서 아사쿠라 선생님이 감탄한 듯 말했다.

"야, 이거 장어덮밥 아냐? 큰맘 먹었군."

"우리 세 사람이 함께 먹는 건 오늘이 마지막이잖아요."

"그런 의미가 담겨 있단 말이지? 당신이 애써 만든 요리이긴 하지만 그런 의미라면 조금 실망스럽군."

"그게 무슨 뜻이에요?"

"여자란 역시 자잘한 감정, 분위기에만 맘이 끌리는 모양이야?"

"어머, 나도 그만 여자의 본심을 드러낸 모양이군요. 나는 그렇지 않다고 생각했는데……."

"그냥 농담으로 한 말이니 그렇게까지 신경 쓸 필요는 없소, 하하."

아사쿠라 선생님이 농담을 하자 지로와 사모님은 나직이 웃음을 터뜨렸다. 아사쿠라 선생님은 이내 진지한 얼굴이 되어 '평상심'이라고 적어놓은 족자를 보았다. 그리고 다시 젓가락을 집어든 채 생각에 잠겼다.

"누군가를 가르친다는 건 말처럼 쉬운 일이 아냐. 이번이 벌써 10기째인데 아직도 불안감이 떨쳐지지가 않아. 숙생들을 새로 모집할 때마다 나도 모르게 비장해지는 것 같아."

 지로는 선생님을 가만히 보았다. 선생님은 농담처럼 다시 말했다.

 "맛있는 요리가 앞에 있으니 나도 모르게 비장해지는구먼, 하하하."

 그 말을 듣고 사모님이 웃음을 터뜨렸다. 그러나 지로는 웃지 않았다. 선생님은 흘낏 지로를 보고는 말을 이었다.

 "덮밥 정도로 비장해지는 것이 우습기는 하지만, 없는 것보다야 낫겠지. 원래 사랑이란 실천이 어려운 법이거든. 사랑이 깊어질수록, 사랑의 대상이 크게 느껴질수록 그것을 실천하려면 가혹한 희생이 뒤따르는 법이야. 사랑이야말로 각오가 필요한 셈이지. 십자가가 그런 진리를 증명하고 있어. 사랑하기 때문에 비장해진다는 것은 부끄러운 게 아냐. 비장해질 수 없는 생활이야말로 부끄러움 중의 부끄러움이라고 할 수 있지.

 "그럼 평상심이란 뭘 말하는 거죠?"

 옆에서 가만히 듣고 있던 지로가 따지듯이 물어보았다.

 "비장감을 극복한 마음이겠지."

 "비장감을 극복한 마음에 또다시 비장감이 찾아올 수 있을까요?"

 "글쎄……."

 아사쿠라 선생님이 살며시 웃음 지었다.

 "부자가 돈을 극복한다면 어떻게 될까? 부자가 돈에 대한 욕심을 극복했다고 해서 가난해지는 건 아닐 텐데."

"정말 돈을 극복했다면 가난해지는 게 당연하지 않을까요?"

"그렇다면 지식은 어떨까? 지식을 극복한 학자는 무지해지는 건가?"

지로는 고개를 갸웃거렸다. 아사쿠라 선생님은 젓가락을 내려놓고 사모님이 따라준 차를 한 모금 마셨다.

"수영의 달인은 자유롭게 물속을 헤엄치지. 그건 물에 대한 두려움을 극복했기 때문이 아냐. 물이 더는 그를 두렵게 만들지 못했을 뿐이야. 뿐만 아니라……."

"예, 이제 알겠어요."

지로는 선뜻 대답해버렸다. 하지만 두 사람이 평소에 지로에게서 보았던 환한 표정은 찾아볼 수가 없었다. 지로는 무척 괴로워하는 것처럼 보였다. 언뜻 보기에 몹시 화가 난 것처럼 보이기도 했다.

"오늘 지로한테 무슨 안 좋은 일이라도 있었던 거야?"

사모님은 불안한 기색을 감추려는 듯 억지로 웃었다. 지로는 고개를 숙인 채 아무 말도 하지 않았다. 아사쿠라 선생님이 농담조로 말했다.

"역시 비장감 때문인가? 그렇더라도 여느 때와 너무 다른데. 조금 있으면 숙생들이 올 거야. 뭐든 마음에 걸리는 게 있으면 지금 얘기해."

지로는 잠깐 눈을 감았다가 곧 결심한 듯 말했다.

"아라다 노인은 요즘 어떻게 지내고 있을까요?"

솔직히 지로의 마음을 괴롭힌 얼굴은 아라다 노인이 아니라 미치에였다. 미치에에 대한 생각이 아라다 노인에 대한 생각보다 더 큰 의미로 지로를 괴롭히고 있었다. 하지만 이런 문제로 자신이 고민하고 있다는 것을 보이고 싶지는 않았다. 아사쿠라 선생님은 찬찬히 지로의 얼굴을 살펴보았다. 선생님의 입가에 웃음이 번졌다.

"난 또 뭐라고……. 아라다 노인이 그렇게 마음에 걸렸나? 그때 이후로는 이곳에 나타나지 않으니 다행스러운 일이지. 좀 말썽이 있더라도 오늘은 덮밥을 먹었으니 충분할 거야, 하하하."

아사쿠라 선생님은 평소와 달리 일부러 큰 소리로 웃으며 젓가락을 내려놓았다. 그리고 차를 한 모금 마신 뒤에 공림암으로 건너갔다.

지로는 당연히 웃지 않았고, 사모님도 웃지 않았다. 두 사람은 한참 서로 마주 보다가 밥상을 정리했는데, 그때까지도 말을 꺼내지 않았다.

상을 다시 제자리에 갖다놓고 지로는 현관으로 나갔다. 신입 숙생들의 접수를 받기 위해서였다. 지로는 현관 앞에 조그마한 탁자 두 개를 나란히 놓고 숙생 명단과 인쇄물을 가지런히 올려놓았다.

조금 뒤에 사모님도 양장으로 옷을 갈아입고 나왔다. 몸매가 날씬해서 그런지 지로가 보기에도 검정 원피스가 무척 잘 어울렸다. 나이도 네다섯 살은 젊어 보였다. 사모님은 지로가 접수를 받는 동안 그 곁에 서서 숙생들에게 인쇄물을 나눠주었다.

두 시쯤 되자 숙생들이 속속 오기 시작했다. 배낭을 짊어진 사람도 있고, 새로 산 것 같은 가죽 트렁크를 힘겹게 끌고 온 사람도 있었다. 대부분은 카키색 청년단 복장을 입고 있었는데, 몇몇은 신사복을 말쑥하게 차려입었다. 신사복을 입은 사람들은 겉으로 보기에도 나이가 꽤 많아 보였다.

모두들 지친 기색이 뚜렷했다. 눈빛도 불안했다. 신입 숙생 중 절반 이상이 도쿄 땅은 이번이 처음이었다. 지방에서 도쿄까지 혼자 올라오는 것이 쉽지만은 않았던 모양이다. 모집 요강에는 도쿄 역에서 우애숙으로 오는 약도가 상세하게 적혀 있었지만 낯선 도쿄에서 우에노 역이 어디인지, 신주쿠 역이 어디인지, 이케부쿠로 역에서 특행 기차를 갈아타려면 몇 번 출구로 나가야 하는지를 생각하려면 이만저만 고생스런 일이 아니다.

지로는 지칠 대로 지쳐 있는 청년들을 보는 순간, 아라다 노인과 미치에의 얼굴을 깨끗이 잊어버렸다. 지로는 트렁크를 들어주거나 친절하게 말을 걸면서 잔뜩 긴장해 있는 청년들을 현관 앞으로 데려왔다. 그리고 이름과 명단을 대조한 뒤에 도착 날짜와 시간을 기록했다. 이어서 그들에게 사모님을 소개했다. "이분은 숙장 사모님입니다. 우애숙에서 지내는 동안 여러분을 어머니처럼 돌봐주실 분입니다." 이런 말을 할 때 지로의 얼굴은 언제나 밝고 의기양양했다. 사모님은, "정말 잘 왔어요. 고단하겠지만 조금만 참아요." 하고 일일이 인쇄물을 나눠주었다. 사모님은 청년들에게 고향과 나이를 물어보며 따뜻하게 대해주었다. 청년들의 지친 얼굴도 사모님의 자애로운 웃음과 마주치면 금세 활기를 띠었다. 지로는 청년들이 그렇게 변화하는 것이 자기 일처럼 즐거웠다.

우애숙 도착 시간은 오후 네시로 되어 있었고, 예정되어 있던 인원은 모두 이상 없이 모였다. 지로는 숙생들을 모두 홀에서 기다리게 한 뒤 한 사람 한 사람씩 접수를 받았다. 접수를 다 하고 지로는 이들을 방으로 안내했다. 신입 숙생은 모두 마흔여덟 명으로, 한 방에 여섯 명씩 모두 8개 조로 나뉘어졌다.

방 배치까지 무사히 마치고 사모님과 지로는 사무실에서 난롯불을 쬐며 숙생 명단을 다시 한 번 살펴보았다. 이것은 두 사람의 버릇과도 같은 것으로, 접수 때 특별한 인상을 남긴 청년들의 얼굴을 다시 한 번 살펴보기 위해서였다.

"지로는 몇 명이나 기억해?"

"글쎄요, 한 열너댓 명은 되는 것 같아요."

"그렇게나 많아? 난 겨우 대여섯 명밖에 없는데."

"이번엔 좀 특별해 보이는 사람들이 많이 모인 것 같아요."

"그래? 난 별로 그런 것 같지도 않던데."

"확실히 젊은 청년보다는 나이 든 사람이 더 기억에 남는 것 같아요. 사람은 나이를 먹으면 얼굴 특징이 뚜렷해지나 봐요."

"그만큼 세상 때가 묻었다는 뜻이겠지, 호호……. 하긴 내가 기억하는 사람들도 거의 다 나이가 많아. 그 오가와라는 사람도 그렇고……."

그러자 지로는 명단에서 잠깐 눈을 떼고 사모님을 보았다.

"사모님도 그 사람 기억하세요?"

"그럼, 나는 한눈에 외웠다니까. 이름부터가 스님처럼 색달랐기 때문이기도 하겠지만……."

"바로 그 사람이에요. 지난번에 선생님이 말씀하셨던 사람이."

"아, 그 교토 대학 철학과 출신 말이지? 지금은 중학교 교사라는 것 같던데……."

"예, 맞아요."

두 사람은 다시 명단을 뒤적거렸다. 명단에는 '오가와 무몬, 27세, 치바 현 출생, 초등학교 교사, 중학 졸'이라고 간단하게 적혀 있었다. 자신이 쓴 비고란에는 '청년단 생활은 아직 경험해본 적이 없지만 관심이 많음'이라고 적혀 있었는데, 지로는 어쩐지 태도가 좀 어정쩡한 것 같다는 생각이 들었다.

"본인이 이렇게 적어서 보냈다고 하더군요. 어쨌든 선생님이 허락하셨으니까요."

지로는 그렇게 말하며 살짝 웃었다. 물론 여기에는 사정이 있었다.

오가와 무몬은 재작년 봄에 교토 대학 철학과를 졸업하고 곧바로 치바 현에 있는 모교 중학교에 선생으로 부임했다. 그는 학창 시절부터 교단에 갇힌 교육에 반감을 품고 있었으므로 자신이 가르치는 학생들에게는 좀 더 실제 생활에 필요한 것을 가르치고 싶다는 바람이 강했다. 그러다 우연한 기회에 우애숙 이야기를 들었다. 치바 현에서 도쿄는 하루면 오갈 수 있는 거리였다. 이에 오가와는 어느 일요일 – 지금부터 꼭 한 달 전 일이다 - 아사쿠라 선생님을 찾아왔다. 두 사람은 숙장실에서 한 시간이 넘도록 이야기를 나누었다. 그 자리에서 오가와는 입숙을 허락해달라며 사정했다.

만일 현직 때문에 입숙할 수 없다면 당장 내일이라도 사표를 던지고 이곳으로 찾아오겠다고 서슴없이 말했다.

처음에는 아사쿠라 선생님도 오가와의 진심을 정확하게 알 수 없었다. 그러나 이야기를 나눌수록 그의 결심이 진심이라는 것을 깨닫고 마음속으로 놀라움을 감추지 못했다. 아사쿠라 선생님이 보기에도 오가와라는 청년은 무게가 있었다. 그 무게란 말과 행동에서 오는 것은 아니었다. 오히려 겉으로 드러나는 말과 행동이 너무 솔직하여 어딘가 좀 우스꽝스럽기까지 느껴질 정도였다. 그러나 그에게서는 왠지 모를 범상치 않은 분위기가 느껴졌다. 아사쿠라 선생님은 오가와가 인간에 대한 사랑과 깊은 사색을 삶에서 그대로 실천하고 있기 때문이라고 생각했다.

하지만 그 때문에라도 선생님은 오가와가 입숙하는 것을 허락하기가 힘들었다. 자신도 한때는 중학교 선생이었다. 그 시절을 떠올리면 중학교야말로 오가와 같은 인물이 반드시 필요한 곳이라는 생각이 들었다. 아사쿠라 선생님은 오가와의 심정은 충분히 이해할 수 있었지만 그를 받아들이자니 조금 불안했다. 모든 점에서 오가와는 이곳을 찾는 젊은이들보다 아주 뛰어났다. 그런 사람이 지도자도 아닌 일개 숙생으로 참여한다는 것은 확실히 부담스웠다. 우애숙의 목표에도 맞지 않는 것 같왔다. 오가와 같은 엘리트 청년이 숙생으로 참여한다면 다른 청년들과 뚜렷하게 차이가 날 텐데, 그것이 가장 큰 걱정이었다. 오가와 같은 인물은 굳이 나서지 않더라도 자연스레 두드러질 것이다. 공동생활은 여러 사람의 의지와 지혜를 한데 모아 힘겨운 상황을 뚫고 나가는 데 뜻이 있는데, 오가와 같은 인물이 뛰어난 능력을 드러내면 시골에서 올라온 청년들은 자신도 모르게 주눅이 들어 공동생활을 제대로 체험하지 못할 수도 있다. 아사쿠라 선생님은 오가와의 진심은 충분히 이해했지만, 그 점이 염려스러웠다.

아사쿠라 선생님은 오가와를 설득해서 돌려보내기로 마음먹었다.

"자네 같은 사람이 우애숙 같은 곳이 있어야 한다고 공감한다면 학교교육에도 반드시 큰 도움이 될 거라고 믿네. 그런 점에서 나는 자네를 환영하고 싶네. 하지만 일반 숙생으로 자네를 받아들이기엔 자네의 수준이 너무 높아. 우리가 자네를 가르치기도 쉽지 않고, 자네가 우리에게 뭔가를 배우기에도 부족하다는 생각이 들 거야. 차라리 방학이나 시간 날 때마다 견학하는 정도라면 괜찮을 것 같군. 여기엔 자네보다 서너 살 어린 조수가 하나 있네. 그 조수를 돕는다고 생각하면서 견학이나 하고 돌아갔으면 하는데."

하지만 오가와는 달랐다.

"저는 앞으로도 계속해서 교직 생활을 해 나가고 싶습니다. 제 인생의 방향을 전환하기 위해 말씀드리는 것입니다. 견학이라는 미적지근한 태도로는 아무래도 제가 바라는 것을 얻지 못하리라고 판단합니다. 이곳을 찾는 젊은이들이 어떤 마음가짐으로 공동체의 일원이 되는지 제 눈으로 확인하고 싶습니다. 힘들고 어렵더라도 그들과 함께 겪어보고 싶습니다. 우애숙의 근본 방침에 대해서는 저도 충분히 공감합니다. 감히 주제넘게 나서거나 하지는 않을 겁니다. 가르치려고 들지도 않겠습니다. 제 학력이나 직업이 다른 숙생들에게 선입관을 심어줄지도 몰라 염려스러우시다면, 물론 이렇게까지 하고 싶지는 않지만 이력서에 적당히 둘러대겠습니다. 청년단을 경험한 적도 없으니 이곳 젊은이들보다 제가 우수하다고 말할 수도 없을 겁니다."

오가와가 이렇듯 강경하게 나오자 아사쿠라 선생님도 더 거절할 수가 없었다. 오늘 당장이라도 교사직에서 물러날 수 있다고 각오하는 게 모험을 위해서라면 어떤 위험도 감수할 수 있다고 생각하는 치기 어린 동경으로 보이기도 했지만, 한편으로는 이런 인물이라면 앞날을 걱정할 것이 없겠다 싶어 결국 오가와의 희망을 받아들이기로 했다.

"역시 그랬군."

사모님은 오가와가 입숙하게 된 경위를 듣고 연신 고개를 끄덕였다.

"다른 사람들하고는 어딘지 모르게 느낌이 달랐어."

"저도 특별히 주의해서 살펴봤는데 성격이 아주 세심하더군요."

"그래? 무슨 일이 있었어?"

"메모지 한 장이 책상 밑에 떨어져 있었는데 저한테 건네주더군요."

"언제? 난 못 본 것 같은데."

"그때 태도가 아주 자연스러웠어요. 스스로 자신의 행동을 의식하지 못하는 것처럼 표정이 없었어요. 그래서 더 인상에 남았나 봐요."

사모님은 뭔가 재미있는 생각이 났다는 듯한 얼굴로 말했다.

"그러고 보니 백조회로 치면 오자와와 비슷한 것 같아."

"맞아요, 저도 그 생각을 했어요. 확실히 두 사람은 공통점이 꽤 많을 거예요."

"하지만 말이야……."

사모님은 조금 진지해졌다.

"오자와의 성실성과는 조금 다른 데가 있는 것 같아. 좀 더 자연스러운 성실성이랄까."

"자연스러운 성실성……."

지로는 혼잣말처럼 사모님이 한 말을 되뇌었다.

"이렇게 말하면 오자와가 자연스럽지 않다는 것처럼 들릴지 모르겠지만 결코 나쁜 뜻으로 한 말은 아니야. 다만 오자와의 성실성에는 자기 의지가 분명하게 드러나거든. 좋은 말로 정치성이랄까? 그런 성격이 전체 인격으로 이루어져 있다는 느낌이 강했어. 무의식적으로 행동하거나 하지는 않았으니까."

"그러고 보면 오가와 씨는 정치성 따위는 전혀 없어 보이더군요."

그들은 서로 낮에 본 오가와의 인상을 떠올려봤다. 키가 작고 어깨가 넓은 남자가 현관 앞을 서성이고 있다. 깨끗하게 면도한 턱은 푸르스름하게 빛났다. 짧게 자른 머리와 근시 안경을 쓴 둥근 얼굴은 어딘지 모르게 저력이 있어 보였다. 오가와는 검은 신사복에 검정 코트를 입고 있었다. 어깨에 멘 배낭을 내려놓으며 코트를 벗고 두 사람에게 정중히 고개 숙여 인사를 했다. 그리고 지로에게 조용하면서도 기품 있는 목소리로, "치바 현에서 온 오가와 무몬입니다." 하고 말했다. 지로가 숙생 명단을 건네주자 곧 자기 이름을 찾았다. 비고란에 자기 소개를 간단하게 쓰고 나서 사모님에게 또 한 번 고개 숙여 인사를 했다.

"백조회 회원이나 지금까지 만나 본 숙생 중에서도 이런 사람은 처음인 것 같아요. 왠지 이번 기수는 아주 특별할 것 같다는 생각이 드네요."

"맞아, 한 사람이라도 뛰어난 사람이 있으면 그만큼 즐겁겠지……. 그런 걸 보고 기대하는 것 자체가 공동생활이 목표인 우애숙의 정신을 이해하지 못하고 있다는 증거라며 선생님께 혼나고 있기는 하지만."

"그렇긴 해도 선생님 처지에서는 뛰어난 인재가 나타난 게 반갑지 않을까요?"

"그럴지도 모르지."

사모님은 슬며시 웃으며 명단을 뒤적거렸다. 그러다가 작게 한숨을 내쉬며 지로에게 말했다.

"하지만 이런 게 다는 아냐. 접수하면서 본 첫인상으로 숙생들을 평가할 수는 없지."

지로는 머리를 긁적이며 쓴웃음을 지었다. 사모님이 차분하게 가라앉은 목소리로 말했다.

"오가와 씨가 메모지를 주워줬다는 것만으로 그 사람이 세심하다고 결론을 내려서는 안 돼. 그리고 정말 세심한 사람이라면 그렇게 되기까지 자기 의지를 얼마나 많이 동원하고 고생했는지도 생각해야겠지?"

지로는 어쩐지 부끄러운 생각이 들어 눈길을 아래로 떨어뜨렸다.

그때 복도에서 발소리가 들렸다. 아사쿠라 선생님이 공림암에서 돌아온 것이다.

"다들 무사히 왔나?"

선생님은 사무실에 들러 지로에게 이렇게 물어본 뒤 곧장 숙장실로 들어갔다. 지로와 사모님도 그 뒤를 따라 숙장실로 들어갔다.

아사쿠라 선생님은 천천히 명단을 살펴보다가 말했다.

"오가와도 왔군. 어느 조에 편성됐지?"

"5조입니다. 아무래도 그 조가 가장 적당할 것 같아서……."

지로는 그렇게 대답하며 조 편성을 기록해둔 서류를 아사쿠라 선생님에게 건넸다. 서류 곳곳에 오가와의 이름을 썼다가 지운 흔적들이 남아 있었다.

"오가와 때문에 조 편성이 꽤 까다로웠나 보군. 뭐 그렇게까지 신경 쓸 일도 아닌데……. 내 생각엔 조장으로 추천될 가능성이 적은 곳이면 좋겠어."

"저도 그러는 게 좋을 것 같아서 5조에 오가와 씨보다 한 살 많은 분을 편성했습니다. 그분 기록을 보니까 군청에서 연합단장을 지냈더라고요."

"아, 그래."

아사쿠라 선생님은 재미있다는 듯 고개를 끄덕였다.

조금 뒤에 세 사람은 숙생들이 어떻게 지내는지 둘러보았다. 아사쿠라 선생님은 방 입구에 서서 짤막하게 인사했다.

"내 이름은 아사쿠라입니다. 이쪽은 제 집사람으로 여러분이 이곳에서 지내는 동안 안주인 일을 해줄 것이니 그냥 편하게 아주머니라고 부르세요. 그리고 여기 젊은 친구는 혼다 군입니다. 동료 중 하나라고 생각하면 됩니다."

그리고 생각났다는 듯이 덧붙여 말했다.

"다들 기차를 타고 오느라 힘들었을 겁니다. 오늘 밤은 여관에라도 묵는다고 생각하면서 편히 쉬세요. 고향에 엽서 정도는 보내는 것도 좋겠지."

신입 숙생들은 자세를 고쳐앉으며 아사쿠라 선생님이 하는 말을 주의 깊게 들었다. 아사쿠라 선생님은 따뜻한 눈길로 숙생들을 일일이 챙겨주고 공림암으로 건너갔다.

그날은 다른 행사는 더 하지 않았다. 숙생들은 사모님과 지로, 사환인 가와세와 부엌일을 담당하는 나미키 부부에게 도움을 받으며 목욕을 하고 밥을 먹었다. 저녁에는 한가롭게 자를 마시거나 방에서 커다란 화로를 둘러싸고 자기 고향 이야기를 하면서 시간을 보냈다. 취침 시간에 대해서도 열 시 반이 되면 정확히 전등을 끄도록 되어 있으니 그리 알라는 주의만 했을 뿐이었다. 벌써 몇몇 숙생들은 서로 친해져서 어쩐지 수학여행 온 것 같다며 시끄럽게 떠들어댔다.

취침 시간이 가까워질수록 본관이 시끄러워졌다. 숙생들이 생활하는 방은 다다미 열 장 만 한데, 방에는 커다란 화로와 여섯 명이 함께 쓰는 책상이 놓여 있었다. 장정 여섯이 자기에는 방이 조금 비좁았다. 여섯 명이 누울 자리를 평등하게 배치하기 위해서는 서로 머리를 맞대고 지혜를 짜내는 것은 물론이고, 몇 명이 희생을 감수해야 했다.

열 시부터 방마다 시끄러워지기 시작했다. 그때까지 복도를 서성이며 이곳에 처음 온 숙생들을 도와주던 사모님과 지로는 팔짱을 낀 채 구경만 했다. 누가 도와달라고 해도 전혀 개입하지 않았다. 급기야 두 사람은 사무실로 들어가버렸다. 그리고 열 시 반에 지로는 예고한 대로 단 1초도 지체하지 않고 전등 스위치를 내려버렸다. 복도가 캄캄해지자 여기저기에서 불만스런 목소리가 터져 나왔다.

하지만 지로는 개의치 않았다. 지로는 전등을 끄기 전에 복도를 돌아다니며 방마다 무슨 일이 일어나는지 살폈는데, 어느 방보다 먼저 잠이 든 곳은 5조였다. 오가와 무몬은 5조에서 두 번째로 나이가 많은데도 문 쪽에 누워 있었다. 지로는 그 모습을 나름대로 의미심장하게 관찰한 뒤에 그날 밤 사모님에게 자신이 본 것을 이야기해주었다.

이튿날은 제10기 입숙식을 하는 날이었다. 2월 초라 무사시노(도쿄 도 서부에서 사이타마 현 가와고에 시 부근에 이르는 평야)의 날씨는 무척 추웠다. 그래도 다행히 하늘은 맑았다. 아침부터 햇살이 따뜻했다. 그 바람에 서릿발이 녹아 땅이 질척거렸다.

입숙식 시간은 오전 열 시였다. 그 시간까지 숙생들은 전날과 마찬가지로 자유롭게 시간을 보냈다. 아침을 먹고 숙생들은 햇빛이 잘 드는 창가에 앉아 잡담을 나누거나, 사무실에서 신문을 읽었다.

여덟 시가 조금 지났을 때였다. 사무실에서 전화벨 소리가 요란하게 울렸다. 지로가 전화를 받자 수화기 건너편에서 다누마 선생이 다급하게 말하는 소리가 들렸다.

"아사쿠라 숙장 계신가?"

"숙장실에 계십니다."

"그쪽으로 돌려줘."

지로는 다누마 선생이 무슨 일로 이른 아침부터 전화를 걸었는지 무척 궁금해하면서 숙장실로 전화를 연결했다. 그러자 곧 숙장실에서 아사쿠라 선생님이 전화받는 소리가 들렸다.

"아, 예, 그렇군요……. 그건 물론 거절할 수 없죠……. 아, 예, 알겠습니다. 할 수 없죠……. 그럼 이쪽에서 예정한 내빈 축사는……. 아, 그렇습니까? 그럼 시간을 봐서 적당히 해야겠군요……. 아, 예, 뭐 신경이 쓰이는 건 시실이죠. 그 뒤로는 서도 잘 모르겠습니다. 저한테 특별한 말은 없었거든요. 폐숙식 때 아라다 씨가 찾아오지 않는 걸 보고 대충 짐작은 했습니다, 하하하……. 예……, 예……. 염려하실 정도는 아닙니다. 예, 저도 충분히 주의시키겠습니다……. 아, 예, 그럼 곧 뵙지요."

아사쿠라 선생님이 통화를 마치자 지로는 곧 숙장실로 달려갔다.

"다누마 선생님께 무슨 일이라도 생겼나요?"

"아니, 곧 오실 거야."

아사쿠라 선생님은 별일 아니라는 듯 빙그레 웃었다.

"오늘은 좀 특별한 분들이 오신다는구나."

"아라다 노인이요?"

"아라다 씨도 오겠지만 육군성에서 누가 올 모양이야."

지로는 눈이 휘둥그레졌다.

"다누마 선생님이 안내장이라도 보내신 거예요?"

지로가 의아하다는 표정을 지으며 물었다.

"아니, 그렇진 않은 것 같아. 오늘 아침에 아라다 씨한테서 그런 전화가 왔다는구나."

지로의 낯빛이 어두워지는 것을 보고 아사쿠라 선생님은 일부러 눈길을 돌렸다.

"그래서 말인데 오늘은 아마 육군성 장교가 내빈 축사를 할 것 같구나. 너도 그렇게 준비하렴."

"군인한테 축사를 맡기시려고요?"

지로는 흥분해서 자기도 모르게 목소리를 크게 냈다.

"어차피 그쪽에서 축사를 하려고 할 거야. 그럴 바에야 내가 먼저 부탁하는 게 좋을 것 같다."

"하지만 우애숙 방침에 어긋나는 말을 하지 않을까요?"

"그렇게 될지도 몰라. 하지만 어쩔 수 없는 일이야."

"선생님!"

지로가 침통한 얼굴로 아사쿠라 선생님에게 한 발 다가서며 말했다.

"어떻게 남의 일처럼 얘기하실 수 있나요? 어쩔 수가 없다니요. 지금 그렇게 쉽게 말씀을 하실 때가 아니라고요. 단순하게 생각할 문제가 아니잖아요."

"왜?"

"이건 처음부터 계획한 일이었다고요."

"계획?"

"예, 아라다 노인이 비열한 계획을 세운 거예요. 군대를 끌어들여서라도 우애숙을 망가뜨리려고 작정한 게 틀림없어요."

지로는 입술이 새파래졌다. 선생님은 화가 난 눈으로 지로를 보다가, 주먹으로 탁상을 쾅 하고 내리쳤다.

"그런 말은 함부로 하는 게 아냐."

지로는 물러서지 않았다.

"그자들이 무슨 생각을 하는지 뻔히 알면서 하겠다는 대로 내버려둬선 안 돼요. 틀림없이 어떤 속셈이 있을 거예요."

"속셈이 있다고 해도 달라지는 건 없어. 우리끼리 이런 말을 한들 무슨 소용이 있나?"

"저는 그렇게 못 하겠어요. 군인이 축사하는 건 무슨 일이 있어도 막을 겁니다."

"그건 안 돼."

"우리 쪽에서 거절하면 되는 것 아닌가요?"

"그렇게 간단한 문제가 아냐. 육군성에서 일부러 여기까지 올 때는 다 이유가 있는 거야. 일부러 찾아오는 사람들에게 빌미를 줄 수는 없다. 그러면 더 나쁜 결과만 낳게 될 거야."

"그럼 항복하시겠다는 거예요?"

아사쿠라 선생님의 눈이 번뜩였다. 선생님은 입을 굳게 다문 채 말이 없었다. 그러나 조금 뒤에 지로의 얼굴이 일그러진 것을 보며 기분 나쁠 정도로 조용히 대답했다.

"혼다는 아직 우애숙에 대해 잘 모르는 것 같구나. 그까짓 축사 때문에 우애숙의 정신이 무너지지는 않는다."

아사쿠라 선생님은 빙긋 웃었다. 그 웃음에 지로도 기세가 한풀 꺾였다. 지로는 뭐라고 대답해야 좋을지 몰랐다. 지로가 아무 말도 못하는 것을 보고 아사쿠라 선생님은 조금 크게 말했다.

"이런 일에 흥분하는 걸 보니 아직도 넌 우애숙의 정신을 받아들이지 못한 것 같구나. 조금 흥분했다고 해서 말도 안 되는 어리광이나 피우다니, 이쯤 해둬라!"

지로는 오랜 시간 아사쿠라 선생님을 가까이에서 지켜봤지만 이날처럼 화가 난 모습을 본 기억은 별로 없었다. 지로는 선생님과 맺은 오랜 인간적 유대가 이로써 단절될지도 모른다는 생각에 맥없이 고개를 떨어뜨리고 말았다.

아사쿠라 선생님은 말했다.

"평소에 말해왔듯이 지금 일본이라는 나라는 완전히 병들었다. 일본이라는 국토가 병에 걸린 마당에 우애숙만 멀쩡하다는 것은 논리에 맞지 않는 얘기야. 이 땅엔 병균이 득실거리고 그 병균들은 머잖아 우애숙을 전염시키려고 들 거다. 그럴 가능성은 아주 높아. 아니, 우리가 모르는 사이에 이미 들어왔는지도 모른다. 지금까지 수없이 침투해왔어. 이 우애숙을 방문한 젊은 청년들은 모두 보균자였다. 그들은 일본이라는 나라에 전염된 전염병 환자들이었어. 단 한 명도 멀쩡한 정신 상태로 이곳을 찾아온 사람은 없다고 생각한다. 그리고 조금 있으면 또다른 병균이 우애숙을 찾아올 것이다. 다만 예전에 견주어 조금 더 수가 많을 뿐이야. 네 말처럼 할 수만 있다면 병균이 몰려오기 전에 막아내는 것이 좋겠지. 가능하다면 그들을 거절하는 것이 최선이다. 하지만 현실은 그렇지가 않아. 우리는 그들을 막아낼 수도 없고, 거절할 수도 없어. 그것이 저 병균들의 뿌리다. 거절하고 막아내기는커녕 그들 앞에서 고마워하도록 만드는 것이 일본을 병들게 한 병균의 정체란 말이다. 그러니 어쩌겠나? 이 나라에서 살아야 하는 이상 수많은 병균들과 마주쳐야 할 거다. 저 병균들은 쉴 새 없이 밀려올 거다. 각오하는 수밖에 없어. 물론 괴롭기도 하고 귀찮기도 할 거야. 하지만 괴롭다고 해서 피하면 이 우애숙은 어떻게 되겠니? 차라리 저 병균을 받아들이고 맞서 싸우면 우애숙의 지항력은 더욱 거실 서야. 저항력이 커지는 만큼 병균에 대한 내성이 생기고, 웬만한 병균에는 끄덕도 하지 않는 강한 몸이 될 거다. 두렵다고 해서 피하면 아무것도 이룰 수 없단다. 난 오늘이 좋은 기회가 될 거라고 생각한다. 이런 말을 하면 너는 내가 억지를 부리는 것쯤으로 생각할지도 모르지만 이건 진심이다. 피하기 어렵다면 굳이 피할 필요가 없어. 현실을 있는 그대로 받아들일 줄도 알아야 해. 의연하게 맞서는 거야. 먼저 받아들인 뒤에 어떻게 대응해야 할지 생각해보자꾸나. 내가 생각하는 자유란 바로 이런 것이다. 인간이 인간답게 살려면 자유로움을 스스로 쟁취할 줄 알아야 한다. 어디에서든, 어느 때나, 누구 앞에서든 내 주인은 오직 나일 뿐이다. 내 말을 꼭 명심해라. 싫다는 감정에 휩쓸려 사태를 감추거나 덮어버려서는 안 돼. 무슨 뜻으로 하는 말인지 알겠지?"

"예……."

지로는 기어들어 가는 목소리로 겨우 입을 열었다. 아사쿠라 선생님의 마음은 이해가 됐지만 그 마음을 받아들이기는 아주 힘들었다. 권력에 대한 반항심이 여전히 마음 한구석에서 지로를 충동질하고 있었다.

아사쿠라 선생님은 지로의 마음을 꿰뚫어보려는 듯 찬찬히 살펴보다가 갑자기 웃음을 터뜨렸다.

"쓸데없는 질문일 수도 있겠다만 군에서 온 내빈은 어떻게 할 작정이지?"

지로는 아사쿠라 선생님이 갑작스레 질문하자 당황한 나머지 마른침만 삼켰다. 우애숙에서 오랫동안 생활해왔지만 이런 일로 선생님에게 주의를 들은 기억은 없었다. 생각할수록 아사쿠라 선생님이 무슨 뜻으로 이런 말을 하는지 아리송했다.

"전 아무 생각도 하지 않고 있습니다. 그냥 평소처럼 행동해야지요."

"평소처럼? 평소처럼 행동할 작정이라면 안심해도 되겠구나. 하지만 평소와 같은 네 행동이 우애숙의 정신에 비춰볼 때 정당한 태도인지를 너 자신에게 물어봐야 할 거다."

지로는 허를 찔린 기분이었다. 아사쿠라 선생님이 다그쳐 물었다.

"평소에도 우애숙을 찾는 내빈들에게 속마음을 감추고 겉으로만 반가워했다는 뜻은 아니겠지? 그런 게 아니라면 겉으로 베푸는 친절이 네가 생각하는 평소 태도였나?"

지로는 고개를 더 깊이 숙였다. 두 사람 사이는 어색하게 조용해졌다. 아사쿠라 선생님은 따뜻한 눈길로 지로를 보며 말했다.

"이제 와서 너한테 이런 말을 하는 것도 조금 쑥스럽다만, 우애숙은 이 세상 누구한테도 거짓으로 꾸민 얼굴을 보여서는 안 된다. 모든 인간에게 인간으로서 친절을 베푸는 것이 우애숙의 정신이라는 것은 너도 잘 알 거다. 우애숙의 생명은 바로 이런 데에 있는 거야. 우리는 사랑으로 이 험한 세상을 바꾸려는 거다. 이기느냐, 지느냐도 중요하겠지. 하지만 승패는 인간이 예측할 수 있는 문제가 아니야. 물론 이기려는 의지는 무엇과도 바꿀 수 없다. 그 의지를 바탕으로 어떤 상황이든 낯부딪쳐보는 거야. 부딪치고 넘어지고 배우는 것뿐이다. 오늘 우리가 해야 할 일은 우리 자신을 갈고닦는 거란다. 오늘 같은 경우에 우애숙의 정신을 잊어버린다면 우리가 우애숙을 만든 정신도 잊어버리게 되는 셈이지."

지로는 정신을 차릴 수가 없었다. 부딪치고 넘어지고 배워야 한다는 선생님의 말이 너무나 큰 울림으로 자신을 뒤흔들고 있었다. 조금 전에 선생님이 한 말을 부정한 권력에 반항해야 한다는 뜻으로 받아들였는데, 지금 한 말은 정반대되는 뜻인 것 같았다. 아무 말도 할 수가 없었다. 머릿속이 뒤죽박죽 엉켜버린 느낌이었다.

"잘 알겠습니다. 명심하겠습니다."

지로는 겨우 입을 뗀 뒤 숙장실을 나왔다. 그리고 강당으로 가서 분필을 집어들고 칠판에 입숙식 차례를 적어나가다가 '내빈 축사'라는 네 글자를 멍하니 보았다. 그 네 글자가 마치 주문처럼 마음에 걸렸다.

지로는 입숙식 차례를 칠판에 적고 사무실로 돌아왔다. 숙생 몇 명이 난롯가에 앉아 신문을 읽고 있었다. 지로도 그들 틈에 섞여 난롯불을 쬐었다. 난롯불의 온기에도 지로의 마음은 가라앉지 않았다.

'그가 어떤 사람이든 우애숙을 방문한 모든 사람을 따뜻하게 맞이하는 것이 우애숙의 정신이라는 것은 나도 알고 있다. 하지만 말처럼 쉽지 않은 게 문제다. 선생님은 내가 어떻게 행동하기를 바라시는 것일까. 설마하니 우애숙을 괴롭히려는 사람들 앞에서 웃음이라도 흘리라는 것일까. 아첨이라도 해야 하는 것일까. 절대로 그런 뜻은 아니었을 거다. 내 감정을 속이면서까지 평화를 위해 참고 싶지 않다. 무슨 수로 그들을 따뜻하게 맞이할 수 있단 말인가. 자신의 감정을 속이지 않는 것이야말로 가장 중요한 것이 아닐까.'

지로의 가슴은 이런 의문들로 가득 차서 숙생들과 이야기를 나눌 기분도 아니었다.

그러는 사이 내빈들이 오기 시작했다. 가장 먼저 온 사람은 다누마 선생이었다. 차에서 내리는 다누마 선생의 표정을 확인한 지로는 다리에서 힘이 빠져버리려는 것을 억지로 참았다. 다누마 선생은 아사쿠라 선생님이 그토록 강조하는 우애숙의 정신을 온몸으로 표현하고 있었다. 평화롭고 따뜻한 눈매에서는 근심이나 분노 같은 감정들을 찾아볼 수가 없었다. 그 느긋한 태도와 흐트러지지 않은 발걸음은 오늘 입숙식도 평소와 다를 게 없다고 말하는 듯했다. 지로는 안심이 되면서도 한편으로는 무언가에 짓눌린 듯 가슴이 답답했다.

마지막으로 자동차 두 대가 현관 앞에 멈췄다. 한 대는 아라다 노인이 탄 차이고, 뒤따라온 차는 번호판에 육군을 상징하는 별을 새겨넣은 대형 지프였다. 먼저 아라다 노인이 스즈다의 팔을 붙잡고 차에서 내렸다. 지로는 검은 선글라스를 쓴 괴기한 얼굴이 밝은 햇살 아래 드러나는 것을 가만히 지켜보았다. 지프에서는 한 남자가 중좌(중령) 계급장이 달린 모자를 쓰고 내렸다. 키가 크고, 얼굴은 비싹 여위고 파리했다. 남자는 차에서 내려 몸을 뒤로 젖히면서 본관 앞을 둘러보았다.

그 사이에 스즈다가 지로에게 다가왔다.

"다누마 씨는 오셨겠지?"

"예, 오셨습니다."

"육군성에서 히라키 중좌가 찾아왔다고 전해라. 아라다 씨가 오늘 아침 전화로 알렸으니까 알고 계실 거다."

지로는 거만한 말투로 명령하듯 지껄이는 스즈다에게 화가 치밀었다. 그래서 대답도 하지 않고 숙장실로 들어갔다.

다누마 선생은 숙장실 소파에 편안하게 앉아 있다가 지로가 입을 열기도 전에 말했다.

"육군성에서 손님이 오셨나 보군. 이쪽으로 안내해 드려."

지로는 다시 현관으로 돌아가서 이번에도 입을 꾹 다물고 슬리퍼만 내려놓았다.

"얘기했나?"

스즈다는 처음과 달리 조금 날카롭게 눈꼬리를 치켜올리며 지로를 보았다.

"예, 숙장실로 가시죠."

지로도 퉁명스럽게 대답했다.

스즈다가 아라다 노인을 부축해 먼저 현관에 올라섰다. 히라키 중좌는 무릎까지 올라오는 장화를 벗다 말고 스즈다에게 물었다.

"오늘 식순에 칙어 봉독도 있나?"

"예, 아마 그럴 겁니다……."

"그럼 장화를 벗으면 안 되겠군. 다른 때라면 몰라도 칙어를 봉독할 때는 군인으로서 복장 규정을 엄숙히 지켜야 하니까."

"그냥 올라오시죠. 상관없습니다."

"규정이 그렇게 정해져 있는데 감히 누가 상관한단 말이오?"

히라키 중좌는 장화를 반쯤 벗다 다시 신었다.

스즈다는 흘낏 지로를 보았다. 지로가 창백하게 굳어 있는 것을 보며 스즈다는 비웃듯이 웃었다.

그러는 동안에도 아라다 노인은 검은 선글라스를 쓴 얼굴을 뻣뻣이 치켜들고 목상처럼 서 있었다. 숙생들은 사무실 복도를 서성이다가 벽 쪽에 바싹 붙어 그 모습을 지켜보고 있었다.

중좌는 아라다 노인과 스즈다를 따라 널빤지를 깐 복도에 군화의 박차 소리를 울리며 숙장실로 걸어갔다.

지로는 입술을 깨물고 세 사람의 뒷모습을 노려보다가 퍼뜩 정신을 차렸다. 그리고 잽싸게 세 사람을 앞질러 숙장실 문을 열어주었다.

입숙식

 입숙식은 예정대로 오전 열 시 정각에 시작했다. 내빈석 상석에는 히라키 중좌가 앉았다. 중좌는 처음에 그 자리를 아라다 노인에게 양보했다. 그러나 아라다 노인은, "오늘은 당신이 주빈이야." 하고 나무라듯 말하면서 뒷자리에 앉아버렸다. 중좌가 난처한 기색으로 무슨 말인가를 했지만 들은 척도 하지 않았다. 당황한 히라키 중좌는 조금 벌게진 얼굴로 몇 번씩 아라다 노인에게 허리를 굽혀 인사한 뒤에 어쩔 수 없다는 표정을 하고 자리에 앉았다. 그래도 마음이 편치 않았던지 자꾸만 고개를 돌려 아라다 노인 쪽을 보았다.

 그러나 정작 입숙식을 시작하자 중좌는 더 거북해 하지 않고 숙생들을 노려보며 거만하게 입을 씰룩거렸다.

 아라다 노인과 히라키 중좌의 반대편에는 이사장인 다누마 선생과 아사쿠라 선생님 부부가 나란히 앉았다. 지로는 그 뒤쪽에 서서 식을 진행하고 있었다. 지로는 히라키 중좌의 옆얼굴을 쏘아보는 데 정신이 팔려 있었다. 거만하게 숙생들을 쳐다보는 히라키 중좌의 얼굴에는 일선에서 부대원들을 이끄는 장교답지 않게 소박함이 조금도 없었다. 그 창백한 피부와 날카롭게 번뜩이는 눈빛을 보면 볼수록 신경질적인 지식인이 떠올랐다. 한편으로는 남에게 지기 싫어하는 끈질기고 잔인한 실무가처럼 보이기도 했다. 지로는 중좌의 옆얼굴을 살펴보면서 어릴 적에 동화책에서 읽은 그리스 신화에 나오는 메두사가 생각났다.

다누마 이사장과 아사쿠라 선생님이 차례로 식사를 하는 동안 히라키 중좌는 숙생들의 표정을 세심히 살펴보았다. 두 분은 평소에 하던 대로 간단하게 식사를 마쳤다. 그러나 마지막에는 두 분 모두 의미심장한 말을 남겼다. 먼저 단상에 오른 다누마 선생은 이렇게 말했다.

"국민에겐 임무라는 것이 있습니다. 국민의 임무엔 두 가지가 있는데 첫째는 항구적인 임무이고, 둘째는 시국적인 임무입니다. 이중 시국적인 임무란 시대가 요구하는 임무입니다. 다시 말해 현재 국가가 필요로 하는 국민들의 희생입니다. 이처럼 국민들에게 희생을 요구하는 국가의 목소리가 커질수록 국민들은 항구적인 임무를 잊어버리기 쉽습니다. 오늘날이 바로 그와 같은 시대입니다. 여러분은 지금 이 순간에도 국가가 우리에게 무엇을 요구하는지는 알고 있지만 여러분이 국가를 위해 무엇을 해야 하는지는 잘 모르고 있습니다. 우애숙에서 공동생활을 하면서 여러분은 잊어서는 안 될 항구적인 임무를 깨달을 것입니다. 항구적인 임무가 무엇인지 깨닫는 것도 중요하지만 그 임무를 실천하는 것도 무척 중요합니다 여러분이 이 나라를 위해 실천해야 할 항구적인 임무는 이곳에서 깨달은 공동생활을 여러분의 고향에서 실천하는 것입니다. 그 임무를 온전히 수행했을 때 이 나라의 시대적 요구도 바로잡히게 될 것입니다."

이어 아사쿠라 선생님이 단상에 올라 다음과 같이 당부했다.

"지금까지 일본은 상하 관계를 가장 중요하게 여겼기에 이런 수련은 아주 많이 쌓아왔습니다. 그에 반해 횡적인 관계의 긴밀함에 대한 수련은 아주 적었습니다. 만약 여기 계신 분들 중에 일본이라는 나라의 가장 큰 약점이 무엇이냐고 묻는다면 나는 이렇게 대답할 것입니다. 국민들 사이에 횡적인 관계가 제대로 맺어지지 못했다는 점이야말로 일본의 가장 큰 약점이다……. 상하 관계가 제아무리 공고해 보일지라도 횡적인 관계가 뒷받침해주지 못하면 소용이 없습니다. 그래서 나는 여러분과 생활할 때도 이 같은 횡적인 관계의 긴밀함에 집중할 생각입니다. 상하 관계가 전혀 없는 상황에서 먼저 횡적인 관계를 맺고, 이를 바탕으로 정당한 상하 관계를 이끌어낼 계획입니다."

이런 이야기는 오후 좌담회 때나 해야 할 이야기였다. 두 분은 아라다 노인이나 히라키 중좌를 타이르기라도 하듯 거침없이 우애숙의 정신을 이야기했다.

지로는 무척 만족스러워하며 다누마 이사장과 아사쿠라 선생님의 목소리에 집중했다. 두 분 모두 차분하게 꼭 해야 할 말만 한 거라고 생각했다. 이렇게 되면 아무리 중좌라고 해도 당황할 수밖에 없다. 꼬투리를 잡고 싶어도 기회가 없다. 지로는 그렇게 생각했다.

아사쿠라 선생님이 단상에서 내려오자 다음으로 내빈 축사를 할 차례가 되었다. 지로는 가슴이 후련했다가 다시금 두근거리기 시작했다. 지로는 옛날 무사가 일대일로 싸우는 적에게 큰 소리를 내지르는 듯한 심정으로 외치듯 말했다.

"다음은 내빈 축사입니다! 축사를 하실 분은 육군성의 히라키 중좌입니다!"

이 말이 떨어지기 무섭게 히라키 중좌가 자리에서 벌떡 일어났다. 중좌는 먼저 뒷자리에 앉아 있는 아라다 노인에게 경례를 했다.

그러나 눈이 어두운 아라다 노인은 검은 선글라스를 쓰고 정면만 바라보며 꼼짝도 하지 않았다. 히라키 중좌는 아라다 노인 옆에서 한참 서 있다가 어정쩡하게 손을 내렸다. 긴장했던 숙생들도 그 희한한 모습을 보고는 웃음을 참지 못했다. 그래도 누구 한 사람 소리 내 웃지는 못했다. 히라키 중좌의 모습이 너무나 진지해서 함부로 웃을 수가 없었던 것이다. 더구나 웃음을 불러온 인물은 다른 사람도 아니고 아라다 노인이었다. 두 사람이 입숙식에 참석한 이유를 숙생들도 대강은 짐작하고 있었다. 그러나 그 때문에 더욱 웃음을 참기가 어려웠다. 지로는 누구보다 이 상황이 고통스러웠다. 입 밖으로 터져 나오려는 웃음을 참아내느라 입술을 깨물고 두 손을 꽉 쥐면서 중좌의 표정을 살펴보았다.

중좌는 입술을 일그러뜨리며 쓴웃음을 지었다. 장내에서 유일한 웃음이었다. 중좌는 다른 내빈들에게는 인사도 하지 않고 허리에 찬 대검과 장화 소리를 시끄럽게 울리며 단상에 올라섰다.

지로는 중좌의 창백한 옆얼굴과 숙생들의 주눅 든 얼굴을 번갈아 보면서 당장이라도 숨이 막힐 것만 같은 기분으로 중좌가 말하기를 기다렸다.

그러나 히라키 중좌는 지로가 예상한 것과 달리 부드러운 목소리로 인사말부터 했다. 다누마 이사장과 아사쿠라 숙장의 청년교육에 대한 열의를 진심으로 존경한다는 다분히 상투적인 인사말이었다. 그러나 지로는 아주 감격했다. 물론 그의 진심과는 동떨어진 가식이며 예의에 지나지 않는다는 것은 잘 알고 있었다. 그러나 상황이 이렇게 진행되면 아무리 중좌라고 해도 대놓고 우애숙을 비난하지는 못할 거라는 생각이 들어 조금은 안심할 수가 있었다.

하지만 중좌의 태도는 단 3분 만에 돌변해버렸다. 중좌는 세계정세의 흐름을 설명하며, 일본이 살아남기 위해서는 국민이 각오해야 한다고 말했다. 히라키 중좌는 국민의 각오에 대해 이야기하면서 광기에 찬 연설가의 얼굴을 했다. 국민 가운데서도 일본에 필요한 것은 청년들이라는 말을 할 때는 어찌나 몸을 세차게 흔드는지 대검을 꽂은 칼집이 연신 마룻바닥을 후려쳤다. 마치 박자라도 맞춰주려는 것 같았다. 히라키 중좌는 '폐하'나, '천황의 마음'이라는 말을 할 때는 부동자세로 무척 엄숙하게 이야기했다. 하지만 언제나 그 바로 뒤에는 허리에 찬 칼집이 마룻바닥을 세차게 두드리며 박차를 맞추고는 했다.

이것으로 히라키 중좌가 의도하는 바가 만천하에 드러났다.

중좌는 우애숙의 정신을 철저하게 부정했다. 정면으로 '우애숙의 정신은 틀려먹었다'고 말하지는 않았지만 교묘하게 – 아마도 자신의 생각으로는 아주 교묘하게 – 자신이 생각하는 일반적인 정세론을 숙생들에게 강요했다. 처음부터 계획했던 것인지, 아니면 그의 신념인지는 모르겠으나 '국체', '폐하', '천황의 마음' 같은 낱말을 들먹이며 자신의 논리에 권위를 부여하는 것도 잊지 않았다.

"일본의 국체를 지키는 것은 국민의 항구적인 임무다. 일본 국민은 비상시국을 살아가고 있다. 우리에게 필요한 것은 오직 그런 마음가짐뿐이다. 항구적인 임무니, 시국적인 임무니 하면서 고민할 여유가 없다. 우리 같은 군인들에게 그따위 여유는 상상할 수도 없다."

"천황 폐하의 명령이라면 부모자식 간의 정마저도 버릴 수 있다. 하물며 우애 따위는 말할 것도 없다."

"일본에서 횡적 도덕은 저절로 군신의 종적인 도덕 속에 포함된다. 폐하를 받들어 모시는 신민의 충성심이 모든 도덕에 앞서고 모든 도덕을 지도 육성하는 것이지, 우애나 이웃 사랑이 충성심을 낳는 것은 아니다."

내용은 대강 이와 같았다.

중좌의 목소리가 커질수록 지로도 점점 더 흥분하기 시작했다. 지로는 거칠게 숨을 몰아쉬며 땀으로 흥건하게 젖은 두 손을 움켜쥐었다. 그러면서 속으로는 어떻게든 참아야 한다고 되뇌었다 도저히 참을 수 없을 때는 다누마 선생과 아사쿠라 선생님을 바라보았다. 지로는 뒤쪽에 있었기 때문에 두 분이 어떤 얼굴로 히라키 중좌가 하는 이야기를 듣고 있는지는 알 수 없었지만 편안하게 앉아 있는 두 분의 뒷모습을 바라보는 것만으로도 큰 위안이 되었다.

지로는 고개를 돌려 사모님을 바라보았다. 사모님은 안색이 조금 창백하기는 했지만 자세는 조금도 흐트러지지 않았다. 고개를 조금 숙인 채 무릎 위에 가지런히 올려놓은 손등을 내려다보고 있는 것 같았다. 지로는 침착한 사모님을 보는 순간 눈시울이 뜨거워졌다.

마음이 어느 정도 가라앉은 지로는 내빈석에 앉아 있는 사람들을 살펴보았다. 어떤 사람은 곤혹스런 표정을 짓고 천장을 올려다보기도 했고, 또 어떤 사람은 못마땅한 눈초리로 단상에 서 있는 중좌의 뒷모습을 노려보기도 했다. 지로는 문득 목상처럼 표정없이 앉아 있는 아라다 노인과 빈정거리듯 웃으며 숙생들을 보고 있는 스즈다가 눈에 들어왔다.

지로는 거만한 얼굴을 하고 앉아 있는 스즈다를 보다가 그동안 잊고 있던 중요한 임무를 떠올렸다. 다름 아니라 히라키 중좌가 하는 축사를 듣고 숙생들이 어떤 반응을 보이는지 살피는 것이었다. 히라키 중좌가 하는 축사보다 더 중요한 것은 그 축사를 숙생들이 어떤 표정으로 듣고 있느냐 하는 것이다. 숙생들의 표정을 가슴속에 담아두는 것이야말로 아사쿠라 선생님을 보필하여 자신의 일을 해나가는 데 무엇보다 중요하지 않은가.

지로의 눈길은 숙생들의 표정을 하나씩 쫓아다녔다. 다들 무섭도록 긴장해 있었다. 하나같이 눈에 핏발이 서고, 볼을 붉히고, 입술을 깨물고 있다. 중좌의 커다란 목소리와 쩔렁거리는 칼집 소리가 전기처럼 그들의 신경에 전해져서 심장을 울리고 온몸을 마구 뒤흔들고 있는 듯 보였다.

지로는 숙생들도 자기 못지않게 중좌가 하는 말을 듣고 괴로워하고 있다는 것을 깨닫고는 또다시 흥분했다. 앞서 히라키 중좌가 째지듯이 말하는 소리와 마룻바닥을 긁는 칼집 소리를 들었을 때보다 훨씬 강하게 흥분했다. 만약 그때 숙생들 사이에서 단 하나 다른 얼굴을 발견하지 못했더라면 다누마 이사장과 아사쿠라 선생님의 주의를 끌 만한 표현을 했을지도 모른다.

그 다른 얼굴이란 오가와 무몬의 얼굴이었다. 오가와 무몬은 반쯤 눈을 뜨고 있었다. 마치 안팎을 동시에 보고 있는 듯했다. 히라키 중좌가 악을 쓰고, 칼집은 미친 듯이 단상과 마룻바닥을 긁어대고 있었지만 오가와 무몬은 눈썹조차 찡그리지 않았다. 마치 선방에 혼자 가부좌를 틀고 앉아 내면의 밑바닥까지 침잠해버린 수도자 같은 모습을 하고 있었다.

지로의 눈길은 누가 잡아당기기라도 하는 것처럼 오가와 무몬에게 꽂혀 있었다. 분노심으로 이글거리던 마음은 불가사의한 장면과 마주쳐 경건함으로 바뀌어갔다.

'오가와 무몬에게는 나 같은 건 절대로 이해할 수 없는 자기만의 세계가 있다.'

지로는 갑자기 그런 생각이 들었다. 그렇게 생각하자 지로는 마음에 여유를 되찾았다. 지로는 오가와 무몬과 아라다 노인을 차례로 살펴보았다.

오가와 무몬과 아라다 노인은 볼수록 좋은 대조를 이루는 한 쌍이었다. 아라다 노인은 히라키 중좌의 논리를 절대적으로 긍정하는 기괴한 마귀상처럼 움직이지 않았고, 오가와 무몬은 히라키 중좌의 논리를 절대적으로 부정하는 맑고 깨끗한 보살상처럼 움직이지 않았다.

지로는 이날 아침부터 자신을 괴롭히던 불쾌한 흥분에서 완전히 깨어났다. 지로는 오가와 무몬에게서 한 줄기 희망을 보았다. 그 희망 때문인지 중좌의 광기가 극에 달했는데도 더 괴롭지 않았다.

히라키 중좌는 마지막으로 발악하듯 고함을 치며 말했다.

"제군들에게 중요한 것은 어떻게 살아야 하느냐가 아니다. 제군들은 오직 어떻게 충성스런 죽음을 맞이할 것인가만 생각하면 된다. 어떻게 죽어야 할지를 생각하면서 마음의 준비를 단단히 하는 것이다. 그런 마음이 준비된다면 어떻게 살아야 하는지도 자연히 알게 될 것이다. 다시 한 번 말하겠는데 제군들에게 인생은 즐거움 따위가 아니다. 인생이 즐겁다는 사상은 자유주의자들의 계략일 뿐이다. 자유주의자들은 개인적인 즐거움을 들먹이며 제군들을 타락시키고 있다. 그따위 감언이설에 놀아나서는 안 된다. 일본은 이제 군국으로 나아가고 있다. 죽음을 두려워하지 않는 용맹스런 청년들을 원하고 있다. 이곳이 존재하는 이유는 천황 폐하의 이 같은 요구에 따를 수 있는 정신력을 길러내기 위해서다. 제군들이 이 숙당을 찾은 이유는 오직 그 같은 정신을 배우기 위해서다. 이것이 제군들의 유일한 목적임을 잊지 말도록. 감히 전군을 대표해 제군들에게 천황 폐하의 명령을 전했다. 이상!"

히라키 중좌가 "이상!"이라고 외치자 몇몇 숙생들이 반사적으로 자리에서 벌떡 일어났다. 나머지 숙생들은 이사장과 숙장이 식사를 마칠 때도 가볍게 목례만 했기 때문인지 자리에 그대로 앉아 있었다. 그러나 앉아 있는 숙생들도 불안한 표정은 숨기지 못하고 양옆을 두리번거렸다. 몇몇은 자리에 일어선 숙생들의 눈치를 살피며 의자에서 엉덩이만 살짝 일으켰다. 오가와 무몬만은 그런 술렁거림에 아랑곳하지 않고 반쯤 뜬 눈을 오랜 꿈에서 깨어난 것처럼 크게 뜨며 천천히 히라키 중좌에게 목례를 했다.

지로는 그때까지도 오가와 무몬을 보고 있었다. 그 바람에 지로는 중좌가 어떤 표정을 지으며 숙생들이 하는 '불규칙'한 경례를 받았는지, 또 어떤 걸음으로 자기 자리로 돌아갔는지 미처 살피지 못했다. 자신이 폐회식을 알릴 때조차 스스로 조금 정신이 나간 것은 아닌지 걱정이 될 정도였다.

입숙식이 끝나고 숙생들과 점심을 먹기로 되어 있었다. 점심 시간은 아사쿠라 선생님이 평소보다 길게 식사를 했고, 히라키 중좌의 축사 또한 길었기 때문에 예정된 시간을 훌쩍 넘기고 말았다. 숙생들은 서둘러 강당을 빠져나와 식당으로 갔다. 평소 같으면 퉁명스런 얼굴로 "밥은 필요없소." 하고 말하던 아라다 노인마저 나서서 히라키 중좌를 데리고 식당으로 갔다.

세상 속으로 ● 101

아라다 노인은 평소와 달리 주변에서 권하는 대로 내빈석 상석에 앉았다. 히라키 중좌가 그 옆에 나란히 앉았다. 점심은 다른 때와 마찬가지로 팥찰밥과 도미구이, 채소국, 무생채가 나왔다.

아사쿠라 선생님이 대표로 "잘 먹겠습니다." 하고 말하자 이를 신호로 숙생들이 젓가락을 집었다. 히라키 중좌가 아라다 노인에게 말했다.

"제법 호화판이군요. 도미까지 통째로 구워 내고 말입니다."

아라다 노인은 검은 선글라스를 접시에 바짝 갖다대며 한참을 살펴보더니 말했다.

"도미가 꽤 작구먼. 그래도 이 정도면 호화판이지. 하지만 젊은 친구들에겐 양이 차지 않겠어."

"그러게 말입니다. 젊은 사람들은 질보다 양을 더 따지는데요."

두 사람이 이야기하는 소리가 멀찍이 떨어진 곳에 앉아 있던 지로의 귀에까지 똑똑히 들렸다.

지로는 그자들이 나중에는 밥상까지 타박하는 소리를 듣고 화를 참지 못했다. 성의를 다해 애써 상을 차려줬는데 고마워하기는커녕 밥상 앞에 앉자마자 그런 말부터 주고받는 두 사람이 고깝기만 했다.

"그래도 명색이 입숙식인데 이렇게 축하해주면 젊은이들도 기뻐하겠지요."

그렇게 말한 사람은 다누마 선생이었다. 그러자 이번에는 아사쿠라 선생님이 농담을 섞어 한마디 덧붙였다.

"한 기수가 끝날 때마다 숙생들이 쓴 일기나 감상문을 읽어보면 이 도미에 대한 얘기가 많더군요. 별것 아니더라도 숙생들에겐 꽤 인상에 남았나 봅니다. 그래서 저희들 형편에 무리인 줄은 알지만 입숙식에는 도미를 준비하게 되네요."

"축하하는 마음이야 찰밥에 팥까지 섞었으면 충분한 것 아니오? 이렇게 무리할 필요까진 없어 보이는데……"

중좌도 농담처럼 한마디 툭 던졌다. 그렇게 말하면서 중좌는 비웃듯이 웃었다.

"맞는 말씀입니다만……"

아사쿠라 선생님의 온화한 표정은 변함이 없었지만 농담 섞인 말도 한마디 했다.

"이곳을 찾는 숙생들은 자기들을 위해 도미를 통째로 준비했다는 데에 감동을 받는 모양입니다. 저희들한테는 숙생들이 감동하는 것이야말로 큰 감동이고요. 그 때문인지는 몰라도 자꾸 이런 유혹에 빠지게 되는군요. 이것도 교육이라면 교육일 수 있을 테니까요, 하하하."

"엄하지 못한 분이시군."

아라다 노인이 못마땅하다는 투로 말했다.

그러자 내빈들이 모두 웃음을 터뜨렸다. 아라다 노인이 한 말이 정말 우습다고 생각해서 웃는 게 아니었다. 서먹해지려는 분위기를 미리 막아보자고 웃는 것이었다.

"아사쿠라 숙장은 곧잘 엄히지 못한 행동을 한납니다. 하지

세상 속으로 ● 103

만 속은 아주 야무진 사람입니다. 무섭다는 생각이 들 만큼 야무지죠. 속이 너무 야무진 것을 숨기려고 가끔씩 엄하지 못한 짓을 저지르는 것인지도 모르겠어요. 역시 아사쿠라 숙장은 방심할 수가 없는 사람이야."

다누마 선생이 이렇게 말하고는 큰 소리로 웃었다. 내빈들도 따라 웃었다. 이번 웃음은 다누마 선생 덕분에 구제받았다는 웃음이었다. 히라키 중좌와 스즈다의 입술이 신경질적으로 씰룩거렸다. 아라다 노인은 여전히 표정이 없었다.

"다누마 씨는 역시 잘 빠져나가시는군. 뱀장어 같단 말이야."

식당은 또 한 번 웃음소리로 가득했다. 이번 웃음은 괴로움을 숨기려는 웃음이었다.

"아라다 선생님에게 도저히 못 당하겠군요."

다누마 선생은 넉넉한 볼살을 조금 붉히면서 쓴웃음을 지었다. 선생은 차가워진 분위기를 바꾸려는 듯 말했다.

"그건 그렇고, 아라다 선생님은 요즘도 좌선을 계속하십니까?"

"후훗."

아라다 노인이 비웃듯 코웃음을 쳤다.

"좌선은 내 생활이라오. 당연히 날마다 하고 있소."

"그 연세에 날마다 절에 다니시려면 힘드실 텐데……. 그래 요즘은 어느 절에 다니십니까?"

"앉아서 좌선하는 데 절이 왜 필요하오?"

"그럼 댁에서 하십니까?"

"집에서 할 때도 있고 다른 곳에서 할 때도 있소. 이렇게 밥을 먹거나 사람들과 얘기를 하는 동안에도 나는 좌선을 하고 있는 거요."

"그렇군요."

"어떻소? 숙생들에게도 좌선을 한번 가르쳐보는 것도 괜찮을 듯싶은데."

아라다 노인은 강압하듯 말했다.

"좌선은 아니지만 여기에서도 가끔 정좌를 하고 있습니다. 아침에 일어나서, 또 잠자기 전에 20~30분 정도이기는 하지만……."

"안 하는 것보다야 낫지요."

무뚝뚝하기만 하던 아라다 노인의 말투가 조금 누그러졌다.

"정좌든 좌선이든 지도가 중요하오. 잘못했다간 시간만 낭비하는 꼴이 되니까 주의하시오. 시간이 짧을수록 집중하기가 그만큼 어렵다오. 숙장은 그런 점도 알고 있소?"

다누마 선생은 어떻게든 아라다 노인의 화살이 자기에게 쏠리게 하려고 좌선 얘기를 꺼냈는데, 아라다 노인은 기어코 아사쿠라 선생님의 꼬투리를 잡고 늘어지려는 심산인 것 같았다.

"숙장, 어떻소? 지금까지 하던 방법을 말씀드리고 의견 좀 들어보시겠소?"

아사쿠라 선생님은 조금 망설이는 듯했으나, 겸손한 태도로 이렇게 말했다,

"정식으로 좌선을 배워본 적이 없어서 제 방법이 맞는지 틀리는지도 모르겠군요. 숙생들에게 아침저녁으로 두 번씩 반성하는 시간을 갖게 하는 게 전부입니다. 그 시간에 정좌를 하고 잠깐 동안 생각하는 것이지요. 특별한 수련법은 없고 정좌한 뒤에 약 5~6분 동안 예화나 고인의 이야기를 인용하는 게 저의 지도 방침입니다."

"생각보다 나쁘진 않군."

아라다 노인이 처음으로 고개를 끄덕였다.

"잘한 일이오. 마음을 비우고 듣는 이야기는 오래도록 남는 법이니까. 하지만 그만큼 이야기의 종류가 중요하오. 지금까지 주로 어떤 얘기를 들려주셨소?"

"마음을 잘 다스리는 게 중요하다고 생각해서……."

"그건 누구나 다 아는 얘기요. 마음을 다스리는 얘기라면서 요즘엔 아무래도 썩 좋지 못한 얘기가 되기 쉬우니까요."

두 사람이 이야기하는 것을 들을수록 지로는 가슴이 답답해졌다. 아사쿠라 선생님은 마치 아라다 노인 앞에서 면접시험이라도 보고 있는 것 같지 않은가. 굴종은 겸손이 아니다. 선생님은 굴종과 겸손을 착각하고 있는 게 분명하다. 그렇지 않다면 왜 적극 나서서 있는 그대로를 말하지 못하는 걸까?

아사쿠라 선생님은 어디까지나 부드러운 목소리로 말했다.

"맞는 말씀입니다. 그래서 저도 늘 숙생들 마음속에 빛과 희망을 던져주는 얘기를 들려주려고 한답니다."

"흥."

아라다 노인은 자못 깔보듯이 콧방귀를 뀌었다.

"숙장 선생은 내 생각대로 서양 사상에 물들었구랴. 희망이 다 뭐요? 그런 버터 냄새 나는 말로 청년들의 머릿속을 어지럽혔던 거요? 동양의 정신은 숙장의 바람처럼 달콤한 것이 아니오. 동양에서는 예전부터 죽음으로써 모든 경지에 도달했다오. 선이라는 것도 결국은 죽음이 깔려 있소. 한 번 죽은 셈치고 무의 경지에서 일체와 맞서 대항하려는 거요. 그런 것도 모르고 좌선을 흉내 낸 것이오? 이 많은 청년들에게 하잘것없는 데에 미련을 끊지 말라고 가르친 것이오?"

"오늘은 여러 가지로 많은 가르침을 주셔서 감사합니다. 앞으로 충분히 생각해보기로 하겠습니다."

아사쿠라 선생님도 더 상대하고 싶은 마음이 없어졌는지, 이렇게 말하고 다시 젓가락을 집어들었다.

지로는 아사쿠라 선생님이 예전에 했던 말을 떠올렸다.

'훌륭하게 죽는 것과 훌륭하게 사는 것은 다른 문제가 아니다. 훌륭하게 살고 싶다는 바람은 궁극적으로 훌륭하게 죽고 싶다는 각오에서 나오기 때문이다. 따라서 훌륭한 삶은 생명의 소중함을 깨닫는 데서 시작한다. 제아무리 훌륭하게 죽기를 바라더라도 다른 사람의 생명을 우습게 아는 자들은 그 바람을 이루지 못한다. 그리고 다른 사람의 생명을 업신여기는 삶은 그 결과가 어찌 되었든 결코 훌륭한 삶이 아니다.'

그동안 아사쿠라 선생님이 여러 가지 말로 지로를 가르쳐왔지만, 지로에게 그중 단 한 가지 가르침만 꼽으라면 지로는 이 말을 선택할 것이다. 그만큼 지로가 가장 크게 영향을 받은 말이었다. 지로는 어린 시절 죽음에 대한 선생님의 가르침을 생각하면서 격정에 가득 찬 성격을 제어할 수 있었다. 또 앞뒤 가리지 않고 날뛰다가도 선생님이 한 그 말이 생각나면 저도 모르게 흥분이 가라앉고는 했다. 지로가 일상에서 일어나는 작은 사건에 주의를 기울이고, 작은 행동에도 어떤 의미를 담아내려고 노력하는 것도 선생님에게 배운 것을 실천하기 위해서였다. 지로는 아사쿠라 선생님이 자신에게 했던 말을 왜 아라다 노인에게는 하지 못하는지 안타깝기 짝이 없었다.

숙생들 대부분은 밥을 거의 다 먹어가고 있었다. 내빈들도 젓가락을 내려놓는 사람이 많았다. 아직 밥을 다 먹지 않은 사람은 아라다 노인과 아사쿠라 선생님뿐이었다. 아라다 노인은 앞이 잘 보이지 않는 데다 이런저런 트집을 잡느라 거의 먹지 못했고, 아사쿠라 선생님은 아라다 노인을 상대해주느라 음식에는 손도 못 댔다. 그러나 두 사람은 이야기가 끝나자 약속이라도 한 듯 동시에 젓가락을 내려놓았다.

밥을 다 먹은 뒤에도 내빈들은 밖으로 나가지 않고 유리창 근처를 서성거렸다. 유리창으로 비치는 햇살이 따사로웠다. 내빈들은 창가에 모여 담배를 피우거나 잡담을 나누었다. 그때 아라다 노인을 따라다니던 스즈다가 히라키 중좌와 눈짓을 주고받고는 아사쿠라 선생님에게 다가왔다.

"오늘 오후에도 좌담회가 있습니까?"

"예, 그럴 예정입니다. 하지만 오늘은 저녁 늦게나 모일 것 같군요. 숙생들에게 당부할 말은 입숙식 때 거의 다 했기 때문에 오후에는 '탐험'부터 해야 할 것 같습니다."

스즈다는 곧 제자리로 돌아갔다. 그리고 아라다 노인과 히라키 중좌에게 무언가 작은 소리로 중얼거렸다. 그러다가 한 번씩 곁눈질로 아사쿠라 선생님을 보며 기분 나쁘게 웃었는데, 조금 뒤에 아라다 노인의 손을 붙잡고 일어섰다. 히라키 중좌도 함께 일어섰다.

자동차 두 대가 세 사람을 태우고 현관을 빠져나가는 것을 신호로 내빈들은 떠들썩하게 말을 주고받았다. 그러나 이야기는 결코 즐겁게 흐르지 않았다. 대부분 우애숙의 장래를 고민하고, 이사장과 숙장을 걱정하는 말만 했을 뿐 구체적인 대책은 한 가지도 제시하지 못한 채 20분쯤 뒤에는 내빈들도 하나둘씩 인사를 하고 떠났다.

다누마 이사장은 그때까지도 우애숙에 남아 있었다. 일일이 내빈들을 배웅하고 나서 다누마 선생은 아사쿠라 선생님과 함께 숙장실로 들어갔다.

혼자 남은 지로는 자기도 모르게 후우 하고 한숨을 쉬었다. 다행이라는 생각이 들면서도 한편으로는 가슴이 밧줄에 칭칭 감긴 것처럼 답답했다. 지로는 다시 식당으로 들어가 창가에 앉았다. 반갑지 않은 내빈 축사 때문에 입숙식을 오래해서 오후 행사는 30분쯤 미뤄 오후 한 시 반부터 하기로 했다. 시간은 아직 15분쯤 남았다. 지로는 평소대로라면 바삐 돌아다녔겠지만 강당과 식당에서 받은 인상이 아직도 **머릿속을** 맴돌고 있어

세상 속으로 ● 109

모든 게 귀찮기만 했다. 지로는 벽에 걸려 있는 족자를 물끄러미 바라보았다. '평상심'이라는 글자도 오늘만큼은 지로를 위로해주지 못했다.

지로는 아라다 노인과 히라키 중좌의 얼굴을 차례로 떠올리면서 내리쬐는 햇살을 받으며 살며시 눈을 감았다.

"고단하지. 어제부터 계속 바빴다면서?"

소리도 없이 언제 들어왔는지 다누마 선생이 지로 앞에 서 있었다.

지로는 얼른 자세를 고쳐 앉았다.

"편하게 앉도록 해."

다누마 선생은 지로 곁에 앉으며 빙그레 웃었다.

"이번 숙생 중에는 조금 색다른 친구가 있더군."

"예."

지로는 오가와 무몬을 떠올렸다. 그러나 다누마 선생이 생각하는 '조금 색다른' 숙생이 자기와 마찬가지로 오가와 무몬인지 확신할 수는 없었다.

"오가와라는 숙생 말인가요?"

"응, 이름이 오가와 무몬이라면서? 방금 명단을 보고 오는 길이야. 무몬이라……. 특이한 이름이군."

"예, 이름도 특이하지만 행동도 무척 특이해요. 보통 사람과는 확실히 다른 것 같아요."

"나도 그렇게 생각해. 요즘 보기 드문 청년이야."

"만나보셨나요?"

"아직 만나보지는 못했어. 아까 강당에서 눈에 확 들어오더군. 그래서 아사쿠라 숙장에게 누구냐고 물어봤지."

지로는 '눈에 확 들어왔다'고 다누마 선생이 표현하자 무언가 밝은 빛이 가슴속으로 비치는 것 같은 기분이 들었다. 지로는 너무나도 기뻐 무릎을 앞으로 내밀며 말했다.

"그 사람은 대학을 나왔대요."

"나도 들었다."

"나이도 저보다 훨씬 위예요."

"그렇겠지. 얼굴만 봐도 확실히 큰형님뻘이더구나. 그리고……."

다누마 선생이 장난스럽게 웃으며 말했다.

"정신연령으로 따지면 실제보다 나이 차이가 더 날 거다."

다누마 선생은 지로를 놀리려고 말했지만 지로의 표정은 진지했다.

"그런 사람이 숙생이고 제가 조수라는 게 아무래도 마음에 걸려요."

"그래? 하지만 그게 무슨 상관이겠어. 본인이 숙생을 희망했고 또 네가 조수라고 해서 오가와를 선배로 존경하지 못할 이유는 없다."

"그렇긴 해도……."

"아니면 벌써부터 오가와에게 기가 죽어 할 일을 제대로 할 수 없을 것 같단 말이냐?"

"아뇨, 그런 건 아니지만……. 어치피 저는 아사쿠라 선생님 곁에서 보조하는 처지니까요."

"그럼 얘기는 간단하네. 오가와가 어떤 친구든 신경 쓸 필요 없잖아?"

"예, 그렇죠······."

지로는 긍정했지만 어쩐지 찜찜한 기분은 쉽게 떨쳐낼 수가 없었다.

다누마 선생은 웃음을 참으며 놀리듯이 물었다.

"역시 기가 죽는 건 어쩔 수 없나 보지?"

"예······. 바꿀 수만 있다면 그렇게 하면 좋겠어요."

"자리를 바꾼다······. 하지만 그렇게는 안 되지. 아사쿠라 숙장과 오가와라는 친구가 동의한다고 해도 그건 잔재주밖에 안 되는 거야. 잔재주를 부려서 피하는 것보다는 현실을 받아들이는 편이 더 빨라. 기가 죽으면 죽는 대로 내버려두라고. 오가와가 대단해 보이면 대단하다고 생각하면 그만이야. 그게 너 자신을 위해서도 좋고, 오가와를 위해서도 좋은 방법이야. 내 생각엔 이것도 좋은 기회로 보이는구나. 단조로운 숙당 생활에서 오가와 같은 친구가 한 번씩 나타나준다면 너한테도 새로운 자극이 될 테니까 말이야. 본디 환경이란 건 말이지, 그게 마음에 들지 않더라도 잔재주를 부려서 함부로 바꾸면 안 되는 거라고. 마음에 안 들수록 그 환경을 받아들여야 해. 그래야 나 자신이 단련되는 거야. 환경을 받아들이고 이해하는 게 진정한 극복이라는 걸 명심해. 내가 폭력을 싫어하는 건 그 때문이야. 어떤 사람들은 폭력으로 세상을 변화시킬 수 있다고 믿는데 그

것처럼 어리석은 생각은 없어. 폭력으로 바꾼 세상은 결국 폭력적일 수밖에 없거든."

지로는 멍하니 생각에 잠겼다. 그러자 다누마 선생이 갑자기 웃으며 말했다.

"어쩌다 내 얘기가 너무 거창해졌군. 어쨌든 진리는 늘 한결같아야 한다. 문제가 크건 작건 진리는 언제나 같아야 하는 거야. 잔재주는 작은 폭력이지. 사회적인 폭력은 거대한 잔재주야. 거대한 잔재주라는 말이 조금 이상하다만, 어쨌든 중요한 건 너는 그저 네가 해야 할 일만 차분히 해나가면 돼. 오가와가 나타났다고 특별히 달라질 건 없어. 물론 오가와를 형님으로 모시는 것 정도는 상관없겠지. 세상에는 가끔 선생보다 더 훌륭한 제자가 나오기도 하는 법이거든. 어떻게 생각하면 당연한 일이지. 오가와에 대해서는 크게 걱정할 필요가 없을 것 같구나. 중요한 것은 그런 관계를 선생과 제자가 어떻게 발전시킬 것인가를 생각하는 거지."

지로는 또다시 생각에 잠겼다. 이번에는 다누마 선생도 무언가 생각하는 듯 멍하니 창밖을 바라보았다.

"아침부터 기분이 안 좋은 것 같던데, 지금은 좀 어때? 강당에서도 어쩐지 허둥대는 것처럼 보이던데……."

지로는 다누마 선생이 일부러 식당까지 찾아온 이유를 알 것 같았다. 다누마 선생의 따뜻한 마음이 느껴질수록 그 마음을 실망시켜서는 안 된다는 부담감이 커지는 것 같았다. 지로는 고개를 숙인 채 말을 잇지 못했다. 다누마 선생에 강당에서 분노가 치밀어오른 걸 속 시원히 털어놓고 싶었지만 지나간 감정을 지금 이 순간 마음에 담아둔 느낌처럼 이야기한다는 게 다누마 선생을 속이는 것 같아 망설여졌다.

더구나 지금은 강당이나 식당에서 그를 괴롭히던 기분 나쁜 감정이 거의 다 사라졌다. 방금 전만 해도 아무나 붙잡고 마음속에 숨어 있는 분노를 폭발시켜야 성이 풀릴 것 같았는데 다누마 선생에게서 오가와 무몬을 주의 깊게 보고 있었다는 말을 듣고는 이상하게 기분이 좋아졌다. 무엇보다 방금 선생과 주고받은 말에 자신의 생활을 새롭게 변화시킬 수 있는 길이 숨어 있는 것 같아 은근히 기대가 되었다.

다누마 선생이 이야기하는 것을 들으면서 지로는 투쟁 방법을 바꿀 때가 되었다고 생각했다. 지금까지 감정적인 대립만이 투쟁의 전부라고 믿던 지로는 다누마 선생이 이야기하는 '환경론'을 듣고 새로운 의지에 목말랐다. 물론 그 의지가 일상에서 자연스럽게 드러나기까지는 앞으로도 많은 시행착오와 분노를 겪어야 한다. 그러나 적어도 이성으로는 그 같은 의지가 필요하다는 데에 충분히 공감할 수 있었다.

참된 승리는 상대방을 미워한다고 해서 얻어지는 것은 아니다. 무작정 상대방에 대한 증오를 품고 그에게 달려든다고 해서 승리가 보장되는 것도 아니다. 그렇게 해서 얻어지는 것은 승리가 아니다. 승리를 원한다면 스스로를 충실하게 가꾸는 수밖에 없다. 승리를 위해 필요한 것은 오직 그뿐이다. '우애숙'의 정신이 세상에서 승리하는 길도 그것뿐이다. 우애숙의 정신을 충실하게 가꾸려면 먼저 우애숙의 조수인 내 생활부터 충실해져야 한다. 우애숙의 조수로서 나에게 주어진 길을 달려가야 한다. 나 자신을 인간답게 가꾸는 것이 무엇보다 중요하다. 공연히 아라다 노인이나 히라키 중좌가 지껄이는 말을 귀에 담아둘 필요는 없다. 그들의 행동을 두려워하고, 그들에게 내가 분노하는 것을 보여주고 싶어 한다면 나만 어리석은 인간이 될 뿐이다.

지로는 다누마 선생이 하는 이야기를 들으며 이런 생각을 하고 있었다.

"난데없이 군인이 찾아와서 엉뚱한 소리를 지껄였으니 다들 겁 좀 먹었을 거야. 오가와는 모르겠지만 다른 숙생들은 충격을 받았을 거야."

"예……."

다누마 선생이 화제를 바꿨지만 지로는 어정쩡하게 대답했다.

"아마도 영향을 많이 받을 것이라는 생각이 듭니다."

"내 이야기나 아사쿠라 선생 얘기는 지금쯤 한 마디도 생각나지 않을 거야. 이번 기수는 처음부터 큰 폭풍을 만났어."

"각오했던 일입니다."

"앞으로 우애숙도 점점 어려워질 거야. 하지만 때론 어려움이 큰 기회가 될 수도 있지. 우리도 그렇지만 숙생들도 이번 마찰로 크게 깨달을 거다. 어차피 이건 시작에 지나지 않아. 숙생들이 고향으로 돌아가면 오늘보다 더 심한 경험도 해야 할 테니까."

지로는 숙연해진 마음으로 다다미 한쪽을 내려다보았다.

"군인들의 논리에 무조건 끌려가는 것도 위험하지만 감정적으로 반발하는 것도 위험하긴 마찬가지야. 시대는 그런 반발 때문에 더욱 악화되는 법이거든. 군인 따위는 상대하지 않는다는 사람도 있는데 그건 옳지 않은 태도야. 그들이 내세우는 논리에 귀를 기울이고 냉정하게 판단하는 국민들이 늘어날수록 일본이 구원받는 날도 가까워질 거다."

지로는 여전히 고개를 들지 못하고 작은 목소리로 대답했다.

"저도 그렇게 생각하고 있었습니다."

"암, 그래야지."

다누마 선생은 고개를 끄덕이며 말했다.

"하지만 그런 생각이 이론으로 머물러서는 안 돼. 중요한 건 현실이란다. 현실에서는 어떤 일이 벌어질지 모르니까 늘 대비해야 해. 이곳을 찾는 청년들 가운데 많은 이들이 군인들이 내세우는 논리에 익숙하다는 것도 어려운 문제야. 우리로서는 당연한 얘기도 그 친구들 처지에서는 난생 처음 듣는 얘기가 될 수 있어. 그 점을 주의해야 해. 너무 큰 욕심을 부리다간 숙생들과 대결하는 것처럼 비칠 수도 있단다."

숙생들과 대결한다. 지로가 꿈에도 생각하지 못한 일이었다. 그러나 어린 시절부터 지로를 지배해온 투쟁심은 지금도 가끔씩 얼굴을 내밀고 있다. 만에 하나 제10기 숙생들 중에 히라키 중좌의 논리를 수긍하는 사람이 있다면 과연 어떻게 될 것인가. 지로는 생각만 해도 가슴이 답답했다.

"늘 주의하겠습니다. 선생님들께 누가 되는 일은 절대로 하지 않겠습니다."

지로는 그렇게 말하며 다누마 선생을 보았다. 다누마 선생도 지로를 보고 있었다. 다누마 선생의 눈빛은 조용하고 따스했다. 마치 부처와 마주하고 있는 것 같았다.

"시간이 다 됐군."

다누마 선생이 손목시계를 확인하며 일어났다.

"이럴 때 오가와 같은 숙생을 맞아들이게 되었다는 건 정말 행운이야. 아마도 오가와가 완충지대 구실을 해주겠지, 하하하."

다누마 선생과 함께 지로는 식당을 나서서 현관 앞에서 딱딱이를 두드렸다. 딱딱이를 두드리면서도 지로는 무언가 골똘히 생각하는 눈치였다.

오후 행사는 지금까지 진행되던 것과 달리 간단하게 마무리되었다. 아사쿠라 선생님은 숙생들이 식당에 모이자 '탐험'의 취지만 대강 설명한 뒤에 곧바로 숙생들에게 탐험을 하도록 했다. 또 '탐험'이 끝나고 숙생들이 또다시 식당에 모였을 때는 다음과 같은 말을 하고는 곧 해산시켰다.

"오늘 입숙식 때 나와 다누마 이사장님에게서 우애숙의 근본 정신에 대해 이야기를 들었으므로 다들 조금은 알고 있을 것이다. 지금부터는 여러분의 탐험 결과를 토대로 앞으로 우리가 어떻게 생활해야 하는지 하나하나 계획을 세우고자 한다. 하지만 마흔 명이 넘는 사람들이 갑자기 한 곳에 모여 머리를 맞댄다고 해서 뾰족한 계획이 나올 것 같지는 않다. 또 아식 탐험에서 얻은 인상이 충분히 정리되지도 않았을 것이다. 그래서 먼저 해산한 뒤에 방에서 조원들끼리 토의를 했으면 한다. 아직 조원들끼리도 서먹하다는 것은 잘 안다. 이런 문제로 토의하는 것도 쉽지는 않을 것이다. 그러나 결과는 상관없다. 조마다 결론이 정리되지 않더라도 문제될 것은 없다. 이번 시간은 토의 그 자체가 목적이다. 조원들과 의논하면서 저마다 자기만의 계획을 구상할 것이다. 다들 이곳에서 어떻게 지내고 싶은지 생각들이 있을 거다. 저녁을 먹고 다시 이곳에 모여 조마다 생각해낸 계획을 서로 발표해보는 시간을 가지면 좋겠다. 그때는 내가 생각하는 계획안도 발표할 것이다. 그러나 내 생각은 어디까지나 참고 자료일 뿐이다. 여러분이 이곳에서 지내는 동안 따라야 할 규범은 아니다. 한 가지 정해진 것이라면 아침을 먹고 나면 강의가 있다는 것이다. 강의는 점심 먹기 전까지 계속한다. 내가 뭘 가르치려는 것은 아니고 외부에서 초빙한 강사님들이 오실 거다. 여러분들 생활에서 결정된 시간은 이것뿐이다. 그 밖에 남는 시간들은 모두 함께 결정해서 어떻게든 쓸 수 있다. 되도록 창의적인 계획이 나오면 좋겠다. 우애숙의 근본 이념은 우애와 창조다. 조마다 사이좋게, 그리고 활발하게 지혜를 짜내기 바란다. 저녁을 먹고 나서 다시 모일 때까지 시간은 충분하니까 적극 활용하기 바란다."

지로는 아사쿠라 선생님이 그런 이야기를 하는 동안에 숙생들의 표정을 하나하나 살펴봤다. 지로가 맡은 첫 번째 임무는 숙생들의 몸짓과 표정을 보면서 이곳 생활에 임하는 기대와 자세를 읽어내는 것이기 때문이었다. 이번에도 지로의 눈길을 사로잡은 주인공은 오가와 무몬이었다. 지로는 들뜬 기분으로 오가와 무몬의 표정을 살폈다. 그러나 지로가 기대한 것과는 달리 오가와 무몬의 얼굴에서는 이렇다할 표정의 변화가 없었다. 근시 안경 너머로 빛나고 있는 커다란 눈은 여전히 신비스럽게 보였지만 그렇다고 평소와 다른 느낌은 전혀 없었다. 오가와는 다른 숙생들과 마찬가지로 신중하게 아사쿠라 선생님이 하는 말에 귀를 기울이고 있었다.

잔뜩 긴장했던 지로는 어쩐지 맥이 빠지는 것 같았다.

지로는 이날 다누마 선생과 또다시 얼굴을 마주하지는 못했다. 숙생들이 '탐험' 하는 것을 안내하는 동안 다누마 선생이 돌아갔기 때문에 인사도 제대로 하지 못했다. 나중에 사모님에게서 들은 바에 따르면 다누마 선생은 차에 올라타다 말고, "우애숙도 오늘로서 군의 감찰 대상이 되었군요. 우애숙과 관계있는 모든 분들이 정식으로 자유주의자가 되었습니다. 부인께서도 그 구성원이므로 앞으로는 여러 가지 어려움을 겪을 겁니다. 머지않아 헌병이라는 초대하지도 않은 손님이 찾아올 테니 단단히 준비하십시오." 하고 농담처럼 말하고는 아사쿠라 선생님과 소리 내 웃었다고 한다.

첫 좌담회

"생각보다 형편없군. 너무 자유주의적이야."

지로가 저녁을 먹고 나서 사무실로 들어갈 때였다. 화장실에 들른 뒤에 1조가 머물고 있는 방 앞을 막 지나가려는데 안에서 조금 쉰 듯한 목소리로 이렇게 말하는 소리가 들렸다.

"탐험이라기에 무슨 대단한 곳이라도 되는 줄 알았더니 뭐 특별한 것도 없잖아? 다른 청년숙에도 몇 번 다녀왔지만 여기보다 더 좋은 곳도 많았다고."

방금 들었던 그 목소리였다. 지로는 기억을 더듬거리며 목소리의 주인공이 누군지 떠올리려 했지만 금세 떠오르는 인상이 없었다.

"맞아, 그렇게 대단한 곳도 아닌 것 같아."

처음 듣는 목소리가 맞장구쳤다. 하지만 별로 마음이 내키는 것 같지는 않았다. 그러자 다시 쉰 목소리가 들렸다.

"탐험이나 하려고 우리가 여기 온 건 아니라고. 조원들끼리 어떻게 생활할지를 결정하라니……. 이건 완전히 시간 낭비야. 어제 온 우리한테 알아서 생활하라는 게 말이나 돼? 장난하는 것도 아니고 대체 뭘 어떻게 하라는 건지……."

"맞는 얘기야."

제3의 목소리였다. 쉰 목소리가 내는 의견에 모두 동의하는 것 같았다.

방 안은 한동안 시끄럽게 북적이는 소리들로 떠들썩했다. 다들 장난기가 섞인 태도로 아사쿠라 선생님의 무책임한 태도를 성토했다. 쉰 목소리가 그런 분위기를 이끌었다. 그가 우애숙의 방침을 비딱하게 보며 독설을 퍼붓자 조원들은 너 나 할 것 없이 맞장구를 쳤다.

방 안이 떠들썩하자 억누르듯 쉰 목소리가 큰 소리로 말했다.

"그러니까 이따위 문제로 토의 같은 걸 해봤자 아무짝에도 쓸모없다고."

그 말에 동의라도 하는 것인지 다른 조원들은 말이 없었다.

"하지만 조금 있으면 좌담회를 할 텐데 뭔가 보고는 해야 되지 않겠어?"

"당연히 보고를 해야지. 그건 내가 알아서 할게."

"토의도 안 해놓고선 무슨 보고를 하려고?"

"토론할 필요 없음으로 결론 내렸다고 보고하면 되는 거 아냐?"

쉰 목소리가 엉뚱하게 대답하자 여기저기에서 웃음이 터졌다. 조원들이 웃음을 터뜨리자 기분이 상했는지 쉰 목소리가 화를 냈다.

"내가 지금 장난하는 걸로 보이냐? 난 사실대로 말하겠다는 것뿐이야. 누구든 내 생각이 틀렸다고 말한다면 언제든지 여기에서 물러나겠어. 일부러 여비를 들여 찾아온 게 아깝긴 하지만 어쩔 수 없지."

방 안은 찬물을 끼얹은 것처럼 조용해졌다.

지로는 아침부터 갖가지 일들로 상황이 복잡하게 얽히는 것을 보고 오늘 좌담회는 예전 같은 분위기로 진행되지 않을 거라고 예상은 하고 있었다. 또 젊은 혈기에 낯선 생활을 가볍게 생각하는 것도 충분히 이해할 수 있었다. 하지만 쉰 목소리의 태도는 생각보다 단호했다. 지로는 그 소리를 들으면서 히라키 중좌를 떠올렸다. 아침에 살벌하게 진행되던 입숙식 모습이 마음속에서 다시금 되살아났다.

지로는 가슴이 두근거리는 것을 느끼면서 가만히 숨을 죽인 채 상황을 지켜보기로 했다.

"좋아, 그럼 너한테 맡길게."

누군가가 불안한 기색을 감추고 그렇게 말했다.

"다른 조에선 어떻게 돌아가는지 모르겠네."

"내가 한 번 살펴보고 올게."

부스럭거리며 누가 일어나는 낌새가 느껴졌다.

지로는 서둘러 사무실로 들어갔다.

지로는 사무실에 들어와서 책상 앞에 앉았다. 하마터면 엿듣고 있다는 것을 들킬 뻔했다. 지로는 남의 말을 엿듣다가 당황하며 도망친 자신이 비참하게 느껴졌다. 그러면서도 마음 한구석이 몹시 쓰라렸다. 초조해지는 것 같기도 했다. 시간이 조금 지나자 슬슬 화가 치밀었다. 예전에는 이보다 더 심한 말을 듣고도 가벼운 마음으로 아사쿠라 선생님에게 보고하고는 했는데 지금은 책상에 턱을 괴고 앉아 꼼짝도 할 수가 없었다. 빨리 아사쿠라 선생님에게 1조의 동향을 보고해야겠다는 생각도 들지 않았다.

시간은 어느새 일곱 시가 되어가고 있었다. 지로는 마음을 추스르고 복도로 나갔다. 그리고 힘차게 딱딱이를 두드렸다. 그러고는 다시 식당으로 들어가서 서둘러 좌담회를 준비했다.

식당으로 들어온 숙생들이 모두 자리에 앉기를 기다렸다가 아사쿠라 선생님은 좌담회를 시작했다.

"그럼 지금부터 우리가 공동생활을 할 때 필요한 구체적인 설계도를 그려보도록 하겠다. 그 전에 조마다 토의한 결과를 보고하면 좋겠다. 그 토의 결과를 들어본 뒤에 좌담회를 시작하자. 어떤 조든 상관없으니 망설이지 말고 발표해주기 바란다."

그러나 숙생들은 서로 얼굴만 마주 볼 뿐이었다. 누구 한 사람 고개를 들고 아사쿠라 선생님을 똑바로 보지 못했다. 지로는 1조의 쉰 목소리가 맨 먼저 발언할 것으로 예상하고 조마조마한 마음으로 기다렸지만 무겁게 가라앉은 분위기는 좀처럼 깨질 것 같지 않았다.

그렇게 한동안 조용했다.

아사쿠라 선생님은 늘 이런 일을 겪어왔기에 조금도 난처해하지 않았다. 이곳에 모인 청년들에게는 스스로 생각하고, 스스로 움직여야 한다는 절박함이 없다. 이제껏 살아오면서 누군가 명령하면 복종하는 훈련만 거듭해온 사람들이다. 자연히 우애숙에서 생활할 때도 숙장이라는 지도자가 이끌어줄 것으로 기대하고 있다. 따라서 본인 스스로 생활을 결정해야 한다는 우애숙의 방침에 당혹스러워하는 것은 자연스런 반응이다. 이 점에 대해서는 아사쿠라 선생님이 누구보다 잘 알고 있었다.

아사쿠라 선생님은 자애롭게 웃으며 숙생들을 지그시 바라보았다. 숙생들은 시간이 지날수록 더욱 조용해져 갔다. 그러나 이런 분위기가 언제까지 계속되는 것은 아니었다. 숙생들은 자기 생각을 더욱 구체화하기 위해 조용히 있는 것이 아니라 누군가 앞장서서 이 분위기를 깨뜨려주기만을 기다리고 있었기 때문이다. 이 점에 대해서도 아사쿠라 선생님은 잘 알고 있었다.

사실 3분도 채 못 되어 조용한 분위기에 권태를 느낀 듯, 숙생들은 서로 네가 먼저 말하라는 식으로 턱짓을 했다. 그리고 조금 지나 그런 눈길에 고무된 듯, 한 숙생이 입을 열었다.

"저는 5조입니다. 아까 딱딱이가 울릴 때까지 저희 조원들은 서로 진지하게 이야기를 나눴습니다. 하지만 저마다 생각이 달라서인지 구체적으로 계획을 정리하지 못했습니다. 다른 조도 마찬가지일 거라고 생각합니다."

조금 기가 죽은 듯한 투로 그렇게 말한 청년은 이지마 고조였다. 이지마는 제10기 숙생들 중에서 나이가 가장 많았다. 약력에 군청 연합 청년 단장이라고 쓴 것을 보고 지로가 고민 끝에 오가와 무몬과 같은 조에 편성한 바로 그 인물이다. 직업은 농업이지만 농촌 출신이라는 생각이 들지 않을 만큼 세련미가 흘렀다. 윤기가 흐르는 머리카락을 반듯하게 빗질한 것도 그렇고, 최신 유행하는 신사복을 차려입은 모습도 그렇고, 농부라기보다는 지방 소도시의 회사원처럼 보였다.

5조라는 말을 듣고 아사쿠라 선생님도 금방 생각이 났는지 명단을 보면서 물었다.

"자네가 이지마인가?"

"예."

이지마는 아사쿠라 선생님이 자기 존재를 인식하고 있는 데에 조금 놀라는 것 같았다. 하지만 그 마음은 이내 자신감으로 변했다. 이지마는 고개를 들고 숙생들을 둘러보았다. 마치 자기는 여느 숙생들과 다르다는 듯한 태도였다.

그 모습을 보며 아사쿠라 선생님이 말했다.

"겨우 두세 시간 만에 앞으로 생활할 것을 계획하는 게 쉽지는 않았을 거야. 그래도 이것만은 꼭 해보고 싶다는 희망은 모두 품었을 거라고 믿네. 꼭 전체 계획을 세우라는 뜻은 아니었어. 그런 희망들을 얘기하다 보면 이곳에서 생활할 밑그림이 완성될 것 같은데."

"그것도 말처럼 쉬운 일은 아니었습니다."

이지마는 듣기에 따라서는 무척 버릇없는 태도로 말했다.

"여러 사람이 의견을 나눌 때는 책임 있는 자세로 주제를 이끌어나갈 책임자가 필요합니다. 그렇지 않고 지마다 생각나는 대로 이야기하다 보면 시끄럽게 떠드는 것밖에 되지 않습니다. 개중에는 편지를 쓰거나 잡지를 읽는 사람도 있고, 또……."

"그럴지도 모르지."

아사쿠라 선생님은 이지마의 처지를 이해한다는 것처럼 고개를 끄덕거렸지만, 실은 이야기를 중간에 가로막은 셈이 되었다. 선생님은 다른 숙생들을 바라보며 잠깐 생각에 잠겼다.

"다른 조의 이야기도 듣고 싶은데 누구 말해볼 사람 없나?"

여전히 숙생들은 말이 없었다. 숙생들은 쑥스러운 듯 서로 눈을 마주치며 싱겁게 웃기만 했다. 지로는 곁눈질로 1조 숙생들을 보았다. 아까 이야기를 엿들어서인지는 몰라도 다들 긴장한 것처럼 보였다.

"다른 조도 이지마가 속한 5조와 같은 결론이라는 뜻이군."

아사쿠라 선생님이 조금은 어색하게 웃으며 혼잣말처럼 이야기했다.

"내가 알기론 조마다 조원은 겨우 여섯 명이네. 겨우 여섯 명이 모여 머리를 맞대어놓고도 지도자 없이는 이곳에서 뭘 하며 지내고 싶은지도 생각하지 못하겠다는 건가?"

숙생들 중에는 아사쿠라 선생님이 하는 말을 듣고 머리를 긁적이거나 고개를 숙인 채 얼굴이 굳어지는 사람도 있었다. 선생님이 하는 말이 자신들을 힐난하는 것으로 들렸기 때문이다. 그러나 거의 대부분은 당연한 것 아니냐는 듯 담담한 표정을 짓고 있었다. 더구나 이지마의 얼굴에 그 표정이 분명하게 나타나 있었다. 이지마는 조금 항의하는 투로 말했다.

"숙장님 말씀대로 여섯 명이 모인 조도 사회입니다. 사회는 크고 작음을 떠나 중심이 필요합니다. 서로 힘을 모으는 것도 중요하지만 모두가 평등한 처지에서 자기 의견만 내세우면 그 사회가 어디로 가겠습니까?"

"자네 말이 맞아. 자네의 주장을 이론과 실생활이라는 두 영역으로 나눠보면 꽤 재미있는 결론이 나올 것 같군. 평등에 대해서는 몇 가지 자네에게 할 말이 있지만 그건 나중에 다시 하기로 하지……. 지금 중요한 건 내일부터 자네가 뭘 하며 지낼지를 결정하는 거라네. 오늘 밤 안으로 계획을 세우지 않으면 내일도 오늘처럼 온종일 빈둥거려야 하니까. 사회 구성론은 나중에 다시 이야기하고 당장 급한 문제부터 해결하는 게 어떨까?"

"저는 그 일은 숙장님이 담당하셔야 한다고 생각합니다. 이렇게 여럿이 계획을 세우면 번잡스러워지지 않을까요?"

"번잡스럽다고? 물론 한 사람이 맡는 것보다야 시간도 많이 걸리고 혼잡해지겠지. 하지만 이렇게 많은 사람들이 번잡하게 사는 것이 공동생활이라네. 그리고 우애숙 생활도 엄연한 공동생활일세."

"그렇지만 괜히 시간만 낭비하고 실제 소득이 없다면 무슨 소용이 있을까요?"

"그럼 자네가 말하는 실제 소득이 무엇인지부터 정의해야겠군. 내 생각엔 자네가 시간 낭비라고 정의한 그 일이 사람에게 가장 필요한 실제 소득 같군. 자네기 무슨 말을 하러는 건지 알겠네. 그 문제라면 천천히 시간을 갖고 다 함께 생각해보자고. 어쨌든 아까 이야기로는 겨우 여섯 명이 모였는데도 어느 조도 토의조차도 잘 안되더라는 거였지?"

"예, 그렇습니다."

"조의 의견도 통일시키지 못한 마당에 마흔 명이 넘는 사람이 모였으니 제대로 이야기가 될 것 같지 않고, 자연히 공동생활도 할 수 있을지 불투명해 보이는군. 그렇다면 무엇보다 서둘러 이 문제를 해결해야겠군. 자네는 우애숙의 공동생활에 필요한 것이 뭐라고 생각하나?"

"먼저 조장부터 뽑아야 합니다."

이지마는 그런 것까지 하나하나 대답해야 하느냐는 얼굴이었다.

"글쎄……. 그럴 수도 있겠군. 조장이라는 존재가 어느 정도로 필요한지부터 확인해야겠군. 겨우 여섯 명뿐이니 여러분들이 어떤 생활 방침을 정하느냐에 따라 조장은 필요없는 존재가 될 수도 있어. 하지만 지금까지 내린 결론을 종합해보면 적어도 현재로서는 조장을 임명하는 것이 좋겠군. 좋아, 그럼 오늘 밤 안으로 조장을 정하기만 하면 되는 건가? 반대 의견은?"

당연한 일이지만 아무도 반대하는 숙생이 없었다. 아사쿠라 선생님은 모두를 둘러보았다.

"좋아, 이것으로 조마다 조장을 뽑자는 새로운 질서가 만들어졌네. 좌담회가 끝나면 곧바로 의논하라고. 만일 조장을 뽑지 못하는 조가 있다면 그것은 자네들의 부끄러움이 될 것이야. 여러분 자신이 이런 결론을 선택한 거니까."

그 말에 답답하던 분위기가 한풀 꺾였다. 여기저기에서 웃음소리가 들렸다.

"조장은 투표로 뽑습니까?"

"투표도 좋고 나이 순으로 결정해도 좋아. 나는 여러분이 조장을 뽑는 데 개입할 자격이 없어. 조장은 조원들이 뽑는 거지 내가 고르는 것은 아니니까."

아사쿠라 선생님은 진지하게 대답했다.

"방금 여러분은 우애숙의 공동생활에 중요한 획을 그었다. 여러분은 조장이 필요하다는 데에 공감했다. 앞으로는 조마다 조장들을 중심으로 작은 사회를 이루게 될 것이다. 조장들이 한데 모여 우애숙의 전체 의견을 만들게 된다. 그리고 이 중심에 내가 있다. 이 정도면 불만은 없겠지?"

모두 "없습니다." 하고 대답하며 큰 소리로 웃었다. 뭐 이래, 이런 게 생활 계획이었어, 하는 속내가 담긴 웃음이었다. 아사쿠라 선생님도 숙생들의 그런 생각을 읽었다. 선생님은 전에 없이 엄숙한 얼굴로 말했다.

"여러분은 지금 조장을 뽑는 것 정도는 공동생활의 당연한 절차라고 생각하고 있는 것 같은데 이는 잘못된 생각이다. 이제 와서 생활을 설계하겠다느니, 작은 사회가 되었다느니 하고 떠들어대는 게 우스울지도 모른다. 하지만 우리가 방금 경험했던 과정은 아주 중요한 일이었다. 남이 멋대로 정해준 조직에 길들여지는 것과 우리에게 필요하냐는 설박함 속에서 스스로

세상 속으로 ● 129

만든 조직에 적응하는 것은 같은 것 같지만 그 의미가 완전히 다르다. 여러분은 지난 몇 시간 동안 작은 체험을 했고, 그 체험 속에서 조장이 필요하다는 것을 절실히 느꼈다. 그리고 조장을 뽑기 위해 스스로 제도를 만들어냈다. 조금 뒤면 여러분이 만든 제도를 바탕으로 여러분에게 필요하다고 생각한 조장을 뽑을 것이다. 이렇게 해서 조장을 뽑으면 조장들이 어떤 인물이든, 어떤 식으로 행동하든 여러분의 조장으로서 여러분을 관리할 것이다. 여러분이 필요하다고 판단해서 뽑은 조장이므로 조장의 말과 행동에 대한 책임은 여러분 모두에게 있다. 우리는 이런 식으로 나한테 필요한 것을 내 손으로 만들어나가야 한다. 생활을 설계한다는 것은 바로 이런 의미를 담고 있다. 우리에게 필요한 것은 세상이 깜짝 놀랄 만한 진기한 법률이나 제도가 아니다. 형식이 평범할수록 더 큰 가치가 있다고 생각한다. 누구나 생각해낼 수 있는 보편적인 형식을 우리가 몸소 만들어보자는 이야기다. 그래야만 지극히 당연하다고 생각했던 사회적인 형식들을 비로소 이해할 수 있다. 이는 여러분이 앞으로 우애숙에서 배워야 할 것들이기도 하다. 뛰어난 능력을 보여달라는 것이 아니다. 자신의 생각을 말할 때 부담 같은 것은 느끼지 않아도 된다. 실제 생활에서 지금 필요하다고 생각되는 그것을 정직하게 이야기하면 된다……."

아사쿠라 선생님은 어느새 부드럽게 변해 있었다.

"새로운 계획을 구상하기 전에 조직부터 정비한 것은 여러분이 공동생활의 의미를 제대로 파악하고 있다는 증거다. 조장과 숙장이 있으면 조직을 이끌어나가는 것은 그리 어렵지 않다. 이제 남은 문제는 내일부터 어떻게 지낼지를 결정하는 것뿐이다. 몇 시에 일어나서 몇 시에 자고, 그동안 무엇을 할 것인지를 스스로 결정해야 한다. 당장 내일 아침에 눈을 뜨면 무엇부터 시작해야 하는지를 결정해야 한다. 지금부터는 그 문제를 토의하면 좋겠다."

"숙장님!"

조금 격앙된 목소리가 숙생들의 귀를 자극했다. 지로가 듣기에도 무척 익숙한 소리였다. 다름 아닌 1조의 쉰 목소리였다.

"그런 것까지 숙생들이 모두 토의해서 결정해야 합니까?"

모두들 일제히 쉰 목소리를 바라보았다. 쉰 목소리는 조금은 남부 지방의 피를 받은 듯 광대뼈가 툭 튀어나오고 눈썹이 짙었으며, 나이는 스물네댓 살쯤 되어 보였다. 그 청년은 무릎에 두 손을 뻗대고 기분 나쁠 만큼 눈을 똑바로 쳐들고 아사쿠라 선생님을 쳐다보고 있었다.

"당연하지. 이곳의 주체는 여러분 모두다. 따라서 여러분이 어떻게 생활할지를 결정할 권리는 여러분 자신에게 있다."

갑작스런 사태에도 아사쿠라 선생님은 조금도 흐트러지지 않았다.

"저는 다른 방법도 있다고 생각합니다."

"그게 어떤 방법인가?"

"이곳은 청년숙입니다. 그리고 숙장님도 계십니다."

"그런데?"

"숙장님에겐 나름대로 방침이 있을 겁니다."

"물론 있지. 오늘 아침 입숙식 때 이야기하지 않았나? 내 방침은 그게 다일세."

쉰 목소리는 아사쿠라 선생님이 담담하게 대답하자 기세가 꺾인 듯 조금 망설이더니 다시 말을 이었다.

"숙장님의 방침은 저도 알고 있습니다. 하지만 일과까지 우리가 정하라는 건 아무리 생각해도 무책임한 말씀 같습니다."

"무책임하다? 그럴까?"

아사쿠라 선생님은 그렇게 말하며 쓸쓸하게 웃었다.

"나도 계획이 있어. 자네들이 제대로 토의를 하지 못하거나 터무니없는 계획을 만들었을 때 참고 자료로 제공할 일과표는 얼마든지 있네. 나는 자네가 생각하는 것만큼 무책임한 숙장은 아니라네."

"그렇다면 일과표대로 실행해주십시오. 저흰 단련받기 위해 일부러 먼 곳에서 여기까지 찾아왔습니다. 우애숙의 일과표가 아무리 엄격하더라도 숙장님을 원망하거나 중간에 포기하지는 않을 겁니다."

"훌륭한 각오군."

아사쿠라 선생님은 쉰 목소리 청년에게서 눈을 돌리고 숙생 명단을 훑어보았다.

"자네는 몇 조인가?"

"1조입니다."

"이름은?"

"다가와 다이사쿠입니다."

다가와는 무뚝뚝하게 대답했다.

명단에는 '구마모토 현, 26세, 마을 농촌회 서기, 마을 청년단장, 농업학교 졸업'이라고 적혀 있었고, 비고란에는 '보병 오장(옛 일본 육군 계급의 하나로 우리의 하사에 해당한다). 최근 만주에서 귀환'이라고 적혀 있었다. 숙생들도 명단과 다가와의 얼굴을 대조하면서 서로 귓속말을 주고받았다. 그러나 다가와는 조금도 쑥스러워하는 기색이 없었다. 오히려 목에 한껏 힘을 주고 아사쿠라 선생님을 쳐다보았다.

아사쿠라 선생님은 명단에서 눈을 떼고 도전하는 듯한 다가와의 눈빛을 똑바로 바라보았다.

"자네의 각오는 나도 칭찬하고 싶네. 하지만 그런 각오는 뭔가 특별한 때 필요하다는 생각이 드는군. 일상생활을 하는데 그 정도 각오는 안 해도 되니까 말이야. 첫째로 다가와는 자기 자신을 너무 가볍게 여기고 있어. 가볍게 여긴다기보다는 자기 힘을 너무 아끼고 있어."

"그게 무슨 말씀이죠? 전……."

다가와가 떨리는 입술을 깨물며 말했다.

"저는 군대 생활을 하고 돌아왔습니다. 제 힘을 아낀 적은 지금껏 단 한 번도 없습니다. 그리고 앞으로도 없을 겁니다. 저는 오늘 히라키 중좌님이 말씀하신 것처럼 언제든 죽을 각오로 이곳에 왔습니다. 미적지근한 건 질색입니다."

"아주 좋아. 아마도 이곳에 모인 숙생들 가운데 자네만큼 마음이 절실한 사람은 없을 거야. 헌데 한 가지 아쉬운 게 있네. 자네는 누군가가 나서서 자네를 단련시켜줄 때만 기다리고 있어. 스스로를 단련시키겠다는 생각을 못하는 것 같군."

"아닙니다! 전 제 자신을 단련하기 위해 먼 시골에서 일부러 여기까지 찾아온 겁니다."

"하지만 그게 문제야. 자네는 이곳에서 어떻게 생활해야 하는지조차 생각해보려고 하지 않았네. 무조건 다른 사람이 정해놓은 계획만 따라가려고 기다리고 있어. 그러니 나로서는 자네가 힘을 아꼈다는 말밖에 할 수 없지 않겠는가?"

다가와는 대답이 궁해졌는지 입을 다물었다. 그러나 아사쿠라 선생님의 말을 진심으로 이해한 얼굴은 아니었다. 그는 무릎 위에 뻗대고 있던 두 팔을 들어올려 팔짱을 끼더니 천장으로 눈길을 옮겼다.

아사쿠라 선생님은 날카로운 눈빛으로 다가와가 하는 행동을 유심히 지켜보았다.

"다가와 군……."

아사쿠라 선생님은 부드러우면서도 무게가 실린 목소리로 말했다.

"자네 마음을 내가 모르는 건 아냐. 자신을 단련시키고 싶어서 여기까지 찾아왔는데 엉뚱한 얘기를 늘어놓고 있으니 화도 날 만해. 하지만 이곳은 자네가 생각하는 단련과는 거리가 먼 단련을 하는 곳이네. 자네는 이미 군대에서 실컷 단련을 받은 몸일세."

천장을 올려다보던 다가와의 눈길이 다시 아사쿠라 선생님에게로 돌아왔다. 그래도 대답은 하지 않았다. 아사쿠라 선생님은 잠깐 생각에 잠겼다.

"자네와 나는 단련이라는 말의 의미를 전혀 다르게 해석하고 있는 것 같네. 자네는 내 마음을 이해하지 못해서 불만스러운 것일세. 내가 생각하는 단련이란 아무리 작은 일도 내가 판단하고, 내가 필요해서 선택하고, 내가 노력해서 스스로 실현하는 자세일세. 당연히 그 결과도 내가 책임져야겠지. 나는 자네를 그렇게 단련시키고 싶네. 이런 단련에 한 번 참여해보겠나?"

다가와의 입가에서 비웃음이 감돌았다.

"아직도 내 말이 이해되지 않는 모양이군."

아사쿠라 선생님은 아쉽다는 듯 빙그레 웃었다. 잠깐 무언가 생각하던 선생님은 마침내 결심한 듯 말했다.

"그렇다면 자네에게 한 가지 묻겠네. 자네는 내가 결정하는 대로 무조건 따를 작정인가?"

"예, 물론입니다. 우리를 단련시킬 수만 있다면 무엇이든 기꺼이 따르겠습니다."

"만일 내가 내일부터 새벽 세 시에 일어나고 열한 시에 잠을 자라고 해도 따르겠는가?"

다가와는 당황한 기색으로 눈알을 굴리더니 작정한 듯 대답했다.

"그대로 따르겠습니다."

"잘 생각하게. 하루에 네 시간만 잘 수 있겠이?"

"네 시간이면 충분합니다. 이미 각오했으므로 참지 못할 이유가 없습니다. 나폴레옹도 하루에 네 시간밖에 자지 않았다고 합니다."

"나도 그 얘기는 들었네."

아사쿠라 선생님이 재미있다는 듯 웃었다.

"하루나 이틀은 그럭저럭 버티겠지만 자네는 이곳에서 한달 반을 생활해야 하네. 그래도 괜찮겠나?"

"할 수 있습니다!"

"자네는 할 수 있을지 모르지만 다른 숙생들은 어떨까?"

"숙장님이 결정하신 일이라면 무조건 따라야 합니다. 그런 각오 없이 공동생활에 임할 수는 없습니다."

"그렇지……. 이런 게 바로 자네가 생각하는 공동생활이었지. 어쨌든 좋아. 하지만 그 때문에 환자가 나오면 어떻게 하지?"

"이런 일로 병에 걸린다는 건 각오가 부족하다는 뜻입니다."

"그럴 수도 있겠군. 자네 말대로 여기 모인 숙생들은 각오가 대단해서 병자는 나오지 않는다고 하고, 만약 잠자는 시간 때문에 이지마 군이 말한 실제 소득이 줄어들면 어떻게 하겠는가?"

"그것도 각오가 되어 있으면 얼마든지 극복할 수 있습니다."

다가와는 할 말이 궁해지자 무슨 질문을 받든 무조건 '각오'만 내세웠다. 그는 이미 반쯤 자포자기한 것처럼 보였다. 아사쿠라 선생님도 그것을 눈치 채고 질문을 더 던지지 않았다. 선생님은 다만 안타까운 눈길로 다가와를 바라보았다.

"다가와 군, 자네가 말하는 각오는 진정한 뜻에서 각오가 아니네. 자네는 지금 고집을 부리고 있어. 고집을 부린다고 해서 자네 마음이 자네가 바라는 만큼 단련되는 것은 결코 아니라네. 세상 사람들 가운데는 고집을 부리고, 마음에도 없는 오기를 앞세우면서 단련이라는 말을 들먹이는 자들이 있는데, 어떤 경우에도 오기나 고집이 단련과 혼동될 수는 없는 일이라네. 단련이란 순수한 걸세. 도달해야겠다고 마음먹은 목표를 향해 가장 순수한 마음으로 달려가는 것이야말로 단련의 참된 의미가 아닐까? 자네는 단련을 이야기하고 있지만 정작 단련의 참된 의미는 이해하지 못하고 있는 것 같군……. 물론 자네만 그렇다는 것은 아냐. 여기 모인 숙생들은 물론이고 오늘날 일본에서 살아가는 대다수 국민들이 단련과 고집을 혼동하고 있어. 일본이라는 나라가 목에 힘을 주게 된 것도 그 때문일세. 되지도 않는 일에 고집을 부리고 무리를 하면서 입으로는 단련이라고 말하는 자들이 너무나 많아. 어쩌면 그것만이 일본이라는 나라에서 살아갈 수 있는 방법인지도 모르겠군. 이런 사고방식이 우리 사회를 지배하고 있네. 그러니 자네 같은 젊은이들도 단련이라고 하면 무조건 고집을 부리고, 무리를 하면서까지 자신을 학대해야 하는 줄로 착각하게 된 거야. 나는 이런 경향이 아주 위험하다고 생각하는 사람일세. 확실히 바람직하다고 말할 수는 없지. 가까운 장래에 무서운 결과를 불러올지도 모르니까. 내가 이렇게 숙당을 운영하고 젊은 친구들 앞에서 작은 힘이나마 내가 알고 있는 지식을 전하려는 것은 이 나라의 청년들에게만이라도 공동생활의 근본을 깨닫게 해주고 싶어서네. 이곳에서 체험하면서 순수한 공동생활, 도리에 맞는 공동생활이 무엇인지 알게 해주고 싶은 거야. 이 나라를 지배하고 있는 그 무서운 경향들을 자네들 손으로 몰아내주기를 고대하고 있단 말일세. 내 말을 이해할 수 있겠나?"

아사쿠라 선생님은 따뜻한 눈길로 숙생들을 바라보았다. 다가와도 선생님의 진심에 마음이 움직였는지 더 반항하지 않았다. 그러나 아직도 마음속에는 앙금이 가시지 않은 표정을 짓고 있었다. 다가와는 고개를 양옆으로 흔들며 눈을 내리떴다.

그러자 한 청년이 지금까지 창가에 앉아 팔짱을 끼고 눈을 감은 채 무언가 생각하다 갑자기 눈을 뜨며 말했다.

"저는 이제야 숙장님 말씀을 이해할 것 같습니다. 하지만 저희들이 받아들이기엔 너무 어려운 생활이라고 생각합니다."

그 숙생은 하얀 살결에 지성이 담긴 듯한 눈과 노동으로 단련된 듯한 다부진 몸집을 하고 있었다.

"3조에 소속된 아오야마 게이타로입니다."

지로가 아사쿠라 선생님에게 소곤거렸다.

아오야마는 스스로 우애숙을 찾아온 것이 아니라 어떤 분에게서 추천을 받고 이곳에 왔다. 올해 스물세 살로 히로사키 교외에서 꽤 큰 사과 과수원을 경영하고 있었다. 아오야마는 몇 해 전부터 재산을 털어 과수원 근처에 지역 청년들을 위해 집회소를 세웠다. 그곳에서 밤마다 독서회와 농업연구회를 지도하고 있다는 것이다. 그런 약력 때문에 지로가 처음부터 오가와 무문과 함께 주목하고 있는 인물이었다.

아사쿠라 선생님은 '청년 집회소 운영'이라고 적어놓은 비고란을 몇 번씩 읽어보면서 고개를 끄덕였다.

"어려운 생활이 정확히 뭘 뜻하는 건가?"

"강요받지 않고도 잘해나가는 것처럼 어려운 일은 없다고 생각합니다."

"그러나 강요해야 할 만큼 어려운 일을 하자는 것은 아닐세."

"그건 저도 알고 있습니다."

"상식 선에서 누구나 할 수 있는 생활을 하려는 것이니 그리 어려운 일 같다는 생각은 들지 않는군."

"상식이 중요하긴 하지만 그것이 성실하지 않다면 곤란하겠죠."

"자네 말이 맞아. 진심이 담긴 상식이 필요해."

"저는 진심이 담긴 상식을 실천하기란 쉬운 일이 아니라는 겁니다. 상식적이고 평범한 일을 실천할 때 인간은 불성실해지기 쉽기 때문입니다."

"음……."

아사쿠라 선생님은 이해가 된다는 듯 고개를 끄덕였다.

"정확한 지적일세. 자네 말처럼 이곳에서 생활하는 것은 대단히 어려울 수도 있네. 지금까지 자네들이 겪어온 단련은 상식에서 벗어난 일만 생각하고, 평범한 일상생활에 필요한 상식 따위는 철저히 무시해오는 것이었네. 자네들은 진정한 의미에서 단련을 배워본 적이 없어. 가장 중요하고, 가장 어려운 단련은 가장 평범한 일상에서 하는 훈련이라네. 자네들이 우애숙에서 배워야 할 것은 바로 이런 단련일세. 인생에서 가장 중요하고 어려운 상식적인 일상을 배워야 한다는 말이지. 앞으로 이곳에서 생활하는 동안 자네들이 마음속으로 품고 있어야 할 목표이기도 하네. 아마도 자네는 그런 의미에서 이곳 생활이 쉽지 않을 거라고 말한 듯한데, 확실히 옳은 말이야. 하지만 이곳에서 생활하는 게 쉽지 않다는 것을 알기에 더 열심히 노력해야 하는 것 아닐까. 노력할 의지만 있다면 누구나 성취할 수 있어. 특별히 능력을 타고나지 못했더라도 상식을 갖춘 인간이라면 누구든지 해낼 수 있는 생활이지. 이곳에서 경험하는 걸 우습게 여기는 것도 곤란하겠지만 그렇다고 두려워할 필요도 없을 것 같군."

숙생들의 표정은 가지각색이었다. 지로는 그들 한 사람, 한 사람을 주의 깊게 관찰했다. 그러면서 아사쿠라 선생님의 이야기를 마음에서 이해한 사람은 아오야마와 오가와 무몬뿐이라고 생각했다.

아사쿠라 선생님은 손목시계를 들여다보았다.

"그러고 보니 얘기가 꽤 길어졌군. 우리가 한 얘기가 쓸데없는 건 아니었어. 그런데 아직도 내일 행사는 윤곽도 잡히지 않았군. 어떻게 하고 싶은지 누가 말해보겠나? 여러분에게 특별한 계획이 없다면 어쩔 수 없이 내가 준비한 계획서를 발표할 수밖에 없네. 그렇게 해도 괜찮겠나?"

"부탁드리겠습니다."

이지마가 맨 먼저 대답했다. 이어서 같은 대답이 여기저기에서 나왔다. 그러자 이지마는 처음부터 이럴 줄 알았다는 식으로 말했다.

"저희는 어차피 숙장님이 시키는 대로 할 작정이었습니다. 괜히 시간만 낭비했군요."

아사쿠라 선생님은 어이가 없다는 듯 이지마를 보았다. 그리고 조금은 씁쓸해 보이는 얼굴로 말했다.

"자네 말도 일리가 있군. 만에 하나 자네들이 내 생각을 그대로 받아들였다가 배탈이라도 일으킬까 봐 걱정돼서 그랬던 건데……."

몇 명이 웃음을 터뜨렸다. 웃음을 터뜨린 사람은 겨우 두서너 명뿐이었다. 대부분은 선생님이 무슨 뜻으로 그런 말을 하는지 모르겠다는 듯 미간만 찌푸리고 있었다. 이지마도 그 가운데 하나였다.

아사쿠라 선생님은 나직이 한숨을 쉬었다.

"그럼 급한 대로 기상 시간과 취침 시간부터 정하자고. 설마 이중에 새벽 세 시에 일어나고 오후 열한 시에 자자는 사람은 없겠지? 그래도 단련하는 셈치고 한 번 해볼까?"

"우와!"

숙생들은 말도 안 된다는 듯이 괴성을 지르며 웃음을 터뜨렸다. 다가와도 쑥스러웠던 모양으로 쓴웃음을 지었다.

"모두들 이 안건엔 찬성하지 않는 것 같군. 그럼 몇 시기 적당할까?"

"숙장님 계획표에는 몇 시로 되어 있습니까?"

이번에도 이지마는 아사쿠라 선생님의 계획안을 들먹였다.

"이런 건 내 계획표를 참고하지 않더라도 충분할 것 같은데."

"그렇긴 해도 사람이 많다 보니 어떤 안건이 나올지 알 수 없잖아요? 무조건 늦게 일어나면 좋겠다고 생각하는 사람도 있을 겁니다."

"그렇겠군. 나야 자네들이 결정하면 그대로 따라야 하는 처지니까 기상 시간이 열 시로 정해져도 말리지 않을 걸세."

"그렇게 정해져도 상관없으십니까?"

"자네 생각은 어떤가? 내 의견보다는 자네 생각이 더 중요할 것 같은데."

"저는 당연히 그렇게 해서는 안 된다고 생각합니다."

"자네 상식이 허락하지 않기 때문에?"

"맞습니다."

"그렇다면 간단한 얘기군. 여기 모인 사람들이 다 함께 상식 수준에서 자기 생각을 발표하면 열 시 기상 같은 엉뚱한 사태는 안 벌어질 것 아닌가?"

"그럴 수도 있겠지만 어떤 의견이 나올지 모르는 것 아닙니까?"

"음, 그것도 그래. 그래도 내 생각엔 그런 의견차를 극복하는 게 우애숙의 생활인 것 같은데."

"취지는 저도 공감합니다. 아무래도 이런 문제에서는 강제로 계획을 세워주셔야 한다고 생각합니다."

"강압으로 밀고 나가란 얘기 같군. 결국 우리 얘기는 원점으로 돌아가게 되었네."

아사쿠라 선생님은 손에 들고 있던 숙생 명단을 다다미 위에 던지며 팔짱을 끼었다. 그리고 눈을 감은 채 잠자코 있었다. 그렇게 몇 분이 지나자 선생님은 다시 눈을 뜨고 이지마와 다른 숙생들의 표정을 살폈다.

"강제 규율이라면 아무리 불합리하게 생각되더라도 무조건 따르겠다는 생각인 것 같은데……. 우리가 서로 의견을 나누고, 그 의견을 모아 어떤 계획을 세운다면 게으름이나 피울 작정으로 어이없이 서둘러 만들어낸 보잘것없는 목표가 세워질 거라는 생각은 어디에서 비롯된 걸까. 만일 이런 결과가 당연하다면 도대체 인간의 자주성이라는 것이, 우리들의 양심이라는 것이 무슨 의미가 있을까. 얼마나 시간이 흘러야 우리는 서로 신뢰할 수 있을까. 얼마나 시간이 흘러야 서로 신뢰하면서 공동생활을 해나갈 수 있느냐 말이다."

아사쿠라 선생님은 비통한 심정으로 그렇게 말했다.

"나는 자주성을 갖춘 양심적인 인간으로 자네들을 맞아들였다. 자네들이 기계처럼 부려달라거나, 돼지새끼처럼 채찍을 휘둘러달라고 해도 나는 절대로 그렇게 할 수는 없다. 나는 자네들이 인간이라고 믿기 때문이다. 그렇기 때문에 나는 어디까지나 자네들이 인간답게 행동하기를 바라는 것이다. 가끔은 나도 인간 세상에 강압적인 규율이 필요하다는 것을 느낄 때가 있다. 연약한 사람에겐 때론 강제로 명령을 해야 할 경우도 있게 마련이다. 그 강제적인 규율에 복종하여 연약한 인간이 구제받을 때도 있다. 나도 그 점을 무시하지는 않는다. 그러나 내 눈에 자네들은 연약한 사람으로 보이지 않는다. 스스로 숙당 생활을 계획하고 실천하지 못할 만큼 병들어 있다고도 생각하지 않는다. 또 그것이 사실이라 할지라도 그렇게 생각하고 싶지 않다. 나는 자네들이 연약한 사람들처럼 강제로 휘두르는 힘에 의지하기 전에 자기 자신의 힘을 믿기를 바란다. 양심에 따라 행동하고, 자주 정신으로 최선을 다하면 좋겠다. 자네들이 조금이라도 그런 마음에 눈을 돌린다면 내가 강요하지 않더라도 자네들 스스로 숙당을 운영할 수 있을 거라고 믿는다. 자네들이 인간이라면 그 정도 자신감이 있어야 한다. 만일 자네들에게 그 정도 자신감도 없다면, 인간으로서 그만한 자긍심도 없다면 나도 더 할 말이 없다. 내일부터 우리가 어떤 행사를 계획하고 실천하더라도 그 결과는 자네들 것이 되지 못한다. 어떤가, 이지마 군. 아직도 강제로 구속해야 한다고 생각하는가?"

"알겠습니다."

아사쿠라 선생님이 갑자기 질문을 하자 이지마는 당황스러워하며 우물거렸다. 자기도 민망했는지 애써 웃으며 머리를 매만졌다.

"다가와 군은 어떻게 생각하는가?"

다가와는 아사쿠라 선생님이 말하는 동안 미간을 잔뜩 찌푸린 채 고개를 갸웃거리고 있었다. 그러다가 심각한 표정을 하고 다다미를 내려다보고 있었는데 갑자기 자기 이름을 부르는 것을 듣고 이지마와 마찬가지로 크게 당황했다. 그래도 다가와는 이지마처럼 서둘러 대답하려고 하지는 않았다. 그는 몇 번씩 고개를 갸웃거리며 눈을 부릅뜨고 다다미를 뚫어져라 노려볼 뿐이었다. 그리고 천천히 아사쿠라 선생님을 쳐다보면서 특유의 쉰 목소리로 더듬거리며 말했다.

"저는……, 좀 더……, 좀 더 생각해봐야 할 것 같습니다."

"더 생각해보겠다? 음, 아직 이해가 되지 않는 모양이군. 그렇다면 이해가 될 때까지 충분히 생각하게. 스스로 생각하지 않고 남이 말하는 대로 삼켜버리고 생활하면 자네 인생에 전혀 도움이 되지 않네."

아사쿠라 선생님은 그렇게 말하며 인자하게 웃었다. 그리고 길게 한숨을 내쉬며 더는 말하려고 하지 않았다. 아사쿠라 선생님은 앞으로 이곳에서 생활하다 보면 숙생들도 조금씩 이해할 수 있을 거라고 믿었다.

"다가와 군 외에도 내 말을 이해하지 못하는 숙생들이 꽤 많을 거라고 생각하지만 이 문제는 계속해서 이야기할 기회가 있을 거다. 얘기는 이 정도로 접어두고 구체적인 문제로 들어가자. 시간이 늦었으니 일단 내 제안을 들어보기 바란다."

아사쿠라 선생님이 지로에게 슬쩍 눈짓을 했다. 지로는 기다렸다는 듯이 자기 앞에 있는 종이 봉투에서 인쇄물을 꺼내 숙생들에게 나눠주었다.

인쇄물에는 세부 조직과 강의 과목, 여러 가지 행사가 시간대로 적혀 있었다. 아사쿠라 선생님이 말한 것처럼 상식에서 벗어나 계획을 짠 것은 단 하나도 없었다. 그 무렵 청년숙에서는 어느 곳에서나 경쟁하듯 '목욕재계'나 '침묵의 노동'처럼 단련하기에 좋은 행사들을 주로 했는데, 지로가 나눠준 인쇄물에는 그와 비슷한 낱말조차 보이지 않았다. 숙생들은 저마다 이상하다는 듯 고개를 갸웃거렸다. 단 하나, 다섯 시 반 기상이 단련과 관계있어 보였다. 그러나 2월의 쌀쌀한 무사시노에서 새벽 다섯 시 반에 일어나는 것은 조금 괴롭기는 해도 그다지 놀랄 만한 일은 아니었다. 정작 숙생들은 여가 생활 같은 행사들이 많이 계획되어 있다는 데 놀랐다. 이런 것들을 제외하면 아사쿠라 선생님이 짠 계획표는 일상생활의 심화 과정이라는 느낌이 들 정도로 평범했다.

계획표는 너무하다는 생각이 들 정도로 쉽게 정리되어 있었다. 특이한 행사를 기대했던 숙생들로서는 불만스러운 상황이었다. 그렇다고 새로운 주장이 나오는 것도 아니었다. 이번에도 이지마가 가장 많이 이야기했다. 그러나 이지마도 자신의 존재를 새겨놓을 만한 말만 했고, 또 계획서에 찬성한다는 것만 말했다. 다가와는 처음부터 끝까지 한 마디도 하지 않았다.

세부 조직을 설명할 때에야 비로소 분위기가 활발해졌다. 조 외에도 일상생활을 관리할 몇 부서가 만들어졌다. 모두 합숙 기간 중에 한 번은 부서 생활을 체험하도록 짜여 있었기 때문에 운영 방법이라든가 인원 배치에 대한 질문들이 쏟아졌다.

좌담회는 아홉 시 반 취침과 열 시 소등을 결정하고 끝이 났다. 시간은 어느새 아홉 시 반을 훌쩍 넘겼다.

끝나기 전에 마지막으로 아사쿠라 선생님이 이야기했다.

"우여곡절이 있긴 했지만 어쨌든 우애숙에서 공동생활을 어떻게 할지 대부분 결정했다. 안타깝게도 내가 제시한 안건들이 대부분 통과되었다. 그러나 여러분이 찬성했으니, 계획대로 제대로 운영되지 않으면 그 책임은 여러분이 져야 한다. 물론 이 계획들은 내일 첫 출발하는 데 근거를 부여한 것뿐이며, 이것이 최상이라고 보증할 수는 없다. 조금씩 실천해나가면서 불합리하다고 생각하거나 덧붙이고 싶은 게 있으면 언제든 수정할 수 있다. 또 기존 안건보다 더 좋은 안건이 새롭게 나오면 그 안건을 채택할 수도 있다. 이 또한 여러분이 판단해서 결정한다. 다시 한 번 말하거니와 우애와 창조가 이곳 생활에서 정신이 되는 두 기둥이다. 이곳을 떠나는 날까지 서로 도움을 주고받으면서 활기차게, 그리고 즐겁게 생활하기 바란다."

그 뒤 자기 전에 하는 행사로 정좌를 했다. 숙생들은 조마다 한 줄로 나란히 앉아 아사쿠라 선생님의 지도에 따라 가부좌를 틀고 눈을 감았다.

지로는 발소리를 내지 않도록 조심하면서 숙생들의 자세를 바로잡아주었다.

가장 먼저 지로의 눈에 띈 사람은 다가와였다. 다가와는 필요 이상으로 가슴을 펴고 군대식 부동자세로 앉아 있었다. 지로가 힘을 빼라는 신호로 몇 번씩 어깨를 눌렀지만 여간해서는 고치려고 하지 않았다. 이와 달리 이지마는 정좌에 익숙한 듯 자연스럽게 앉아 있었다. 실눈을 뜨고 아사쿠라 선생님을 훔쳐보지만 않았으면 숙생 가운데서 가장 자세가 훌륭한 사람이었을 것이다.

정좌는 10분 만에 끝났다.

지로는 평소와 다르게 피곤했으나 잠자리에 들어서도 좀처럼 잠을 이룰 수 없었다.

딱딱이 소리

따악, 따악······.

얼어붙은 것 같은 차가운 공기를 가로지르며 딱딱이 소리가 복도에 울려 퍼졌다. 밖은 아직도 캄캄했다. 하얀 목련 무늬가 새겨진 낡은 커튼 사이로 별빛에 반짝이는 유리창이 보였다. 하늘에는 별이 총총했다.

지로는 따뜻하게 데워진 이불을 들추며 힘차게 일어났다. 전등 스위치를 막 올리려는데 자명종 시계가 요란하게 울렸다. 정확히 다섯 시 반이었다.

지로는 잠옷을 벗고 점퍼로 갈아입은 뒤에 이불을 장롱에 집어넣고 창문부터 활짝 열었다. 바람은 없었지만 차갑게 식은 공기가 살갗에 닿을 때마다 살을 할퀴는 것 같았다. 지로는 그 차가운 공기를 힘껏 들이마시며 방 안 먼지를 털었다. 합숙 기간 동안 지로는 본관 사무실과 맞닿은 작은 방에서 혼자 지내고는 했다.

지로가 먼지를 털고 나서 빗자루를 들었을 때도 밖은 여선히 조용했다. 딱딱이 소리만이 경쾌하게 복도를 울릴 뿐이었다.

그 순간 지로는 빗자루질을 멈추고 딱딱이 소리에 귀를 기울였다. 합숙을 시작하면 조마다 딱딱이 칠 사람을 정해놓으므로 이 시간에 딱딱이 소리가 들리는 것은 그다지 신기한 일도 아니었다. 하지만 정각 다섯 시 반에, 그것도 합숙 이틀째에 기상을 알리는 딱딱이 소리가 복도에 울려 퍼지는 일은 아주 드물었다. 오늘 당번이 누구인지는 모르겠으나 딱딱이 소리만으로 판단한다면 앞으로 이곳에서 아주 성실하게 생활할 사람이 분명하다는 생각이 들었다.

지로는 문득 호기심이 발동했다. 딱딱이를 치기 시작한 시간도 정확했고, 그 소리는 들을수록 안정감이 있었다. 꽤 오랫동안 딱딱이를 치고 있는데 조금도 흐트러지지 않고 같은 간격으로 '따악' 소리가 반복되고 있었다.

'첫날 아침 딱딱이 소리가 이처럼 안정될 수가 있다니……. 지금까지 이랬던 적은 한 번도 없었다. 오늘 아침 당번이 누구일까?'

그렇게 생각하자 두 사람이 떠올랐다. 오가와 무몬과 아오야마 게이타로였다. 간밤에 좌담회한 걸 생각하면 이토록 침착하게 딱딱이를 칠 수 있는 사람은 이들 두 사람 밖에 없다는 생각이 들었다. 그러고 보니 이번 주 관리부는 5조였다. 지로는 이 새벽에 딱딱이를 치는 숙생은 오가와 무몬이 틀림없을 거라고 생각했다.

지로는 방 청소를 끝내고 사무실과 이어진 미닫이문을 조심스레 열었다. 사무실 청소를 하려다가 문지방에 서서 복도 쪽으로 귀를 기울였다. 그러고는 발소리를 죽인 채 입구로 다가가 문을 조금 열었다. 딱딱이는 사무실 맞은편 벽에 걸려 있었다.

딱딱이를 치는 사람은 예상한 대로 오가와 무몬이었다. 와이셔츠에 바지만 입고 있었다. 이 추운 날씨에 양말도 신지 않았다. 그렇다고 추워 보이지는 않았다. 오가와 무몬은 자기 키보다 30센티미터나 높은 데 달린 딱딱이를 근시 안경 너머로 쳐다보며 정성껏 두드리고 있었다.

지로는 힘차게 문을 열고, "안녕하세요?" 하고 인사하면서 오가와에게 다가갔다.

그때 오가와는 망치를 어깨 너머로 들어올리던 참이었는데, 그대로 딱딱이를 내리치고 나서 지로를 보며 똑같은 말로 인사를 했다. 그러고는 또다시 흐트러지지 않고 망치를 휘둘렀다.

"이제 그만 하셔도 될 것 같네요. 그 정도면 충분해요."

복도를 배회하는 차가운 새벽 공기에 지로는 자기도 모르게 어깨를 움츠렸다.

"예, 그런데 아무도 일어난 것 같지 않아서요."

오가와는 여전히 망치를 휘둘렀다.

"일어나지 않는 것뿐이지 잠은 깼을 거예요."

"그럴까요?"

"그럼요. 방마다 잠에서 깬 숙생들이 여러 명 있을 겁니다."

그래도 오가와는 망치질을 멈추지 않았다.

"그런데 왜 안 일어날까요?"

"첫 주엔 늘 이래요. 5분이나 7분 정도는 늦죠."

"차라리 방마다 돌아다니면서 깨우는 편이 더 빠르겠군요."

"깨우는 게 목적이라면 그게 더 낫겠죠. 하지만 어쨌든 이것도 약속이니까요. 딱딱이 소리에 맞춰 일어나기로 약속했으면 지키는 것도 공동생활이죠."

"그렇담 계속 치는 수밖에 없군요."

"이럴 땐 차라리 그만 치는 게 더 좋을 때도 있어요. 그것으로 도리어 일어나는 일도 있으니까."

"그렇군요……. 어쩌면 그럴 수도 있겠어요."

오가와는 혼잣말처럼 중얼거리며 똑같은 속도로 딱딱이를 후려쳤다.

"학교 다닐 땐 기숙 생활이나 자취 같은 걸 해보고 싶었어요. 자기 힘으로 지내는 친구들을 보면 부러웠는데 하루밖에 안 지났지만 겪어보니 쉽지 않군요."

"예, 잘 지내고 못 지내고는 결국 자기 몫이니까요."

"나도 그렇게 생각합니다. 숙장님이 명령에 의지하거나 다수의 힘에 의지하면 진정한 뜻에서 공동생활이라고 할 수 없다고 말씀한 게 조금은 이해가 되네요."

지로는 오가와의 옆모습을 말없이 보다가 불쑥 말을 꺼냈다.

"내가 한 번 쳐볼까요?"

그때까지도 딱딱이를 치던 오가와가 의아한 눈초리로 뒤에 서 있는 지로를 돌아보았다. 오가와가 곧 지로에게 망치를 넘겨주었다. 지로는 익숙한 솜씨로 딱딱이를 두들기기 시작했는데 오가와와 정반대로 두들겼다. 여운을 느낄 새도 없이 어찌나 빠르게 두들기는지 마치 화가 나서 치는 것처럼 들렸다.

오가와는 어이가 없다는 표정을 지으며 지로가 재빨리 손을 놀리는 모습을 멍하니 볼 뿐이었다. 지로는 오가와가 그런 표정을 지어도 상관없이 눈 깜짝할 사이에 방망이를 30~40번 가까이 휘두르고는 손을 멈추었다. 그리고 오가와를 보며 히죽 웃었다.

"딱딱이 치는 건 이걸로 끝내야겠군요. 이래도 일어나지 않으면 그냥 내버려두는 게 낫겠어요."

신기하게도 지로의 말이 끝나기 무섭게 두서너 방에서 소리가 들렸다. 여기저기에서 숙생들이 웅성거리는 소리가 복도를 타고 들려왔다.

"이제야 일어났군요. 이제 됐습니다."

지로는 그렇게 말하고 딱딱이를 기둥에 걸고 사무실 쪽으로 가려고 했다. 그러자 그때까지 눈살을 찌푸리고 지로를 보고 있던 오가와가 갑자기 새빨간 잇몸을 드러내고 웃으며 말했다.

"어쩐지 크게 혼이 나서야 겨우 눈을 뜬 것 같은 생각이 드는군요."

"하하!"

지로는 오가와가 하는 말을 듣고 즐거운 듯 웃음을 터뜨렸다. 지로는 곧 사무실로 들어가 청소를 시작했다. 그러나 오가와가 웃으며 마지막에 던진 한마디 말이 마음에 걸렸다.

쓰레기를 복도에 내놓고 지로는 통에 물을 받아왔다. 맨손으

세상 속으로 ● 153

로 걸레를 빨아 침실과 사무실 다다미를 닦기 위해서였다. 활짝 열린 창문으로 2월의 싸늘한 새벽 공기가 스며들었다. 바람이 불지 않는 탓에 기온은 더욱 차갑게 느껴졌다. 지로는 이곳에서 세 번째 겨울을 맞이하지만 한겨울에 창문을 열어놓고 걸레질을 할 때는 늘 고통스러웠다. 얼음처럼 차가운 물에 손을 담그고 걸레를 빨다 보면 어느새 손끝의 감촉이 무뎌진다. 나중에는 손목까지 저릿저릿해져 걸레를 짜는 것도 쉽지 않다. 또 걸레질을 하고 나면 다다미는 그새 얼어붙어 미끈거렸다.

그때쯤에는 복도도 시끌벅적했다. 숙생들의 발소리와 떠드는 소리, 웃음소리가 한데 섞여 차가운 새벽 공기를 몰아내고 있었다. 지난밤 좌담회 때 조마다 할 일을 나눠 맡았기 때문에 숙생들은 방 청소가 끝나는 대로 본관 내부와 강당, 식당, 화장실 청소를 했다. 아침에는 다 함께 청소를 하기로 결정했으므로, 책임지고 자신들이 맡은 구역을 청소해야 했다. 숙생들은 추위에 얼어붙은 몸을 녹이려는 듯 바쁘게 움직이면서도 아직은 서로 낯설기만 한 눈길을 의식하지 않을 수 없었다.

지로는 사무실과 침실 정리를 한 뒤 화장실 청소를 돕기로 했다. 화장실 청소는 지로가 처음 조수 생활을 시작할 때부터 자기 자신과 한 약속이었다.

화장실로 이어진 복도 모퉁이를 막 돌아서는데 화장실 입구에 있는 시멘트 층계 위에서 숙생 한 명이 시끄럽게 떠들고 있었다. 이지마 고조였다.

"안녕히 주무셨어요? 여긴 어떤 조가 담당하죠?"

지로가 이지마에게 물었다.

"이번 주는 5조가 맡기로 했습니다. 다른 조를 시킬 수도 있었지만 우리가 솔선수범해야 할 것 같아서요."

이지마는 꽤나 거드름을 피우며 대답했다.

간밤에 관리부에서 청소 분담을 하기로 정했는데 첫 주에 관리부를 맡은 것이 5조였다. 관리부는 밤마다 자기 전에 이튿날 아침 청소 구역을 각 조에게 정해 주는 일을 맡았다. 5조 숙생들은 첫 주에 관리부를 맡았으니 다른 조에 모범을 보이고자 모두가 괴롭게 생각하는 화장실 청소를 자기 조에서 맡기로 한 모양이었다. 물론 그런 결정은 칭찬해줄 만했으나, 다른 조도 첫 주에 관리부를 맡았으면 당연히 화장실 청소를 한다고 했을 것이다. 지로는 이지마가 자기네 조에서 화장실 청소를 하기로 한 게 마치 큰 공로라도 세운 것처럼 우쭐거리는 것을 보니 슬그머니 웃음이 나왔다.

그러다 지로는 오가와 무몬의 침착한 얼굴이 떠올랐다. 지로는 이지마는 제쳐두고 오가와를 찾기 위해 화장실을 둘러보았다.

화장실은 양옆에 창문이 있고, 그 밑에 소변통이 일곱 개씩 나란히 붙어 있었다. 숙생 네 명이 둘씩 나뉘어 나무 수세미로 소변통을 닦고 있었다. 오가와는 그곳에 없었다. 소변통 맞은편에는 커다란 변소가 일곱 개쯤 나란히 있었다. 그중 오른쪽 끝에 있는 변소 문이 열려 있었다. 그 앞에 물을 받아놓은 물통도 하나 놓여 있었다. 문이 **빈쯤** 열려 있는 변소 안은 전능 불빛 때문에 잘 보이지 않았다. 틀림없이 숙생 한 명이 그 안에서 청소를 하고 있을 것이다. 조원 여섯 명 가운데 이지마는 입구 층계에 혼자 서 있고, 네 명은 소변통을 청소하고 있으니 나머지 한 사람은 오가와 무몬밖에 없다. 오가와 무몬이 변소를 청소하는 것이다. 그렇게 생각하고 지로는 오가와를 부르려고 했다. 하지만 어쩐지 부를 수가 없었다. 지로는 조금 망설이다가 입구에 걸려 있는 변소용 대걸레를 들어 물통에 넣고 빤 다음 오가와가 청소하는 변소의 반대편 변소 안으로 들어갔다.

이지마는 그때까지도 입구 층계에 서서 이것저것 지시하기만 했다. 그러다 지로가 대걸레를 빨아 변소로 들어가는 것을 보고는 미안해졌는지 지시다운 지시를 제대로 하지 못하는 것 같았다.

"이렇게 날씨가 추울 때는 땀나게 일하는 게 가장 좋아……. 조장 따위는 할 게 아냐."

이지마는 농담조로 그런 말을 했다. 어젯밤 좌담회가 끝나고 방마다 조장 선거를 했는데 5조에서는 이지마가 조장으로 뽑혔다.

지로는 웃음이 나오려는 것을 억지로 참으며 마음속으로 생각했다.

'이지마 같은 인간은 완전히 구제불능이야. 차라리 다가와 다이사쿠가 아직 가능성이 있지.'

지로는 유리창과 창틀, 판자벽, 발판을 차례로 닦아나갔다. 그러다가도 한 번씩 이지마가 서 있는 쪽을 기웃거렸다. 몇 번을 살펴봐도 이지마는 화장실 바닥에 떨어진 휴지조차 주울 생각을 하지 않았다. 그러고는 갑자기 급한 일이 생겼다는 듯 큰 소리로 말했다.

"아 참, 내가 지금 여기 있을 때가 아냐!"

이지마는 지로가 청소하는 변소를 흘깃거리며 보고는 다시 말했다.

"5조는 관리부로서 책임이 있어. 다들 청소가 끝났는지 살펴봐야겠군."

이지마는 혼자 그러고는 자못 당황한 듯이 허둥지둥 밖으로 나가버렸다.

아사쿠라 선생님은 지로에게 이런 말을 한 적이 있다.

"오늘날 일본에서 지도층이라는 사람들은 민중이 그들의 잘못을 탓하지 못하게끔 그럴듯한 이유를 붙여 자신들의 입장을 정당화시키는 데 힘을 쏟고 있다. 이것은 어디까지나 교활함이다. 문제는 이런 교활함이 지도층에만 국한된 것이 아니라는 점이다. 일본인들 가운데 절대다수가 겉으로 보기에는 당연한 이유를 붙여 자신들의 행동을 변호하거나 과대평가하는 데 익숙해져 있다. 그런 행동이 다른 사람을 기만하는 것은 물론이고 자신의 양심까지 속이는 짓이라는 걸 깨닫지 못하고 있다. 우애숙의 가장 큰 사명 가운데 하나는 공동생활을 하면서 그 같은 교활함에서 청년들을 구해내는 데 있다. 진리를 좀 더 순수한 마음으로 바라보게 하는 데 있다."

이지마의 발자국 소리가 사라지자 소변통을 청소하던 내 사람이 불만을 토로했다.

"끝까지 빈틈을 보이지 않는군."

"자기는 신사라는 뜻이겠지."

"군청에서 청년단장을 했다고 하는데 청년단장을 하면 사람이 저렇게 변하는 거야?"

"그런 게 아냐. 본디부터 저런 사람이었으니까 청년단장을 맡았던 거야."

"다음엔 현청 의원이라도 될 모양이지?"

"후훗."

"그러고 보면 어젯밤 조장 선거 때도 좀 이상하긴 했어."

"처음부터 자기가 조장이라는 식으로 나오는데 어쩌겠어."

"배포가 두둑하긴 해."

"그럼 우리가 저 사람 배포에 눌려서 만장일치로 추천했다는 거야?"

"하여튼 선거는 알다가도 모르겠어."

"선거란 게 본디 그래. 배포가 센 놈이 이기는 게 선거라고."

"하하하!"

지로는 그런 이야기를 들으면서 우애숙의 진짜 문제는 숙생들이 서로 화합하는 것이라고 생각했다. 지로는 네 사람이 나누는 이야기가 어떻게 흘러갈지 무척 궁금했다. 하지만 네 사람은 실컷 웃다가 갑자기 입을 다물어버렸다. 지로가 변소에 있다는 것을 생각하고 누군가가 다른 숙생들에게 손짓을 한 모양이었다.

지로와 오가와는 하고 있던 변소 청소를 마치고 옆에 있는 변소로 자리를 옮겼다. 아직 손도 대지 못한 변소가 한쪽에 세 개씩 남아 있었다. 지로는 처음 화장실에 들어올 때부터 오가와에게 말을 걸고 싶었다. 그러나 서로 맞은편 변소를 청소하면서 이야기를 주고받는 것도 이상하다는 생각이 들었고, 또 대걸레를 빨면서 슬쩍 오가와를 넘겨다보니 마치 수행자라도 되는 것처럼 진지해서 함부로 말을 걸기가 더욱 난처해졌다.

조금 지나 소변통 청소가 끝났는지 나머지 네 사람이 서로 웃으며 변소 청소를 시작했다. 한 사람은 시멘트 바닥을 대걸레로 문질렀다. 지로는 두 번째 변소를 다 청소하고 나서 그곳에 남아 있기도 뭣해서 강당으로 갔다. 오가와하고는 끝내 말도 나누지 못했다.

강당도 이미 청소가 끝나가고 있었다. 숙생들은 책상과 의자를 정돈하느라 바쁘게 돌아다녔다. 강당 청소는 1조와 2조가 공동으로 담당하고 있었다. 다가와와 아오야마도 보였다. 다가와는 쉰 목소리로 호령하듯 숙생들을 재촉하면서 자신도 의자와 책상을 민첩하게 옮기고 있었다. 이에 반해 아오야마는 아주 냉정했다. 그는 다가와가 아무리 소리를 질러도 그쪽은 돌아보지도 않았다. 책상의 배열을 살펴보고는 줄을 바로잡는 데만 열심이었다. 두 사람 모두 자기 조에서 조장으로 뽑힌 것 같았다.

지로가 강당 입구에 서서 그 모습을 살펴보고 있을 때, "여긴 벌써 다 끝난 모양이군." 히고 모두의 귀에 들릴 만큼 큰 소리로 말하면서 다가오는 숙생이 있었다. 이지마였다. 지로의 입가에 비웃는 듯한 쓴웃음이 번졌다. 가슴속에서 메스꺼운 기운이 치밀어오르는 것 같았다. 지로는 그런 기분을 억누르며, "그러게요." 하고 건성으로 대답하고는 곧장 강당을 빠져나와 숙장실로 걸음을 옮겼다.

숙장실 청소는 아사쿠라 선생님 부부가 했다. 두 분은 아침 일찍 공림암 청소를 하고 나서 사환인 가와세와 함께 숙장실을 청소했다. 가끔은 지로도 선생님 부부를 도와 숙장실을 청소하고는 했다.

숙장실에 들어갔을 때는 청소가 대강 끝나 있었다. 가와세는 난로에 숯불을 넣고 있었고, 아사쿠라 선생님은 아직 달궈지지 않은 난로 옆 소파에 앉아 수첩을 펼쳐놓고 무언가 적고 있었다. 사모님은 보이지 않았다. 아침 준비 때문에 취사장으로 간 모양이었다.

"청소는 다 끝났나?"

아사쿠라 선생님은 지로가 들어오는 것을 보고 수첩을 편 채 물었다.

"예……."

지로는 힘없이 웃으며 대답했다.

"벌써부터 지도자가 되고 싶어 하는 숙생이 있더군요."

"이지마 말인가?"

"예, 드러내놓고 행동하진 않지만 꽤 노골적이라는 생각이 들 정도였어요."

"다가와는 어때?"

"다가와도 그런 면이 없지는 않지만 군대 생활에서 몸에 익은 습관 같습니다. 이지마와는 질적으로 다른 사람이에요. 생각보다 순진한 면도 있고요."

"그래……. 어쨌든 크게 달라진 건 없다는 말이군."

"예……."

지로는 잠깐 뜸을 들였다.

"다행히 히라키 중좌에게 감명받은 숙생은 없는 것 같아요."

"그럴지도 모르지. 어쨌든 좀 더 지켜보자고."

아사쿠라 선생님은 그렇게 말하고는 우스운 생각이 들었는지 살짝 웃었다.

"그리고 오늘은 날씨가 너무 추워서 히라키 중좌가 시키는 대로 실천할 수가 없었을 거야."

지로는 그 말이 무슨 뜻인지 제대로 이해하지 못했다. 멍하니 아사쿠라 선생님을 보자 선생님이 말했다.

"이렇게 추운 새벽에 죽을 각오로 벌떡 일어난다면 히라키 중좌에게 감사하다는 인사라도 전해야 할 텐데 말이야."

그제야 지로도 선생님이 무슨 말을 하고 있는지 깨달았다. 두 사람은 마주 보며 큰 소리로 웃었다. 웃음이 그치자 지로가 진지하게 물었다.

"오늘 아침 딱딱이 소리 들으셨어요?"

"첫날치고는 괜찮았어. 시간도 정확했고, 추위 같은 건 느껴지지 않더군."

"선생님도 그렇게 느끼셨나요?"

"그렇게 느낄 수밖에 없었지. 오늘처럼 추운 날에 딱딱이를 치는 것도 쉬운 일이 아닌데 제법 훌륭했거든."

"저도 그런 생각이 들어서 일부러 복도에 나가봤거든요. 오늘 당번은 오가와 씨였습니다."

"음, 그랬군. 하지만 오가와도 끝에 가선 흔들리더군. 끝 무렵엔 막 짜증스럽게 치는 것 같았는데."

"아, 그게……."

지로는 깜짝 놀라 우물쭈물했다. 오가와의 눈웃음과 그 표정과 마지막에 던진 말이 생각났다. 지로는 잠깐 고개를 숙였다가 말했다.

"나중에 딱딱이를 친 건 저였습니다."

지로는 숨을 삼키며 슬쩍 벽시계를 쳐다본 뒤에 다시 말을 꺼냈다.

"그때 오가와 씨가 저한테 한 말이 있어요. 그 얘기는 나중에 다시 선생님께 말씀드리겠습니다."

지로는 아사쿠라 선생님이 대답하는 걸 기다리지도 않고 숙장실을 나왔다. 아사쿠라 선생님도 지로를 붙잡으려고 하지 않았다. 말없이 지로의 뒷모습을 바라볼 뿐이었다.

숙생들은 본관 청소와 방 정돈을 마치고 복도와 현관, 그리고 출입구를 청소하고 있었다. 이런 구역도 조마다 할 일이 나뉘어 있었다. 하지만 경계까지 정해놓을 수는 없었기 때문에 숙생들은 이리저리 뒤엉켜서 청소를 했다.

지로도 다시 빗자루를 잡고 사무실 앞에서 현관까지 쓸었다. 언제 나왔는지 아사쿠라 선생님도 숙장실 복도를 서성이며 숙생들을 지켜보다가 다시 숙장실로 들어갔다.

청소를 완전히 끝내고 세면을 마치면 모두 강당에 모여 아침 행사를 하기로 되어 있었는데, 일어나서 40분쯤 걸린 것 같았다. 이제껏 지로가 공림암에서 잠이 깨면 새소리가 들리던 시간이 바로 이 시간이었다.

이틀째 합숙에서 첫 행사는 실내 체조였다. 이 체조는 어느 분이 우애숙을 위해 특별히 고안한 체조로 지로가 지도와 지휘를 책임졌다. 체조를 마치자 아사쿠라 선생님이 정좌를 지도했다. 잠자기 전보다 조금 오래했지만 그래 봐야 겨우 14~15분쯤 걸렸다. 지로는 어제와 마찬가지로 발소리를 죽이며 숙생들의 자세를 고쳐주었다.

정좌를 마치고 배례를 했다. 배례는 궁성에 대한 의례로 이때는 극좌 분자나 일부 기독교도를 제외하고는 온 국민이 법도로 따르고 있었다. 배례는 국민 대부분이 상식적인 예의로 여기고 있었기 때문에 우애숙에서도 아침마다 배례를 빼놓지 않았다.

배례가 끝나자 서로 인사를 주고받았다. 그리고 다시 한 번 정좌에 들어갔다. 그렇게 3분쯤 지났을 때 아사쿠라 선생님도 정좌를 하고 눈을 감은 채 천천히 다음과 같은 이야기를 들려주었다.

옛날 후쿠이 현에 에이헤이라는 절이 있었다. 이곳에는 에키도라는 유명한 스님이 살고 있었는데, 어느 날 아침 조용히 눈을 감고 종루에서 들려오는 종소리에 귀를 기울이고 있었다. 스님은 이날 아침 종소리는 여느 때와 달리 깊은 울림이 있다고 느꼈다.

이윽고 마지막 종소리가 맑게 갠 하늘로 사라지자 스님이 중을 불렀다.

"오늘 아침에 종을 친 자가 누구냐?"

"며칠 전 새로 들어온 어린 중입니다."

"그래? 물어볼 게 있으니 불러오너라."

조금 뒤에 중을 따라 얌전하게 생긴 어린 중이 들어왔다. 스님은 자애로운 눈으로 어린 중에게 물었다.

"오라, 네가 오늘 아침에 종을 쳤는가? 종을 칠 때 어떤 마음이 들었지?"

"마음이라고 할 것도 없습니다. 정해진 법도에 따라 종을 쳤을 뿐입니다……."

어린 중은 조용하게 대답했다.

"아냐, 그렇지 않아. 일상의 마음으로는 그렇게 칠 수가 없는 것이란다. 내가 듣기엔 그 종소리가 불계의 신비스런 감흥처럼 들렸다. 내 이제껏 날마다 종소리를 들어왔으나 오늘 같은 종소리는 처음이구나. 모두들 그렇게 쳤으면 좋겠구나. 꺼리지 말고 자세히 이야기해보아라."

"그렇게 말씀하시니 몸둘 바를 모르겠습니다. 실은 고향에 머물 때 스승님께서 늘 이런 말씀을 하셨습니다. 종을 칠 때는 종을 부처라고 생각하며 경건히 쳐야 한다, 그 마음을 잊어서는 안 된다……. 오늘 아침에도 스승님의 가르침을 생각하며 종을 쳤사옵니다."

스님은 어린 중이 하는 이야기를 듣고 크게 깨달았다는 듯이 고개를 끄덕거렸다. 그리고 아직도 자기 마음속을 떠돌아다니고 있는 그 종소리를 찾는 듯 또다시 조용히 눈을 감았다.

이런 신비로운 종소리를 낸 어린 중은 뒤에 이름을 떨친 모리다 고유라는 선사였다.

아사쿠라 선생님은 이야기를 마치고 입을 다물었다.

숙생들은 모두 눈을 감고 있었다. 조금씩 떠오르기 시작한 아침 햇살이 창문으로 들어와 식당 안을 비추었다. 처마 끝에는 참새들이 쨱쨱거리며 날아다니고 있었다.

아사쿠라 선생님이 천천히 입을 떼었다.

"오늘 새벽에 여러분 가운데 한 사람이 딱딱이를 쳤다. 그 소리를 듣다가 문득 이 이야기가 생각났다. 아마도 오늘 아침에 들었던 딱딱이 소리에 이곳 생활에 필요한 마음이 담겨 있었기 때문일 것이다. 여러분은 그 소리를 어떻게 들었는지 모르겠다. 내 생각으로는 그 소리가 이 우애숙의 진정한 마음이었다고 생각한다. 스스로를 가라앉히고, 조금도 경솔하게 행동하지 않고, 또 자기 자신을 억누르지도 않는 평온한 마음, 인내심과 최선을 다하려는 노력……. 오늘 딱딱이를 친 그 숙생의 마음은 아마도 이와 비슷했을 것이다. 나는 그 마음이야말로 우리의 공동생활을 상징하는 작은 울림이라고 생각한다. 그러나 나는 에키도 스님처럼 누가, 어떤 마음으로 오늘 아침에 딱딱이를 두들겼는지 알고 싶지 않다. 이곳에서는 누가 어떤 일을 했고, 어떤 명예를 얻었는지가 중요하지 않기 때문이다. 이곳 생활에서 가장 중요한 것은 명예가 아니라 진실과 성실이다. 이런 마음 없이는 딱딱이를 아무리 두들겨도 그런 울림이 전해지지 않는다. 우리 모두가 진실과 성실을 기반으로 공동생활에 참여한다면 개인의 명예가 얼마나 보잘것없는지 누가 가르쳐주지 않아도 스스로 깨닫게 될 것이다. 나는 오늘 아침 딱딱이 소리를 들으면서 여러분 가운데 적어도 한 사람은 그런 마음으로 이곳에 왔다는 것을 알게 되어 무척 기뻤다. 나는 오늘 딱딱이를 친 그 사람의 마음이 앞으로도 계속 뻗어나가기를 바란다. 그래서 그 마음이 우리 생활 속까지 미치기를 진심으로 기대한다……. 생활의 출발은 애정이다. 그래야만 공동생활이 화목하게 발전할 수 있다. 그러기 위해서는 무엇보다 인내하며 노력해야 한다. 물론 딱딱이를 칠 때만 그렇게 노력하라는 것은 아니다. 이곳에서 지내야 하는 모든 시간에 여러분이 감당할 수 있는 만큼 노력을 기울여주기 바란다. 명예를 구하는 것도 중요하다. 그러나 명예보다 중요한 것은 성실한 마음가짐이다. 성실한 마음으로 공동생활을 위해 희생하겠다는 각오를 보여주기 바란다. 이곳에서 지내는 동안 최선을 다해주기 바란다……."

아사쿠라 선생님은 여기까지 말하고 잠깐 숨을 골랐다. 숙생들 가운데는 이것으로 끝인가, 하고 생각하면서 살짝 눈을 뜨고 아사쿠라 선생님을 훔쳐보는 사람도 있었다.

지로는 숙생들 사이를 거닐며 자세를 바로잡아줘야 한다는 것을 잊고, 어느새 아사쿠라 선생님 곁에 나란히 앉아 눈을 꼭 감고 있었다. 선생님의 말 한 마디 한 마디가 예리한 창날처럼 가슴속으로 파고드는 것을 느끼자 온몸이 떨렸다.

"나는 여러분이 이런 내 기대를 배신하지 않을 것이라고 믿고 싶다. 지금은 다만 믿고 싶을 뿐이다. 유감스럽게도 나는 내 믿음을 자신할 수가 없다. 왜냐하면 오늘 아침에 딱딱이 소리가 너무나도 오랫동안 울렸기 때문이다. 한 사람이 모두가 잠들어 있는 새벽에 홀로 딱딱이를 쳤다. 그 시간에 딱딱이를 치겠다고 여러분과 약속한 것을 지키기 위해서였다. 나는 그 마음이 진심으로 고맙다. 그러나 동시에 여러분에게 실망한 것을 감출 수 없다. 여기 모인 사람 가운데 단 한 사람을 제외하면 겨우 몇 시간 전에 우리가 이 자리에서 한 약속을 어겼다. 여러분은 딱딱이를 친 숙생의 진실한 마음을 짓밟았다. 그토록 오랫동안 딱딱이를 쳤는데도 쉽사리 일어나려고 하지 않았다. 여러분에겐 동료의 진실한 마음보다 따뜻한 이부자리가 훨씬 중요했기 때문이다. 따스한 이불 속에서 뒹굴며 단잠에 빠지는 기쁨이 여러분의 동료가 보여주는 진심보다 중요하게 생각된다면 여러분은 결코 진실한 인간이 아니다. 그렇게 행동한 것을 부끄럽게 생각하는 사람도 있을 것이다. 여러분 모두가 그랬는지도 모르겠다. 그러나 실천하지 않는 마음은 처음부터 그런 생각을 품지 않았던 마음과 다를 게 없다. 나는 여러분이 진지하게 생각해보기 바란다. 과연 나는 동료의 진심 앞에 진실한 행동을 보여줄 만큼 용기 있는 사람인가를……."

숨소리만이 조용한 공기 속을 가르고 있었다. 선생님은 침통하게 말을 이었다.

"나는 오늘 아침 여러분의 모습을 보면서 다음과 같은 결론을 내렸다. 여러분에겐 진심이 없다. 진심으로 자신을 소중하게 여기려는 마음이 없다. 여러분이 보인 행동에서는 자주성이 느껴지지 않는다. 내가 나를 소중히 여기는 자주성이 발견되지 않는다. 여러분은 다수의 뒤에 숨어 있는 존재들이다. 다수의 힘에 굴복해 자신의 소중한 양심을 잠재운 인간들이다. 그렇기 때문에 상대방의 양심을 이해하지 못하는 것이다. 오늘날 일본인들을 괴롭히고 있는 약점을 오늘 아침 여러분의 기상 모습에서 볼 수 있었던 것 같아 놀라지 않을 수 없었다."

아사쿠라 선생님이 우애숙을 경영하면서 개숙 첫날 아침에 이처럼 격한 어조로 숙생들을 다그친 적은 한 번도 없었다. 아무래도 선생님은 작정하고 이 자리를 준비한 것 같았다. 선생님이 지금까지 들어본 적 없는 맹렬한 기세로 숙생들을 비난하는 소리를 들으면서 지로는 언제쯤 자신에게 날카로운 비수가 쏟아질 것인지 조마조마했다.

"여러분의 비양심적인 태도가 여러분의 삶을 비양심적으로 물들인다는 점을 명심하기 바란다. 숙장인 나는 여러분이 이곳에 머무는 한, 언제나 여러분을 위해 봉사할 것이다. 그러나 여러분의 비양심적인 태도를 지켜보는 데도 한계가 있다. 그 한계가 무너지면 나는 여러분들에게 애정을 더 보여줄 수가 없다. 왜냐하면 여러분의 비양심적인 태도에 마음의 상처를 입기 때문이다. 그 상처가 쌓여 애정은 증오가 되고, 인내는 분노로 바뀐다. 오늘 아침에 울린 딱딱이 소리도 마지막엔 닦달하듯 시끄럽게 변해버린 것을 다들 눈치 챘을 줄로 안다. 부드러운 인내심이 결국에는 분노로 바뀌었다. 그것은 여러분의 비양심적인 태도 때문에 딱딱이를 치던 동료가 마음에 상처를 입었다는 뜻이다. 그렇다고 애정과 인내심을 상실한 그 숙생의 마음을 이해한다는 것은 아니다. 또 그렇게 변할 수밖에 없었다고 변호할 생각도 없다. 분노는 우애숙의 정신과는 근본부터 맞지 않으므로 어떤 사정이 숨어 있든 간에 오늘과 같은 일은 두 번 다시 되풀이되어서는 안 된다. 만일 오늘 아침 딱딱이 당번이 화를 내지 않고는 견딜 수가 없었습니다, 하고 변명하더라도 나는 용서하지 않을 것이다. 그러나 더 큰 죄는 동료의 마음을 분노로 더럽힌 여러분에게 있다. 여러분이 조금만 양심에 따랐다면 딱딱이를 친 동료의 마음이 분노로 더럽혀지지는 않았을 것이다. 그러나 이보다 더 큰 죄는 다른 데 있다. 여러분은 동료가 애정으로 두들기는 딱딱이 소리에는 꼼짝도 하지 않았다. 그런데 분노로 두들긴 딱딱이 소리를 듣고는 모두 일어났다. 왜 그랬을까? 왜 여러분은 애정에는 아무런 반응도 보이지 않다가 분노에 반응한 것일까? 그것은 여러분의 정신 상태가 아직도 노예의 습관에서 한 발짝도 벗어나지 못했기 때문이다. 뿐만 아니라 여러분은 더 처참한 노예의 신분으로 추락하기를 바라고 있다. 여러분 앞에서 이런 말까지 해야 하는 나 자신도 처참하기만 하다. 내 얘기는 분노에 대해서는 분노로 맞서라는 뜻이 아니다. 동료의 애정은 철저히 묵살하면서 분노로 위협했을 때는 말없이 굴복하는 여러분의 노예근성이 한심해서 견딜 수 없을 뿐이다……."

아사쿠라 선생님은 시간이 지날수록 격렬하게 이야기했다. 이쯤해서 만류해야 하는 것 아닌가, 하는 생각이 들 정도였다. 어쩌면 아사쿠라 선생님은 숙생들의 마음속에서 히라키 중좌의 그림자를 되도록 빨리 지워버리려고 계획했을 수도 있다. 하지만 아무리 그렇더라도 엊그제 입숙한 청년들에게 노예근성을 들먹이는 것은 조금 심한 것 같았다. 잘못했다가는 돌이킬 수 없는 상황으로 치닫게 될지도 몰랐다.

이런 걱정보다 지로는 자기 때문에 오가와 무몬이 억울한 누명을 뒤집어쓴 게 더욱 불안했다.

'마지막에 딱딱이를 두들긴 사람이 나라는 것은 선생님도 분명히 알고 계신다. 그런데 왜 선생님은 그 이야기를 하지 않는 걸까. 혹시 조수인 내 입장을 지켜주기 위해서 저러시는 건 아니겠지? 그렇다면 선생님은 지금 큰 실수를 저지르고 있는 것이다. 선생님은 나 하나 때문에 오가와 무몬의 마음에 상처를 주는 어리석은 짓을 하실 분이 아닌데…….'

지로는 그렇게 생각하며 실눈을 뜨고 숙생들 사이에 앉아 있는 오가와를 찾았다. 지로는 아사쿠라 선생님 옆에 앉아 있었기 때문에 숙생들을 한눈에 볼 수 있었다.

오가와는 5조 맨 뒷자리에 앉아 있었다. 평소와 다름없이 얼굴에 표정이 없었다. 표정만 봐서는 지금 무슨 생각을 하고 있는지 짐작할 수가 없었다.

아사쿠라 선생님은 입을 꾹 다문 채 아무 말이 없었다. 그 때문에 지로는 더욱 불안해졌다. 만일 선생님의 이야기가 여기에서 끝나버린다면 오가와에게 면목이 없는 것은 물론이고, 나중에 이 사실을 알게 될 다른 숙생들 앞에서도 고개를 들고 다닐 수 없다는 생각이 들었다.

지로는 곁눈질로 아사쿠라 선생님의 안색을 살펴보았다. 확실히 아사쿠라 선생님은 조금 흐트러져 있었다. 선생님은 어둔 표정으로 고개를 조금 숙이고 있었는데 눈썹 사이에 깊이 패인 주름이 보였다. 지로는 아침에만 해도 평소와 다를 바 없던 선생님이 왜 갑자기 이토록 화를 내는 건지 이해할 수가 없었다.

그때 아사쿠라 선생님이 고개를 들었다. 그리고 지금까지 침통하게 말하던 것과 달리 낮게 가라앉은 소리로 말을 이었다.

"생각해보면 여러분만 죄를 지은 것은 아니다. 이런 말을 하는 나 자신도 여러분과 마찬가지로 죄인이다. 나는 방금 여러분을 무섭게 비난했다. 여러분 모두를 비양심적인 인간으로 정의했다. 또 여러분의 마음속에 노예근성이 자리 잡고 있다는 말도 했다. 방금 내가 한 말은 하나같이 인간에 대한 모욕이며, 마음에 애정을 담은 자가 한부로 입에 올릴 수 없는 말이다. 직

세상 속으로 ● 171

어도 같은 지붕 아래서 같은 솥으로 지은 밥을 먹는 동료로서 해서는 안 될 말이었다. 그런데 나는 감정에 사로잡혀 함부로 여러분을 비난했다. 그 이유는 나한테도 인내심이 모자라기 때문이다. 아니, 여러분을 바라보는 내 눈길에 아직도 애정이 부족하기 때문이다. 나는 딱딱이 당번이 난잡한 타법으로 딱딱이를 친 것을 비난하면서 나 자신은 그보다 더한 실수를 저지르고 말았다. 나는 지금 막 그것을 깨달았다. 그리고 부끄럽게 생각하고 있다. 동시에 내가 한 말을 듣고 여러분이 상처를 입지 않기를 기도하고 있다……. 내가 여러분에게 당부하고 싶은 것은 양심의 자유에 관한 믿음이다. 인간에게 자신의 양심을 지키는 것보다 더 중요한 일은 없다. 위협에 굴복해 복종하고, 나를 위협하지 못하므로 나보다 약하다고 여기는 것처럼 어리석은 판단은 없다. 우리 양심에 호소하도록 하자. 내 양심이 어떤 판단을 내릴 것인지 자유를 허락해보자. 그래서 내 양심이 정당한 이유가 있으므로 복종해야 한다고 판단하면 누가 시키기 전에, 강요하기 전에 스스로 복종하는 것이다. 또 반대로 내 양심이 어떤 경우에도 복종해서는 안 된다고 판단하면 제아무리 남이 강요하더라도 결단코 무릎을 꿇어서는 안 된다. 양심의 자유로운 판단으로 인생을 살아갈 때 비로소 우리는 참된 인간이 될 수 있다. 방금 나는 큰 실수를 저질렀다. 나 또한 여러분에 대한 애정과 인내심이 부족했기에 순간의 화를 참지 못하고 해서는 안 될 말을 너무 많이 쏟아버렸다. 하지만 이것 하나만은 이해해주기 바란다. 내가 여러분의 행동에 화가 난 이유는 여러분이 양심적으로, 자주적으로 자신의 생활을 결정하는 참된 인간이기를 바랐기 때문이다. 나 또한 오늘의 태도를 반성하고 넘어갈 작정이다. 여러분도 내 잘못을 이해하고 용서해주면 좋겠다. 그리고 내가 했던 말을 곰곰이 생각해보기 바란다. 비록 표현이 과격하긴 했어도 내가 왜 그런 말을 했는지, 여러분의 행동에는 특별한 잘못이 없었는지 반성해보면 좋겠다. 마지막으로 부처를 바라보듯 종을 바라봤다는 젊은 스님의 경건한 태도를 다시 한 번 음미해보기로 하자."

모두들 조용히 눈을 떴다. 창밖은 어느새 환하게 동이 텄다.

숙생들의 표정은 조금 전과 완전히 딴판이었다. 서로 눈인사를 마치고 조용히 식당을 빠져나가는 모습에서 어젯밤과 다른 숙연함과 마음의 여유를 느낄 수 있었다.

아침 시간은 일곱 시부터였고, 아직 20분쯤 시간이 있었다. 당번을 맡은 조원들이 상을 꺼냈다. 그 곁에서 숙생들은 신문을 읽거나, 방으로 돌아가 볼일을 보았다. 지로는 이런 짧은 시간을 활용해 되도록 많은 숙생들과 이야기를 나누고는 했다. 하지만 이날은 그럴 마음이 전혀 없었다. 지로는 식당을 나오자마자 숙장실로 달려가 아사쿠라 선생님에게 따지듯이 물었다.

"선생님, 왜 제 얘기를 하지 않으신 거예요?"

"딱딱이 치는 것 말이냐? 내가 본 건 아니니까 그랬지."

"하지만 아침에 제가 말씀드렸잖아요?"

"얘기야 들었지. 만약 내가 오늘 아침 상황을 밝혔다면 네 이름뿐 아니라 자연히 오가와이 이름도 말했어야 해."

"그게 어때서요? 말씀하셔도 상관없잖아요?"

"네 말대로 얘기해서 나쁠 건 없지. 그래도 내 생각엔 얘기하지 않는 게 좋을 것 같았어. 적어도 오늘 아침에는 그 이야기를 해선 안 된다고 생각했어."

지로는 잠깐 할 말을 잊었다.

"무슨 뜻인지는 알 것 같아요. 하지만 저 때문에 오가와 씨가 누명을 썼습니다. 오가와 씨가 분명 괴로워할 텐데……. 제가 뭘 어떻게 해야 하죠?"

"괴로우면 네 자신이 적절한 방법을 찾아보면 되지 않겠어? 원인은 처음부터 너에게 있었으니. 나는 딱딱이 소리 그 자체에 대해 이야기했을 뿐이야."

지로는 아사쿠라 선생님답지 않게 궤변을 늘어놓고 있다는 생각이 들어 마음이 씁쓸했다. 지로는 목소리를 높여 말했다.

"당연히 저 때문에 오가와 씨가 누명을 썼으니까 사과할 겁니다. 하지만 오가와 씨는 제 사과만으로 만족하지는 않을 겁니다."

"과연 그럴까……."

아사쿠라 선생님이 지로를 물끄러미 보았다.

"내가 보기엔 오가와의 마음도 모르면서 그런 식으로 지레짐작하는 네 태도야말로 오가와를 모욕하는 거라고 생각한다."

지로는 회초리로 가슴을 한 대 얻어맞은 것 같은 착각이 들었다. 갑자기 방금 식당에서 오가와가 조용하면서도 침착한 표정을 짓고 앉아 있던 모습이 눈에 선했다. 지로는 아사쿠라 선생님이 하는 말에 대꾸할 수가 없었다. 아사쿠라 선생님이 타이르듯 부드러운 소리로 말하는 게 들렸다.

"네가 오가와를 걱정하기 전에 너 자신부터 걱정해야 한다는 생각이 드는데, 내 생각이 틀렸나?"

이것으로 두 번째 회초리가 지로의 가슴을 후려쳤다. 그 회초리는 첫 번째 회초리보다 더 아팠고, 그만큼 가슴속에 더 깊이 스며들었다.

"죄송합니다."

지로는 머리를 감싸쥐고 도망치듯 숙장실을 빠져나왔다.

조금 뒤에 아침을 먹었다. 지로는 젓가락만 만지작거릴 뿐 음식에는 손도 대지 않았다. 가끔씩 멍하니 눈을 감은 채 무언가 생각하기 일쑤였다.

우애숙에서는 밥을 먹고 나면 소화도 시킬 겸 밥상에 둘러앉아 잡담을 나누는 시간이 있었다. 지로는 밥상을 물리고 나서 기다렸다는 듯이 맨 먼저 자리에서 일어났다. 그리고 모두에게 오늘 새벽에 울린 딱딱이 소리에 얽힌 일을 털어놓았다.

"저는 오랫동안 우애숙에 머물렀지만 아직도 그 정신이 몸에 배지 않았다는 것을 알게 되었습니다. 제가 우애숙의 정신이 무엇인지 알고 있었다면 오늘 새벽에 그런 잘못을 저지르지는 않았을 겁니다. 진심으로 그 일을 부끄럽게 생각합니다. 하지만 그런 실수 때문에 오가와 씨처럼 우애숙 정신을 철저하게 실천하는 분을 알게 되어 한편으로는 다행스럽게 생각하고 있습니다. 저 때문에 오해를 받은 오가와 씨에게 부끄러우면서도

세상 속으로 ● 175

한편으로는 감사하다는 말을 전하고 싶습니다."

이 말 한마디로 숙생들이 모두 오가와를 보았다. 그러나 오가와는 조금도 쑥스러워하지 않았다. 조용히 지로를 바라보며 귀를 기울이고 있을 뿐이었다.

그 뒤 여덟 시부터 정오까지 '향토 사회와 청년 생활'이라는 주제로 아사쿠라 선생님이 강의를 했고, 오후에는 옥외 청소와 신체검사, 저녁에는 독서회와 실내 놀이를 하며 둘째 날을 마무리했다. 취침 때까지는 이렇다 할 사건이 없었다. 그러나 오가와 무몬이 자신이 바라던 것과 달리 이토록 빠른 시간 안에 숙생들한테 인정받고, 그 때문에 주목의 대상이 된 것은, 그 결과가 앞으로 생활하는 데 어떤 영향을 미치든 결코 작은 사건이라고 할 수는 없었다.

사모님은 하루일이 끝나고 공림암으로 돌아가기 전에 일부러 지로를 찾아왔다. 사모님은 지로를 위로하려는 듯 이렇게 말했다.

"지로가 딱딱이를 칠 때는 행사 때마다 박자가 달라. 난 그것도 무척 좋다고 생각해. 그래야 듣는 사람들도 아, 이번 시간은 이런 시간이구나, 하고 미리 준비할 수 있지. 선생님이 들으면 싫어하실 수도 있지만 난 지로가 아침에 두들기는 딱딱이 소리가 마음에 들어. 오늘 아침에도 지로는 그런 마음으로 딱딱이를 두들겼을 거야. 그러니 선생님처럼 무조건 나쁘다고만 해서는 안 된다고 생각해. 내 말 맞지?"

지로는 사모님이 그런 말로 위로한다고 해서 마음이 놓이지는 않았다. 하지만 사모님이 그 일 때문에 일부러 찾아온 것을 생각하니 마음이 한결 따뜻해지는 것도 숨길 수 없었다. 지로가 일기에 이날 아침에 있었던 사건과 함께 사모님이 위로해준 것을 쓴 것은 두말할 나위도 없다.

첫 번째 일요일

 그렇게 첫 번째 일요일이 찾아왔다. 개숙이 마침 월요일이었기 때문에 꼭 일주일째였다.

 지난 일주일 동안 숙생들은 수없이 시행착오를 했다. 아사쿠라 선생님 부부와 지로는 미리 약속이라도 한 것처럼 숙생들이 생활하는 데 관여하지 않았다. 답답한 마음에 숙생들이 먼저 질문을 던져도 "알아서 하세요." "잘 생각해서 하세요." "서로 잘 의논해서 하세요." 하는 말만 되풀이했기 때문에 숙생들도 더 묻지 않았다. 차라리 잘됐다고 생각하며 자기들 멋대로 생활하는 숙생들도 있었다. 하지만 그렇게 하다가 엉뚱한 실수를 연달아 저지르고, 자기뿐 아니라 다른 숙생들에게까지 피해를 입히게 되자 그런 이기적인 모습도 점점 사라져갔다. 그래도 숙생들은 날이 갈수록 불만이 쌓여만 갔다. 만에 하나 우애숙을 찾아온 목표가 배움이 아닌 비평에 있는 숙생이라면 무척이나 만족할 만한 상황이 이어지고 있었다.

 더구나 아사쿠라 선생님은 숙생들이 잘못을 저질러도 그 자리에서 비난하는 법이 없었다. 잘못을 저지르면 일단 그 잘못을 수습할 때까지 기다렸다가 잡담 시간이나, 밤에 집회가 있을 때 그 문제를 이야깃거리로 삼고는 했다. 선생님은 문제의 원인과 결과를 세밀히 규명하고, 그것에서 공동생활의 기준이 될 만한 원칙을 만들어냈다.

그 때문에 성질 급한 숙생들은 아사쿠라 선생님의 지도 방침에 드러내놓고 불만을 터뜨리고는 했다. "그 자리에서 잘못을 지적해주시면 같은 실수를 되풀이하지 않을 텐데 말이야." 그러나 "아사쿠라 숙장님은 지도자형이 아냐. 비평가가 더 어울릴 거야." 하고 자랑스레 이야기하는 사람도 있었다. 시간이 흐를수록 숙생들은 아사쿠라 선생님을 놓고 '한가한 것 같은데 생각해보면 온종일 바쁘다'거나, '모든 일에 관심없는 것처럼 보이지만 실은 아주 엄격한 사람이다'고 하며 서로 엇갈린 평가를 하기 시작했다.

그렇다고 숙생들이 아사쿠라 선생님이 기대하는 대로 인간생활의 존엄함이나 자유의 가치를 깨달아가고 있었던 것은 아니다. 다만 우애숙이라는 곳은 다른 청년숙과 어딘지 모르게 좀 색다른 곳이라는 평가를 내린 것뿐이었다. 그렇다고 해도 그런 말을 숙생들이 주고받게 된 것은 확실한 진보이며, 혼란과 무질서 속에서 충분하지는 않지만 숙생들이 무언가 자주적이고 창조적인 활동을 시작하고 있다는 증거인 것은 틀림없다.

일요일은 특별한 계획이 없는 한, 저녁밥을 먹을 때까지는 자유 시간이었다. 숙생들이 우애숙을 방문한 목적 중에는 도쿄를 구경하는 것도 포함되어 있었으므로, 숙생들은 첫날 밤 좌담회 때 만장일치로 일요일에 도쿄를 구경하러 가기로 결정했다.

이삼일 전부터 사무실에 있는 도쿄 지도 몇 장을 조마다 먼저 차지하려고 쟁탈전이 벌어졌다. 취사부는 토요일 저녁부터 숙생들의 도시락을 준비하느라 바쁘게 움직였다. 숙생들은 길을 알려달라며 쉬는 시간마다 지로에게 몰려들었다. 그리고 마침내 일요일이 되자 아침을 먹고 나서 채 20분도 지나지 않아 모든 방에서는 아무 소리도 들리지 않았다.

숙생들이 모두 밖으로 나가자 지로도 모처럼 자유를 찾았다. 일주일 만에 지로는 해방감을 맛보았다. 보통은 읽고 싶었던 책을 보거나, 공림암으로 건너가 아사쿠라 선생님 부부와 차를 마시며 이야기를 했지만, 이날 지로는 사무실에 붙어 있는 작은 방에 틀어박혀 혼자 생각에 잠겼다.

방 한가운데 놓여 있는 책상 위에는 이삼일 전 교이치가 보낸 엽서 한 장이 펼쳐져 있었다. 그 엽서에는 이런 내용이 적혀 있었다.

'오랫동안 아사쿠라 선생님을 뵙지 못해서 우애숙을 곧 방문할 계획이다. 새 기수가 들어왔다는 소식은 들었다. 일요일에나 시간이 날 테니 이번 일요일에 한번 찾아갈 작정이다. 아마도 내 일정은 바뀌지 않을 것 같다. 혹시 사정이 여의치 않으면 연락해주기 바란다. 그렇지 않으면 답장은 보내지 않아도 된다.'

지로는 '아마도 내 일정은 바뀌지 않을 것 같다'는 문구가 머릿속에 남았다. 만일 이것이 교이치에게만 관련된 일이라면

'아마도'라는 어정쩡한 말은 쓰지 않았을 것이다. 따라서 교이치는 이 편지를 쓰면서 누군가 다른 사람을 마음에 두고 있었을 것이다. 만일 그게 사실이라면 교이치가 생각하고 있는 사람은 미치에가 틀림없다. 미치에가 도쿄에 오는 날에 맞춰 우애숙을 방문하겠다는 뜻이 분명했다.

그렇다면 교이치는 왜 미치에의 이름을 밝히지 않았을까? 미치에의 이름을 편지에 쓰는 것이 쑥스러워서 그랬을까? 아니면 예고도 없이 미치에를 데리고 와서 자기를 깜짝 놀라게 해주고 싶었던 것일까? 무엇이 정답이든 지로는 둘 다 마음이 내키지 않았다. 어쩌면 교이치는 이토록 천하태평한지, 경멸하고 싶은 마음마저 들었다.

내가 미치에한테 품은 연정을 형이 아직 모르고 있는 것은 분명 다행스런 일이다. 그렇다고 두 사람이 나란히 손을 잡고 우애숙 현관에 들어서는 것까지 고맙게 생각할 수는 없다. 아픈 상처는 아무리 숨겨도 아프다. 아픈 것을 뻔히 알고 있는 내가 조심스레 만져봐도 아프다. 하물며 내 상처를 모르고 있는 사람이 손가락으로 마구 찔러댄다면 어떻게 될까? 나는 참지 못하고 비명을 지를 것이다.

형은 틀림없이 미치에를 데리고 온다. 아니, 반드시 데려오려고 할 것이다. 그리고 무의식중에 내 앞에서 잔혹한 폭군의 정체를 드러낼 것이다. 어떻게든 내 상처를 건드리려고 할 것이다. 둘은 내 앞에서 다정한 눈길을 주고받으며 나한테 친절을 베풀 것이다. 다정한 모습을 나한테 보여주면서 자신들의 애정과 신뢰를 더욱 돈독하게 만들고 싶어 할 것이다. 두 사람은 나와 얽힌 추억들도 이야기할 것이다. 그 추억이 좋든 나쁘든 틀림없이 세 사람에게 공통된 것을 이야기할 것이다. 나는 그 두 사람이 무의식중에 잔인하게 행동하는 것을 어떻게 해야 하는가. 아니, 어떻게 할 수 있을 것인가.

지로는 자신이 없었다. 백조회 시절부터 마음을 수련해왔고, 우애숙 조수로 3년 반 동안 신념에 넘치는 생활을 해왔다. 하지만 이런 생활은 이날 지로에게 아무런 도움을 주지 못했다. 지로가 이제까지 신봉하고 실천해온 우애와 정의와 자주와 자율과 창조는 더 나은 사회생활을 하기 위한 기본 덕목이지만, 애정 문제에 대해서는 공허한 말장난에 지나지 않았다. 사랑 앞에서는 우애도 없고 정의도 없다. 자주와 자율과 창조는 더 말할 것도 없다. 이런 점을 깨닫고 지로는 더욱 당황했다.

미치에라는 한 여인이 조금 있으면 자신의 눈앞에 나타날 것이다. 인생과 사회라는 거대한 운행과 비교하면 이날의 만남은 인생에서 흔히 볼 수 있는 작은 사건일 뿐이다. 아니 비교 자체가 불가능한 작은 사건에 지나지 않는다. 그 결말이 어떻게 되든 자신과는 그다지 상관도 없다. 하지만 이 작은 사건의 결말에서 지로는 자유로울 수가 없었다. 왜 이런 보잘것없는 만남 때문에 허둥거려야 하고, 마음의 갈피를 잃어야 하고, 그동안 노력해서 수련한 것들이 무기력하게 무너지는 것인지 지로는 이해할 수가 없었다. 왜 우애숙을 둘러싼 크고 작은 문제들보다 미치에라는 한 여인의 방문이 훨씬 크게 다가오는 것일까? 여자란 이제껏 내가 생각해온 인간 생활의 질서와는 전혀 차원이 다른 질서에 속하는 것일까?

그럴 리 없다!

지로는 마음속으로 모든 것을 부정했다. 하지만 마음속으로 부정하면 부정할수록 평소에는 생각지도 못했던 낯선 감정이 마음을 어지럽혔다.

그때 사무실 벽시계가 열 시를 알렸다. 지로는 아무 생각 없이 종소리를 세다가 갑자기 일어났다.

교이치는 오전에 올 거라고 했다. 그렇다면 곧 미치에와 함께 나타날 것이다. 지로는 바보처럼 기가 잔뜩 죽은 얼굴로 두 사람을 만나고 싶지는 않았다. 당당하게 현관 앞에서 두 사람을 기다리자. 그리고 먼저 인사를 건네자. 그 다음은 될 대로 되는 거다……. 지로는 거의 자포자기한 심정으로 시계를 보았다.

때마침 복도에서 발자국 소리가 들렸다. 조금 지나 사무실의 칸막이 미닫이문을 가볍게 두드리는 소리가 들렸다.

"누구시죠?"

지로는 반사적으로 외치며 문을 열었다. 뜻밖에도 오가와 무몬이 서 있었다.

"아니, 외출하지 않으셨어요?"

자기 앞에 서 있는 사람이 오가와라는 것을 확인한 지로는 이 절망적인 상황에서 구원이라도 받은 것 같았다. 그 기분은 두려움과도 비슷했다. 지로는 오가와에게 속내를 들킨 건 아닌지 염려하면서도 애써 태연하게 굴았다.

"나가봤자 할 일이 있는 것도 아니고……."
"아까 길 안내 좀 해달라는 부탁을 받은 것 같던데……."
"예, 같은 조원들이 부탁하긴 했지만 그냥 거절했습니다."
"그러다 나중에 원망을 듣지 않을까요."
"후후."
오가와는 좀 멍청하게 웃었다.
"주로 어디를 간다고 하던가요?"
"니주바시를 구경하고 긴자로 간다는 것 같더군요."
"역시 그렇군요."
"다른 기수 때도 그랬나 보죠?"
"예, 첫 번째 일요일엔 다들 그렇게 시작하죠."
"군대가 주둔하고 있는 니주바시 다음 역이 긴자라니……. 우습지 않습니까?"
"우습다기보다는 지금의 일본 청년들에겐 아마 그것이 솔직한 심정일 거예요."

둘은 어느새 난로를 가운데 두고 서로 마주 보며 앉았다. 오가와가 진지한 얼굴로 말했다.

"그렇긴 해도 비단 청년들만의 느낌은 아닐 것 같다는 생각이 드네요. 니주바시의 군인들 또한 우리와 같은 생각일 겁니다. 긴자 같은 유흥가는 매력이 넘치죠. 그 매력은 한마디로 시대를 초월한다고 할 수 있을 거예요. 어쩌면 본능이라는 표현이 더 어울릴지도 모르겠군요. 어느 시대나 인간은 본능에서 벗어날 수 없는 법이니까요. 비상시국이라며 아무리 구호를 외쳐대도 그 본능을 제어할 수단은 없는 것이지요."

"그 말도 일리가 있군요. 그렇게 생각하면 시대라는 것도 그리 대단한 건 아니에요. 어쨌든 사람의 본능을 바꾸지는 못하니까요."

"맞아요, 인간의 본능은 그 자체로 본질이죠. 그리고 시대라는 것은 본질 앞에서 무기력해질 뿐이에요. 비유하자면 자기가 원하는 겉모습을 만들기 위해 모양만 조금 바꿔놓는 식이죠. 그리고 혼자 만족하는 거예요. 실상 본질은 전혀 변하지 않았는데도 말이죠. 하지만 그렇다고 해서 시대를 경멸할 수도 없어요. 시대에도 나름대로 힘이 있으니까. 시대가 가지고 있는 힘은 거짓을 진실처럼 착각하게 만들죠. 진심으로 거짓을 믿어버리는 셈이에요."

"거짓을 진실로 믿어버린다……. 그게 무슨 뜻이죠?"

"현실을 한번 보세요. 이 시대가 그렇게 말하는 소리가 들릴 겁니다. 시국이 어떻다느니 하면서 외치는 사람을 보면 하나같이 진심이에요. 누군가를 속이려고 거짓을 외치는 게 아니에요. 정치인들의 앞잡이가 되어 활동하는 사람들도 마찬가지에요. 그들은 모두 진심이에요. 자기 나름대로 진심인 거죠. 진심이 아니었다면 그런 미친 짓을 아무렇지도 않게 저지르지는 못했을 겁니다. 차마 할 수가 없었겠죠. 그런데 저 사람들의 마음은 모두 진심이었어요. 냉정하게 현실을 파악하고, 자신의 위치를 고려하고, 자신의 양심에게 이것이 옳은 일인지 물어보지는 않았지만, 어쨌든 그 신념에는 거짓이 없어요. 시대가 외치는 구호에 자극을 받은 것뿐이죠. 자기도 모르는 사이에 거짓을 진실로 믿어버리게 된 경우라고 할 수 있겠군요. 그저 시대가 외치는 대로 받아들인 것입니다. 정작 자기 마음속의 진실은 시대의 외침과는 아무런 관계가 없는데도 말입니다. 그렇게 생각되지 않나요?"

"듣고보니 그런 것 같군요. 이곳 숙생들도 처음 입숙할 때는 그런 태도가 많았어요."

"그래도 긴자에 가는 걸 보면 아직은 마음들이 정직한 것 같아요. 자기 본능을 숨기려고 하지는 않잖아요?"

"솔직해서 다행이라는 생각은 들지만 칭찬하고 싶지는 않군요."

둘은 소리 내 웃었다. 지로는 오가와와 이야기를 나누면서도 미치에의 일로 고민하고 있는 자신의 모습이 무척이나 가엾게 생각되었다. 전에 없이 쓸쓸한 기분이 들었다.

"무슨 볼일이라도 있었던 건 아닙니까?"

"예, 숙생들이 돌아오기 전에 목욕 물이나 끓일까 해서 왔습니다."

"목욕 물이요? 오늘은 목욕 시간이 없는데요."

첫 번째 일요일에 목욕 당번이라는 이유로 혼자 외출하지 못한다는 건 너무 심하다는 의견이 많았다. 그래서 불편하기는 하지만 숙생들은 첫 번째 일요일에는 목욕을 하지 않기로 결정했다.

"예, 그래도 목욕 물을 끓여두면 좋지 않겠어요?"

"당연히 좋죠. 물을 끓이겠다고 나서는 숙생이 있기만 하다면……."

"특별히 할 일도 없으니 제가 물을 끓이죠. 물을 끓이는 데 몇 시간이나 걸릴까요? 아직은 이곳 목욕탕 상태를 잘 몰라서요."

"천천히 하셔도 괜찮습니다. 그런데 정말 목욕 물 때문에 일요일을 반납하신 건가요?"

"예, 어차피 일요일이라고 해서 다를 건 없잖아요? 빈둥거리느니 목욕 물이라도 끓여놓는 게 생산적이죠. 오늘은 다들 먼지를 잔뜩 뒤집어쓰고 올 거예요. 저녁에 '내 고장 자랑' 시간이 있는데 이왕이면 산뜻한 기분으로 하는 게 좋겠죠."

오가와 무몬은 담담하게 웃었다.

"그럼 실례했습니다."

오가와는 가볍게 눈인사를 하고 천천히 방을 나갔다.

지로는 멍하니 오가와 무몬의 땅딸막한 뒷모습을 바라보았다. 사무실 문을 닫고서도 담담하게 웃는 오가와의 얼굴이 눈앞에서 아른거렸다. 지난번 딱딱이 사건이 있은 뒤로 오가와가 지로를 보며 웃은 것은 이번이 두 번째였다.

지로는 오가와 무몬이 사라져간 사무실 문을 보며 그 담담한 웃음에 대해 생각했다. 둥그스름한 얼굴과 근시 안경 너머로 반짝이는 눈동자, 불그스름하고 두터운 입술, 면도 자국이 파랗게 나 있는 턱……. 그런 인상들이 머릿속을 하나하나 지나갔다. 오가와 무몬이 웃는 모습은 독특했다. 뭐랄까, 보통 사람에게서는 찾아볼 수 없는 특이한 표정이 숨어 있었다. 결코 차가운 느낌이 아닌, 어딘지 모르게 따스한 기운이 있었다. 그러나 무언지 모를 엄격함이 숨어 있었다.

지로는 오가와의 웃음을 생각하면서 목욕 물을 끓이겠다는 마음도 헤아려보았다. 그와 짧게 나눈 이야기를 마음속으로 되새기며 음미했다. 그리고 오가와가 마지막에 던진 말을 생각했다. 그 순간 자기도 모르게 어깨를 움츠리고 말았다. 지로는 입에서 작은 한숨이 새나왔다.

'오가와는 어딘가 강직하면서도 사물에 얽매이는 사람이 아니다. 그 자연스러운 태도는 격이 다르다. 나 같은 놈과는 격이 다르다.'

지로는 그 뒤로도 한참 동안 책상 위에 턱을 괴고 앉아 있었다. 오가와가 담담하게 웃는 모습과 그가 한 말들을 되씹어보았다. 지로의 팔꿈치 밑에는 교이치가 보낸 엽서가 있었다.

그때 창밖에서 사환인 가와세가 부르는 소리가 들렸다.

"혼다 씨, 아사쿠라 선생님이 불러요. 공림암으로 빨리 건너오시래요."

지로가 창문을 열자 가와세가 허둥거리며 말했다.

"손님이 오신 것 같아요."

"손님?"

지로의 눈에 잠깐 잊고 있었던 교이치와 미치에의 얼굴이 오가와의 얼굴을 밀어내고 큼직하게 떠올랐다.

"누가 찾아왔는데?"

"대학생 같았어요."

"혼자 왔어?"

"아뇨, 어떤 젊은 여자랑 같이 왔던걸요."

"그래? 지금 온 거야?"

"예, 방금 막 왔어요."

가와세는 싱글벙글 웃고 있었다. 지로는 자기가 얼마나 어리석은 질문을 하고 있었는지는 전혀 깨닫지 못하고 있는 것처럼 "알았어, 곧 갈게." 하고 무뚝뚝하게 대답하고는 창문을 닫았다.

그러나 여간해서는 공림암으로 건너갈 마음이 생기지 않았다. 책상 위에 놓아둔 엽서가 눈에 띄었다. 지로는 갑자기 화가 난 것처럼 두 손으로 엽서를 움켜쥐고 힘껏 구겨 쓰레기통 속에 던져버렸다. 그렇게 쓰레기통 앞에서 지로는 또다시 생각에 잠겼다. 억지로 일어서기는 했지만 걸음이 떨어지지 않았다. 지로는 얼빠진 눈으로 사무실 문을 바라보며 멍하니 그 자리에 서 있었다.

그 뒤 10분쯤 지나서 지로는 공림암으로 갔다.

현관에 들어서자 아사쿠라 선생님의 서재에서 두런거리는 목소리가 들렸다. 지로는 애써 마음을 추스르며 신발을 벗었다. 가만히 장지문을 열고 들어서는 순간, 그곳에 앉아 있는 사람들의 얼굴이 촛점이 맞지 않는 사진처럼 눈에 들어왔다.

"왜 이렇게 늦었어? 무슨 일이라도 있었어?"

사모님이 먼저 물었다.

"예……. 할 일이 조금 남아서……."

지로는 더듬거리며 대답했다.

"귀한 손님이 찾아왔어."

"예……."

지로는 미치에 쪽은 보지도 않고 교이치를 보며 말했다.

"오랜만이네."

그러면서 지로는 자기가 앉을 만한 자리를 찾아보았다.

"이쪽에 앉아."

사모님이 방석 하나를 가리켰다. 사모님이 가리킨 방석은 하필이면 교이치와 미치에 사이에 가지런히 놓여 있었다. 입구 쪽은 사모님과 미치에, 방 위쪽에는 아사쿠라 선생님과 교이치가 앉아 있었다. 자기가 앉을 만한 자리는 확실히 그 중간밖에 없었다.

지로가 머뭇거리며 앉으려는데, 미치에가 방석에서 반쯤 일어나며 인사했다.

"지로 오빠, 오랜만이야."

"응, 그러게."

지로는 얼떨결에 대답은 했지만 미치에의 얼굴을 똑바로 보지는 못했다. 미치에가 입고 있는 하오리와 아름다운 문양이 있는 허리띠가 구름처럼 소용돌이치는 것 같았다.

"미치에를 만난 건 나도 그렇지만 우리 집사람도 오늘이 처음이야. 아버님이 보낸 편지 덕분에 이름은 알고 있었지만."

아사쿠라 선생님이 지로에게 말했다. 지로는 방석 위에 부동자세로 앉아, "예." 하고 잠긴 목소리로 대답했다. 그러나 마음속은 복잡하기만 했다. 아버지가 아사쿠라 선생님에게 보낸 편지에 미치에의 이름이 적혀 있었다면 그것은 아마도 형과 미치에의 결혼 문제를 의논하기 위해서였을 것이다. 그렇지 않고서야 아사쿠라 선생님에게 보낸 편지에 미치에의 이름을 썼을 이유가 없다. 지로의 머릿속에는 이런 생각이 가득했다.

"예전에 백조회 회원들이 송별회를 했을 때 미치에도 왔던 것 같은데?"

교이치가 미치에에게 물었다.

"그날 전 부엌에 있었어요."

"차라도 날랐을 거 아냐?"

"아뇨, 아주머니가 몇 번 나가보라고 하셨는데 망설여져서……. 그날 남학생만 서른 명이 넘었잖아요."

"그럼 미치에도 선생님은 처음 뵙는 거네?"

"아녜요. 그날 멀리서 뵌 적이 있어요."

"엿본 거야? 어디에서?"

"사다리 밑에서요, 호호."

모두들 웃었다. 지로도 따라 웃었다. 하지만 말할 수 없이 괴로웠다. 별 내용 없는 이야기지만 지로는 미치에와 교이치가 자기를 가운데 두고도 이토록 자연스럽게 이야기를 주고받을 수 있다는 데 태연할 수 없었다.

이야기는 그 무렵 함께한 일화들을 회상하는 것으로 이어졌다. 다들 즐겁게 웃으며 추억을 나누었다. 그러나 지로는 언제까지나 말없이 있었다. 그래도 누구 한 사람 지로에게 말을 걸거나 하지는 않았다. 지로는 누가 말을 거는 것도 내키지 않았지만, 그렇다고 자기만 빼놓고 즐겁게 이야기를 나누는 것도 편치는 않았다.

미치에는 전과 다름없이 순진했다. 그 나이 또래의 젊은 아가씨들처럼 발랄한 편은 아니었다. 예전에 지로는 미치에의 그런 모습 때문에 조금 답답했던 게 사실이다. 하지만 지금은 느낌이 달랐다. 미치에의 순수함은 만나지 못한 사이에 지적인 아름다움이 더해져 있었다. 그 지적인 순수함이 고귀한 품격처럼 미치에를 감싸고 있었다. 지로는 교이치가 도쿄에 올라간 뒤에도 미치에를 위해 여러 가지 책을 선물한 것이 생각났다. 그러자 지금껏 한 번도 느껴본 적 없는 강렬한 질투심이 마음속에서 활화산처럼 폭발하는 것 같았다.

사모님은 이야기를 나누다 점심을 준비해야겠다며 자리에서 일어났다. 그때 지로에게 귓속말로, "무슨 말이 오가는지 잘 기억해뒀다가 나중에 꼭 전해줘야 해." 하고 말했다. 지로는 사모님이 왜 자기에게 그런 말을 하는지 이해가 안 되어 섣불리 대답할 수가 없었다. 자기가 오기 전에 교이치와 미치에가 아사쿠라 선생님 앞에서 특별한 사실이라도 털어놓은 것은 아닌지 불안해졌다.

그 뒤부터는 아사쿠라 선생님과 교이치 사이에 이야기가 오고 갔다. 주로 사모님과 이야기하던 미치에는 이야기 상대를 잃고 말할 기회가 자연히 줄어들었다. 바로 옆에 앉아 있는 지로는 달갑지 않았다. 괜히 마음이 조급해져서 그런지 숨이 막히고, 혀는 딱딱하게 굳어버린 것 같았다.

미치에는 아사쿠라 선생님과 교이치가 이야기를 주고받는 동안에도 가끔씩 고개를 들어 지로를 보았다. 표정을 보니 미치에도 지로에게 말을 붙이고 싶어 하는 것 같았다. 지로는 오래전부터 그것을 깨닫고 있었다. 하지만 마음과는 딴판으로 눈길을 아사쿠라 선생님과 교이치에게 붙박은 채 열심히 그들이 나누는 이야기를 듣는 것처럼 했다.

"저어, 지로 오빠……."

미치에가 마침내 몸을 앞으로 기울이면서 작은 목소리로 속삭였다.

"왜 그동안 한 번도 보내지 않았어? 편지 말이야……."

지로는 슬쩍 미치에를 보았지만, 그 눈길은 또다시 교이치에게로 보냈다. 한참 뒤에야 지로는 겨우 입을 열었다.

"할 말이 있는 것도 아니고……."

지로는 다른 사람이 듣는 것을 꺼리는 듯 낮은 목소리로 대답하고는 얼굴을 붉혔다.

조금 뒤에 사모님이 현관에 들어서며 말했다.

"점심은 본관에 준비해놓겠어요. 앞으로 30분이면 준비가 다 되겠지만, 그동안 두 사람에게 관내 구경을 시켜주면 어떨까……. 교이치도 아직 본관에는 들어가본 적이 없죠? 지로, 안내 좀 해줘."

지로는 장지문을 반쯤 열고 사모님에게 알았다고 대답했다. 물론 조금도 내키지 않는다는 얼굴을 하고 있었다. 지로는 사모님이 다시 밖으로 나가자 교이치에게 물었다.

"본관에 가볼래? 대강은 알고 있지?"

"자세한 건 나도 몰라. 내가 올 때마다 합숙이 있었잖아. 숙장실이랑 네 방밖에는 가본 곳이 없어."

"그랬나?"

지로는 그렇게 말하며 조금 꾸물거렸다. 그러자 아사쿠라 선생님이 말했다.

"교이치야 언제든 구경할 수 있지만 미치에는 사정이 그렇지 못하니 어서 빨리 구경시켜주지 그러니? 오후엔 숙생들이 몰려올 테니 말이야."

지로는 하는 수 없이 자리에서 일어났다. 교이치와 미치에도 지로를 따라 일어났다. 세 사람은 함께 본관으로 들어갔다. 하지만 별로 설명할 것도 없었다. 지로가 입을 다물고 있자 미치에가 이런저런 이야기를 끄집어냈다. 그 때문에 지로는 더욱 어색해지기만 했다. 그렇다고 말 상대를 안 할 수도 없었다.

"지로 오빤 너무 많이 달라졌어."

"뭐가?"

"본인은 자기가 달라진 것도 모르는 거야?"

"그야 중학교 다닐 때하곤 조금은 달라졌겠지. 벌써 4년 전 일이니까."

"조금 정도가 아니야."

"그래?"

지로는 애써 침착한 표정을 지으며 미치에를 보았다. 그러고는 훔쳐보듯 교이치를 살펴보았다.

"난 어쩐지 지로 오빠가 무서워진 것 같아."

"무서워? 내가?"

"응, 무서워. 이유는 모르겠어. 나 같은 건 상대하고 싶지 않은 사람처럼 보여."

"그럴 리가……."

지로는 그런 게 아니라고 말하고 싶었지만 혀가 굳어졌는지 움직이지 않았다.

"아까부터 생각하고 있었어. 우애숙 생활 같은 걸 하다 보면 자연히 그렇게 변할 수밖에 없는 거라고 말이야."

지로는 미치에가 자기를 놀린다고 생각했다. 아니면 화가 났는지도 모른다고 생각했다. 미치에의 그런 모습을 보고 있자니 도무지 견딜 수가 없었다. 결국 지로는 우애숙에 대해서는 아무것도 설명하지 못했다.

하지만 그 고통은 시작일 뿐이었다. 더 큰 타격이 지로를 기다리고 있었다. 지로가 사무실에 붙어 있는 자기 방을 보여주려고 할 때였다. 그때까지 심각한 얼굴로 아무 말도 하지 않던 교이치가 물끄러미 지로의 얼굴을 보며 마침내 입을 열었다.

"내가 보기에도 확실히 좀 이상해. 평소와는 너무 다른 것 같아. 우리가 오기 전에 뭐 안 좋은 일이라도 있었던 거야? 그런 거라면 숨기지 말고 아사쿠라 선생님께 의논해. 너만 괜찮다면 나한테 말해보든지. 내가 의논 상대가 되어줄 테니까."

지로는 부끄러움과 누여움으로 얼굴이 벌겋게 달아올랐다.

세상 속으로 • 195

"아무것도 아냐."

지로는 화를 내듯 그렇게 말하고는 그들을 점심을 차려놓은 넓은 거실로 안내했다. 밥상은 햇빛이 잘 드는 창가에 놓여 있었다. 거실에는 아사쿠라 선생님 부부와 오가와 무몬이 앉아 있었다. 세 사람은 지로들이 들어오기만 기다리고 있었다.

"오가와 씨가 혼자 목욕 물을 끓이고 있더라고. 그래서 같이 먹자고 했지."

사모님은 지로에게 말하면서 교이치와 미치에를 오가와에게 소개했다. 아사쿠라 선생님이 흐뭇하게 웃으며 교이치에게 말했다.

"오가와 군은 보통 숙생들하고는 조금 달라. 교토 대학을 졸업했어. 전공은 철학. 그러나 개념적 철학자는 아냐. 공자나 소크라테스처럼 생활 속에 사는 철학자지. 오늘 외출하지 않기를 정말 잘했어. 많이들 배우라고."

점심반찬은 닭과 돼지고기에 우엉, 토란, 파, 무 같은 채소를 넣고 끓인 진한 된장국이었다. 따뜻한 겨울 햇살을 받으며 뜨거운 국을 훌쩍거리며 먹고 있자니 이마에 금방 땀이 맺혔다. 국을 먹고 귤을 먹었다. 뜨거운 국을 금방 먹어서 그런지는 몰라도 차가운 귤은 더 달콤하게 혀끝을 감돌았다.

사모님이 밥상을 치우자 미치에가 도왔다. 그 뒤 다 함께 차를 마시며 이야기를 나누었다. 공림암에서와 달리 인생론과 민족, 국가, 계급을 주제로 한 차원 높은 이야기였다. 아사쿠라 선생님과 교이치, 오가와가 이야기를 이끌었다. 그중에서도 돈

보이는 사람은 오가와였다. 아사쿠라 선생님이나 교이치나 주로 오가와를 상대로 이야기를 꺼냈기 때문이었다.

지로는 이때도 거의 듣기만 했다. 이번에는 듣는 것이 진짜 목적이었다. 더구나 오가와가 이야기할 때면 지로는 무척 심각해졌다. 지로는 오가와가 하는 말이 거의 완벽하게 논리에 맞고 치밀하다는 데에 감탄했다. 그러나 더 놀라운 사실은 그 치밀한 논리 속에서 가끔 뜨거운 정열과 강한 의지가 뿜어나온다는 점이었다. 오가와는 부끄러운 듯 고개를 조금 숙이고 눈을 반쯤 감은 채 낙엽을 밟는 것 같은 갈라진 목소리로 말하는 버릇이 있었는데, 중요하다고 생각하는 대목에서는 갑자기 고개를 들고 상대방을 똑바로 보면서 대나무를 쪼갤 때처럼 맑고 높은 소리로 이야기했다.

지로는 오가와가 하는 말에 귀를 기울일수록 그의 논리에 크나큰 감동을 받았다. 그중에서도 지로의 마음에 오래도록 남은 말은 다음과 같은 이야기였다.

"숙장님은 제가 공자나 소크라테스처럼 생활 속에 사는 철학자라고 말씀하셨습니다. 숙장님이 저를 칭찬하기 위해 그런 말씀을 하셨다는 것은 잘 압니다. 하지만 저로서는 무척 괴롭습니다. 괴롭다는 것은 저같이 볼품없는 사람을 위대한 분들과 비교했기 때문만은 아닙니다. 솔직히 말씀드리면 저를 그런 분들과 비교했기에 제 기분은 말할 수 없이 우울합니다. 숙장님은 건방진 놈이라고 생각하실 수도 있겠지만 제 생각은 확고합니다. 공자와 소크라테스는 일상 위에 군림하며 일상을 이야기한 분들입니다. 그분들은 단 한 번도 일상과 함께 지내온 분들이 아니었습니다. 위대한 분들이긴 하지만 지금 제가 바라는 목표와는 거리가 먼 분들입니다. 저는 누굴 가르치고 싶다는 생각을 해본 적이 없습니다. 그저 평범한 일상 속에서 평범한 사람답게 살아가고 싶은 마음뿐입니다. 그리고 평범한 일상들이 모인 곳에서 서로의 일상을 위해 함께 일하고 싶은 마음뿐입니다. 어쩌면 제 생각이 틀릴 수도 있습니다. 말처럼 쉬운 일이 아닐지도 모릅니다. 하지만 지금은 그것밖에 다른 목표를 세울 수가 없습니다. 그 길밖엔 저를 위해 준비된 길이 없다는 생각이 듭니다."

오가와가 하는 말을 듣고 지로뿐 아니라 모두 강한 자극을 받은 듯했다. 아사쿠라 선생님은 그 말에 눈을 둥그렇게 뜨고 응, 응, 하면서 고개를 끄덕였는데 나중에는 길게 한숨까지 내쉴 정도였다.

교이치와 미치에는 네 시가 다 되어 돌아갔다. 지로는 문밖까지 두 사람을 배웅했다. 헤어질 때 생각났다는 듯이 지로가 말했다.

"어쩌면 이번 기수가 끝나는 대로 선생님 곁을 떠날지도 몰라."

"뭐?"

교이치가 입을 반쯤 벌린 채 뚫어져라 지로를 보았다.

"내가 모르는 문제라도 생긴 거야?"

"문제 같은 건 없어. 하지만 뭔가 새로운 걸 찾아야 한다는 생각이 들어."

"우애숙이 싫어진 건 아니지?"

"그런 건 아냐……."

지로는 말하기 곤란하다는 표정을 지으며 어정쩡하게 서 있었다.

"난 아직도 부족해. 이대로는 우애숙을 위해 할 수 있는 일이 없어."

"그게 무슨 소리야?"

"저 말이지……."

지로가 눈을 내리깔았다. 눈앞이 갑자기 하얗게 물들었다. 미치에가 신고 있는 일본식 버선이었다. 지로는 놀라 당황한 듯 고개를 들었다.

"나, 너무 약해졌어. 이젠 자신이 없어. 좀 더 단련해야겠어."

"자신을 단련하기 위해서라면 우애숙에서 조수를 관두지 않아도 되잖아? 그만두면 오히려 지금보다 약해질지도 몰라……."

"고독해지고 싶어."

"고독해지고 싶다고?"

"오늘은 오가와 씨가 정말 부러웠어. 아마도 오가와 씨는 학창 시절에 아사쿠라 선생님 같은 분을 만나지 못했을 거야. 그래서 오가와 씨는 강해졌어. 주위에 아무도 없었기 때문에 강해질 수 있었어. 난 너무 오랫동안 선생님을 의지해온 것 같아. 그래서 나 혼자 있을 때는 아무것도 할 수 없다는 생각이 들어."

교이치는 무슨 뜻인지 이해가 간다는 눈길로 지로를 보았다.

"하지만 여길 나와서 어디로 갈 건데?"

"지금부터 생각해봐야지."

"네가 갑자기 물러나면 선생님이 곤란해 하실 텐데."

"오가와 씨가 선생님 곁에 조수로 남는다면 더 바랄 게 없지. 선생님이 부탁하면 오가와 씨도 이곳에 남을 거야."

"음……"

교이치는 다시 생각에 잠겼다.

"그래도 잘 생각해봐. 이건 정말 중요한 얘기야. 같이 의논해보자. 곧 다시 올게. 그때는 될 수 있으면 오자와도 데리고 올게. 셋이 천천히 의논해보자. 당분간 선생님에겐 비밀이다. 너 설마 그런 이야기를 한 건 아니겠지?"

"선생님께는 아직 말하지 않았어. 오늘 처음 그런 생각이 들었으니까."

"오늘 그런 생각이 들었다고? 그랬구나."

교이치는 살짝 웃었다. 하지만 그 웃음은 오래가지 않았다. 교이치는 의미심장한 눈길로 미치에와 지로를 번갈아 보았다.

미치에는 그들이 나누는 이야기를 걱정스럽게 듣고만 있을 뿐 한마디도 끼어들지 않았다. 그러나 정작 헤어질 때가 되자 지로에게 말했다.

"지로 오빠는 아직도 여전해. 고집이 너무 센 게 탈이야. 무슨 이유 때문인지는 모르겠지만 너무 급하게 결정하지 마. 내 생각엔 오빠가 선생님 곁에 남아 있으면 좋겠어."

지로는 딴전을 피우며 서글픈 듯, 화가 나는 듯, 미치에가 하는 말을 듣고 있었다. 지로는 아무 말도 하지 않았다. 두 사람과 헤어져 우애숙으로 돌아와서는 곧장 사무실에 딸린 방으로 들어가버렸다. 그리고 저녁 시간까지 멍하니 책상 앞에 앉아 있었다.

숙생들 대부분은 시간에 맞춰 돌아왔다. 일찌감치 돌아온 사람은 하나도 없었다. 몇 명은 저녁 시간이 넘도록 오지 않았다. 그 때문에 조금 걱정은 했지만 다행히 저녁을 다 먹어갈 때쯤 모두 돌아왔다.

다들 늦게 돌아왔기에 저녁을 먹은 뒤에 목욕을 했다. 한꺼번에 몰려든 탓에 욕탕 입구는 혼잡하기 그지없었다. 그래도 숙생들은 오가와 덕분에 생각지도 못했던 목욕을 하게 되어 기분이 무척이나 좋아 보였다. 오가와는 숙생들에게 입숙 첫날의 딱딱이 사건 뒤부터 조금 특이한 괴짜로 취급받고 있었다. 오가와는 아무도 예상치 못한 행동으로 모두를 즐겁게 만들 줄 아는 사람이었다. 숙생들은 누가 먼저랄 것도 없이 오가와 '님'이라고 불렀는데, 이런 호칭에는 친밀감과 함께 조금 존경하는 마음도 담겨 있었다.

목욕이 끝나자 기다리던 '내 고장 자랑' 시간이 되었다.

식낭에 모인 숙생들의 얼굴은 모두들 허여멀쑥하게 윤기가 나 보였다.

"오늘 저녁엔 어쩐지 긴자 냄새가 나는군."

아사쿠라 선생님이 자리에 앉으며 농담을 던졌다.

"긴자 냄새는 목욕할 때 모두 지워버렸는데요."

그 말을 받아 숙생 한 명이 재치 있게 응수했다. 누군가, "숙장님이 긴자 냄새를 좋아하는 줄 알았으면 조금 남겨둘 걸 그랬네." 하고 말했다. 그 말에는 숙생들뿐 아니라 아사쿠라 선생님도 크게 웃었다.

'내 고장 자랑' 시간은 말하자면 '향토를 이야기하는 모임'으로, '향토예술 발표회' 같은 시간이었다. 어떤 숙생은 대중 연설을 하듯 자기 고향 출신 위인과 명소, 유적, 특산품을 소개했다. 또 어떤 숙생은 꽤 그럴듯하게 전통 민요와 무용을 선보였다. 숙생들은 각 부현(府縣)의 청년 대표 자격으로 이곳에 모인 것 같은 착각이 들었는지 자기 차례가 오면 몸에 잔뜩 힘을 주고, '저는 00현을 대표해서' 하고 말했다. 우애숙에서 생활한 지 어느덧 일주일째로 접어들고 있었으나 당시의 시대 분위기에 익숙해진 청년들에게 겸손한 미덕을 기대하는 것은 확실히 무리였다.

숙생들의 기대를 한 몸에 받고 있던 이지마는 마치 연설이라도 하는 것처럼 자신의 고향에 대해 이야기했는데, 주로 정치에 대한 이야기들이었다. 다가와는 흰색 띠를 머리에 단단히 감고는 검무를 췄다. 아오야마는 민요를 불렀는데 대단한 솜씨였다. 오가와는 이지마와는 다른 뜻에서 주목을 받고 있었다. 오가와는 자기 차례가 오자 평소와 다름없이 진지한 얼굴로 천천히 창가로 걸어갔다. 그러더니 거기 있는 기둥에 매달렸다.

"우리 마을에는 여름만 되면 이런 소리를 내며 우는 매미가

많습니다. …… 매애앰……, 매앰…….″

 오가와는 매미 우는 소리를 내며 그 소리에 맞춰 몸을 부르르 떨었다. 목소리만은 진짜 매미 같았는데 몸은 마치 송아지가 부르르 떠는 것 같아서 모두들 배를 움켜쥐고 웃었다. 하지만 오가와는 여전히 진지한 얼굴로 자기 자리에 돌아왔다. 그러고는 왜들 호들갑이냐는 표정을 짓고 주위를 둘러보았다. 그래서 또 한바탕 웃음소리가 식당을 가득 메웠다.

 이 자리에는 취사부인 나미키 부부와 사환인 가와세도 참석했는데 모두들 한 가지씩 장기를 보여주었다. 마지막으로 지로와 아사쿠라 선생님 부부만 남았다.

 "혼다 씨, 기다렸어요."

 "숙장님, 부탁드립니다."

 "아주머니, 빨리 보여주세요."

 숙생들이 손뼉을 치며 세 사람을 독려했다.

 다른 날 같으면 지로가 맨 먼저 일어나 무언가 보여줬겠지만 지로는 이상하게 흥이 돋지를 않았다. 그러자 아사쿠라 선생님이 자세를 고쳐 앉았다. 요교쿠(일본의 대표적인 가면 음악극에 가락을 붙여서 부르는 것)라도 부르려는 것처럼 보였다. 숙생들은 잔뜩 기대하는 눈초리를 하며 군침을 삼켰다

 선생님은 "맹호일성(猛虎一聲) 산월고(山月高)." 하고 낭랑하게 한시를 읊었다. 그런데 한시를 읊는 것은 그것으로 끝이었고, 갑자기 두 손으로 다다미를 짚고 기어다니기 시작했다. 그러고는 목을 쑥 내민 채 숙생들을 노러보니, "우아앙!" 하고

유리창이 떨릴 정도로 크게 울부짖었다. 이것은 아사쿠라 선생님이 할 줄 아는 딱 하나뿐인 장기인데, 이런 모습을 처음 보는 숙생들은 허를 찔렸다는 듯 자기도 모르게 목을 움츠리거나, "어!" 하고 외마디 소리를 지르고는 했다. 이날 저녁에도 마찬가지였다. 시간이 조금 지나서야 숙생들의 웃음소리와 손뼉 소리가 뒤섞여 식당은 다시금 시끌벅적해졌다.

웃음이 그치자 숙생 한 명이 말했다.

"숙장님이 방금 보여주신 울음소리도 향토예술입니까?"

"말하자면 그렇지."

"어쩐지 모호한데요."

"내가 어렸을 때 우리 아버지는 늘 전근을 다니셨어. 하도 이곳저곳을 왔다 갔다 해서 내게는 고향이라고 할 만한 곳이 없어. 굳이 고향을 찾는다면 이 우애숙 근처가 내 고향이라고 할 수 있지."

"그럼 이곳 민요라도 부르시죠?"

"고향은 고향인데 정착한 지가 얼마 안 돼서 아는 게 없어. 또 도쿄가 코앞인 곳에 민요 같은 게 남아 있을 리도 없고."

"그럼 이번엔 아주머니 차례입니다. 부탁해요."

숙생 중 한 명이 장난스레 외쳤다.

"나도 향토예술은 처음인데……."

"아무거나 좋습니다."

그러자 한쪽 구석에서, "고양이 울음소리도 좋습니다." 하는 작은 목소리가 튀어나왔다. 그 바람에 또다시 웃음소리가 폭발

했다. 사모님도 즐거워 보였다.

"고양이 울음 같은 건 좀 음침한 것 같고……. 그보다는 우애숙 춤이라는 게 있어요. 내가 한 번 보여줄게요."

일제히 손뼉이 터졌다.

"그럼 혼다 군."

사모님이 지로에게 눈짓을 했다. 지로는 자기 옆에 있던 인쇄물을 숙생들에게 나눠주었다. 인쇄물에는 우애숙 춤의 노랫말이 적혀 있었다.

지로는 인쇄물을 숙생들에게 나눠주고 식당 구석에 있는 풍금 앞에 앉았다. 아사쿠라 선생님 부부와 식당 일을 맡은 나미키 부부, 사환인 가와세, 이렇게 다섯 사람이 식당 한가운데에 둥그렇게 섰다.

지로가 연주하는 풍금 반주에 맞춰 다섯이 노래를 부르며 춤을 추기 시작했다. 손을 흔들고 발을 내디디면서 둥글게 원을 그리거나 앞뒤로 움직이는 것이 윤무와 비슷했다. 노랫말은 아사쿠라 선생님과 지로가 함께 만든 것으로 다음과 같은 4절로 되어 있었다.

딱딱이가 울리네 울리네 힘이 넘치는 아침
마음을 신정시키며 두드리는 손뼉은
젊은 일본의 맥박 소리
상수리나무와 소나무 어슴프레 비추는 햇살은
세계의 해돋이

딱딱이가 울리네 울리네 긴장된 가슴
활짝 핀 철쭉이 햇빛에 불타네
젊은 일본의 핏빛이라네
진리를 찾아 달리자 친구여
세계를 향해 달리자

딱딱이가 울리네 울리네 밥 먹는 시간
색깔은 까매도 오분도 쌀은
젊은 일본의 독특한 맛이라네
배가 부르면 땀을 흘리자
세계의 터를 다지자

딱딱이가 울리네 울리네 저녁 수풀 사이로
목욕 한 번 하고 빙 둘러앉으면
젊은 일본의 초석이 되네
진심을 말하자 희망을 노래하자
세계의 평화다

 다섯 가운데 아사쿠라 선생님이 추는 춤이 가장 서툴렀다. 손을 반대로 흔들거나 발을 잘못 디뎌 앞뒤 사람을 당황하게 만들었고, 때로는 머리끼리 부딪칠 때도 있었다. 그때마다 숙생들은 재미있다는 듯 손뼉을 치고 웃음을 참지 못했다.
 아사쿠라 선생님과 사모님은 숙생들을 윤무에 동참시키려고 애썼다. 처음에는 다들 꽁무니를 빼면서 웃기만 했는데, 춤이라면 자신 있는 숙생 두서너 명이 뛰어들자 그 뒤로는 차례로 그 수가 늘어났다.

춤은 언제까지나 계속되었다. 시간이 지날수록 원은 점점 커졌다. 나중에는 방이 좁아 원을 두 겹으로 만들어야 했다. 마지막까지 고집스레 벽 쪽에 붙어 앉아 구경만 하는 숙생은 네댓 명밖에 되지 않았다. 이들도 앉아서 구경만 하는 것이 쑥스러웠는지 머리를 긁적이며 하나 둘씩 일어섰다. 이렇게 가장 늦게 참가한 네댓 명 중에는 다가와와 이지마도 섞여 있었다. 오가와와 아오야마는 벌써부터 춤을 추고 있었다.

춤을 출수록 숙생들이 춤추는 솜씨도 조금씩 좋아졌다. 그래도 아사쿠라 선생님은 줄곧 헤매고 있었다. 아사쿠라 선생님 못지않게 춤사위가 어설픈 사람도 여럿 있었다. 이들은 번갈아 가면서 실수를 저질렀기 때문에 웃음소리는 수그러들지가 않았다.

그중에서도 숙생들을 가장 많이 웃긴 주인공은 오가와 무몬이었다. 오가와가 어찌나 서툴게 춤을 추는지 아사쿠라 선생님보다 더 하면 더 했지 못하지는 않았다. 오가와의 손동작은 잽과 스트레이트를 번갈아 던지는 권투 선수 같았고, 발을 디딜 때마다 씨름꾼이 허리 위로 발을 쳐드는 것같이 자세가 엉성했다. 게다가 오가와는 자기가 실수를 계속하고 있다는 것도 깨닫지 못한 채 언제나처럼 진지하기만 했다.

지로만이 이 즐거운 시간에 동화되지 못했다. 식당 분위기가 즐거워질수록 지로는 더욱 초조해졌다. 풍금을 치다가 한 번씩 오가와 무몬이 서툴게 춤추는 것을 보면서도 쓸쓸하게 웃기만 했다. 그날 밤 모임이 끝나고 방에 들어와서도 지로는 오가와 무몬이 춤추는 모습을 바라볼 때처럼 멍청하게 웃고 있었다. 그 표정은 오늘 아침부터 그를 괴롭혀온 쓰라린 감정을 지우려는 것처럼 보이기도 했다.

지로는 갑자기 무슨 생각이 들었는지 한동안 읽지 않던 《탄니쇼》를 꺼내 책상 위에 펼쳤다. 하지만 아무리 노력해도 활자는 눈에 들어오려고 하지 않았다. 지로는 머리카락을 움켜쥐며 한숨을 내쉬었다. 결국 지로는 거칠게 《탄니쇼》의 책장을 덮어버리고는 그 위에 얼굴을 묻어버렸다.

편지

그 뒤 사흘이 지났다. 지로는 점심을 먹고 잎이 떨어진 상수리나무 근처 햇볕이 잘 드는 잔디밭에 앉아 숙생 네댓 명과 잡담을 하고 있었는데, 우편물 당번을 맡고 있는 숙생이 지로에게 다가와 편지를 한 통 건넸다. 교이치가 보낸 편지였다.

도쿄에서 함께 지내면서 지로와 교이치는 자주 만났다. 가끔 교이치와 엽서를 주고받은 적은 있었지만, 교이치가 오늘처럼 편지를, 그것도 이렇게 긴 편지를 보낸 적은 한 번도 없었다. 더구나 교이치는 며칠 전에 미치에와 함께 찾아왔다. 지로는 뜻밖의 편지가 오자 잡담할 마음이 사라졌다. 지로는 태연하게 편지를 주머니 속에 찔러넣고는 허리를 주무르거나 팔을 휘두르면서 혼자 소나무 숲 쪽으로 걸어갔다. 소나무 숲을 조금 지나 여간해서는 숙생들의 발길이 닿지 않는 곳에 이르러 서둘러 봉투를 찢고 교이치가 보낸 편지를 읽었다.

……만나서 얘기하는 편이 서로 오해가 생기지 않고 좋다는

생각도 했어. 하지만 서로 감정이 얽혀서 오해라도 하게 되면 예상치 못했던 나쁜 결과가 생길 수도 있다고 생각했지. 그래서 결국 이렇게 편지를 쓰기로 마음먹었단다. 편지라면 아무에게도 방해받지 않고 내 생각을 전할 수 있겠지. 지금 내가 하고 있는 생각이 옳은 것인지, 틀린 것인지는 나중에 다시 생각해보기로 하고, 먼저 너에게 내 마음을 처음부터 끝까지 하나도 빠뜨리지 않고 전하는 것이 중요하다고 생각했어. 지금 네가 어떤 생각을 하고 있을지를 내 마음대로 판단하고 이런 편지를 쓰기 때문이야. 판단이라기보다는 일방적인 상상이라고 해도 좋아. 내 판단이 완전히 틀렸고, 짐작에 지나지 않는다면 이 편지는 존재할 가치를 잃을 거야. 차라리 그렇게 되면 상관없겠지만, 어쩌면 너를 분노하게 만들지도 모르겠구나. 하지만 나는 네가 이 편지를 읽고 어떤 생각을 할지 신경 쓸 여유가 없어. 편지를 쓰지 않고는 견딜 수가 없었어. 이게 지금의 솔직한 내 심정이야. 혹시 너는 이렇게 반문할지도 모르겠어. 나한테 궁금한 게 있으면 만나서 이야기하는 게 더 낫지 않겠어? 이야기를 하면서 앞뒤 사정이 명백하게 밝혀진다면 서로 오해를 하거나, 일방적으로 판단할 필요도 없잖아……. 맞는 얘기야. 나도 몇 번씩 너를 만날까 생각했어. 아니, 만나려고 했어. 하지만 그러지 못했어. 왜냐하면 네가 나를 속일지도 모른다고 생각했기 때문이야. 우리가 얼굴을 마주 보고 이야기를 나눈다면 너는 본심을 숨기려고 할 거야. 너에 대해 내가 판단한 것을 처음부터 부정할 거야. 그리고 나한테 화를 낼 거야. 만약 우리가 만났을 때 이런 일이 벌어진다면 어쩔 수 없이 나는 물러서야 해. 물론 네가 부정하는 게 진실이라면 내가 물러서는 것이 당연해. 그때는 내 판단이 미숙했다고 실토하고 용서를 바래야겠지. 다시 한 번 말하겠는데 만에 하나 지금의 내 심정이 단순한 기우가 아니라면, 지금 상황을 우리 두 사람이 정리하지 못한다면 평생 서로 오해하며 살아야 할지도 몰라. 그것이 불행이 아니라면 무엇이 불행이겠니. 진실을 밝혀서 결과가 더욱 나빠질 게 뻔하다면 차라리 숨기는 게 나을 수 있어. 반대로 진실을 털어놓기만 하면 모든 게 해결될 것 같은 때는 서로 속내를 털어놓는 것이 순리야. 쉽게 풀릴 수 있는 오해를 평생토록 가슴에 담아둔 채 살 수는 없잖니. 인생에서 이보다 더 어리석은 일이 어디 있겠니. 나는 지금 그렇게 생각하며 이 편지를 쓰고 있단다. 네가 분노할까 봐 말할 수 없이 두렵지만 그 두려움을 참아내며 모험을 하려는 거란다. 너에게 본심을 숨길 기회를 주지 않기 위해서지. 그리고 내가 하고 싶은 말부터 모두 들려주고 싶어. 그러기 위해서는 편지를 쓰는 수밖에 없었어. 그러니 끝까지 읽어주기 바란다…….

여기까지 읽은 지로는 안타깝기도 하고 화가 나기도 했다. 교이치가 생각하는 문제란 미치에 문제가 틀림없다는 생각이 들었다. 한편으로는 그렇지 않다는 생각도 들었다. 지로는 교이치나 미치에 앞에서 자신의 감정을 드러낸 적이 한 번도 없었기 때문이다.

그러나 편지의 다음 내용은 소름이 끼칠 만큼 노골적이었다.

너는 미치에를 사랑하고 있어. 나는 그렇게 확신한다. 나는 그 말을 하고 싶었다.

교이치는 대놓고 그렇게 정의해버렸다. 그 구절을 읽는 순간 지로의 눈앞에서 불꽃이 튀어올랐다. 그 불꽃들이 마구 소용돌이를 일으키는 바람에 지로는 다음 구절을 읽을 수가 없었다.

내 판단을 뒷받침할 만한 확실한 증거는 아직 없어. 지난 일요일에 너를 찾아갔을 때 그렇게 느꼈을 뿐이야. 우연히 그렇게 생각한 것인데 이번만큼은 내 직감에 자신이 있어. 물론 처음부터 그렇게 생각했던 건 아냐. 너와 함께 우애숙 본관을 구경할 때부터 왠지 모르게 그런 생각이 들었어. 그날 너는 미치에한테 무척 쌀쌀맞게 행동했어. 그런 태도를 보며 처음에는 갑자기 왜 저러는 걸까, 하고 의심쩍게 생각했지. 그리고 좀 더 주의 깊게 네 행동 하나하나를 지켜보았어. 그런데 네 행동은 확실히 이상한 데가 있었어 그날 네 모습은 평소 침착하던 네 모습과는 너무나 동떨어졌어. 내가 보기엔 특별한 이유도 없는 것 같은데 너는 툭하면 놀란 얼굴로 우리 두 사람을 살펴보곤 했어. 그런가 하면 화가 나서 견딜 수 없다는 표정을 짓기도 했지. 무엇보다 너는 단 한 번도 미치에에게 먼저 말을 건네거나 하지 않았어. 뿐만 아니라 미치에의 얼굴을 똑바로 보는 것조차 피하는 것 같았어. 사실 우리 형제들 가운데 미치에와 가장 친했던 사람은 바로 너야. 그랬던 네가 3년 만에 미치에를 만나는 자리에서 그렇게 행동하는 것을 도무지 이해할 수 없었어. 내가 모르는 중요한 이유가 있을 거라는 생각이 들더군. 나로서는 그렇게 생각할 수밖에 없는 상황이었어. 하지만 그날 너와 헤어질 때까지 그 이유에 대해서는 물어보지 못했어. 단지 막연하게 미치에가 어떤 실수를 저질러 너를 화나게 한 것은 아닐까, 하고 의심해봤지. 그리고 우리가 헤어지기 직전에 너는 우애숙을 그만둬야 할 것 같다고 말했어. 네가 그런 말을 할 정도라면 굉장히 중요한 이유가 있을 거라고 생각했는데 놀랍게도 너는 우리가 찾아간 바로 그날 우애숙을 그만두기로 결심했다고 말했지. 네 얘기를 듣고 네가 그렇게 결심한 데는 미치에가 원인으로 작용했을 거라는 확신이 들었어……

그래도 아직 확실한 건 아니기에 전차 안에서 나는 미치에게 슬쩍 물어봤어. 지로를 화나게 한 적이 없었냐고. 그랬더니 미치에가 그러더군. 그동안 네가 고향에 사는 여러 사람들에게 꽤 편지를 많이 보냈는데 아직까지 자신에게만은 엽서 한 장 보낸 적이 없다고 말이야. 그리고 자기가 몇 번 편지를 보낸 적도 있는데 답장조차 안 보냈다는 얘기도 들었어. 왜 그랬을까? 나는 무척 궁금했어. 내가 알기로 너는 상경하기 전날까지만 해도 미치에와 가장 친하게 지냈어. 그런데 왜 갑자기 도쿄에 간 뒤부터 미치에를 달리 대하는 걸까? 네가 기차를 타고 도쿄로 가디기 미치에를 미워할 수밖에 없는 사건이 터진 것도 아닐 텐데 말이야. 그날부터 나는 미치에를 생각하는 네 마음을 진지하게 생각해봤어. 그리고 이런 판단을 내렸어. 너는 미치에를 깊이 사랑하고 있다. 하지만 어떤 사정 때문에 그 마음을 숨기고 있다. 그 사정 때문에 너는 미치에와 영원히 헤어지기로 결심했다. 어쩌면 도쿄로 훌쩍 떠나버린 것도 미치에 때문일 수도 있다는 생각이 들더군. 지금 생각해보면 졸업을 앞두고 갑작스레 퇴학을 당하면서도 너는 전혀 불안해 하지 않았어. 오히려 시원하다는 듯 행동했지. 나는 이제야 알 것 같아. 아마도 너는 미치에한테서 멀리 떠날 수 있게 된 것을 고마워했을 거라는…….

이 대목에서는 지로도 어이가 없었다. 중학교에서 퇴학당한 것과 미치에는 아무런 관계가 없었다. 부당한 권력과 맞서 싸운 자신의 행동을, 그 대상이 비록 미치에일지라도, 여자 문제 때문이라고 생각하는 교이치에게 서운한 감정을 숨길 수 없었다. 미치에와 헤어질 때의 마음은 미련 같은 것이었다. 그 밖에는 특별한 감정이 없었다. 그런데 교이치는 미치에에 대한 자신의 감정을 대단한 것으로 오해하고 있다. 지로는 교이치에게 서운했던 마음이 어느새 수치심과 자조로 바뀌어 괴로워하기 시작했다.

나는 네가 기쁜 마음으로 미치에와 헤어졌다고는 생각하지 않아. 너에게 그 이별은 퇴학과는 비교도 되지 않을 만큼 커다란 고통이었을 거야. 무슨 이유 때문인지는 모르겠으나 너는 그 고통을 견뎌내면서까지 미치에와 헤어지려고 했어. 나는 그 이유를 생각해봤어. 그리고 한 가지 짚이는 데가 있었어. 그건 바로 나였어. 네가 미치에를 떠난 이유가 나 때문인지도 모른다는 생각이 들었던 거야. 그래서 나는 이 편지를 쓸 수밖에 없었어. 너는 그런 게 아니라고 화를 낼지도 모르지만 이것만은 분명히 해두고 싶어. 만일 그때 미치에에 대한 네 마음을 내가 조금이라도 알고 있었다면 너는 지금 같은 고통을 맛보지 않아도 됐을 거야. 그걸 생각하면 나는 정말이지 견딜 수가 없어. 맹세하건대 그때만 해도 나는 미치에에게 특별한 관심이 없었어. 미치에는 그저 상냥하고 얌전한 친척이었을 뿐이야. 그 이상도 이하도 아니었어. 솔직히 고백하면 아버지가 딱 한 번 나한테 미치에와 약혼할 생각이 있냐고 물어보신 적이 있었어. 그래서 나는 결혼을 생각하기에는 아직 나이가 어리니 앞으로 천천히 생각해보겠다고 대답했어. 그냥 적당하게 둘러댄 거야. 분명히 말하지만 미치에라서 싫다는 말은 하지 않았어. 그렇다고 오해는 하지 마. 단지 착하고 얌전한 아이를 비난하고 싶지 않았을 뿐이야. 연인으로, 또는 결혼 상대로 마음이 끌렸던 것도 아니야. 착하고 얌전한 친척 아이로 미치에를 아끼고 존중하는 마음이었을 뿐, 미치에와 내가 결혼해야 한다고는 생각하지 않았어. 만약 미치에가 다른 누군가와 결혼한다고 해도 그 상대가 미치에에게 어울리는 남자라면 진심으로 축복해줬을 기야. 그렇다면 지금은? 아마도 너와 나에게 가장 중요한 문제라고 할 수 있겠지. 나는 분명하게 대답할 수 있어.

지로는 자기도 모르게 침을 삼켰다.

친척 여자애로 나는 지금도 미치에를 좋아해. 상냥하고 얌전한 친척 여자애로 말이야. 다른 감정은 생각할 수도 없어. 다만 예전과 비교하면 미치에가 지난 몇 년 동안 열심히 노력해서 그때보다 훨씬 존경스러운 여성으로 성장했다는 것 정도야.

지로는 크게 한숨을 내쉬었다. 가빠진 호흡은 쉽게 진정될 것 같지가 않았다.

이렇게 말하면 너는 나야말로 진심을 숨기고 있다고 비난할지도 모르겠구나. 하지만 네가 비난하는 것을 잠재우는 건 그리 어려운 일도 아냐. 나는 내 입장을 증명할 만한 확실한 증거가 있어. 이 증거는 네가 조금만 노력하면 얼마든지 찾을 수 있을 거야. 적어도 두 가지는 찾을 수 있을 거야. 첫째는 지난달 초순에 아버지께 보낸 편지이고, 두 번째는 그보다 조금 뒤에 아사쿠라 선생님께 보낸 편지야. 두 분 모두 편지로 나한테 미치에와 약혼하는 걸 어떻게 생각하느냐고 물으셨어. 그래서 나도 답장을 보냈지. 아버지께 보낸 답장에서는 약혼이라면 상대방이 누구인지를 생각하기 전에 사회적으로 독립하고 싶은 목표가 정해질 때까지 미루고 싶다, 만일 미치에가 그때까지 자유로운 처지라면 그때 다시 이 문제를 생각해보겠다. 그 대신 미치에에게는 이런 얘기가 알려지지 않기를 바란다. 이런 일 때문에 미치에가 구속당한 것처럼 생각하지 않으면 좋겠다. 당분간 이 얘기는 중단해줬으면 좋겠다. 이렇게 내 의견을 분명히 밝혔어. 그리고 아사쿠라 선생님께 보낸 답장에는 아주 간단하게 당분간 결혼 같은 것은 생각해볼 여유가 없다고 썼지. 물론 두 분께 편지를 보내기 전에 미치에의 처지에 대해서도 고민해봤어. 혹시라도 미치에가 나와 결혼하기를 바란다면 어떻게 되는 걸까? 결혼 얘기가 미치에의 감정을 발판으로 시작된 거라면 어떻게 해야 하는 걸까? 그런 생각을 하면 미치에가 너무 불쌍했어. 그렇다고 이런 생각이 미치에에 대한 연애감정이라고 생각하지는 않았어. 너는 반드시 이런 내 말을 믿어야만 해······.

지로는 믿을 수밖에 없다고 생각했다. 또 믿고 싶었다. 그러나 교이치의 입장을 믿는다고 해서 특별히 위안이 되거나 하는 것도 없었다.

'미치에는 교이치 형을 사랑하고 있다. 교이치 형이 미치에를 사랑하고 있듯이······.'

그것은 이번에 미치에가 도쿄로 올라온 것과 그 의미만 따져봐도 충분히 알 수 있는 일이었다.

처음 감정에 젖었던 분위기와 달리 교이치는 점점 논리를 갖춰 편지를 쓰고 있다.

네가 미치에를 사랑하고 있다는 내 판단에 잘못이 없다면, 그리고 내가 말한 미치에에 대한 내 마음을 네가 믿어주기만 한다면 이제 남은 문제는 한 가지뿐이야. 바로 미치에의 감정이겠지. 아마도 너는 그런 것이라면 물어보지 않아도 뻔하다고 말하겠지. 지금 네 처지에서는 그렇게 말하는 게 무리도 아니라고 생각해. 오래전부터 그렇게 생각해왔기에 지금까지도 혼자 고민할 수밖에 없었을 거야……. 집안 어른들끼리 미치에를 내 배우자로 생각하고 있다는 이유 때문에 미치에도 나를 남편감으로 결정했을 거라고 확신한다면 경솔하게 판단하는 거야. 그런 판단 때문에 미치에가 가엾어지고, 나 또한 떳떳하지 못하게 될 거야. 처음 나와 미치에에 대한 이야기가 나온 것은 양가 어른들이 같이 차를 마실 때였어. 이런저런 이야기를 주고받다가 우연히 그 이야기가 나오게 된 거야. 처음부터 미치에의 감정이나 내 감정과는 관계가 없었다고. 혼사 이야기가 조금 진지하게 오간 것은 반년 전부터라고 생각되는데, 그때도 미치에의 감정은 전혀 반영하지 않았던 것 같아. 그 증거로 아버지가 나한테 편지를 보내신 적이 있어. 그 편지에는 젊은 여자의 마음에 함부로 상처를 입혀서는 안 된다, 네 생각이 정해지지 않았다면 미치에 본인에게도 이 이야기는 비밀로 하겠다, 양가 어른들도 이미 그렇게 하기로 약속하셨다, 같은 내용이 쓰여 있었어. 모르긴 해도 그 약속은 지금도 지켜지고 있을 거야. 나에 대한 미치에의 감정이 우리 두 사람 사이에 이런 이야기가 오가도록 만든 원인이라고는 생각할 수 없어. 너도 그 점을 이해해주기 바란다…….

지로는 "흥!" 하고 코웃음을 쳤다. 비웃음인지, 쓴웃음인지, 이 둘이 섞인 것 같은 웃음이 입가를 맴돌았다. 그러나 지로는 여전히 편지에서 눈을 뗄 줄 몰랐다.

하지만 이런 얘기는 아무리 비밀로 감추더라도 분위기 때문에 자연스레 눈치 채기가 쉬워. 아니면 우연히 어른들이 나누는 이야기를 미치에가 들었을 수도 있고. 나는 미치에가 아직 약혼에 대해선 모르고 있다고 확신하지만, 이런 내 생각이 틀릴 수도 있어. 그리고 만일 미치에가 이런 사실을 알고 있다면 미치에도 이 문제로 우리 두 사람만큼이나 고민했을 거라고 짐작할 수 있어…….

지로의 입가에서 어느새 웃음이 사라졌다.

하지만 지금까지 내 두 눈으로 미치에를 관찰한 인상을 이야기하면, 그렇게 염려하지 않아도 될 것 같다. 미치에는 아직까지 단 한 번도 나에게 특별한 마음을 보인 적이 없어. 그런 의미가 숨어 있다고 생각되는 말도 한 적이 없고, 행동도 보인 적이 없어. 편지는 가끔 받아봤지만, 대부분은 새로 나온 책을 구해달라고 부탁하는 것뿐이었어. 그리고 고향에서 일어난 일들을 간단하게 소개하거나 했지. 그중 몇 통은 마침 네가 나를 찾아왔을 때 온 것들이니 너와 함께 읽은 것도 있었지. 너도 그 내용을 부정할 수는 없을 거야. 다만 확실히 언제였는지 기억 나지 않는데 꽤 오래전에 받은 편지 중에 좀 이상한 내용이 있었어. 그 편지는 너와 관계있는 내용이었어. 여학교 시절에 네가 늘 자신을 어린애 취급했다면서 이번에 너를 만나면 너와 어려운 얘기도 나눌 수 있도록 열심히 공부하겠다는 내용이었던 것으로 기억해. 그때 나는 이런 생각을 했어. 미치에는 너를 사랑하는 것이 아닐까……. 오해는 하지 마. 그런 생각 때문에 미치에와 약혼하는 것을 거절한 것은 아니야. 미치에의 편지에 관한 거라면 이밖에도 또 있어. 미치에 말로는 네가 도쿄로 올라간 뒤로는 아직까지 한 번도 자기한테 편지를 보내지 않았다는데, 왜 나한테 그 문제를 의논하지 않았던 걸까. 생각할수록 그 점이 이상해. 소극적인 여자일수록 마음속으로 몰래 짝사랑하고 있는 사람의 소식을 다른 사람에게 물어보거나 하는 대담한 일은 감히 실행에 옮길 수가 없는 법이지. 미치에도 그랬던 것은 아닐까? 나의 이런 의심이 전혀 터무니없는 근거에서 비롯되었다고는 생각하지 않는데 네 생각은 어때?

지로는 교이치가 자신을 위로하기 위해 말도 되지 않는 억지를 끌어들인다고 생각했다. 신기한 것은 교이치가 자신을 기만하고 있다는 생각이 드는데도 불쾌해지지 않는 것이었다.

미치에와 나는 우리 두 사람 모두 서로 친척으로 생각할 뿐이야. 네가 의심하는 것처럼 심각한 관계는 결코 아냐. 적어도 나 자신에 대해서는 그렇게 단언할 수 있어. 아직 미치에의 진심을 확인하진 못했지만 미치에도 내 마음과 크게 다르지 않다고 생각해. 이제 남은 문제는 미치에가 널 어떻게 생각하고 있느냐겠지. 이에 대해서는 나도 뭐라 말할 처지가 못 돼. 이 문제라면 네가 스스로 판단하는 것이 가장 확실할 거라고 생각할 뿐이야……

지로는 갑자기 어딘가로 떠밀려진 것 같았다. 그러면서도 눈은 여전히 다음 글자를 좇고 있었다.

내가 이렇게 말하면 지금 네 심정으로는 어딘지 모르게 실망스러울 수도 있어. 미치에의 감정에 대한 네 판단이 지금까지 해왔던 생각과 조금이라도 달라진 것이 없다고 하더라도 나는 이해할 수 있어. 네가 노력한다고 해서 그 판단이 달라지는 것이 아니라는 점도 알고 있어. 하지만 아직은 포기할 때가 아니야. 실망스럽더라도 아직은 마지막 단계가 아니야. 그보다도 마지막 단계가 너희 두 사람 사이에 오는 것을 막아내야만 해. 다리가 없다면 다리를 만들어서라도 건너야 할 때가 있어. ……내 생각에는 네가 비관하는 게 진실이라고 하더라도 미치에가 너 말고 다른 누군가를 사랑하고 있다는 감정이 확실해지기 전까지는 어떤 일이 있어도 단념해서는 안 된다고 생각해. 왜냐하면 미치에는 니한테 우징보다 더한 감정을 품고 있기 때문이야. 너도 부인할 수 없을 거야. 너희 두 사람의 우정은 겉으로 보기에도 결코 평범하지 않아. 만약 너희 두 사람이 자신의 감정에 좀 더 솔직해지면 시간이 흐를수록 우정을 뛰어넘은 관계로 발전할 거라고 확신해. 네가 바란다면, 아니 허락하기만 한다면 나는 너희 두 사람의 우정을 적극 나서서 돕고 싶어. 하루라도 빨리 우정보다 더한 관계로 발전시키기 위해 무슨 수단이라도 찾고 싶은 마음뿐이야. 물론 무리해서는 안 된다는 것은 나도 알고 있어. 그래서는 안 된다는 걸 나도 잘 알고 있어. 그런 염려라면 나를 믿어도 돼. 너희 두 사람을 연인으로 발전시켜야 하는 목표 때문에 너희들의 우정을 깨뜨리고 싶지는 않으니까. 지금 상황에서 가장 중요한 것은 네 진심이야. 처음 말했던 것처럼 나는 미치에에 대한 네 감정이 사랑이라고 가정하고 이 모든 것을 이야기하는 거야. 만약 내 생각이 잘못되었다면 지금까지 쓴 이야기는 모조리 헛것이 돼. 다시 한 번 간곡히 부탁할게. 네 진심을 알려줘. 답장은 '맞아' 나 '아니야' 면 돼. 한 번 더 말하겠는데 네 마음을 속이는 답장이라면 차라리 보내지 마. 이런 문제일수록 너무 깊게 생각하면 그 답이 보이지 않을 때가 있어. 너도 모르게 네 진심을 숨기게 되는 수가 있다고. 이번만큼은 네가 어린아이처럼 단순하고 솔직해지기를 기대할게.

편지를 다 읽고 나서 지로는 얼굴이 화끈거렸다. 기쁨과 수치심이 복잡하게 뒤엉켰다. 그러면서도 한편에서는 참을 수 없는 분노가 치솟았다. 복잡하게 헝클어진 감정이 가슴속에서 소용돌이치고 있었다.

지로는 소나무에 등을 기댄 채 편지를 다시 한 번 읽어나갔다. 처음 읽을 때보다 시간을 들여 꼼꼼하게 읽었다. 그렇게 두 번 편지를 읽고는 곱게 접어 바지 주머니에 넣었다. 지로는 팔짱을 낀 채 한동안 생각에 잠겼다. 몇 분이 지나서 작심한 듯 굳은 얼굴로 자기 방에 들어갔다. 방으로 돌아온 지로는 책상 위에 편지지를 한 장 올려놓았다. 그리고 잠깐 무언가 생각하고는 펜을 들었다.

편지는 잘 받았어. 걱정해줘서 정말 고마워. 하지만 미치에의 마음은 형보다 내가 더 잘 알아. 형의 태도야말로 미치에를 슬프게 만드는 일이야. 또한 나를 괴롭히는 일이 될 거야. 내 마음을 헤아려주는 마음으로 미치에의 마음을 헤아려주기 바래. 미치에의 마음을 이해해주는 것만이 나를 돕는 방법이니까.

지로는 편지지를 봉투에 넣고 그 위에 풀칠을 했다. 그리고 겉봉에 주소를 쓰려다가 갑자기 생각난 듯 펜을 쥔 채 봉투를 보았다.

그렇게 무언가 생각하던 지로는 봉투를 갈기갈기 찢어 쓰레기통에 던져버렸다.

지로는 책상 서랍에서 편지지 한 장을 더 꺼냈다. 방 한쪽 구석을 지그시 노려보던 지로의 뺨에 차가운 웃음이 그림자처럼 떠다녔다. 지로는 단숨에 다음과 같은 편지를 써내려갔다.

 편지는 잘 받았어. 조금 당황스러웠어. 솔직히 말하면 웃음이 터졌어. 형은 나를 오해하고 있어. 그 오해 때문에 나를 잘못 판단한 것은 물론이고 미치에에 대해서도 잘못 판단하고 있어. 나야 웃어넘길 수 있지만 미치에는 달라. 미치에의 마음도 모르면서 그렇게 생각하는 건 미치에를 모욕하는 거야. 미치에가 행복해지기를 진심으로 염려한다면 그 아이의 일생을 위해서라도 약혼을 거절하지 말았으면 해. 그렇게 해야만 형도 행복해질 거라 믿어. 한마디 덧붙이자면 지난번에 내가 이야기했던 것, '우애숙의 조수를 그만두는 문제'는 내가 좀 더 생각해본 뒤에 결정할게. 오자와 형과 의논해봐야겠다는 생각이 들면 그때 다시 편지할게. 내가 편지하기 전까지는 이 일로 더 신경쓰지 마. 이런 문제를 미치에와 결부시켜 생각하는 것은 정말 말도 안 되는 웃기는 얘기야.

 편지를 다 쓴 지로는 급하게 편지지를 접어 봉투에 넣고 주소를 쓴 뒤에 우표를 붙였다. 그리고 사무실 한쪽 구석에 있는 우편함에 떨어뜨렸다. 조금 있으면 오후 두 시 반이다. 우편물 당번을 맡고 있는 숙생이 편지를 한데 모아 가까운 우체국으로 가져갈 것이다.
 때마침 딱딱이가 울렸다. 오후 일과는 옥외 작업이었다. 상수리나무의 가지를 잘라 땔감을 준비하는 일이다. 현관 앞에 모인 숙생들은 반별로 나뉘어 곧바로 일을 시작했다.

공동생활도 어느덧 이주째로 접어들고 있었다. 그동안 옥외 작업을 몇 번 해보아서 다들 재빠르게 몸을 놀렸다. 관리부에서 숙생들을 나무에 올라가 톱질을 하는 반과 자른 가지를 정해놓은 곳으로 옮기는 반, 또 그렇게 모아둔 가지를 적당한 길이로 자르는 반과 다듬은 가지를 끈으로 묶는 반, 끈으로 잘 묶은 땔감 다발을 광으로 싣는 반으로 나눴는데, 인원을 잘못 배치해 빈둥거리는 숙생과 정신없이 바쁜 숙생들이 생겨났다. 그러나 이런 문제도 곧 고쳐졌다.

아사쿠라 선생님과 지로도 같이 일을 했다. 두 사람 모두 숙생들에게 할 일을 나눠주거나 지휘하려고는 하지 않았다. 두 사람도 일반 숙생들과 마찬가지로 각 반 반장이 지휘하는 데 따라 일을 했다. 그래도 전체 작업 과정을 관찰해야 했기에 다른 숙생들보다는 조금 자유로웠다.

지로는 나무 위에 올라가 가지를 자르는 반이었고, 아사쿠라 선생님은 광에서 땔감을 정리하는 반에 포함되었다.

나무에 올라가 톱질을 하면서도 지로는 교이치에게 보낸 편지를 생각하기에 바빴다.

'만약 형이 생각하는 것처럼 미치에가 나를 좋아하고 있다면 나한테도 아직 기회가 있는 것은 아닐까……'

그런 생각이 머릿속에서 떠나지를 않았다. 그때마다 '이 멍청한 놈!' 하고 스스로를 질책해봤지만, 그것도 잠깐이었다. 또다시 미치에에 대한 기대가 마음을 사로잡았다.

세상 속으로 ● 225

'괜히 서둘러서 답장을 보낸 게 아닐까? 하지만 이미 저지른 일은 되돌릴 수가 없는 거야.'

그렇게 생각한 지로는 당장이라도 나무에서 뛰어내려 사무실로 달려가고 싶었다.

하지만 이제 와서 교이치의 편지를 믿어버리는 것도 어리석다는 생각이 들었다. 교이치가 보낸 편지 때문에 마음이 흔들리는 자신을 나무라고 싶었다. 만에 하나 며칠 뒤에 답장을 쓴다면 교이치가 판단한 게 옳다는 것을 증명하는 일밖에 되지 않는다. 지로는 교이치에게 본심을 확인시켜주고 싶지 않았다. 자존심에 상처를 입히는 것 같았다.

지로는 나뭇가지를 밑으로 떨어뜨릴 때마다 손목시계를 보았다. 처음 시계를 들여다봤을 때는 두 시 반까지는 40분이나 넘게 남아 있었다. 지로는 시간이 넉넉하다는 데 안심했다. 그러나 15분, 10분씩 시간이 줄어드는 것을 확인할 때마다 심장은 더 세차게 두근거렸다. 그리고 마침내 두 시 반이 되었다. 현관 앞에는 이미 우편물 당번이 타고 갈 자전거가 서 있었다. 지로는 넋 나간 얼굴로 자전거를 멍하니 내려다보며 가지를 잘라야 하는 것도 잊어버린 채 어쩔 줄 몰라 했다.

'이건 아냐. 다시 한 번 생각해봐야겠다.'

우편물 당번이 자전거에 올라타는 것을 보고 드디어 지로는 결심했다. 지로는 손을 흔들어 우편물 당번을 불렀다. 그런데 누군가 목을 꽉 움켜쥔 것처럼 이상한 신음만 나올 뿐이었다. 당연히 우편물 당번은 지로가 부르는 소리를 듣지 못했다. 당번은 뒤도 돌아보지 않고 현관을 빠져나갔다. 우편물 당번이 자전거를 타고 상수리나무 숲을 지나가는 모습이 보였다. 자전거는 전속력으로 숲을 빠져나가고 있었다.

지로에게는 한 번 더 소리를 질러 우편물 당번을 불러 세울 기회가 오지 않았다. 기회가 오지 않았다기보다는 지로의 마음속에 그렇게 해볼 여유조차 생기지 않았다. 지로는 정신 나간 사람처럼 저 멀리 사라지는 자전거를 바라보았다. 자전거가 완전히 사라지자 지로는 고개를 떨어뜨렸다. 그리고 자기도 모르게 두 팔로 나무줄기를 꽉 끌어안았다.

이것으로 모든 게 끝장이었다. 미치에와 관련된 것이라면 이 한 번의 선택으로 모든 것이 끝장이었다. 오늘 선택한 방법이 현명한 일이었든, 또는 어리석은 짓이었든 간에 그와 상관없이 모든 게 끝나버렸다. 지로는 이제 그만 체념해야 한다고 생각했다. 오랫동안 어둠속에서 빛을 뿜어내던 등불 하나가 있었다. 그 등불이 마침내 자기 앞까지 왔다. 하지만 지로는 그 등불의 정체를 밝혀내기는커녕 혼자 당황해서 그 등불을 꺼버리고 다시 깊은 어둠속으로 묻혀버린 것 같았다. 그런 생각을 하고 있으니 누군가에게 마음 놓고 하소연할 수도 없는 처지가 분하고 섭섭하기만 했다. 가슴속 깊은 곳에서 무엇인가가 치밀어오르는 것 같았다.

"어디 몸이라도 불편한 거 아니에요? 안색이 좋지 않네요."

오가와 무몬이 나무 밑동 옆에서 말을 걸었다. 오가와는 가지를 옮기고 있었는데 지로가 나무 위에서 가만히 있는 것을 보고 이상한 생각이 들었던 모양이다.

지로는 당황해 잠깐 할 말을 잃었다. 오가와 무몬의 목소리가 오늘처럼 기분 나쁘게 들린 것은 처음이었다.

"아니에요, 별일 아니에요······. 톱밥이 눈에 들어간 것 같아서 그래요."

지로는 그렇게 말하며 손등으로 눈을 비볐다. 그러다 문득 왜 오가와 무몬에게 거짓말을 해야 하는지 이해가 되지 않았다. 그렇게 누군가를 속여야만 하는 자신이 견딜 수 없이 싫어졌다.

"그럼 내려와요. 톱밥이 눈에 들어갔으면 빨리 빼내야죠. 내가 불어줄게요."

"아니에요, 괜찮아요······."

지로는 눈이 불편한 듯 깜빡거리면서 오가와를 내려다보았다. 오가와는 걱정스런 눈길로 지로를 올려다보고 있었다. 지로가 괜찮다는 시늉으로 웃어 보였지만 오가와는 웃지 않았다. 지로는 오가와가 웃지 않는 것을 보고 어쩐지 안심이 되었다.

"정말 괜찮아요. 별일 아니에요."

지로는 다시 한 번 그렇게 말하면서 다시 톱질을 했다.

오가와도 더 재촉하지 않았다. 오가와는 떨어진 나뭇가지를 들고 광으로 걸어갔다. 오가와의 뒷모습을 바라보던 지로는 작게 한숨을 내쉬었다. 5분도 안 되는 시간에 지로는 두 가지 좌절을 맛보았다. 첫 번째는 기회가 왔는데도 사랑을 잃은 것이고, 두 번째는 오가와 무몬에게 자신의 약한 모습을 보인 것이었다.

세 시가 되자 모두 잔디밭에 앉아 차를 마시며 찐감자를 먹었다. 숙생들은 식비로 한 사람이 하루 50전씩을 냈는데, 취사부에서는 이 돈을 아껴 시간마다 간식을 준비하고는 했다.

우편물 당번도 언제 돌아왔는지 잔디밭에 앉아 있었다. 우편물 당번은 감자를 먹으며 오늘 보낸 편지를 합쳐 그동안 보낸 편지가 모두 몇 통이나 되는지 보고했다.

"개수로만 따지면 오늘이 기록이에요. 이주일 가까이 되니까 다들 고향 생각이 났나 봐요. 그런데 오늘은 한 가지 특징이 있었어요. 애인에게 보내는 편지가 많더라고요. 어떻게 알았냐고요? 그야 보내는 사람과 받는 사람의 성이 달랐으니까요."

그러자 여기저기에서 떠들썩한 웃음소리에 섞여 야유하는 목소리가 들렸다.

"시국이 이런 판에 애인이나 찾다니……. 청문회라도 열어야 되는 거 아냐?"

"청문회를 열면 우편물 당번부터 증인으로 출석시켜야 해. 배달을 하라고 했지 누가 남의 사생활까지 엿보라고 했나?"

"주인 몰래 뜯어본 건 아니겠지?"

"어쨌든 말이 나왔으니 애인한테 편지 보낸 사람들 명단을 발표하라고."

"앞으로는 하루에 연애편지가 몇 통이나 나오는지 누계를 따져봐야겠어."

간식을 가져온 사모님도 숙생들 사이에 앉아 있었는데 숙생

세상 속으로 ● 229

들이 장난치는 게 재미있는 듯 웃었다. 한바탕 야유가 쏟아지고 웃음소리가 진정되자 사모님이 꽤 진지한 표정을 하고 물었다.

"그건 그렇고 여러분 중에 아내가 있는 숙생은 누구죠?"

모두 싱글싱글 웃기만 할 뿐 아무도 대답하려고 하지 않았다.

"음, 왜 말을 안 할까? 그래도 난 대강 알 것 같은데 내가 한번 맞춰볼까요? 이지마 씨는 결혼했죠?"

숙생들은 처음으로 이지마가 부끄러워하는 모습을 보았다.

"예, 결혼했습니다."

이지마는 어린애처럼 히죽히죽 웃으면서 대답했다. 모두들 뜻밖이라는 얼굴로 손뼉을 쳤다. 손뼉 소리가 그치자 누군가 외쳤다.

"아주머니는 역시."

그래서 또 웃음이 터졌다.

"오가와 씨는요?"

사모님이 장난스레 오가와를 보며 물었다. 숙생들은 이지마 때보다 더 흥미를 느꼈는지 기대에 부푼 눈으로 모두 오가와를 보았다. 그러나 오가와의 근시 안경은 어디를 보고 있는지 알 수가 없었다. 오가와는 조금 얼빠진 표정을 하며 능청스럽게 대답했다.

"없습니다. 아직 연애를 해본 경험도 없습니다. 그래서 입숙하고 나서 연애편지를 쓴 적이 한 번도 없습니다. 허전하고 쓸쓸한 인간이지요"

숙생들은 감자를 입에 문 채 가슴을 두드리며 웃었다. 씹고 있던 감자를 뱉어낸 숙생도 있었다. 아사쿠라 선생님과 사모님도 크게 웃었다. 그 자리에서 웃지 않은 사람은 지로뿐이었다. 지로는 오가와의 말이 조금도 우습지 않았다. 우습기는커녕 오가와에게 놀림을 당하고 있는 기분마저 들었다.

지로는 다시 일을 할 때까지 그 자리에 가만히 앉아 있을 수가 없었다. 분위기가 즐거워질수록 지로의 기분은 더 참담하게 가라앉았다. 숙생들을 똑바로 보는 것조차 망설여졌다. 자기는 이제 우애숙의 구성원이 아니라고 생각하니 사무치도록 마음이 어두워졌다.

다섯 시가 가까워서 예정한 일이 모두 끝났다. 다음은 목욕 시간이었다. 욕실이 꽤 넓어서 스무 명 정도는 한꺼번에 들어갈 수 있었다. 아사쿠라 선생님과 지로는 숙생들과 함께 서로 등을 밀어주었다.

처음 며칠 동안은 이렇게 함께 목욕하는 것이 어색하기만 했다. 옷을 입고 밖에서 만날 때와 욕실에서 벌거숭이가 되어 만나는 얼굴이 혼동되어 같은 사람을 다른 이름으로 잘못 부르는 경우도 많았다. 그러나 이 무렵에는 서로 친해졌기 때문에 숙생들은 목욕 시간을 가장 즐거워했다. 뿐만 아니라 이제는 서로 별명을 지어 부를 정도였다. 별명은 대부분 목욕을 하다가 우연히 만든 경우가 많았다. '하마'라든가, '인왕', '시궁쥐', '털보 가슴' 같은 별명은 모두 욕실 안에서 만든 별명이었다.

오가와 무몬의 별명도 욕실 안에서 결정되었다. 근시 안경을 벗은 오가와의 눈은 초점이 풀린 것처럼 멍청해 보였는데, 오가와는 반쯤 풀린 눈으로 멍하니 한 곳을 바라보며 욕탕 안에 몸을 담그는 버릇이 있었다. 주위가 아무리 시끄러워도 자기는 지금 혼자 이곳에 앉아 있다는 듯 두 눈만 욕탕 밖으로 내민 채 꼼짝도 하지 않았다. 어느 날 오가와가 이렇게 있는 것을 보고 한 숙생이 장난기가 발동하여 감차(산국수 또는 돌외의 잎을 말려 달인 차)라면서 수건에 적신 뜨거운 물을 그의 머리 위로 줄줄 떨어뜨렸다. 그래도 오가와는 꼼짝 않고 조용히 눈을 감은 채 그 뜨거운 물을 머리 위로 끝까지 받고 있었다. 그 일이 있고 나서 오가와의 별명은 '부처님'으로 정해졌다.

이날도 오가와는 한결같은 자세로 조용히 욕탕 속에 앉아 있었다. 그런데 무슨 생각이 들었는지 반쯤 풀린 눈을 옆으로 돌려 한 숙생에게 물어보았다.

"애인 있어?"

질문을 받은 사람은 공교롭게도 아오야마 게이타로였다. 아오야마는 갑작스런 질문에 당황했는지 눈을 동그랗게 뜨고 오가와를 보다가 말했다.

"아직 없는데요."

"정말 없어?"

오가와는 꽤 심각해 보였다. 그 때문에 아오야마의 얼굴도 같이 심각해졌다.

"왜 그러시는데요?"

"뭐 하나 물어볼 게 있어서 그래."

"그게 뭔데요?"

오가와는 고개를 돌려 다시 정면을 바라보며 말했다.

"연애 경험이 없으면 대답이 나올 리 없지요. 그만둡시다."

아오야마가 이건 또 무슨 말이냐는 듯 쓴웃음을 지었다.

"굳이 찾자면 아직 애인은 아니지만……."

"애인이 아니라면 됐어."

오가와는 그렇게 말하며 다시 입을 다물었다. 그러고는 평소처럼 눈을 반쯤 감았다. 함께 욕탕에 몸을 담그고 있던 다른 숙생이 장난스럽게 말했다.

"난 지금 목숨을 걸고 연애 중이에요."

욕탕에 있던 숙생들이 한꺼번에 웃음을 터뜨렸다. 하지만 오가와는 그 말에는 대꾸도 하지 않았다.

그때 욕실 바닥에 누워 숙생에게 등을 맡기고 있던 아사쿠라 선생님이 자리에서 일어나 욕탕에 몸을 담갔다.

"오가와 군이 뭔가 재미있는 얘기가 있는 것 같은데, 나는 상대가 안 되겠다."

"글쎄요……."

오가와가 몸을 일으켰다. 오가와는 욕탕 밖으로 나가려다가 다시 욕탕 가장자리에 앉으며 말했다.

"선생님께서도 연애 경험자이긴 하지만 너무 옛날이어서요."

"옛날이면 문제가 되는 건가?"

"그런 건 아니지만……."

오가와는 정색을 하고 말했다.

세상 속으로 ● 233

"제가 궁금한 건 세상 사람들이 흔히 인생에서 가장 중대하다고 말하는 공적인 문제, 예를 들어 오늘날의 비상시국에도 누군가를 사랑할 수 있느냐는 점입니다. 만약 누군가를 사랑할 수 있다면 공적인 문제와 비교했을 때 그 비중이 어느 정도나 되는지 그 차이점을 알고 싶습니다."

"음……."

아사쿠라 선생님도 어느새 진지한 얼굴이 되어 고개를 끄덕였다.

"연인을 사랑하는 마음과 시국이라는 환경 사이에서 일본의 청년이라면 오직 한 가지만 선택할 수 있을 뿐입니다. 정신이 미성숙한 청년이 아니라면 국가가 부를 때 달려갈 수밖에 없는 것이 현실입니다. 시국의 부름 앞에서는 연애 따위를 논해서는 안 된다는 태도를 강요받는 셈이지요. 하지만 과연 그런 태도가 정직한 걸까요? 자신의 인생에서 사랑이 차지하는 비중을 숨기고 있는 것은 아닐까요? 그렇다면 그의 인생에서 사랑이 차지하는 비중은 얼마나 될까요? 솔직히 시국의 부름보다 사랑하는 애인의 목소리가 훨씬 크게 들릴 거라고 생각합니다."

"글쎄, 사랑이라는 감정이 본능이기 때문은 아닐까? 또 사랑이라는 감정이 시국보다 더 크게 느껴진다고 해서 달라지는 것도 없지 않은가?"

"저는 일본의 청년들이 사랑에 대해 좀 더 솔직해져야 한다고 생각합니다."

"사랑하는 감정 때문에 공적인 의무를 포기해야 한다는 뜻인가?"

"꼭 그렇게 해야 한다는 뜻은 아닙니다. 사회라는 테두리에서 살고 있는 이상 개인의 관심을 극복해서라도 공적인 의무를 다 해야 하는 법이니까요. 다만 제가 걱정하는 것은 이 나라의 청년들이 자신의 솔직한 심정을 낯설어한다는 점입니다. 자신의 인생에서 꽤 많은 비중을 차지하고 무엇과도 바꿀 수 없는 아주 소중한 감정을, 그래서 꼭 지켜내야만 하는 사랑의 순수함을 시국이라느니, 국가의 부름이라느니 하면서 목을 조르고 있다는 점입니다. 목을 졸라 죽인다는 표현이 조금 과격한 것 같은데, 어쨌든 인생에서 그 가치를 부당하게 너무 낮게 평가하고 있지는 않은지 걱정입니다."

"자네 말이 틀리지는 않네."

"시국이라든가, 국가의 부름이라는 것이 어떤 의미인지 정확히 판단할 수 있는 이성을 지닌 사람이라면 염려할 것까지는 없다고 봅니다. 하지만 젊은이들 대부분은 매너리즘이라고나 할까요, 아니면 군중심리라고 해야 할까요, 그런 피상적인 의식 수준에 머무르고 있습니다. 사랑은 자연계의 생명입니다. 자연에 뿌리를 내리고 있는 사랑의 감정을 부정하는 것은 있을 수 없는 일입니다. 자신의 사랑을 가볍게 여기는 것처럼 어리석은 행동은 없다고 생각합니다."

오가와는 점점 열기를 띠며 이야기했다. 목소리가 욕실 구석구석까지 울려 퍼졌다. 숙생들은 물소리를 내지 않으려고 조심히면서 귀를 기울였다.

세상 속으로 ● 235

"저는 아직까지 사랑을 해본 경험이 없습니다. 그런 주제에 이런 이야기를 하는 건 이치에 어긋난다고 할 수도 있습니다. 하지만 진정한 사랑이라면 시국이 어떻다느니 하는 말에 억압되어서는 안 된다고 확신합니다. 오히려 정반대가 되어야 마땅합니다. 시국이 긴박해지면 긴박해질수록 내 마음속에서 싹튼 사랑을 올바로 이끌어가야 합니다. 진심 어린 사랑이 억압되는 곳에서 참다운 이성 관계가 유지될 리 없습니다. 그런 곳에서 싹트는 애정은 타락의 수단이 될 뿐입니다. 남녀가 서로 사랑하는 마음이 범죄처럼 취급되는 곳에서 어떻게 아름다운 사랑이 열매 맺을 수 있겠습니까? 다른 사람의 눈을 피해 어둔 곳에서 서로 감정을 드러낼 뿐이죠. 만약 이렇게 되면 사랑은 불건전하게 될지도 모릅니다. 시국을 가장 먼저 염려해야 한다는 정신주의는 젊은이들의 사랑을 타락시킬 것입니다. 젊은 사람들이 사랑하는 마음을 우습게 여기기 시작하면 그 사회의 정신력은 나약해질 수밖에 없습니다. 시국을 위해 어쩔 수 없다는 변명이 결국에는 시국을 퇴폐시키고, 국민의 도덕성을 타락하게 만드는 것입니다. 사랑은 인간 사회를 창조하는 원천입니다. 사랑이라는 인간의 감정이 온전한 평가를 받고 당당한 자리에 설 수 있을 때만이 훌륭한 인격을 갖춘 개인이 만들어지는 것입니다. 개인이 완성되지 않고서는 민족도, 문화도 완성되지 못합니다. 따라서 요즘 유행하고 있는 정신주의라든가 단련주의 같은 성향은 겉으로는 단단해 보여도 결국 이 나라를 쇠퇴시킬 거라고 생각합니다. 우리는 어떤 일이 있어도 이 점을 명심해야 합니다."

오가와는 여기까지 말한 뒤에야 숙생들이 자신을 지켜보고 있는 것을 깨달았다. 오가와는 입을 다물고 말없이 앉아 있었다. 그리고 다시 욕탕 속으로 들어갔다.

"역시 부처님은 달라. 앞으로는 다들 안심하고 연애편지를 쓰라고."

누가 욕실 구석에서 그렇게 말했다. 그러자 다른 숙생이, "연애편지라면 벌써 안심하고 써왔잖아? 오늘도 연애편지가 아주 많았다는 말 못 들었어?" 하고 말했다.

"하지만 이런 시국에 연애편지가 가당키나 하냐고 훈계한 사람도 있었지."

이렇게 해서 욕실은 다시 시끌벅적해졌다. 그러나 오가와는 한 마디도 하지 않고 웃지도 않았다.

아사쿠라 선생님은 무언가 생각할 때처럼 그 맑은 눈동자를 빛내면서 욕탕 밖으로 나와 몸을 닦았다. 그리고 숙생들이 웃는 소리가 가라앉기를 기다렸다가 이렇게 말했다.

"오가와 군이 생각하는 연애와 자네들이 생각하는 연애에는 차이가 많이 나는 것 같다. 괜히 함부로 연애편지를 썼다가는 오가와 군이 가만두지 않을 테니 다들 조심하라고."

숙생들이 또 와아 하고 웃음을 터뜨렸다. 하지만 그 웃음소리는 전보다 요란스럽지 않았다.

지로는 오가와가 그런 말을 할 때 욕탕 밖에 나와 있었는데, 오가와가 이야기를 끝낸 뒤에도 욕낭에 들어가시는 잃았다. 지로는 오가와에게 등을 돌린 채 욕실 구석에 앉아 있었다.

지로는 오가와가 하는 말을 하나도 빼놓지 않고 들었다. 그리고 모두 맞는 말이라고 생각했다. 하지만 그 말을 긍정할수록 가슴은 더 부글부글 끓어오르는 것 같았다.

갑자기 후회가 밀려왔다. 그 후회는 자조로 변했고, 다시 분노로 돌변했다. 자욱하게 낀 수증기 속에서 지로는 사람들의 눈을 피해가며 홀로 그렇게 고독의 광분을 되씹고 있었다.

이변1

교이치한테서는 그 뒤 아무런 소식도 없었다. 지로는 날이 갈수록 마음이 불안해졌다.

스스로 그런 답장을 보내놓고는 이제 와서 교이치가 새로운 편지를 보내기를 기다리는 게 자기가 생각하기에도 이해가 안 되었지만, 긍정이든 부정이든 교이치가 어떤 말인가를 해주면 좋겠다는 기대는 저버리지 못했다. 사흘이 지나고 나흘이 지나도 지로에게는 편지가 한 통도 오지 않았다. 하지만 지로는 아침저녁 두 번 배달되는 우편물을 초조하게 기다렸다. 우편물이 오면 가장 먼저 우편함을 뒤졌다. 그러다가 교이치가 보낸 편지가 보이지 않으면 크게 실망하고 속았다는 기분에 휩싸이고는 했다.

지로는 이런 자신이 부끄러웠다. 저녁마다 그런 모습을 반성했다. 반성할 때마다 지로는 새로운 고통과 마주쳐야 했다. 그것은 견딜 수 없는 자기혐오였다.

나는 얼마나 나약한 인간인가. 아니, 얼마나 쓸모없는 인산인가. 도대체 지금까지 내가 뭘 해온 걸까? 나 자신을 키우기 위해 무엇을 해왔단 말인가? 백조회 때부터 나 자신을 다스리려고 그토록 노력해왔는데 왜 이런 결과밖에 손에 잡히지 않는 걸까? 나는 지금 수양아들로 오하마에게 얹혀 살 때와 조금도 달라진 게 없다. 차라리 그 무렵에는 이처럼 보기 흉하지는 않았다. 확실히 나는 부정하게 태어났다. 어린 시절부터 거짓말, 책략, 폭력, 위선 같은 비열한 수단에 의지해왔다. 하지만 이 모든 것들은 내 안의 소망, 살아야 한다는 의식만큼이나 절박했던 내 안의 소망을 충족시키기 위해 자연이 나에게 가르쳐준 수단이었다. 나는 어머니의 사랑을 원했다. 또 다른 형제들처럼 공평하게 대우받기를 원했다. 어린 시절의 나에게 그런 소망은 결코 부당한 게 아니었다. 부당하기는커녕 그런 소망만이 나라는 인간을 거짓말과 책략, 폭력과 위선에서 구원해낼 수 있었다. 어린 시절의 나는 무의식적이긴 했지만 나 자신에게 아주 충실했던 것 같다. 그런데 지금은? 지금 내 모습 어디에 진실이라는 것이 존재한단 말인가. 지금 내 안에서 싹트고 있는 소망을 이루기 위해 나는 무엇을 하고 있는가. 대체 내 안의 소망이 무엇이기에 나는 형에게 답장을 보냈단 말인가……

과연 나는 미치에가 행복해지기를 바라면서 그런 답장을 형에게 보낸 걸까? 내 마음속 어딘가에 나도 모르는 그 같은 소망이 숨어 있었는지도 모르겠다. 하지만 그 소망이 지금의 나를 살아가게 하는 원동력이라고는 상상할 수 없다. 미치에와 교이치 형의 행복에 겨운 삶을 상상하는 것만으로도 내 소망이 충족된 것 같은 기쁨에 휩싸이는 것은 아니기 때문이다. 정직하게 내 마음은 지금 기뻐하고 있는가? 아니 두 사람의 행복한 앞날을 바라보면서 저주를 쏟아내고 싶은 감정만이 충만하다. 그 기분이 지금 나를 살게 하는 힘은 아닐까⋯⋯.

사랑에 대한 고뇌와 미련을 버리고, 내 마음속에서 용솟음치는 저주의 유혹을 뿌리쳐야 한다. 나는 나 자신을 그렇게 타이르고 있다. 그렇게 해야만 한다고 나 자신을 격려하고 있다. 이런 내 모습이 위선에 차 있다고는 생각하지 않는다. 하지만 지금 내 소망은 나로서는 어쩔 수 없이 선택해야만 하는 강요된 것에 지나지 않는다. 이 소망 앞에서 나의 모든 소망을 희생시키려고 생각하지만, 과연 그렇게 해서라도 성취해야 하는 소중한 신념인지는 확신할 수 없다. 두 사람을 바라보는 내 마음이 신념에서 나온 것이라면 나는 왜 형의 편지를 기다리는가. 내 마음은 왜 이런 헛된 망상에 기회를 주고 싶어 하는가.

생각해보면 나는 미치에를 가식과 위선으로 대했다. 사랑보다 내 체면을 더 중요하게 여겼고, 내 비열한 자존심을 만족시키기 위해 거짓말을 했고, 열등감을 속이기 위해 거만하게 행동했다. 어쩌면 이토록 한심할까.

지로의 반성은 늘 이렇게 끝이 났다. 그리고 다음 날이 되면 이렇게 반성하는 데서 한 발짝도 앞으로 나가지 못한 채 온종일 교이치가 보내는 편지를 기다렸다. 또 교이치가 편지를 보내지 않은 것을 확인하고는 방에 틀어박혀 자신의 행동을 반성하나가 너욱 비참한 기분에 사로잡혔다.

지로가 자신이 한심해서 절망을 느낄 때는 교이치를 의심하는 마음이 들 때다.

'형은 내 마음을 확인하고 싶어서 편지를 보냈던 거야. 아마도 지금쯤 내가 보낸 답장을 읽고 기뻐서 어쩔 줄 몰라 하고 있겠지.'

그러나 이렇게 의심이 드는 건 순간일 뿐이었다. 지로는 서둘러 그 생각을 부정했다. 교이치를 의심한 것 자체가 고통스럽지는 않았다. 지로는 교이치가 의심받을 만한 행동을 많이 했다고 생각했다. 그러나 몇 번을 생각해도 이토록 비루하게 의심하면서까지 한순간이나마 자기 자신을 위로해야 하는 처지가 고통스러웠다. 어느 날 사무실에 앉아 우편물 당번과 함께 편지를 조별로 분류하다가 문득 그런 생각이 들었다. 지로는 도무지 그 자리에 앉아 있을 수가 없었다. 우편물 당번에게 자기 얼굴을 보이는 것이 괴로워서 갑자기 밖으로 뛰쳐나갔기 때문에 오히려 당번을 당황스럽게 할 정도였다.

그즈음 지로는 무엇보다 오가와 무몬의 두 눈이 두려웠다. 물론 오가와가 자기 심중을 꿰뚫고 있으리라고는 생각하지 않았다. 아무리 오가와가 통찰력이 뛰어날지라도 지난 일요일에 딱 한 번 교이치와 미치에를 만났을 뿐이다. 함께 밥을 먹고 잠깐 이야기를 나누기는 했지만 세 사람의 감정을 알아차리지는 못했을 것이다. 그러나 지로가 교이치에게 답장을 보낸 바로 그날, 오가와는 어울리지 않게 연애에 대해 이야기했다. 그때 오가와의 말투는 자신의 태도를 나무라는 것처럼 들렸다. 지로는 미치에에 대한 사랑이 깊어지면 깊어질수록, 또 자신의 행동이 비굴하다는 것을 자각하면 자각할수록 욕실에서 오가와가 한 말이 비수처럼 심장을 찔러대는 것 같았다. 지로는 우연히 오가와와 마주치기만 해도 숨이 막혔다. 이럴 바에야 차라리 오가와에게 달려가 모든 것을 털어놓고 그의 의견을 들어봐야 하는 건 아닐까, 하고 생각해본 적도 있었다. 벌써 며칠째 오가와를 자기 방으로 불러 단둘이 이야기하고 싶다는 생각을 하고 있었다. 하지만 용기가 나지 않았다. 아사쿠라 선생님 내외분도 지로를 숨 막히게 했다. 오가와와 달리 두 분은 우애숙의 운영 문제로 하루에도 몇 번씩 얼굴을 맞대야 했기에 도저히 피할 수가 없었다. 다행히 두 분과 마주앉아 이야기를 나누다 보면 두려움이 사라지고 위로를 받는 것처럼 평온해졌다. 그러나 이야기가 끝나면 또다시 두려움이 밀려왔다. 혹시라도 두 분 앞에서 자신이 이상한 말을 내뱉지는 않았는지, 또는 두 분이 자신과 미치에 사이를 의심할 만큼 부자연스럽게 행동하지는 않았는지 불안해지기만 했다.

지로는 몇 개월 전부터 《탄니쇼》만 읽고 있었다. 제10기 숙생들이 합숙하고부터 새벽마다 몇 절씩 읽고는 했다. 최근 며칠 동안은 더 절박한 심정으로 《탄니쇼》에 매달렸다. 틈만 있으면 자기 방으로 달려가 《탄니쇼》를 읽고 깊은 생각에 빠져들었다.

지로가 《탄니쇼》를 읽기 시작한 것은 《탄니쇼》라는 책이 종교 서적의 고전으로 아주 유명하다는 말을 듣고 호기심이 발동했기 때문이나. 그러나 한 번 읽기 시작하자 다른 책은 눈에 들어오지 않았다. 지금까지 꽤 많은 책을 읽었다고 자부했는데 《탄니쇼》처럼 독특한 매력을 지닌 책은 없었다. 읽으면 읽을수록 인생에 대한 깊은 고뇌와 한없이 맑고 깨끗한 정신이 머릿속으로 파고들었다. '아미타'라든가 '염불', '극락왕생' 같은 낱말은 제대로 이해도 되지 않았고, 또 마음에 그다지 내키지도 않았지만 독서를 방해할 정도는 아니었다. 한 가지 아쉬운 점이라면 자신이 아직까지는 신란(親鸞)이 말한 '타력신심(他力信心)'을 솔직하게 받아들이지 못하고 있다는 점이었다. 다행히 《탄니쇼》의 각 구절은 쉽지도 어렵지도 않고 평범했다. 누구나 알고 있는 지극히 상식적인 가르침이었다. 그런데도 가슴을 촉촉이 적시는 어떤 힘이 느껴졌다. 바로 진실에 담긴 힘이었다. 더 정확히 말하면 그 힘이란 신란의 인생을 지배한 진실한 마음가짐이었다. 신란이 자기 마음속에 깃든 죄악을 온 생애에 걸쳐 깊이 반성하고, 그렇게 해서 자신이 가진 힘을 절대적으로 부정한 실천력이었다. '선과 악이 있지만 둘 중 어느 것도 알지 못한다', '신란은 평생토록 제자를 키우지 않았다', '부모님을 봉양하기 위해 염불을 외운 적은 아직까지 한 번도 없다' 같은 구절을 볼 때마다 지로의 가슴은 놀라움과 부끄러움에 가득 차고, 새로운 도전을 받았다. 그와 함께 이 낯선 존재에게서 구원이라도 받은 것 같은 기분에 사로잡히기도 했다.

　지로는 《탄니쇼》를 가까이할수록 인간의 지성과 정의가 하나 되게 하는 책이라는 것을 확신하게 되었다. 《탄니쇼》의 저자는 궁극적으로 인간의 지성을 뛰어넘고, 정의를 뛰어넘는 단계에 도달했다는 생각이 들었다. 인간이 깨달을 수 없는 불가사의한 심경을 개척한 것이다. 지로도 《탄니쇼》를 보면서 그 같은 심경에 다가가고 싶었다. 그러기 위해서는 지금보다 더 열심히 《탄니쇼》를 읽어야 한다고 생각했다. 더구나 요즈음처럼 마음이 심하게 동요하고 자신을 혐오하는 감정이 이루 말할 수 없이 깊어질 때면 《탄니쇼》의 한 구절 한 구절이 가슴에 와 닿아 책을 놓을 수 없었다.

2월 24일은 일요일이었다. 전날 낮부터 내리기 시작한 눈은 도무지 그칠 낌새가 보이지 않았다. 아침에 라디오를 듣는데 뉴스에서는 이번 폭설이 기상 관측을 시작한 이래 최고 기록을 세울 것 같다고 보도했다. 추위도 대단했다. 그 때문에 전날 밤까지 외출 계획을 세우느라 분주했던 숙생들은 아침이 되자 외출을 단념하고 말았다. 합숙을 시작하고 처음으로 일요일을 우애숙에서 보내게 된 것이다. 실은 지로도 외출을 계획하고 있었다. 《탄니쇼》는 지로의 마음을 위로하면서 죄를 뉘우치도록 만들었다. 《탄니쇼》의 구절 중에는 죄를 짓지 않는 것보다 그 죄를 뉘우치는 것이 더 어렵다는 말이 있었다. 그 글을 읽고 지로는 교이치의 하숙집을 찾아가 모든 것을 고백하기로 결심했다. 지로는 숙생 중 누구에게도 자신이 외출할 것이라고 이야기하지 않았다. 만에 하나 자신이 외출하는 것을 숙생들이 알고 길이라도 안내해달라고 사정하면 곤란해지기 때문이었다. 지로는 되도록 조용히 움직이고 싶었다. 그러나 일요일 아침이 되자 세상은 온통 하얗게 변해버렸다. 결국 지로도 다른 숙생들처럼 외출을 단념하는 수밖에 없었다. 억지로 나가려고 하면 못 나갈 정도는 아니었다. 하지만 좀처럼 외출을 하지 않다가 이런 날씨에 밖으로 나가려면 아사쿠라 선생님 부부가 충분히 이해할 수 있을 만한 이유를 말하고 양해를 구해야 했다. 그렇다고 정직하게 말할 용기도 나지 않았고, 거짓말을 할 수도 없었다.

아사쿠라 선생님 부부는 일요일이면 아침을 먹은 뒤에 공림암에서 책을 읽거나, 글을 쓰면서 시간을 보냈다. 그럴 때면 가끔 외출하지 않은 숙생들이 개인 문제로 상담을 하러 오는 경우가 있었다. 상담은 보통 몇 시간씩 이어졌다. 그래서 서너 명만 상담을 해도 하루가 금세 저물었다. 아침을 먹고 공림암으로 건너가던 아사쿠라 선생님은 눈 때문에 숙생들이 외출을 취소했다는 소식을 듣고, "나도 오늘은 하루 종일 숙장실에 있을 테니 할 얘기가 있는 사람은 숙장실로 찾아오게." 하고는 숙장실로 들어갔다.

폭설 때문에 숙생들은 외출하는 즐거움을 빼앗겼지만, 그렇다고 불행한 것만은 아니었다. 생각하기에 따라서는 휴일에 정해진 행사도 없이 식구 같은 분위기 속에서 즐겁게 하루를 보내는 것도 괜찮은 일이었다. 숙생들은 누가 먼저 제안한 것도 아닌데 아사쿠라 선생님 부부를 식당으로 모셔왔다. 그리고 한 사람도 빠짐없이 선생님 부부를 중심으로 둘러앉아 이런저런 이야기를 나누기도 하고, 우애숙 춤을 춰보거나 고향에서 익힌

재주를 자랑하거나 했다.

 지로도 어쩔 수 없이 그 자리에 참석했다. 숙생들이 우애숙 춤을 다시 배우고 싶어 해서 풍금도 연주했다. 그 밖에도 이런 날 자신이 해야 할 일들을 여느 때와 똑같은 표정을 하고 해냈다. 그러나 단 한순간도 진심으로 행동하지는 않았다. 지로는 자신의 마음을 다른 숙생들이 눈치 채지 못하도록 꾸미느라 진땀을 빼야 했다. 숙생들과 정서를 나누기 위해 봉사한 게 아니라 숙생들을 속이기 위해 거짓으로 하루를 연기했다. 지로는 자신이 이처럼 거짓으로 행동하는 것을 자각할 때마다 쓰라린 고통으로 가슴속이 헤집어졌다.

 거짓을 증오하는 인간의 마음은 소중하다. 그러나 한 인간이 거짓에서 벗어나 완벽하게 자유로워지는 것은 사실 불가능하다고 볼 수 있다. 그러므로 인간이 자신의 거짓을 증오하면 증오할수록 자신의 존재가 거짓이라는 고통은 더욱 쓰라리게 다가온다. 그것이 지로가 하루 종일 숙생들 사이에서 웃고 떠들고 나서 마음속에 내린 결론이었다. 지로한테는 그날이 우애숙에서 생활한 날들 가운데 가장 고통스런 날이었다. 쉴 새 없이 쏟아지는 폭설 속에 서 있는 것처럼 견디기 어려운 시간들이었다.

 이튿날도 눈이 올 것만 같았다. 가끔 구름 사이로 햇빛이 비치기는 했지만, 눈은 녹는 것보다 쌓이는 것이 많았다. 전날과 마찬가지로 숙생들은 야외 활동을 할 수 없었다. 결국 하루 종일 우애숙에 갇혀 지내야 했다. 그러나 지로는 전날보다 훨씬 견딜 만하다고 생각했다. 예정된 행사를 일정에 따라 치르면 되고, 또 그만 한 일은 자신의 마음을 속인다는 불쾌한 자각 없이도 할 수 있었기 때문이다.

눈 때문에 길이 막혀서인지 이날은 평소보다 두 시간 늦게 우편물이 왔다. 저녁을 먹고 나서 지로가 사무실로 갈 때였다. 숙장실에서 나온 우편물 당번이 지로를 보고는 큰 소리로 외쳤다.

"혼다 씨, 편지 왔어요! 방에 넣어뒀어요!"

지로는 두근거리는 가슴을 진정시키며 사무실로 달려갔다. 방문을 열자 차갑게 식은 다다미 위에 엽서 한 장이 덩그러니 놓여 있었다. 겉봉에 쓴 글씨는 교이치의 필체가 확실했다. 엽서는 다음과 같은 내용이었다.

'시게다 부녀는 어제 저녁 급행열차를 타고 돌아갔다. 두 사람이 도쿄에 있을 때 너를 한 번 부르고 싶어 했는데 기회가 없었다.

답장은 잘 읽어봤다. 지금은 아무것도 말하고 싶지 않다. 처음부터 다시 시작해야 할 것 같다. 적당한 기회가 올 때까지 나는 침묵할 것이다. 너도 나처럼 침묵하기를 바란다. 단, 이것은 우리 두 사람 사이의 일이며, 다른 사람에게 말하는 것은 자유다.

편지를 쓰면 너무 길어질 것 같아 일부러 엽서를 쓴다.'

시게다는 미치에의 성이다. 차가운 엽서에서 교이치의 정열과 의지가 느껴졌다. 지로는 교이치의 정열과 의지와 방향도 헤아릴 수 있었다. 다행이라는 생각이 들면서도 마음은 조금도 기쁘지 않았다. 뿐만 아니라 교이치에게 적개심을 느꼈다. 그 적개심은 많은 사람들 앞에서 창피를 당했을 때 드는 모욕감과 비슷했다.

지로는 책상 서랍에서 엽서 한 장을 꺼내 교이치에게 곧 답장을 썼다. 펜 끝이 무겁게 움직였다.

'엽서는 잘 받았어. 나는 아직도 형이 무슨 이야기를 하고 있는지 모르겠어. 하지만 침묵에 대해선 동감이야. 형이 과녁도 없는 곳에 활을 쏘는 짓만 하지 않는다면 나도 처음부터 침묵할 작정이었어. 내가 보낸 답장은 지금도 유효해. 이제는 아무 말도 하지 않겠어.'

지로는 차갑게 웃으며 펜을 놓았다. 그때 지로의 눈에 책상 위에 펴놓았던 《탄니쇼》가 들어왔다.

지로는 멍하니 방금 쓴 엽서와 탄니쇼를 번갈아 보았다. 그러고는 갑자기 엽서를 움켜쥐고 구겨진 엽서를 쥔 주먹 위로 엎드리고 말았다.

이렇게 해서 이날도 지로에게는 전날만큼이나 고통스런 날이 되었다.

이튿날인 26일은 화요일이었다. 어제 저녁에 내린 눈이 소나무 가지마다 무겁게 쌓여 있었다. 상수리나무는 거대한 눈사람처럼 보였다.

지난 며칠 동안 숙생들은 아침을 먹고 대문에서부터 현관까지 눈을 치우고 길을 내는 것이 일과였는데, 이날은 눈도 치우지 못했는데 외래 강사인 오가와 선생이 왔다. 오가와 선생은 무릎까지 올라오는 고무장화를 신고 있었다. 외래 강사는 대부분 시모아카스카 역에서 택시를 타고 왔는데, 오가와 선생은 근처에 살았기 때문에 언제나 걸어왔다.

지로는 외래 강사 가운데 오가와 선생을 가장 좋아했다. 오가와 선생은 농촌학 박사 출신이었다. 촌락사 연구의 권위자로서 제1기 때부터 새로운 농촌 협동 사회의 이상을 강의하고는 했다. 가무잡잡한 피부와 짧게 자른 머리, 수염이 없는 우락부락한 몸집은 누가 봐도 영락없는 시골 농사꾼이었다. 강의도 그런 외모에 걸맞게 더듬거렸으나 철저한 이론과 인간의 성실성이 어우러져 구수한 감칠맛이 났다. 오가와 선생은 오래전부터 다누마 이사장과 아사쿠라 선생님과는 교분이 두터웠다. 우애숙 창립에도 크게 이바지했다. 지금도 이사회에 소속되어 있다. 다른 이사들과 달리 가까운 마을에 살고 있었기 때문에 강의가 없는 날에도 틈만 나면 우애숙을 찾아왔다. 그동안 늦은 밤에 열린 좌담회에도 여러 번 참가했다. 그래서인지 지로는 오가와 선생에게 식구 같은 친밀감마저 느꼈고, 숙생들과 뒤섞여 오가와 선생의 강의를 듣는 것을 낙으로 삼고 있었다. 기수마다 강의의 뼈대는 거의 변하지 않았으나 강의를 하다 이따금 눈을 지그시 감고 들려주는 짧은 이야기는 본인이 몸소 체험한 시간들이 녹아 있는 지혜의 샘물과도 같았다. 그 때문에 몇 번을 들어도 오가와 선생이 하는 강의는 매력이 넘쳤다.

오가와 선생의 강의 시간은 오전 여덟 시부터 정오까지였다. 네 시간짜리 강의를 적당히 두 번에 나눠 하기로 되어 있었는데, 전반부의 절반이 지났을 무렵 사환인 가와세가 강당 맨 뒷자리에 앉아 강의를 듣고 있는 지로에게 조심스럽게 속삭였다.

지로는 조용히 일어나 가와세와 함께 복도로 나왔다.

"장거리 전화? 어디에서 왔는데?"

"도쿄예요."

"다누마 선생님인가?"

"아뇨, 목소리가 젊었어요."

사무실로 들어온 지로는 수화기를 들었다.

뜻밖에도 교이치였다. 교이치는 무척 흥분해 있었다.

"어떠냐, 거긴? 별일 없지?"

지로는 전에 없이 교이치가 전화를 한 것도 이상한데 별일 없냐는 말부터 하자 혹시나 미치에에게 무슨 일이 생긴 것은 아닌가 싶어 가슴이 두근거렸다.

"일이라니, 무슨 일? 여긴 아무 일도 없어……. 형이 보낸 엽서는 어제 받았어."

"그래? 어쨌든 그 얘기는 당분간 침묵이야. 지금은 그게 중요한 게 아냐. 그보다……."

교이치는 흥분한 목소리를 가라앉히며 말했다. 마치 주위에서 누가 엿들을까 봐 겁이라도 난다는 투였다.

"도쿄는 지금 큰 사건이 일어났어."

"큰 사건? 무슨 사건?"

"아직 분명한 건 아닌데 궁성 주위에 군대가 몰려들었어. 주변 교통도 완전히 차단됐어."

"그래?"

"중신늘이 살해됐다는 소문이 돌고 있어."

"그래?"

"총리대신 관저가 당했다는 얘기도 들리는데 그 얘긴 진짜인 것 같아. 몇 명이나 죽었는지는 모르겠지만 한둘이 아닌 모양이야."

"그게 정말이야?"

"정말인 것 같아."

"그럼 반란이라도 일어난 거야?"

"그렇다고 봐야지. 쿠데타라는 표현이 더 적당한지는 모르겠지만."

"쿠데타라. 큰일이네. 거기는 괜찮아?"

"아직은 괜찮아. 다들 불안해서 꿈쩍도 안 하는 것 같아."

"회사나 상점은 어때? 그냥 장사해?"

"응, 문은 열어뒀어. 겉으로 보기엔 아무 일도 없었던 것처럼 보여. 눈 때문인지 돌아다니는 사람도 없고."

"이러다 폭동이라도 일어나는 거 아냐?"

"그렇진 않을 거야. 지금 같아서는 군인들이 저지른 게 분명해. 어떤 사람들은 농민 단체가 연루됐다는 말도 하고 있어."

"그런 말을 누구한테 들었어?"

"우익 단체에 소속된 어떤 학생한테 들었어."

"음, 만약 그게 사실이라면 앞으로 문제가 더 커지겠군."

"난 그 녀석 말은 믿지 않아. 농민 단체라고 해봤자 쿠데타에 참여할 만큼 조직적이지도 않고."

"지금 당장은 그렇지만 앞으로 어떻게 될지는 아무도 몰라.

교통은 좀 어때?"

"차단된 곳도 몇 군데 있어. 전차는 평소대로 움직이고 있어."

"신문이나 라디오는?"

"아 참, 아사히 신문이 습격당했다는 소문이 있어. 하지만 오늘 아침에도 조간신문이 배달된 걸 보면 헛소문인 것도 같고. 샅샅이 뒤져봐도 사건에 대한 기사가 없는 걸 보면 나중에 습격당한 건지도 모르겠어. 라디오에서는 오늘 아침에도 정규 프로그램이 나왔으니까. 그쪽에서도 들을 수 있었지?"

"오늘은 아침부터 바빠서 아직 못 들었어."

"그래? 어쨌든 조심해. 앞으로 상황이 점점 나빠질 거야. 조금 있다 오자와랑 시내를 둘러보고 올 참이야. 뭔가 알게 되면 바로 전화할게. 조만간 전화선이 모두 끊어질지 모르지만."

그 말을 듣고 지로는 깜짝 놀랐다. 생각보다 상황이 심각한 모양이었다.

"그래도 위험한 데는 가지 마. 여기는 도쿄와 꽤 떨어진 곳이니까 아무 일 없을 거야. 절대 위험한 짓은 하지 마."

"도쿄와 떨어졌다고 안심할 수 있는 건 아냐. 아까 오자와가 그러는데 상황에 따라서는 우애숙을 폐쇄시키는 게 좋다는 말을 하더라. 괜히 우물쭈물하다가 시기를 놓치면 그땐 정말 큰일이니까."

"우애숙이? 왜?"

"왜라니? 우애숙은 사유주의 정신으로 무장된 요새잖아. 군

세상 속으로 ● 253

인들이 정권을 잡으면 맨 먼저 우애숙부터 포격할 거다."

교이치의 말투는 농담 비슷한 데가 있었다. 하지만 지로는 조금도 우습지 않았다. 눈에는 벌써부터 아라다 노인과 히라키 중좌의 얼굴이 어른거렸다. 도쿄에서 일어난 사건과 이 두 사람 사이에 아무런 관계가 없다고는 생각되지 않았다.

지로는 전화를 끊고 숙장실로 달려갔다. 방금 교이치에게서 들은 이야기를 보고하자 아사쿠라 선생님도 역시 놀라 한동안 말이 없었다.

"결국 걱정했던 일이 터졌군. 파벌 싸움이 결국은 이렇게 무서운 결과를 만들어냈구나."

아사쿠라 선생님은 쥐고 있던 펜을 책상에 내던지며 팔짱을 끼고 눈을 감았다.

지로는 파벌 싸움이라는 말을 듣고 정당 간의 알력 때문에 이런 일이 일어났다고 해석했다.

"부패한 정당을 공격하기 위해서였을까요?"

"그럴 가능성이 없지는 않아. 부패 세력을 척결한다는 명분으로 난리를 일으키면 적어도 변명은 되니까. 하지만 이번 일은 정당하고는 상관이 없을 거다. 아마도 군 내부에서 일어난 파벌 싸움이 원인이었을 거야."

"군대가 자기네들끼리 싸움을 벌인 거라고요?"

지로가 알고 있는 군대는 '거국일치'라는 거창한 표어로 국민의 자유를 통제하고 젊은 청년들을 무의미한 전쟁터로 내모는 집단이었다. 군대가 권력 때문에 서로 갈등하고 있었다는 건 오늘에야 알았다.

"작년 8월이었던가? 나가다 뎃산 중장이 군무(軍務) 국장실에서 아이자와 중좌에게 암살당한 사건이 있었다. 너도 알고 있지?"

"예, 저도 알아요. 아직 재판이 안 끝났잖아요?"

"그 사건도 따지고 보면 군 내부의 파벌 싸움이 원인이었다고 할 수 있지. 때문에 재판이 까다로워지는 건 당연한 일이지."

아사쿠라 선생님은 지로에게 군 내부의 최근 동태를 대략 설명해주었다. 육군 수뇌부는 통제파와 황도파로 나뉘어 벌써 몇 년 전부터 더러운 세력 다툼을 하고 있다는 이야기였다. 황도파란 천황의 정도(政道)를 옹호하는 파벌이었다.

"가장 걱정스러웠던 건 두 파벌의 수장들이 세력을 확장하기 위해 청년 장교들을 무차별로 포섭했다는 점이야. 그들은 청년 장교에게 환심을 사기 위해 하극상이라는 범죄를 명예로 바꿔 놓았어. 일반 사회에서라면 하극상은 얼마든지 극복할 수 있는 폐단이지만 군대에선 다르지. 총질을 하는 부대를 운영하는 건 하급 장교들의 몫이야. 계급이 높아질수록 위에서 명령만 내릴 뿐 직접적인 부대 운영엔 개입하지 않아. 부대 통솔권을 쥐고 있는 하급 장교들이 상부의 장난에 놀아나면서 상황을 가리지 않고 총질을 해대고 있어. 그 총질이 무서워 정치인들은 법을 고치고 국민들을 구렁텅이에 빠뜨리고 있어. 개인의 권력욕이 이 나라의 정치와 외교, 경제를 이끌어 나가는 셈이지. 말 그대로 엉망진창이 되었어. 모르긴 몰라도 이번 사건 또한 젊은 장교들이 주동자였을 거야. 그 위엔 파벌 싸움이 있었겠지만. 이 것으로 일본도 갈 데까지 가게 됐다."

아사쿠라 선생님은 한숨을 내쉬며 창밖으로 눈길을 돌렸다.

"일본에선 역사적으로 폭설이 쏟아지는 날 피비린내가 진동하는 사건이 많이 일어났어. '47무사의 습격(47명의 무사들이 주군의 죽음을 복수한 사건)'도 그렇고, '사쿠라다몬 사건(1932년 이봉창 열사가 일왕을 수류탄으로 저격한 사건)'도 그렇고……. 하지만 이번 사건처럼 운명적인 느낌이 드는 사건은 없었는데. 이 나라의 국민들이 인간의 천박한 야심에 무너지는 것 같구나."

아사쿠라 선생님이 지금처럼 비관적으로 이야기한 적은 한 번도 없었다. 옆에서 듣는 지로까지 우울해지는 것 같았다. 아사쿠라 선생님은 아무리 어려운 시기에도 희망을 잃지 않는 분이었다. 하지만 오늘은 아니었다. 지로는 아사쿠라 선생님이 하는 이야기를 듣고 맥없이 쓰러져 버리고 싶은 심정이었다. 마당에 쌓인 눈에 비친 햇살이 들어와 유난히 밝게 느껴지는 방 안에서 지로는 멍하니 눈을 내리뜨고 있을 뿐이었다.

그때 아사쿠라 선생님이 의자에서 일어나 창가로 걸어가며 말했다.

"어차피 이미 저질러진 일이야. 억울하고 분해도 어쩔 수 없어. 중요한 건 어떻게 될지를 확인하는 게 아니라 어떻게 해야 하는지를 결정하는 거란다. 우애숙은 우애숙만이 할 수 있는 일이 있을 거야. 그 일에 최선을 다하면 돼."

아사쿠라 선생님이 지로 쪽으로 돌아서며 말했다.

"마침 오가와 선생님이 계셔서 다행이구나. 기왕이면 오후까지 남아 계시도록 부탁해야겠다. 숙생들에게는 당분간 아무말도 하지 말아라. 무책임한 얘기에 공연히 동요되어서는 안 되니까. 모든 게 확실해진 뒤에 내가 차분히 이야기할 테니 그런 줄 알아. 교이치 군의 얘기만으로는 어디까지가 진실인지도 모르고……. 맞아, 다누마 이사장님에게 물어봐야겠군. 이사장님이라면 좀 더 자세한 내용을 알고 계실 거야. 지금 다누마 이사장님 댁에 전화를 걸어봐."

지로는 서둘러 숙장실을 나갔다가 조금 뒤에 다시 돌아왔다.

"다누마 선생님은 아침 일찍 외출하셨대요. 행선지는 말씀 안 하셨다고 합니다. 하지만 나가실 때 정오쯤 우애숙에 들를 테니 필요할 때는 그쪽으로 연락하라는 말씀을 남기셨다고 합니다."

"이렇게 눈이 내리는데 이쪽으로 오신다고? 음, 그래……."

두 사람은 사건의 중대함을 직감했다.

"숙생들은 내가 맡을 테니까 넌 사무실에서 전화를 기다리도록 해."

지로는 자기 방으로 돌아왔다. 책상 위에는 여전히 《탄니쇼》가 펼쳐져 있었다. 그러나 이상하게 볼 마음이 생기지 않았다. 도쿄의 상황에 동요된 지로는 《탄니쇼》가 자신과는 아무 상관 없는 다른 나라 이야기 같았다. 지로는 깊은 동굴에서 뛰쳐나와 갑자기 미친듯이 휘몰아치는 폭풍을 향해 가슴을 펴고 큰 소리로 무언가 외치고자 하는 자신을 온몸으로 느끼고 있었다.

지로의 눈에는 궁성 주변에 배치되어 있는 기관총과 대포, 거리에 쓰러져 있는 시체들의 피로 물든 눈 사이를 무언지 모를 소리를 지르며 질주하는 기마 장교들이 잇따라 떠올랐다.

지로는 침착하게 앉아 있을 수가 없었다. 좁은 방 안을 서성이며 암살당했다는 중신들이 누구일지를 상상해보았다. 하지만 정치인을 잘 모르는 지로는 짐작 가는 인물이 많지 않았다. 지로는 전국의 군대가 둘로 쪼개져 서로 탄환을 쏘아대는 장면도 상상해보았다. 내란은 외국에서나 일어나는 사건으로 생각해왔기에 그것이 어떤 의미가 있으며, 어떤 상황으로 확산될지 짐작할 길이 없었다. 지로는 설마 하는 생각과 지금 당장 총성이 울려 퍼질 것 같은 두려움으로 허둥거릴 뿐이었다.

앞으로 우애숙의 운명이 어떻게 될지도 큰 걱정이었다. 내란이라는 터무니없는 사태를 생각하면 우애숙의 운명 따위는 그다지 중요한 일이 아닌 것도 같았지만, 반대로 이런 사태가 벌어졌으므로 더욱 가볍게 여길 수 없다는 생각도 들었다. 상황이 어떤 식으로 전개되든 우애숙은 폐쇄될 것이라는 생각이 점점 강하게 들었다. 내란 상태가 진정되든, 또는 오래도록 지속되든 이 나라는 이제 군인들의 손에 완전히 넘어가게 된다. 우애숙 같은 청년 지도 기관이 그 존재를 인정받을 수 없는 세상이 곧 다가온다. 뿐만 아니라 다누마 선생과 아사쿠라 선생님, 오가와 선생 같은 분들의 신변에 위험이 미칠지 모른다.

거기에까지 생각이 미치자 지로는 다누마 선생이 폭설을 뚫고 우애숙을 찾아오려는 이유를 대강 짐작할 수 있었다. 그럴수록 마음은 더욱 불안해졌다. 쓸데없는 생각으로 괴로워해서는 안 된다, 바보 같은 생각은 그만 하자, 지로는 여러 번 자기 자신을 질타해보았지만 불안은 쉽게 떨쳐지지 않았다.

쉬는 시간이 되었는지 숙생들이 복도를 거닐며 명랑하게 웃는 소리가 들렸다. 지로는 그 웃음소리가 한없이 쓸쓸하게 들렸다. 그때 숙생 두 명이 사무실로 들어왔다. 숙생들은 사무실 한쪽 구석에서 등사판을 밀었다. 숙생들은 저마다 맡은 일이 있었는데, 그 일을 할 시간이 따로 있는 게 아니어서 시간이 날 때마다 조금씩 해둬야 했다.

등사판을 밀면서 두 숙생은 자연스레 이야기를 주고받았다. 처음에 입을 뗀 사람은 아오야마 게이타로였다.

"농촌이 과학적으로 변해야 한다는 건 오늘 처음 들었어. 공동생활이 중요하다는 것쯤은 알고 있었지만 그 이유는 오늘에야 비로소 알게 된 것 같아."

"나도 여기저기 기웃거리면서 강습회에 꽤 많이 참석했는데 오늘처럼 가슴에 와 닿는 강연은 없었던 것 같아. 내용이 크게 다른 것도 아닌데 말이야."

"내용이야 특별한 건 아니지. 하지만 강사의 인품이 다른 것 같아."

"그러고 보면 여기 오시는 선생님들은 외래 강사들도 인품이 모두 뛰어나다는 느낌이 들어."

"응, 모두들 진지한 데가 있어. 그만큼 우리를 생각하신다는 뜻이겠지."

"처음 우애숙에 왔을 땐 어쩐지 활기가 없는 것 같아 괜히 왔다는 생각이 들었는데 지금은 정반대야. 처음 이곳에 왔을 때 우리 자신이 너무 경솔했던 거야."

"너만 그런 게 아냐. 입숙실 날엔 숙생들 대부분이 다누마 이사장님이나 아사쿠라 숙장님 얘기보다 히라키 중좌의 명령에 복종해야 되는 줄로 알았을걸."

"하하하! 그렇긴 해도 히라키 중좌가 불성실하다고는 생각 안 해. 그 사람은 그 사람 나름대로 최선을 다해 일본 청년들을 걱정했던 거라고 생각해."

"그럴지도 모르지. 하지만 그 사람의 진심과 태도는 달라. 자기 확신에 지나치게 열중했던 거지. 오랜 세월 이어져 내려온 일반 국민들의 생활을 무시하는 진심이라면 곤란하지 않겠어?"

"그래, 우애숙을 경험하지 않았다면 지금도 몰랐을 거야."

"그런 걸 아는 청년이 한 마을에 대여섯 명만 있어도 걱정이 없을 텐데……."

"나도 요즘 그런 생각을 많이 했어. 실은 그래서 며칠 전에 마을 청년들에게 편지를 썼어. 다음 기수 때 우애숙에 입숙하라고."

"동작이 재빠른데. 나도 당장 편지를 써야겠다."

지로는 칸막이가 쳐진 방 안쪽에서 두 사람이 하는 이야기를 듣고 눈물이 날 정도로 기뻤다. 그러나 기쁨이 큰 만큼 안타까움도 컸다.

'이 정도로 숙생들을 감동시킨 우애숙도 조금 있으면 폐쇄될지 모른다. 이게 얼마나 모순되는 일이란 말이냐? 그 손실은 누가 책임질 거란 말이냐?'

지로는 화가 치밀었다.

곧 강의가 시작됐는지 사무실과 복도는 다시 조용해졌다. 아마도 오가와 선생님은 쉬는 시간을 숙장실에서 보냈을 것이다. 그리고 아사쿠라 선생님에게 오늘 도쿄에서 어떤 일이 일어났는지 모두 들었을 것이다. 지로는 오가와 선생님이 어떤 얼굴로 강의를 이끌어나갈지 무척 궁금했다. 하지만 어디에서 전화가 걸려올지도 모르기 때문에 그냥 방에 남기로 했다.

지로는 자기도 모르게 책상 위에 펼쳐놓은 《탄니쇼》를 찾았다. 맨 처음 눈에 띈 구절은 다음과 같았다.

"염불은 행자를 위한 비행비선(非行非善)이니라. 나의 뜻으로 행하지 않는 것이 곧 '비행'이며, 나의 뜻으로 행하지 아니하는 선이 곧 '비선'이니라. 남의 힘을 빌려 뜻을 이루려 하고, 자기 힘을 가두는 것이야말로 행자의 비행비선이니라."

지로는 지금껏 이런 자기 부정의 글에 매력을 느꼈다. 하지만 지로는 이런 글을 순수하게 받아들이지 못하는 자기 자신을 안타깝게 여겼다. 나는 무슨 이유로 나에게 사로잡혀야만 하는가? 내 힘으로는 아무것도 변화시킬 수 없다는 것을 알면서 나는 왜 몸을 던져 남의 도움을 구할 생각을 하지 않는가? 이보다 더 악랄한 청춘이 어디 있는가? 나보다 더 추악한 인생이 어디 있는가? 적어도 백조회 시절에는 '무계획의 계획'이나,

'섭리'라는 말에 내 마음을 의지해 인생을 긍정으로 바라보는 태도를 길러왔다고 생각했는데, 그것은 단순한 관념의 유희였을 뿐이란 말인가. 하지만 지금 내 마음속에는 오직 나뿐이다. 그것을 알기에 나는 절망할 수밖에 없다. 지로는 이 구절을 읽을 때마다 늘 이 같은 자기 부정을 경험했다.

그런데 오늘은 무언가 달랐다. 지로의 마음은 한 번도 가보지 못한 방향으로 치달았다. 만일 이 구절이 진리라면 우애숙은 대체 무엇인가? 설령 남몰래 하는 것이라 해도 그 시대에 대한 저항은 '비행(非行)'이 아닐 것이다. 또한 장래를 꿈꾸는 이상과 실현을 위한 실천은 '비선(非善)'이 아닐 것이다. 나 자신을 부정하고 어찌 인생이 있고, 즐거움이 있을까? 생명이란 자유와 자율의 힘 그 자체를 뜻하는 것은 아닐까? 염불만으로 도쿄의 지금 상황은 정리되지 않는다.

지로는 마음속에 의혹의 파도가 일렁거렸다. 지금까지 가슴 깊이 묻어온 《탄니쇼》의 감흥이 뿌리째 뽑혀버릴 정도는 아니었지만 이제껏 겪어보지 못한 충동이었기에 그 작은 파동에도 마음이 격렬해졌다. 지로는 서둘러 책장을 넘기며 평소 즐겨 읽던 구절들을 살펴보았다. 그러나 어떤 구절도 지로의 의혹을 풀어주지는 못했다. 급기야 지로는 《탄니쇼》의 모든 구절들이 거짓 웃음으로 자신을 비아냥거리는 것 같은 착각에 빠졌다.

사무실에 피워놓은 난롯불이 약해졌는지 지로가 앉아 있는 다다미방에 냉기가 감돌았다. 지로는 《탄니쇼》를 덮어버렸다. 책장에 《탄니쇼》를 꽂아놓고 사무실로 나가 난로 곁에 앉았다.

사환인 가와세는 어디로 나갔는지 자리에 없었다.

　벽시계는 어느덧 열한 시 이십 분을 지나고 있었다. 지로는 정오 무렵에 다누마 선생이 우애숙을 방문할 것이라는 말을 떠올리고 부지런히 취사실로 달려갔다. 다누마 선생이 드실 점심을 준비시키기 위해서였다. 그러고는 다시 사무실로 돌아와 난롯불을 휘저으며 석탄을 잔뜩 집어넣었다. 지로는 초조한 눈으로 사무실을 두리번거렸다. 무슨 일이라도 하지 않으면 이 초조한 기분에서 영원히 벗어나지 못할 것 같은 생각이 들었다.

　이때 사모님이 들어왔다. 사모님은 평소에는 보기 좋게 펴져 있던 미간을 흉하게 찌푸리고 있었다.

"지로, 도쿄에 큰일이 났다면서?"

"어떻게 아셨어요?"

"방금 숙장실에서 들었어."

"그 일 때문에 조금 있으면 다누마 이사장님이 오실 거예요."

"그 얘기도 들었어. 교이치 군이 아니었으면 아직도 몰랐을 거야."

"오자와 형도 우애숙 때문에 걱정이 많다고 해요."

　사모님은 고개를 끄덕이기만 할 뿐, 그 말에는 아무 대답도 하지 않았다. 조금 뒤에 사모님은 한숨을 내쉬며 말했다.

"5·15사건 때도 고생을 많이 했는데 이번엔 그때와 비교도 안 된다면서? 정말 큰일이야. 하지만 사람들 반응도 그때와는 많이 다를 거야."

"그럴지도 모르죠. 군대의 압박도 그만큼 심해질 거예요."

"맞아, 시대가 왜 이렇게 악해지는지 모르겠다."

사모님은 잠깐 무엇인가를 생각한 뒤에 말했다.

"이런 때일수록 우애숙만이라도 침착함을 잃어선 안 되겠지. 이런 때에 우리가 침착하지 못하고 허둥대면 이곳을 다녀간 젊은이들에게 할 말이 없어지잖아. 그리고 세상일이란 주변에 휘둘리지 않고 자기가 해야 할 일을 하는 사람들의 희망대로 나아갈 테니까. 나는 그렇게 믿고 싶어."

지로는 마음이 푸근해졌다. 자기도 모르게 눈을 내리뜨고 잠깐 생각에 잠겼다. 마음이 크게 요동치다가도 사모님이 조용하게 말하는 소리를 들으면 언제나 마음이 푸근해진다. 사모님이 하는 말에 설득력이 있어서가 아니다. 사모님의 따뜻한 온정이 지로의 마음속 깊은 곳에 스며들기 때문이다.

난로는 윙윙 소리를 내면서 순식간에 달궈졌다. 창밖으로 보이는 나무들은 눈을 뒤집어쓴 채 무겁게 늘어져 있었다.

"저는 아직 침착함이란 어떤 것인지 모르겠습니다."

지로는 한참 뒤에야 띄엄띄엄 말했다. 사모님의 의견에 반대하는 심정으로 그렇게 말한 것은 아니었다. 또 깊이 고민하고 나서 무언가 행동해야겠다고 생각한 것도 아니었다. 사모님 앞에서 어리광이라도 부리지 않으면 이 서글픈 마음을 견딜 수 없을 것 같아서였다.

이변2

다누마 선생이 탄 자동차가 폭설을 뚫고 현관 앞에 다다랐을 때는 오가와 선생이 하는 강의도 거의 끝나가고 있었다. 식사 당번들은 벌써부터 밥상을 차리느라 분주하게 돌아다녔다. 차 소리가 들리자 지로는 두근거리는 가슴을 진정시키며 현관 앞으로 달려나갔다. 다누마 선생은 아직 구두도 채 벗기 전에 지로에게 말했다.

"마침 점심때가 됐군. 나도 먹을 수 있나?"

"예, 미리 준비해뒀습니다."

"미리 준비했다고? 어떻게 알고?"

"아침 일찍 이사장님 댁에 전화를 했어요."

"그랬나?"

다누마 선생이 의아스러운 듯이 지로의 얼굴을 보고 있자니 아사쿠라 선생님이 반갑게 맞으며 인사를 건넸다.

"기다리고 있었습니다. 이렇게 눈이 퍼붓는데 용케도 오셨네요."

"아니, 괜찮았네."

다누마 선생은 지로에게 코트를 벗어주며 목소리를 낮췄다.

"도쿄에 난리가 났다는 걸 알고 있는 모양인데, 어떻게 알았나?"

"혼다 군 친형이 도쿄 대학에 다니고 있어요. 아침에 전화가 왔더군요. 그래서 알게 되었습니다."

"그랬구먼……. 여기도 이젠 세상과 별반 다를 게 없는 곳이 되었군, 하하하."

아사쿠라 선생님도 웃었다. 그러나 표정은 금세 심각해졌다.

"실은 오가와 박사님도 기다리고 계십니다. 오늘 마침 강의가 있었거든요."

"아, 그래요? 그거 잘됐군."

지로는 두 분이 나누는 이야기를 들으면서 숙장실까지 따라갔다. 두 분이 숙장실로 들어간 뒤에도 지로는 숙장실 문 앞을 서성거렸다. 그때 점심시간을 알리는 딱딱이 소리가 요란하게 울렸다.

조금 지나 점심을 먹었다. 다누마 선생과 아사쿠라 선생님, 오가와 선생도 숙장실에서 서로 인사만 나누고 곧장 식당으로 갔다. 다누마 선생은 그 전부터 시간이 날 때마다 우애숙에 자주 찾아왔기 때문에 숙생들은 폭설을 뚫고 우애숙을 방문한 다누마 선생한테는 그다지 신경을 쓰지 않았다. 숙생들은 다누마 선생에게 인사한 뒤에 서둘러 자리에 앉았다. 세 분은 점심을 먹으면서도 별다른 이야기는 하지 않았다. 모든 게 평소와 똑

같았다.

그러나 지로는 조금도 긴장을 늦출 수가 없었다. 지로는 다누마 선생을 훔쳐보느라 밥 먹는 것도 잊어버렸다. 다누마 선생이 하는 말과 행동을 하나라도 놓칠세라 주의 깊게 지켜봤다. 다누마 선생은 몸집이 비대했다. 배가 많이 나온 비만형 체격이었다. 그래서 혈압이 높았다. 혈압 때문에 다누마 선생은 술과 담배를 멀리했는데 그 엄청난 식사량은 끝내 줄이지 못했다. 먹는 속도도 보통 사람보다 두 배나 더 빨랐다. 처음 다누마 선생이 숙생들과 함께 밥을 먹었을 때는 그 엄청난 속도 때문에 숙생들 사이에서 이야깃거리가 되기도 했다. 다누마 선생은 오늘 같은 날에도 변함없이 많이 먹었다. 여러 번 공기를 비우고 나서 다누마 선생이 웃으면서 말했다.

"갑자기 찾아와서 이렇게 많이 먹어도 괜찮은가요?"

"안심하고 드세요. 그러실 줄 알고 이쪽 밥통에는 밥을 많이 담았으니까요, 호호."

"신경 써 주셔서 고맙습니다. 오늘은 특별한 날이라 새벽에 차도 한 잔 못 마시고 집을 뛰쳐나왔거든요. 이제야 겨우 점심을 먹네요."

다누마 선생은 그렇게 말하며 다시 한 번 큰 소리로 웃었다. 하지만 사모님은 더 웃지 않았다. 옆에서 웃고 있던 아사쿠라 선생님과 오가와 선생도 어딘지 모르게 불편해 보였다. 두 분의 표정을 번갈아 살펴보던 지로는 고개를 돌려 다누마 선생을 보았다. 때마침 다누마 선생도 지로를 보고 있었다. 두 사람은 눈이 아주 잠깐 마주쳤다. 지로는 다누마 선생이 왜 자기를 보았는지 알 것 같았다.

점심을 먹고 나면 보통 소화도 시킬 겸 각 부에서 급한 보고를 하거나 간단한 주의 사항을 들은 뒤 5분 정도 잡담을 나누는데, 다누마 선생과 함께 점심을 먹을 때는 선생의 짤막한 이야기를 듣는 것으로 잡담을 대신하고는 했다. 다누마 선생도 우애숙에서 점심을 먹을 때는 교훈이 될 만한 짧은 이야깃거리를 준비해왔다. 다들 오늘도 평소와 같을 것으로 생각하고 다누마 선생을 보고 있는데 아사쿠라 선생님이 조금은 긴장한 얼굴로 말했다.

"오늘은 다누마 이사장님이 여러분에게 중대한 말씀을 하실 게 있다고 한다. 잡담 시간엔 모두 좀 쉬고 오후 독서회 시간에 다시 이곳에 모여서 다누마 이사장님이 말씀하시는 걸 듣도록 하자. 말씀이 끝난 뒤 오후 독서회를 진행할지는 잘 모르겠지만 어쨌든 준비는 해두기 바란다."

숙생들은 평소와 다르게 긴장한 얼굴로 방을 나갔다.

숙장실에는 세 분 선생님 외에도 사모님과 지로가 앉아 있었다. 식당에서 나온 사모님과 지로가 사무실로 가려는 것을 보고 다누마 선생이 할 말이 있다며 숙장실로 부른 것이다.

다누마 선생은 소파에 깊숙이 몸을 파묻으며 두 손을 가지런히 쥐었다. 그리고 눈을 살짝 내리뜬 채 이야기를 시작했다. 다누마 선생의 목소리는 흥분한 기색이 전혀 없었다. 오히려 무겁게 가라앉아 있었다. 선생은 잠깐 동안 말을 끊고 무언가 깊이 생각하기도 했다. 사변의 윤곽은 교이치가 전화로 말해준 것과 크게 다르지는 않았지만 좀 더 자세하고 명확했다.

반란에 참가한 군인은 근위대 보병 제3연대, 보병 제1연대와 제3연대 그리고 이치가와 야전표 제7연대의 장병 일부이며, 미야케사카, 사쿠라다몬, 도라노몬, 아카사카미스케 거리를 점거하고 있다. 이 밖에도 육군성과 육군 대신 관저, 참모본부와 경시청마저 이들이 점령한 것으로 보인다. 거리마다 '존왕토간(尊王討奸)'이라는 네 글자가 쓰여 있는 현수막이 걸려 있으며, 암살된 중신 가운데 시체가 확인된 사람은 사이토 미노루, 다카하시 고레키요, 와타나베 조타로이다. 이들 외에 마키노 노부아키, 스즈키 간타로가 습격을 받았다는 소식이 들리는데 생사는 아직 확인되지 않았다. 총리대신인 오카다 게이스케가 납치되었다는 소문이 파다한데 십중팔구 관저에서 살해되었을 것 같다.

또 교이치가 말한 것처럼 아사히 신문사가 습격을 받은 것도 사실로 드러났다. 암살이 끝난 시각은 오전 아홉 시쯤이며, 반군들은 트럭 세 대에 나눠 타고 "역적 아사히를 습격하자."고 외치면서 사내에 난입해 인쇄국의 활자 케이스를 엉망으로 뒤집어놓았다.

반군들 가운데 일부는 현재 아카사카의 산노 호텔에 머물고 있다고 한다. 오전 열 시쯤에는 젊은 장교들이 고라쿠라는 요정에 들러 술과 도시락을 주문했다고 하는데, 어쩌면 그곳도 그들이 숙영지로 사용하고 있는지 모른다.

다누마 선생은 대충 위와 같은 상황을 설명한 뒤에 걱정스러운 듯이 말했다.

"내 생각엔 이번 사태가 군부 수뇌들에게 동의를 구하지 않은 것 같아요. 아직까지 군부에서 별다른 말이 없는 걸로 봐서는 군부 수뇌들에게 동의를 구하지 않고 젊은 장교들끼리 일을 저지른 것 같소. 설령 동의를 받았다고 해도 수뇌들이 지휘하지 않은 건 확실해요. 이런 상황에서 소요가 전군으로 번지는 일은 없을 거요. 그렇다고 안심할 수도 없는 노릇이죠. 군부 수뇌들은 이번 사태를 핑계 삼아 어떻게 해서든 자기 파벌을 확장시키려고 할 거예요. 그들의 욕심이 이 사건을 어떤 방향으로 끌고 갈지는 좀 더 두고 봐야겠지만 벌써부터 반군들을 찾아가 수고했다느니, 자기는 무조건 찬성이라느니, 너희들 심정을 이해한다느니 하면서 반군들의 비위를 맞춰주고 있다고 합디다. 어떤 장군은 반군들 앞에서 만세까지 불렀다고 하더군요."

"정말 해도 너무하는군."

오가와 선생은 어이가 없다는 듯 혼잣말처럼 중얼거렸다. 오가와 선생은 그 둔감한 눈을 번득이며 말했다.

"도대체 그 자들은 이번 사건을 어떻게 보고 있을까요? 설마 어느 정도 정당성이 있다고 하지는 못하겠죠?"

"바로 그게 문제입니다. 일반 국민들의 눈으로 보면 이보다 더 명백한 반란이 없죠. 하지만 군 수뇌부에서는 아직도 반란이라는 표현을 쓰는 사람이 없는 것으로 봐서 5·15 사건 때처럼 무마하지나 않을지 걱정입니다. 반란은 고사하고 그들의 행동을 정당화시킬 만한 이름을 생각해내느라 정신이 없겠죠."

"폐하도 이 일을 알고 있을 텐데, 폐하는 어떻게 생각하실까요?"

"아직 성명도 내지 않고 다른 반응도 전혀 없습니다. 황실도 그렇게 어리석지는 않습니다. 그리고……."

다누마 선생은 잠깐 숨을 골랐다.

"황실에는 유아사 나이다이진(1885년 이후 신헌법이 공포되기 전까지 일본 왕을 보좌하던 대신) 같은 분이 계십니다. 그는 정치권에서 제대로 된 상식을 가졌다고 믿습니다."

"나이다이진은 무사한가요?"

"예, 무사합니다."

다누마 선생은 눈을 감고 무언가 회상하는 것처럼 보였다.

"사실 오늘 아침에 5분 정도 만나뵈었죠."

나머지 네 사람이 눈을 크게 뜨고 다누마 선생을 보았다. 그러나 다누마 선생은 나이다이진과 만나서 무슨 이야기를 나누었는지는 말하려고 하지 않았다. 숙장실은 어색하리만큼 조용해졌다. 이제껏 경험해보지 못한 흥분과 두려움으로 지로는 마음이 마구 짓눌리는 것 같았다. 지로는 다누마 선생의 옆얼굴을 떨리는 눈으로 보았다. 아사쿠라 선생님이 조용한 분위기를 깨고 다누마 선생에게 물었다.

"반란을 일으킨 젊은 장교들은 황도파이겠군요?"

"그렇다고 봐야지. 통제파이던 와타나베 교육총감을 살해했으니까. 하지만 어느 쪽에서 반란을 일으켰든 중요한 것은 군

전체가 책임을 져야 한다는 점이지."

"옳은 말씀입니다. 이 죄는 결국 국민 전체가 책임져야겠지요."

"문제는 국민들이 그런 점까지 생각하고 나서서 이 사건을 마무리 지어야 한다는 것인데……. 각오가 필요한 시국인 것 같소. 사태가 어떻게 처리되느냐에 따라 우애숙의 운명도 결정될 테니까요."

눈을 내리뜨고 세 사람이 나누는 이야기를 듣기만 하던 사모님이 입을 열었다.

"반란에 참가한 군인이 몇 명이나 될까요?"

"최소한 1천4백~1천5백 명은 넘을 겁니다. 정확한 수치는 아니지만."

"그럼 1천4백~1천5백 명이 넘는 군인들이 처음부터 이 계획을 알고 있었을까요?"

"그건 불가능하죠. 하사관 이하는 그저 명령만 따랐을 뿐이라고 생각합니다."

"그들이야말로 진짜 피해자군요."

"나도 그게 걱정이에요. 만에 하나 반란군으로 지목되면 무고한 군인들까지 역적이 되는 거라고요. 상부의 지시를 따랐다는 이유만으로 하루아침에 총살당할 수도 있어요. 실제로 그런 일이 생겨도 큰 문제지."

"얼마 안 있으면 참가자 이름을 밝힐 텐데 식구들은 어떻게 받아들일까요?"

"벌써 시내에는 그게 걱정이 돼서 미친 듯이 뛰어다니는 부모들이 여러 명 있다고 해요."

"정말 큰일입니다."

모두들 어둔 얼굴로 탁자 끝만 내려다보았다.

"그래서 말인데……"

다누마 선생이 손목시계를 잠깐 내려다보았다.

"독서회가 한 시부터죠? 아직 20분 정도 남았군……. 나는 우애숙이 앞으로 이 사건에 어떤 태도를 취할 것인지 명확히 했으면 좋겠습니다. 내가 독서회 때 이번 사건을 이야기하려는 것도 그 점이 아주 중요하다고 생각하기 때문이에요. 어차피 며칠 안으로 숙생들은 이 사건을 알게 될 거요. 하지만 정확히 어떤 사건이었는지 내 두 눈으로 본 그대로를 설명해주고 싶어요. 숙장에게 특별한 생각이 있다면 그것도 포함해서 같이 이야기해주고 싶은데……."

지로는 숨을 죽이고 아사쿠라 선생님이 대답할 때를 기다렸다. 아사쿠라 선생님은 뜻밖에 대수로울 것도 없다는 듯이 말했다.

"이번 사건은 우애숙의 장래와도 연관이 깊지만 이 나라의 국민으로서 숙생들에게도 연관이 있는 사건이라고 생각합니다. 이사장님 말씀처럼 단순한 권력 다툼이 아니라 국민 전체의 책임이라는 의식을 심어주는 게 중요하겠죠. 독서회 때는 숙생들과 그 점을 반성했으면 합니다. 그리고 되도록 침착하게 시금까지 생활해온 대로 우애숙을 관리해야 한다고 생각합니다만……"

"좋습니다."

다누마 선생이 고개를 끄덕이며 말했다.

"그렇긴 해도 이번 사건이 어떤 점에서 부당한지 숙생들에게 확실히 알려줘야 해요. 이번 사건을 어정쩡하게 비판하면서 대충 넘기고 싶지는 않군요."

아사쿠라 선생님은 이해가 잘 안 된다는 눈으로 다누마 선생을 보았다. 그 눈길에 담긴 뜻을 알아차린 다누마 선생이 지로를 보며 씁쓸하게 웃었다.

"비판이라고 해서 무슨 거창한 얘기를 하겠다는 건 아니오. 군의 내부 사정까지 파헤치면서 이러쿵저러쿵 이야기할 생각은 없소. 정치적인 견해라면 우애숙에서만큼은 이야기하고 싶지 않으니까. 또 우애숙에는 그런 견해가 필요 없는 것 아니겠소? 다만 이번 사태의 책임을 우리 모두에게 떠넘기려는 마당에 사건의 발단이나 배경을 어물어물하게 말하며 넘어갔다간 논리적으로 이해가 잘 안 될 거요. 무엇이 잘못됐는지는 확실히 짚고 넘어가고, 그에 대한 책임은 또 우리 모두가 분담해야 한다고 말해주는 것이 숙생들이 이해할 수 있도록 돕는 최선의 길인 것 같은데……"

"아, 그러셨군요. 당연히 저도 동감입니다. 숙생들에게 국민도 이번 사건에 책임이 있다는 말을 할 때는 만주사변 이후 국내 상황을 설명해줘야겠군요. 만주사변을 시작으로 사람들은 입을 다물기 시작했지요. 그런 행동이 얼마나 비겁한 것인지 숙생들에게 알려줘야겠습니다."

다누마 선생은 수긍하는 표정을 지으며 살며시 눈을 감았다. 그렇게 무언가 골똘히 생각하다가 다시 말했다.

"틀린 얘기는 아니지만 그런 이야기를 숙생들에게 들려주려면 각오를 꽤 해야 할 거요."

다누마 선생은 눈웃음을 지으며 사모님에게 농담을 던졌다.

"부인께서도 5·15 사건 때 꽤나 고생하신 걸로 알고 있는데 아사쿠라 숙장은 이번 기회에 더 큰 고생을 하려고 아주 작심한 것처럼 보이는군요."

"꼭 필요한 고생이라면."

사모님이 웃으며 말했다.

"우리가 겪는 고생은 고생도 아니에요. 어차피 이사장님만 따라가면 되니까요, 호호."

그러나 사모님의 눈가는 금세 어두워졌다.

"앞으로 이 우애숙은 어떻게 될까요? 나중에라도 맡을 분이 나올는지……."

"우애숙은 여러분과 운명을 같이하게 될 겁니다."

다누마 선생이 조용하면서도 분명하게 대답했다. 그러자 오가와 선생이 더듬거리며 물었다.

"이사장님, 그럼 이사장님은 우애숙이 폐쇄되는 것까지 각오하고 계신가요?"

"지금 상황으로 봐서는 언제가 될지 모르지만 곧 그런 날이 올 겁니다. 우리가 굳이 가오하지 않아도 그렇게 될 거에요."

"하지만 피할 수도 있잖아요?"

"피할 수 있을 때까지는 피해봐야죠. 쓸데없이 나섰다가 문제를 일으킬 생각은 없습니다. 그 점은 걱정하지 않으셔도 됩니다. 하지만 우애숙의 대의명분을 포기하면서까지 숨어 지낼 수는 없는 일이죠."

"혹시 군에서 벌써부터 우애숙을 거론하는 건 아니겠죠? 무슨 말씀이라도 들으셨나요?"

"아직까지는 정식으로 무슨 얘기를 하고 있지는 않습니다. 어쨌든 반란이니, 반군이니 하는 말을 우애숙 밖에서 했다간 큰일입니다. 다시 한 번 말해두지만 보잘것없다고 생각하는 일 때문에 우애숙이 최악의 사태에 직면하게 될지도 모릅니다. 오늘 아침의 정세를 보건대 이번 사태가 결코 쉽게 끝나지는 않을 것 같습니다. 그렇다고 옳지 못한 시대와 타협을 선택할 수도 없는 노릇이니……. 우애숙이 희생해야 한다면 어쩔 수 없겠지요. 제 몸을 살라 재 속에서 되살아난다는 불사조처럼 우리도 각오를 단단히 해둡시다."

오가와 선생은 착잡한 표정을 하고 눈을 감았다. 그리고 혼잣말처럼 중얼거렸다.

"아까워요, 정말 아까와요. 우애숙이야말로 이 시대에 필요한 양심인데 말입니다."

"그 양심을 지키기 위해 죽을 각오라도 하자는 얘기입니다, 허허."

다누마 선생이 무겁게 가라앉은 분위기를 바꾸려는 듯 일부러 밝게 웃었다.

지로는 오가와 선생과 비슷한 심정이었다. 그 때문인지 다누마 선생이 웃는 소리에 공연히 화가 치밀었다. 그런 마음을 눈치라도 챈 것처럼 아사쿠라 선생님이 지로에게 물었다.

"어때, 지로? 이사장님 말씀처럼 각오가 돼 있나?"

지로는 다누마 선생을 흘낏거리며 기어들어 가는 목소리로 대답했다.

"제 생각엔 이 사건을 그냥 무시했으면 좋겠습니다."

"무시한다고? 어떻게?"

"밖에서 무슨 일이 벌어지든 언급하지 않는 겁니다. 상관하지 않고 평소대로 침착하게 생활하는 겁니다."

"침착하게 생활해야 한다는 의견엔 나도 동감이다. 하지만 이런 사건을 무시할 수는 없어. 우리가 무시해도 언젠가는 숙생들이 알게 될 거야. 며칠 있으면 신문과 방송에서 떠들어댈 테니까. 그때는 어떻게 하겠니? 숙생들이 이 문제를 들고나와도 무시할 수 있겠어? 아니면 숙생들이 없는 곳으로 도망칠 작정인가?"

지로는 대답을 할 수가 없었다. 얼굴이 화끈거렸다. 다누마 선생이 웃으면서 말했다.

"무시한다는 생각도 나쁘진 않아. 과연 지로 군다운 생각이야. 하지만 그건 잔꾀에 지나지 않아. 그런 잔꾀는 정답이 될 수 없어. 우애숙을 사랑하는 만큼 숙생들의 양심도 사랑하게. 자네가 그 마음을 잃지 않는다면 우애숙이 사라져도 그 정신은

세상 속으로 ● 277

계속될 거야. 그렇죠, 숙장님?"

"맞습니다."

아사쿠라 선생님이 고개를 끄덕이며 대답했을 때 지로는 어느새 의자에서 일어나 그 자리에 서 있었다. 다누마 선생이 표현한 '잔꾀'라는 말이 날카로운 가시처럼 가슴을 찔렀기 때문이다. 지로는 무슨 말인가를 하려고 했지만 목소리가 나오지 않았다.

"거북하게 서 있지 않아도 되네."

다누마 선생이 또 웃으며 말했다.

"그렇게 자꾸 거북해 하니까 자기도 모르게 잔꾀를 부리는 거라네. 진지한 것은 좋은 자세야. 하지만 인간은 위급한 순간일수록 대범해져야 한다는 걸 잊으면 안 돼. 어떤 환경 속에서도 과녁에서 벗어나는 짓은 해선 안 돼. 마치 불이 났을 때 쓸데없는 물건을 들고 뛰쳐나가는 격이지. 하하."

지로는 웃고 싶지 않았다. 다누마 선생은 언제나 자연스럽게 과녁을 명중시킨다. 모든 일에 대한 판단이 그 깊은 인간애에서 비롯된다는 것을 알면 알수록 지로는 부끄럽고 거북했다. 자기 처지가 더욱 궁색해지는 것 같았다.

"제가 경솔했습니다."

지로는 목소리에 힘을 주어 그렇게 말했다. 하지만 진심은 아니었다. 다누마 선생의 말을 이해했다기보다는 자신의 불만을 드러내고자 하는 의도가 더 강했다.

그때 오후 행사를 시작한다는 딱딱이 소리가 들렸다. 지로는 그 소리를 듣자마자 도망치듯 숙장실 밖으로 튀어나갔다.

독서회는 식당에서 했는데, 식탁을 네모꼴로 맞춰놓은 숙생들은 《니노미야 노인의 야화(二宮翁夜話)》라는 책을 앞에 놓고 자리에 앉아있었다. 곧이어 세 선생님도 식당 안으로 들어왔다. 사모님은 한가할 때만 독서회에 참석했는데 이날은 처음부터 지로와 나란히 앉았다.

"오늘 독서회는 퍽 유감스러운 말로 시작해야 할 것 같다……."

다누마 선생은 평소의 온화한 태도와는 달리 무척 고통스럽게 말문을 열었다. 그리고 이날 새벽 도쿄에서 일어난 사건을 천천히 이야기했다. 다누마 선생은 숙생들을 자극하는 낱말은 한 마디도 쓰지 않았다. 자신이 보고 들은 내용을, 그것도 요점만 아주 간단하게 이야기했다. 마지막에 가서야 다누마 선생은 목소리를 조금 높였다.

"칙명(임금의 명령을 쓴 문서) 없이 군대를 움직여 중신을 살해한 것은 명백한 반란이다. 나 또한 이 나라에서 이런 사태가 벌어질 줄은 꿈에도 생각지 못했다. 그러나 유감스럽게도 오늘 아침에 그 같은 일이 일어났다. 오늘은 그 사실만 여러분에게 알려주기로 한다. 어차피 앞으로 많은 보도가 쏟아져나올 것이다. 그러나 이런 보도를 모두 믿어서는 곤란하다. 유언비어도 섞여 있고 잡음도 섞여 있기 때문이다. 하지만 내가 지금 이야기한 것만은 모두 사실이다. 내가 보고 들은 것들이기 때문이다. 오늘 들은 내용을 기초로 여러분도 냉정하게 판단하기를 바란다."

 숙생들은 큰 충격을 받은 듯 입을 굳게 다문 채 고개를 푹 숙이고 있었다. 선생의 말이 평소와는 다르게 더듬거리고 너무 짧아서 무언가 심상찮은 분위기를 느끼는 듯했다. 겉으로는 다들 입을 굳게 다물고 있지만 마음속에서 흥분과 걱정, 두려움이 휘몰아치고 있는 것이 확연하게 느껴졌다.

 다누마 선생이 이야기를 마친 뒤 꽤 시간이 흘렀지만 식당에는 찬바람이 감돌았다.

 "이사장님!"

 한참 만에야 한 명이 큰 소리로 외쳤다. 다가와 다이사쿠였다. 다가와는 자기 앞에 놓여 있는 《니노미야 노인의 야화》를 움켜쥐고 이렇게 말했다.

 "우리는 오래전부터 이런 일이 일어날 것을 걱정해왔습니다."

 다누마 선생은 대답 대신 다가와의 얼굴을 지그시 바라보았다. 그러자 다가와는 말했다.

 "저는 2년 넘게 만주에서 군 생활을 했습니다. 그곳에서 보니 일본의 정치에는 썩은 내가 진동했습니다."

 "그랬을 수도 있겠지."

 다누마 선생은 이해한다는 듯 고개를 끄덕이며 아사쿠라 선생님을 보았다. 다가와는 다시 큰 소리로 물었다.

 "이사장님 생각은 어떠십니까?"

 "나도 일본의 정치가 옳다고는 생각하지 않네. 하지만 물리적인 힘을 동원하는 데도 반대일세. 왜냐하면 일본에는 헌법이라는 것이 있기 때문이네."

"정당은 썩을 대로 썩었습니다. 이런 상황에서 의회정치가 제대로 돌아간다는 것은 생각할 수도 없습니다."

"그렇게 생각하는 것도 무리는 아니지."

다누마 선생은 어느 때보다 진지했다.

"어떻습니까? 아사쿠라 숙장님. 방금 저 숙생은 헌법 정치가 과연 타당한지 무척 궁금해 하는 것 같은데 이 문제는 나중에 다시 이야기하도록 합시다."

"예, 그렇게 하겠습니다."

아사쿠라 선생님이 고개를 끄덕이며 지로에게 물었다.

"오늘 저녁 연구회 주제가 뭐지?"

"청년운동과 정치입니다."

"잘됐군. 오늘 저녁엔 이번 사건을 중심으로 다가와 군이 말한 문제를 서로 논의해보기로 하자. 그 다음에 청년운동과 정치에 대해서도 함께 토론하자. 그렇게 해도 괜찮겠지?"

"알겠습니다."

아오야마 게이타로가 대표로 대답했다. 이번 주는 아오야마가 속한 3조가 연구회 담당이었다.

그러나 흥분된 감정은 쉽사리 가라앉을 것 같지 않았다. 아사쿠라 선생님이 이번 사건에 대한 논의를 저녁까지 미루자고 의견을 내자 여기저기에서 불평이 쏟아졌다. 그러자 이지마 고조가 아는 척하며 나섰다.

"독서회를 저녁에 하고 이 시간에 토론회를 하는 건 어떨까

세상 속으로 ● 281

요? 다누마 이사장님과 오가와 강사님이 저녁까지 계시진 않을 테니까요. 이런 문제는 역시 두 분이 계실 때 토론해야 할 것 같다고 생각하는데요."

"나도 그러고 싶지만 지금은 시간이 많지 않네."

다누마 선생이 손목시계를 들여다보며 말했다.

"그리고 독서회는 어디까지나 책을 중심으로 해야 해. 지금 당장 우리끼리 머리를 맞댄다고 뾰족한 수가 생기는 것도 아니잖나? 아사쿠라 선생님이 말씀하시는 것처럼 평상심이 중요하네. 평상심 없이는 좋은 결과를 얻을 수 없겠지."

그때 사무실에서 요란하게 전화벨 소리가 울렸다. 지로가 벌떡 일어나 사무실로 달려갔다. 조금 뒤에 식당으로 돌아온 지로는 무척 흥분한 목소리로 다누마 선생에게 말했다.

"아라다 노인이 전화를 했습니다. 이사장님께 할 말도 있고 해서 지금 이쪽으로 오시겠답니다. 뭐라고 전할까요?"

"그래?"

다누마 선생이 이상하다는 듯 고개를 갸웃거렸다.

"내가 받지."

다누마 선생이 밖으로 나가자 숙생들은 얼굴을 마주 보며 조용히 귀를 기울였다. 식당까지 선생이 통화하는 소리가 들리지는 않았지만 그렇게 하지 않으면 안 될 것 같은 다급한 심정들이었다.

조금 뒤에 다누마 선생이 식당 입구에 서서 말했다.

"급한 일이 생겨서 먼저 가봐야겠군."

아사쿠라 선생님이 따라 나오려고 하자, "난 신경 쓰지 말고 어서 독서회나 시작해요. 예정을 빗나가게 해서 미안합니다." 하고 말하며 숙생들에게 가볍게 인사하고 현관 쪽으로 사라졌다.

사모님과 오가와 선생이 다누마 선생을 배웅하기 위해 현관으로 나갔다. 아사쿠라 선생님은 산만한 분위기를 다잡으려는 듯 서둘러 독서회를 시작했다.

독서회 때는 보통 숙생들끼리 돌아가며 책을 읽었는데 《니노미야 노인의 야화》만은 그렇게 하지 않았다. 독서회를 시작하기 전에 모두 몇 장씩 읽고 와서 마음에 와 닿는 구절이나, 의문 가는 대목을 발표했다. 이렇게 하자고 제안한 사람은 지로였다. 지로가 제안한 방법이 적절했는지 《니노미야 노인의 야화》로 독서회를 할 때면 기수마다 꽤 성과를 거두었다. 처음에는 조금 어려워하던 숙생들도 시간이 지날수록 진지해져 갔다.

하지만 이날은 흩어진 분위기가 쉽게 추스러지지 않았다. 여느 때 같으면 아사쿠라 선생님이 "그럼 누가 먼저 발표해보겠나?" 하고 묻기 무섭게 여러 숙생들이 손을 들고는 했는데, 이날은 책을 펼치지도 않고 서로 귓속말만 했다. 다른 누구보다 지로가 가장 이상했다. 지로는 멍하니 창문만 보고 있었다. 창문 밖으로 다누마 선생과 오가와 선생, 사모님이 무언가 심각하게 이야기를 나누는 모습이 보였다.

아사쿠라 선생님은 숙생들의 그런 모습을 보고도 그다지 특별한 기색은 없었다. 선생님은 눈가에 웃음을 머금은 채 숙생들이 발표하기를 조용히 기다리고 있었다.

그때 오가와 무몬이 손을 들었다.

"1권 28절을 읽어보겠습니다."

오가와의 목소리는 낙엽 밟는 소리와 비슷했다. 그러자 숙생들은 귓속말을 멈추고 오가와를 보았다. 오가와가 갑작스레 그렇게 행동하자 가장 놀란 사람은 당연히 지로였다. 그동안 오가와는 독서회에 참석해서도 거의 말이 없었다. 더구나 누가 먼저 말을 시키기 전에 본인 스스로 발표하겠다고 나선 적은 한 번도 없었다.

숙생들도 오가와가 이상하다고 느꼈는지 서둘러 책을 펼쳤다. 오가와는 숙생들이 28절을 찾을 때까지 기다렸다가 특유의 낮은 목소리로 책을 읽어나갔다.

"니노미야 노인이 말하기를 세상 이치는 순리와 형국을 따라야 한다고 했다. 이는 권도(임기응변의 수단)를 가볍게 여기지 말라는 뜻이다. 어려운 일을 먼저 하라는 것은 성인의 가르침이지만, 이는 먼저 일을 하고 그 뒤에 삯을 받으라는 것과 같은 가르침이다. 여기 어느 농가가 있다. 그 농가의 주인이 병을 앓고 있다. 그 때문에 논밭에 김을 매야 할 시기를 놓쳐버렸다. 세상 사람들은 이럴 때 풀이 많은 곳부터 김을 매지만 이는 순리와 형국이 아니다. 다시 말해 지혜로운 일이 아니다. 먼저 풀이 적게 난 곳부터 손질하고, 나중에 풀이 무성한 논밭을 둘러봐야 한다. 이것이 바로 지혜다. 풀이 무성한 논밭은 그만큼 손이 많이 간다. 그러는 동안 풀이 많지 않던 논밭까지 풀이 무성해진다. 그때는 감당할 수 없을 만큼 풀이 무성해져 그 논밭을 포기해야 한다. 올해 농사를 쉬겠다는 각오를 해야 한다. 눈에 보이는 문제를 따라가다가는 큰 손해를 보게 된다. 문제가 심각하다고 해서 반드시 중요한 것은 아니다. 심각해진 문제는 심각해지도록 내버려두고 지금 당장 고칠 수 있는 문제부터 하나씩 처리해나가는 것이 지혜다. 국가를 부흥시키는 것도 이와 마찬가지다. 버려진 산야를 개척할 때를 생각해보자. 커다란 나무뿌리는 그대로 놔두고 주위의 잔가지부터 쳐내는 것이 순서다. 그렇게 2~3년 동안 방치해두면 나무뿌리는 자연히 썩는다. 그때는 힘들이지 않고도 얼마든지 뿌리를 뽑아낼 수 있다. 처음부터 나무뿌리에 힘을 들이지 말고 손쉬운 일부터 정리하면서 아주 곤란한 것이 스스로 무너지기를 기다려라. 힘든 일일수록 고생을 많이 하지만 이득은 적다. 모든 일이 이와 같다. 마을을 부흥시킬 때 어리석은 자들은 반항하게 마련이다. 이들을 모두 설득하면서 마을을 발전시킬 수는 없다. 반항하는 자가 있으면 반항하게 내버려둬라. 시일이 지나면 스스로 지치거나, 눈에 보이는 결과물에 입을 다물 것이다."

오가와 무몬은 속삭이듯 읽어내려가다가 끝머리로 갈수록 목소리를 높였다. 그리고 마지막 한 구절을 읽을 때는 웅변을 하듯 큰 소리로 읽었다. 책을 다 읽고 나서 오가와가 다시 작은 목소리로 말했다.

"조금 전에 다누마 선생님께 오늘 도쿄에서 일어난 사건을 듣다가 우연히 이 구절이 생각났습니다. 어쩐지 연관이 있는 것 같아서 읽어봤습니다. 그뿐, 특별히 할 말은 없습니다"

그 말을 듣고 숙생들은 다시 한 번 오가와가 읽었던 곳을 보았다. 아사쿠라 선생님도 눈을 감은 채 몇 번이고 고개를 끄덕였다. 오직 지로만이 무서운 것을 보기라도 한 듯 멀찌감치 떨어진 곳에서 오가와의 옆얼굴을 훔쳐보고 있었다.

그때 자동차 소리가 들렸다. 다누마 선생이 이제야 돌아가시는 모양이었다. 이어서 오가와 선생과 사모님의 슬리퍼 소리도 들렸다. 슬리퍼 소리는 복도를 지나 숙장실로 사라졌다. 지로는 자기도 한시바삐 이 자리를 벗어나 숙장실로 달려가고 싶었다. 하지만 아무리 애를 써도 무언가에 홀린 사람처럼 오가와를 보고 있을 뿐이었다. 오가와는 평소와 전혀 다르지 않게 침착한 얼굴로 책장을 넘기고 있었다. 그 모습을 곁에서 지켜봐야 하는 지로는 마음이 착잡했다.

독서회는 전과 다름없이 진행되었다. 오가와가 던진 질문은 숙생들 사이에 더 논의되지 않았다. 숙생들은 오가와가 도쿄에서 일어난 이변에 우애숙이 어떻게 대처해야 할지 설명하기 위해 그 구절을 인용했을 거라고 생각했다. 하지만 지금으로서는 그 정답을 알아차리기가 힘들었다. 아사쿠라 선생님도 저녁 시간 뒤에 예정되어 있는 연구회 때 그 이야기를 하실 작정인지 오가와가 읽은 구절에 대해서는 아무 말도 하지 않았다.

독서회가 끝나고 가벼운 실내 체조와 음악 시간이 이어졌다. 음악 시간이 끝나자 시계는 벌써 네 시 반을 가리키고 있었다. 다섯 시 반 저녁 시간까지는 자유 시간이었다. 숙생들은 그 시간을 이날 새벽에 도쿄에서 일어난 사건 이야기로 보냈다. 어느 방에나 흥분한 목소리가 여기저기에서 끊임없이 들렸다.

그 무렵 오가와 선생과 사모님, 아사쿠라 선생님, 지로는 숙장실 소파에 앉아 심각한 얼굴로 이야기를 나누고 있었다. 네 사람은 숙생들과 달리 사변 그 자체보다는 사변이 우애숙에 어떤 영향이 끼칠 것인지에 대해 더 많은 이야기를 나누었다.

오가와 선생이 먼저 말을 꺼냈다.

"현관에서 이사장님이 그러시는데 아라다 씨가 아무래도 수상한 일을 꾸미는 것 같다고 하셨어요."

"수상한 일이요? 그게 뭐죠?"

아사쿠라 선생님이 눈을 크게 뜨고 되물었다.

"전국의 청년 강습소를 통합시키는 게 어떻겠냐고 하더래요."

"청년 강습소를 하나로 통합시킨다……. 본격적으로 사상 통제에 나서겠다는 뜻이군."

"그런가 봐요. 겉으로는 강습소끼리 제휴가 필요하다느니, 수양을 함께 쌓도록 해야 한다느니 하는 이유를 들먹였겠죠."

"아라다 씨가 왜 갑자기 그런 생각을 하게 됐을까요? 나한테는 한 번도 그런 얘기를 한 적이 없었는데."

"글쎄요, 그건 저도 잘 모르겠네요. 다짜고짜 이사장님에게 전화를 걸어 그런 얘기를 꺼냈을 땐 꿍꿍이가 있었겠죠. 아라다 씨 말로는 국민들의 머리가 바뀌지 않았기 때문에 오늘 같은 사건이 일어났다는 거예요. 청년운동 지도자들에게도 그 책임이 있다면서 기세가 등등했다고 하네요."

"그래서 우애숙 이사장하고도 의논해봐야겠다는 거군요?"

"아라다 씨가 그러는데 이사장님 외에도 오세키 씨에게 같은 문제로 전화를 했다고 합니다."

오세키라는 사람은 문부성 관료 출신으로 대표적인 군국주의자였다. 관료 시절 '홍국청년숙'이라는 강습소를 개설해 측근인 어느 교육가에게 경영을 맡겼는데, 실제로는 자신이 퇴직하고 난 뒤에 스스로 지도를 해왔다. 우애숙과는 악연이 깊은 사람으로 창설 당시에도 사사건건 시비를 건 인물이었다. 이자는 성실해 보이는 겉모습과는 달리 실제 성격은 음험하고 신경질적이었다. 마음에 들지 않는 것이 있으면 언제까지고 음흉하게 입을 다무는 그런 사람이었다. 그래서 우애숙 관계자들은 되도록 오세키와 마주치지 않으려고 노력했다.

"오세키 씨와도 얘기가 됐다고요?"

아사쿠라 선생님은 무척 놀란 듯이 말했다.

"이사장님도 아라다 씨와 오세키 씨를 한꺼번에 상대하려면 쉽지만은 않을 텐데……. 정말 걱정이군요. 청년 강습소를 통합한다는 것도 결국 우애숙을 질식시키기 위한 방편에 지나지 않을 거예요."

"내 생각도 그렇습니다. 사실 오래전에 어느 모임에서 우연히 오세키 씨 옆자리에 앉은 적이 있어요. 그때 오세키 씨가 청년 강습소 이야기를 꺼내더라고요. 자기가 봤을 때 현재 도쿄에서 운영하는 청년 강습소 가운데 가장 뛰어난 곳은 홍국청년숙과 우애숙 두 곳뿐이라면서 교육 내용을 더욱 충실하게 다듬기 위해서라도 서로 긴밀하게 교류할 필요가 있지 않겠느냐는 말을 했습니다. 그렇게 하면 양쪽 숙생들이 고향으로 돌아간 뒤에도 쉽게 협력할 거라는 얘기였죠. 그러면서 하는 말이 가끔 날짜를 정해놓고 숙생들을 교환하거나 토론회를 하자는 겁니다. 그래서 도무지 받아들일 수가 없었는데."

"음, 그 정도로 자신이 있다는 건가? 오세키 씨가 우애숙을 노리고 있다면 보통 일이 아닙니다. 보나 마나 이번에도 그런 식으로 나오겠군요."

"예, 정말이에요. 그래도 이사장님이 호락호락 당하지는 않을 겁니다."

"그렇긴 하지만 이사장님도 쉽지는 않을 거예요. 그 아라다 노인이 계획한 일이니까."

말없이 두 사람이 하는 말을 듣고만 있던 사모님이 갑자기 울먹이는 듯한 목소리로 말했다.

"이사장님은 어떻게 생각하고 계실까요? 이사장님은 웬만해선 싸우려고 하지 않으실 테지만 또 지켜야 할 것은 반드시 지키는 분이기도 하니 입장이 참 곤란하실 것 같아요."

지로는 다누마 선생이 그렇게 쉬운 분이 아니라는 것을 잘 알고 있었다. 다누마 선생은 강하면서도 따뜻하고, 따뜻하면서도 냉정했다. 이 커다란 난국 앞에서 다누마 선생이 어떻게 행동할지 지로도 무척 궁금했다. 지로는 눈을 감고 세 사람이 이야기하는 모습을 상상해보았다. 괴물같이 생긴 아라다 노인과 아직 한 번도 본 적이 없는 오세키 씨의 얼굴이 떠올랐다. 오세기 씨는 혈색이 나쁘고 볼이 홀쭉한 위장병 환자 같은 얼굴에 눈만은 빛나고 있었다. 그런 두 사람과 마주하고 있는 다누마 선생은 웃는 것 같기도 하고, 얼굴이 붉게 달아오른 것 같기도 했다.

"저는 이사장님을 믿어요. 처음 이곳을 세울 때 이사장님이 얼마나 고생을 많이 하셨는데요. 그 모습을 옆에서 지켜보고서도 이런 말을 하다니, 이사장님께 염치가 없군요."

사모님은 쓸쓸히 웃으며 지로에게 말했다.

"세상 공부를 할 수 있는 좋은 기회라고 생각해야죠."

"예……."

지로는 고개를 끄덕였다. 어쩐지 그 목소리가 힘없이 들렸다.

사모님은 곧 자리에서 일어났다. 저녁을 준비하기 위해서였다. 아사쿠라 선생님과 오가와 선생은 저녁 시간을 알리는 딱딱이가 울릴 때까지 우애숙을 둘러싸고 그동안 일어난 사정들을 이야기했다. 대부분 지로가 모르는 이야기였다. 그 이야기를 들으면서 지로는 아라다 노인과 오세키 씨가 등장하기 전부터 우애숙은 문부성에서 압박을 꽤 많이 받아왔고, 다누마 이사장이 아주 고생해왔다는 것을 알 수 있었다.

저녁 연구회에는 오가와 선생도 자진해서 참가했다.

토론은 예상한 대로 격렬했다. 숙생들은 우애숙에서 생활하는 게 어떤 뜻인지 제대로 이해하고 있었다. 또 많은 면에서 부족하기는 해도 몸소 실천하기 위해 노력해왔다. 하지만 이렇게 노력한 것들이 일상생활과 밀착되기 위해서는 아직도 시간이 많이 있어야 한다. 우애숙에 들어오기 전까지 숙생들의 생활을 다스려온 사회 환경은 군국주의였다. 더구나 최근에는 독일의 나치즘과 이탈리아의 파시즘 같은 광기가 일본 열도를 들썩이고 있었다. 숙생들은 그 같은 광풍에 몇 년씩 길들여져왔기 때문에 그들을 단 몇 주만에 치유하는 것은 힘들었다. 다행히 씨앗을 뿌리는 데는 성공했지만 그 씨앗에서 움튼 싹은 너무 약했다. 조금만 거세게 바람이 불어도 뿌리째 뽑힐 수밖에 없었다. 다가와 다이사쿠처럼 군국주의에 매료된 청년들이 눈물을 뿌리며 반군의 행위가 정당하다고 외치지 않아도 숙생들 대부분이 이번 사태에 열광하고 있었다. 숙생들 가운데 절반은 적극적으로 다가와의 논리에 편승했고, 나머지 절반은 정치적으로는 반군에 동조하지만 그래도 폭력은 조금 심한 것 같다는 의견을 냈다. 숙생들의 의견이 이렇게 통일되자 연구회는 숙생들끼리 서로 토론하는 데서 벗어나, 아사쿠라 선생님과 오가와 선생님 두 분과 숙생들이 논쟁하는 게 되어버렸다.

두 사람은 겉으로 보이는 풍모가 다르듯 숙생들과 토론하는 태도도 서로 달랐다. 아사쿠라 선생님은 맑고 힘찬 목소리로 물이 흐르듯 부드럽게 이야기했고, 오가와 선생은 차분히 가라앉은 목소리로 돌을 굴리듯 조금 단정적이고 직선적으로 이야기했다. 그러나 두 사람 모두 진지하게 숙생들이 주장하는 의견을 들었다. 두 사람은 지금처럼 숙생들이 지나치게 흥분했을 때 함부로 말을 자르거나, 무시하거나, 비웃다가는 상황이 어떻게 변할지 경험으로 알고 있었다. 그렇다고 두 사람이 숙생들과 마찬가지로 흥분한 것은 아니었다. 숙생들 못지않게 진지했지만 이성적으로 사태를 파악하고 있었다. 몇몇 숙생들은 지나치게 흥분해서 두 사람의 인격을 모독하는 듯한 발언을 하기도 했지만, 아사쿠라 선생님과 오가와 선생은 그동안의 경험으로 냉정을 잃지 않았다.

그러나 안타깝게도 두 사람이 그렇게 노력했지만 시간이 지날수록 숙생들은 더욱 흥분했다. 겨우 분위기를 가라앉히면 누군가 숙생들을 자극하는 발언을 했고, 또다시 숙생들의 가슴에 불이 붙었다. 청년들은 일반적으로 지적인 논리보다 격정적인 주장에 매력을 느끼기 쉬운데, 더구나 이날처럼 지적인 논리의 대변자가 어른일 경우, 또한 같은 청년들 중에 지적인 논리를 지지하는 사람이 한 명도 나타나지 않을 경우, 지적인 논리는 격정적인 주장에 밀려나는 것이 대세였다. 그러나 다행히도 오가와 무몬과 아오야마 게이타로가 있었다. 만약 이 두 사람이 적극 나서지 않았다면 겨우 두 시간 만에 한 달 동안 쌓아올린 성과가 물거품이 되었을 것이다.

이날 오가와 무몬은 자신의 가치를 유감없이 드러냈다. 그는 독서회 때 자신이 읽은 《니노미야 노인의 야화》 구절을 되풀이하면서 폭력으로 정치를 혁신할 수 없는 이유를 하나하나 나열했다. 그는 국가는 국민이 동의해야 건설할 수 있으며, 국민 한 사람 한 사람이 자각해야 국가는 발전한다고 역설했다. 국민 한 사람, 한 사람의 노력이 곧 국가 전체의 노력이므로 하루아침에 폭력을 일으켜 상황을 반전시키는 것보다 우애숙 같은 청년 강습소에서 더 나은 인간으로 자신을 성장시키는 것이 청년의 진정한 의무라고 단언했다.

"이 나라의 청년으로서 실질적인 정치 문제에 뛰어드는 것도 중요하지만 그 전에 우애숙과 같은 청년단에서 생활하면서 사회라는 조직이 어떻게 구성되는지를 배우는 것이 더 중요하다고 생각합니다. 청년단 생활에서 조직화에 대해 배우고 그 뒤에 고향으로 돌아가 실제 조직에 대해 연구하는 것입니다. 이렇게 해야만 미래의 이상적인 공동체가 모습을 나타내리라고 생각합니다. 우리가 이 두 가지 목적을 훌륭하게 수행해낸다면 우리 고향의 정치적 타락이나 이 나라의 국정 혼란 같은 부패는 자연스레 사라질 것이라고 믿습니다."

이것이 오가와의 주장이었다. 그는 자신의 주장을 좀 더 쉽게 설명하기 위해 숙생들이 잘 알고 있는 《니노미야 노인의 야화》 구절을 적절하게 인용했다. 오가와가 보여준 희생정신과 명철한 논리, 그리고 자연스러운 유머는 반란에 현혹된 숙생들을 정상으로 되돌리는 데 큰 몫을 했다.

아오야마 게이타로는 오가와처럼 웅변하듯 말하는 사람은 아니었다. 아오야마는 오가와만큼 이야기를 많이 하지는 않았다. 이야기를 해도 단편으로 끝나는 경우가 많았다. 하지만 그가 성실한 것을 인정하는 숙생들은 다가와 다이사쿠가 격정적으로 한 말이나 이지마 고조가 기회주의적인 태도를 취한 것보다 아오야마 게이타로가 한 말에 더 큰 영향을 받았다. 오가와가 논리로 숙생들을 설득했다면 아오야마는 진심으로 숙생들의 마음을 움직였다.

이렇게 해서 그날 밤 연구회에서 숙생들은 우애숙 역사상 가장 치열한 토론을 했다. 초반에는 고비가 많았지만 아사쿠라 선생님과 오가와 선생이 노련하게 이끌어가고, 오가와와 아오야마가 힘을 모아 우애숙다운 결론을 이끌어냈다. 다가와 다이사쿠도 오가와 무몬이 펼치는 치밀한 논리 앞에서는 힘을 쓰지 못했다. 시간이 지날수록 숙생들은 이성을 되찾았고, 다가와의 열정보다는 오가와의 논리에 더 큰 힘을 실어주었다. 결국 다가와는 "내가 그 생각은 미처 못 했군." 하고 자신의 패배를, 아니 새로운 깨달음을 고백했다.

이날 토론에 참가하지 않은 사람은 지로뿐이었다. 그는 처음부터 끝까지 한마디도 하지 않았다. 연구회를 열고부터 지로가 입을 다문 날은 이날이 처음이었다. 더구나 청년운동이라는 연구회 주제는 지로가 가장 자신 있어 하는 과제였다. 아사쿠라 선생님도 지로가 청년운동을 연구한 능력을 높게 평가해 때로는 지로가 연구회를 이끌도록 배려한 적도 많았다. 그랬던 지로가 오늘처럼 중요한 날 멍하니 입을 다물고 있었다. 이와 비슷한 논쟁이 벌어질 때마다 지로가 어떤 태도를 취했는지 알고 있는 아사쿠라 선생님과 몇몇 숙생들은 지로가 조용한 데는 그만 한 이유가 있을 거라고 짐작할 뿐이었다.

대부분의 인간은 자신과 비슷한 나이 또래의 사람들 사이에서 자기와는 비교도 안 될 만큼 뛰어난 사람을 마주치는 순간 극도로 나약해지기 일쑤다. 도무지 따라갈 수 없다고 느껴질

만큼 뛰어난 인품을 지닌 사람을 보면서 스스로 품어온 자신감을 모조리 상실해버린다. 그리고 이처럼 위험한 생각은 지금까지 스스로 생각해온 자신감의 크기와 비례하는 법인데, 만에 하나 작은 상처라도 입었을 경우 그 상실감은 거의 절대적이라고 할 수 있었다. 지로는 어린 시절부터 힘겨운 싸움을 반복해왔다. 그 싸움의 의미는 단순하지 않았다. 그 싸움은 인간의 자격을 시험하는 것이었다. 따라서 지로는 자기 자신의 인격에 대해 상당한 자신감을 안고 있었다. 한마디로 지로는 자신의 인격적 가치를 누구보다 높게 평가하고 있었던 셈이다. 더구나 고향에서 중학교를 퇴학당한 뒤에 미치에에 대한 애정을 과감히 포기하고 우애숙에 전념하게 된 몇 년 전부터 이 같은 자기 확신은 지로의 삶에서 아주 커다란 자리를 차지하고 있다. 다른 사람에게는 내색하지 않았지만 얼마 전부터 지로는 아사쿠라 선생님의 후계자로 자신을 생각하고 있을 정도였다. 그러나 지로의 이 같은 자신감도 아라다 노인과 같은 괴기스러운 인물이 나타나고, 미치에가 도쿄로 올라왔다는 통지를 받으면서 동요되기 시작했다. 바로 이때 오가와 무몬이라는, 상상할 수 없을 만큼 큰 인격을 가진 사람이 나타났다.

사실 지로는 오가와 무몬과 처음 대면할 때부터 어느 정도 열등감을 느끼고 있었다. 그리고 오가와 무몬에 대한 열등감은 날이 갈수록 더해져만 갔다. 엎친 데 덮친 격으로 미치에가 우애숙을 찾았고, 교이치가 편지를 보냈다. 지로의 마음은 무너져버리기 직전까지 갔다. 이것으로는 부족했는지 도쿄에서 군사 쿠데타가 터졌고, 이번 사태를 바라보는 자신의 눈과 오가와의 눈은 그야말로 하늘과 땅 차이였다. 이쯤 되자 지로는 자신의 손으로 자신이 쌓아올린 인격을 무너뜨리고 싶은 충동에 휩싸이지 않을 수 없었다.

이것이 바로 이날 밤 연구회에서 지로가 입을 다물고 있었던 가장 큰 이유였을 것이다.

혼미

 이튿날부터 숙생들은 라디오와 신문에 주목했다. 신문 1면을 장식하는 커다란 활자를 읽으면서 숙생들은 또다른 흥분에 빠졌다. 사무실에 놔둔 라디오는 평소에는 일정 때문에 늘 꺼놓았는데 사변이 터진 뒤로는 거의 하루 종일 틀어놓았다.
 숙생들은 중신들이 암살당했다는 보도를 들으면서 가장 많이 흥분했다. 사이토 마코토, 다카하시 고레키오처럼 오랜 세월 동안 국민들에게 존경을 받아온 중신들마저 비참하게 살해되었다는 보도가 나오자 다가와 다이사쿠 같은 우익 청년마저 자기가 그런 범죄에 가담한 것처럼 부끄러워했다. 2월 30일 아침나절에 죽은 것으로 알려진 오카다 총리대신이 아직 살아 있다는 소식이 전해졌는데, 이 뜻하지 않은 소식을 듣고 숙생들은 자기 일처럼 안도했고, 이를 계기로 반군 동조 분위기는 조금씩 가라앉았다.
 그러나 신문과 라디오는 이 같은 숙생들의 분위기와는 대조적인 여론을 이끌어가고 있었다. 반군을 가리켜 '궐기 부대' 라든가 '행동 부대', '점거 부대'라고 표현한 것이다. 반군이라는 말은 어떤 매체에서도 들을 수 없었다. 사변이 일어난 지 사흘째가 되어서야 처음으로 '소요'라는 말을 썼는데, 아직도 '반란'이라는 말과는 꽤 거리가 있었다. 그래서 숙생들 사이에서는 지난 연구회 때 불었던 광풍이 되살아나기 시작했다. 숙생들은 기회가 있을 때마다 아사쿠라 선생님에게 도전하듯 질문을 던졌다. 그러면 선생님은 "아무것도 모르는 군인들에게 역적의 오명을 씌우고 싶지 않다면 이쯤에서 사태가 마무리되어야 할 텐데…….", "아나운서도 괴롭기는 마찬가지일 거야. 몇 줄 안 되는 문장을 읽는 것뿐인데 지나치게 두려워하고 있어. 목소리만 들어도 그런 마음이 느껴져." 하는 말로 대답을 대신하고는 했다.

시간이 지날수록 상황은 더욱 긴박해졌다. 전시 경계령이 내려진 것과 가시이 중장이 지휘하는 제1사단 및 고노에 중장이 이끄는 보병 사단이 도쿄의 경비를 맡게 된 것은 그렇다손 치더라도, 반란군들이 아무 일도 없었다는 듯 경비대에 편입되는 것은 문제의 심각성을 그대로 말해주고 있었다. 계엄령이 선포된 뒤에도 마찬가지였다. 반란군들은 여전히 시내 곳곳에 주둔하고 있었다. 더구나 반란을 계획한 장교가 도쿄 한복판에서 '존황 의병'의 정당성을 설파하는 연설을 했다는 소식을 들었을 때는 사태가 어떻게 마무리될지 다들 걱정이 대단했다. 그리고 이 같은 걱정은 점점 현실로 나타났다. 나가다초 총리 관저 부근에 지방에서 올라온 청년단과 법화종 신자들이 몰려들어 나팔을 불고, 북을 치고, 반군을 위해 만세를 불렀는데, 누구 한 사람 제지하지 않았다. 군 수뇌부와 원로들은 수시로 모임을 가졌고, 그 대표자가 반군을 만나기도 했으나 결과는 밝히지 않았다. 더구나 그날 저녁 반군의 노고를 위로한다는 뜻에서 수상 관저와 철도, 문부, 재무, 농림 대신의 관저, 야마노 호텔 그리고 고라쿠 요정을 숙사로 제공했다. 이런 보도와 함께 라디오 방송에서는 28일 저녁에는 계엄사령부의 경계가 엄중해졌다는 소식과 반군에 대한 포위가 시작되었다는 소식을 전했다.

하루에도 몇 번씩 정세가 뒤바뀌는 탓에 숙생들도 점점 더 불안해지기만 했다. 29일 오전에는 불안감이 극으로 치달았다. 신문에는 곧 도쿄 시내에서 반란군과 황군의 전면전이 있을지도 모른다며 외출을 자제하라는 기사가 실려 있었다. 라디오에서는 새벽부터 같은 성명서를 되풀이해서 내보내고 있었다. 성명서를 낭독하는 아나운서는 절절한 목소리로 반군들에게 원대 복귀를 권고했다. 계엄사령관이 작성했다는 그 성명서에는 '봉칙(奉勅)'이 내려졌으므로 복귀하지 않으면 '역적'이 된다는 말과, '지금이라도 늦지 않았으니 즉시 저항을 중지하고 복귀하라. 지금까지 지은 죄는 모두 용서한다', '부모님을 생각하라. 불안해하는 국민들을 생각하라'고 호소하는 말이 담겨 있었다.

이 방송으로 지금까지 모순으로 가득했던 여러 보도들이 모두 정리되었다. 몇몇 숙생들의 머릿속에 남아 있던 의병의 관념은 이 보도로 말끔히 지워졌다. 앞으로 남은 문제는 동족 간의 피비린내나는 전투였다. 머잖아 이 무서운 싸움이 벌어질 것만 같은 분위기가 무르익고 있었다. 정부에서 젊은 군인들을 '역적'으로 규정했으니, 지금처럼 방치할 수는 없는 노릇이었다. 만에 하나 군인들이 부대로 복귀하지 않는다면……. 숙생들은 그런 생각을 하는 것만으로도 더욱 불안해지고 우울한 기분을 감출 수 없다.

그 같은 불안은 29일 저녁부터 3월 1일에 걸쳐 여러 보도가 나오면서 조금씩 사라졌다. 밤중에 총리 공관을 습격하고 여러 중신들을 살해할 정도로 기세가 등등하던 반군들이 성명서가 발표되기 직전인 29일 오후부터 군에 복귀하기 시작했다는 것이었다. 반군은 3월 1일 오전에 전원 복귀했다. 반란을 주도한 장교 중 몇 명이 자결을 선택했고, 이번 반란에 책임이 있는 인사들을 체포하기 시작했다. 어쨌든 이렇게 해서 사건은 마무리되는 듯싶었다.

정세가 시시각각 변화하는 속에서도 우애숙에서는 여러 행사를 운영하는 데 눈에 띄게 차질을 빚은 적은 한 번도 없었다. 그러나 숙생들의 마음은 아직도 흥분에서 벗어나지 못하고 있었다. 그러나 시간이 지나면서 흥분의 여운도 조금씩 사라져갔다. 4월이 되자 태풍이 지나간 뒤의 모습처럼 조용하기만 했다. 국내 정세는 더욱 심각해졌지만 숙생들은 대부분 별다른 관심을 보이지 않았다.

다가와 다이사쿠는 눈에 띄게 의기소침해졌다. 어떤 모임에서도 스스로 발언하는 경우가 없었다. 이지마 고조는 여전히 말이 많았다. 이지마는 언제나 자극적인 화제를 몰고 다녔다. 연구회 때 주제와 상관없이 새롭게 조직된 내각에 반란군 장교가 포함될 것이라느니 어쩌느니 하며 반란군 장교들에 관한 소문을 눈치 없이 떠드는 바람에 숙생들의 반감을 사고는 했다. 오가와 무몬은 2월 26일 독서회와 연구회 때를 제외하고는 예전처럼 말수가 적었다. 사변 중에도, 사변 뒤에도 오가와는 자기 생각을 밝히지 않았다. 다가와와 달리 예전의 자신으로 돌아온 것 같았다. 그러나 숙생들은 연구회 때 오가와에게 압도된 것을 생생하게 기억하고 있었다. 토론이 조금 난해해진다 싶으면 숙생들은 자연히 오가와에게 의견을 구했다. 그러면 오가와는 자신이 생각하는 결론을 짤막하게 이야기하고는 했는데 숙생들의 기대를 충족시켜주지는 못했다. 반대로 아오야마 게이타로는 스스로 발언할 때가 많아졌다. 아오야마는 우애숙의 근본정신에 대해 논쟁이 붙을 때만 의견을 많이 냈다. 사변을 겪으면서 우애숙 정신에 가장 깊게 공감한 숙생이 있다면 아마도 아오야마일 것이다.

"이번 사건을 지켜보면서 이곳 생활이 한때 일로 끝나서는 안 된다는 것을 깨달았어요. 그렇게 생각했기 때문인지는 모르겠지만 이곳 생활이 요즘엔 더 어렵게 느껴집니다."

사변 이후 확실히 숙생들의 태도에 변화는 있었다. 우애숙의 정신을 마음으로 공감하던 숙생들마저 흐트러진 기분으로 생활하는 때가 많았다.

이런 가운데 가장 눈에 띄는 변화를 보인 사람은 지로였다. 지로는 좀처럼 말을 하지 않았다. 다가와나 오가와보다 더 말이 없었다. 2월 26일 연구회를 하고 난 뒤로 꼭 필요한 용건이 아니면 웬만해선 입을 여는 법이 없었다. 지로는 집회 때만 조용히 있는 게 아니었다. 복도에서 숙생들과 마주쳐도 고개를 숙인 채 그냥 지나갈 때가 많았고, 숙장실과 공림암에는 벌써 며칠째 발길을 끊다시피 했다. 특별한 행사가 없을 때는 언제나 자기 방에 틀어박혀 있었다.

이런 모습이 아사쿠라 선생님 부부의 눈에 띄지 않을 리가 없었다. 두 사람은 지로가 우애숙의 불안한 앞날을 걱정하는 마음에서 그럴 것이라고 생각했다.

"저러는 것도 무리는 아니에요. 지로한테는 이 우애숙만이 유일한 세계예요. 언젠가 한 번은 저한테 이런 말을 했어요. 나중에 이 우애숙에서 죽고 싶다고요. 그 말을 듣고 지로가 진심으로 이곳을 좋아한다는 걸 알았죠."

"정말 그렇게 말했단 말이야? 젊은 나이에, 그렇게 단순한 성격도 아닌데 조금 걱정이 되는군."

"하지만 그 순수한 마음은 우리도 존중해줘야 한다고 생각해요."

"그렇긴 해도 그런 마음 때문에 저렇게 실망한 얼굴로 돌아다니는 것이라면 무턱대고 칭찬만 할 수도 없지."

"어떻게든 위로해줘야 하는 것 아닐까요?"

"지금은 그냥 내버려두는 게 좋을 것 같아. 급해지면 스스로 생각을 정리하겠지. 그때까지 기다려줍시다."

"그래도……. 지로한테 너무 잔혹한 짓을 하는 것 같다는 생각이 드네요."

"우애숙이라는 곳이 젊은 친구들에겐 본디 잔혹한 곳이오."

"그렇게 말하면 할 말은 없지만……."

두 사람의 이야기는 이런 식으로 끝이 났다. 두 사람 모두 지로의 풀 죽은 모습에서 미치에의 그림자를 눈치 채지 못했다. 우애숙의 불안한 운명을 걱정하는 마음과 미치에에 대한 숨기고 싶은 욕망이 뒤엉켜 인간으로서 그의 자신감을 흔들고, 오가와 무몬이 나타나면서 흔들린 자신감이 자괴감으로 변해버렸다는 것은 더더욱 알 수 없는 노릇이었다.

그중 미치에의 문제만 놓고 이야기하자면 지로는 더 참담한 시련과 직면하게 되었다. 그 시련은 잔인하게도 도쿄에서 발생한 사변으로 우애숙의 불안이 절정에 달한 2월 28일 저녁부터 시작했다.

그날 저녁을 먹고 나서 지로는 자기 방에서 편지 한 통을 보았다. 봉투가 묵직했다. 편지를 보낸 사람이 미치에라는 것을 확인한 순간, 지로는 두려움에 휩싸였다. 지로에게 봉투를 뜯고 그 안에 들어 있는 편지를 읽어볼 용기 같은 것은 전혀 없었다. 만일 미치에가 무사히 도착한 것을 알리기 위해 한 장짜리 엽서를 보냈더라면 그저 쓸쓸한 마음으로 읽어버리면 그만이었다. 또 두서너 장짜리 편지였다면 편지에 담긴 뜻이 무엇인지를 확인하기 위해 몇 번씩 읽었을 것이다. 그러나 미치에가 보낸 편지는 뜻밖에도 너무 두꺼웠다. 두껍다는 사실만으로도 지로는 두려웠다. 그 내용을 확인하기도 전에 숨이 막히는 것 같았다.

이럴 바에야 차라리 태워버릴까……. 지로는 편지를 난롯불에 던지는 것을 상상하기도 했다. 하지만 그렇게 상상하면 더욱 몸서리가 쳐졌다. 미치에가 보낸 편지를 태워버리고 나면 눈앞에 있는 편지를 읽는 것보다 더 극심하게 불안과 두려움이 몰려올 것 같았다. 지로는 봉투를 만지작거리며 거친 숨을 몰아쉬었다. 슬프기도 하고, 불안하기도 하고, 화가 나기도 했다. 이 편지가 한 줄기 희망이 될 것이라는 두근거림과 이 편지 한 통으로 모든 게 끝나버릴 것이라는 두려움이 엇갈렸다. 지로는 자기도 모르게 《탄니쇼》의 구절들을 떠올렸다.

'그렇다. 이건 내 뜻이 아니다. 내 의지와는 상관이 없다.'

그렇게 생각하자 마음이 조금 편안해졌다. 이런 생각은 구차한 변명밖에 되지 않는다는 것을 지로도 잘 알고 있었다. 그러나 지금은 그 변명이라도 붙들어야 했다. 지로는 크게 숨을 들이마시고 천천히 봉투를 찢었다.

미치에가 보낸 편지에는 귀향과 관련한 인사말 같은 건 하나도 없었다. 처음부터 지로의 목을 옥죄듯 다음과 같은 내용으로 시작했다.

이 편지를 읽고 나면 지로 오빠는 틀림없이 나를 경멸할 거야. 하지만 내겐 오빠밖에 다른 사람이 없어. 내 마음을 고백할 만한 사람이 없어. 오빠가 날 어떻게 생각하든 상관하지 않겠어. 이미 각오하고 있으니까. 그러니 날 조금이라도 불쌍하게 생각한다면 끝까지 읽어주기 바래. 날 욕하고 비웃는 건 이 편지를 다 읽고 나서 해줘. 제발 부탁이야.

 이것만으로도 미치에가 보낸 편지의 성격은 분명해졌다. 지로는 미치에가 자신에게 왜 편지를 썼으며, 자신을 어떻게 생각하고 있는지 알 것 같았다. 미치에는 이 편지를 쓰면서 자신을 제삼자 이상으로는 여기지 않았다. 그것을 인식할수록 지로의 입맛은 쓰디쓰게 변해갔다. 온몸이 차갑게 식어버리는 것 같은 느낌이 들었다. 겉봉을 뜯을 때까지만 해도 기대감에 사로잡혀 있던 자신이 초라하게 여겨졌다. 자신의 안이함에 화가 나고, 이런 편지를 받을 수밖에 없는 자신의 처지를 마음껏 비웃고 싶기도 했다. 이런 생각들이 지로의 의식을 더욱 차갑게 만들었다. 그리고 그의 눈빛은 시간이 지날수록 더욱 날카롭게 빛났다.
 미치에의 편지는 생각보다 냉정했다. 조금 뜻밖이라는 생각이 들 정도였다. 지로는 미치에를 그저 평범한 여학교 졸업생 정도로 생각해왔는데 편지를 읽을수록 그동안 엄청나게 성장했다는 것을 깨달았다. 그 깨달음이 너무나 뜻밖이어서 위압감마저 들었다.

 ……언제부터였는지는 잘 모르겠어. 아마도 여학교를 졸업

하기 전이었을 거야. 나도 모르게 교이치 오빠를 내 약혼자로 생각하게 됐어. 지금 생각해보면 우리 두 사람의 관계를 설명해준 사람은 없었어. 그렇기 때문에 이건 내가 착각한 것이었는지도 몰라. 만일 그게 사실이라면 내가 경솔했던 거겠지. 교이치 오빠를 특별하게 생각하는 감정은 없었어. 하지만 친척들이나 식구들은 우리 두 사람이 먼 훗날 맺어질 것이라는 점을 암시해줬어. 이건 지로 오빠도 대충 짐작하고 있었을 거라고 생각해. 난 분명히 그런 걸 느꼈어. 집에서도 그랬지만 오마키가나, 지로 오빠네 집에 갔을 때도 나로서는 그렇게 생각할 수밖에 없는 분위기가 있었어. 난 속으로 무척 부끄러웠지만 겉으로는 어떻게든 내색하지 않으려고 노력했어. 누구한테도 그런 말을 들은 건 아니었지만 그렇게 생각할 수밖에 없는 분위기가 너무 오래 지속되었던 거야. 여자는 이런 문제에 대해 남자보다 훨씬 예민해. 때로는 그런 분위기가 말보다 더 강하게 여자의 마음을 사로잡을 때가 있어. 아마 그때 내가 그랬던 것 같아. 어느 날부터인지는 확실치 않아. 어쨌든 내 마음속에서 교이치 오빠는 앞날의 내 약혼자가 되었어. 내 마음이 그렇게 정한 게 아니라 주변 사람들 때문에 그런 확신을 갖게 된 거야. 지로 오빠가 이런 내 마음을 이해할 수 있다면, 교이치 오빠를 따르는 내 마음이 그 때문에 더욱 깊어졌고, 지금은 그 믿음만이 내가 살아가는 유일한 힘이라는 걸 털어놓아도 오빠는 날 경멸할 수 없을 거야.

지로는 편지를 읽을수록 미치에의 고통이 이해되었다. 창백해진 자신의 이마를 미치에의 두 눈이 지그시 바라보고 있다는 착각이 머릿속에서 사라지지 않았다.

하지만 결과를 놓고 보자면 내가 어리석었어. 나는 정말이지 어리석었어. 내 희망이 실현되기 위해서는 내 마음보다 더 중요한 게 있다는 것을 완전히 잊고 있었어. 내 마음만 결정되면 모든 게 잘될 거라고 생각했어. 나보다 더 중요한 마음이 있다는 걸 까맣게 잊고 있었어. 그 때문에 내 소원이 물거품이 되는 것도 모른 채, 나는 바보처럼 내 마음만 의지했던 거야. 요즘은 가끔 그런 생각이 들어. 말하자면 내 가슴에 희망이라는 뿌리 없는 꽃을 꽂고 있었던 거야. 그리고 주위 사람들에게 물을 부어달라고 강요했던 거야. 도쿄를 떠나 집으로 돌아오는 기차 안에서 확실히 알게 되었어.

그 다음부터 편지에는 미치에가 도쿄에 올라와서 고향에 내려갈 때까지 겪은 일이 자세히 적혀 있었다.

미치에는 주체할 수 없이 행복해 하며 도쿄에 왔다. 도쿄에서 머무는 동안 미치에의 아버지는 무척 바빴기 때문에 많은 시간을 교이치와 보냈다. 교이치와 단둘이 시내 구경도 하고, 쇼핑도 하고, 둘이서만 오붓하게 밥도 자주 먹었다. 교이치는 언제나 친절했다. 미치에가 기대했던 약혼 이야기는 한 번도 꺼내지 않았지만 사상과 문예 같은 어려운 문제에 대해서도 두 사람은 많은 이야기를 나누었다. 도쿄에서 교이치와 지내는 동안 미치에는 신성한 빛이 그들 두 사람을 보듬는 것 같았다. 그러나 도쿄를 떠나기 전날 밤, 그 같은 행복에 금이 가기 시작했다. 미치에가 짐을 꾸리는 동안 교이치는 미치에의 아버지와 함께 밖으로 나가 이야기를 나누었는데, 미치에의 아버지는 두 시간 뒤에야 다시 돌아왔다. 그날 저녁 미치에의 아버지는 혼자 생각에 잠길 때가 많았고, 미치에한테는 말도 하지 않았다. 미치에는 아버지가 교이치와 무슨 이야기를 나누었는지 무척 궁금하고 불안했다. 이튿날 도쿄 역으로 배웅을 나온 교이치는 지금까지 그랬던 것처럼 친절했다. 다만 미치에의 아버지와는 어쩐지 서먹하게 보였고, 그렇게 생각해서였는지는 몰라도 두 사람은 인사조차 어색하게 나누는 것처럼 보였다······.

전날 아버지와 교이치 오빠가 중요한 문제로 이야기를 나눴는데, 그 문제가 잘 해결되지 않았기 때문이라고 생각했어. 설마 그 중요한 문제가 나일 줄은 정말 꿈에도 생각하지 못한 거야. 기차가 시즈오카를 지날 때였어. 도쿄 역에서 기차가 출발하기 전부터 눈을 감고 있던 아버지가 갑자기 말씀하셨어. "너는 교이치와 결혼하게 될 거로 생각했지?" 난 너무 느닷없었고, 또 내 입으로 오래전부터 준비해왔다는 말은 아무리 아버지 앞이지만 할 수가 없었어. 그때 내가 어떤 표정을 지었는지는 지금 생각해봐도 잘 모르겠어.

그 뒤로는 10분 동안 서로 아무 말도 하지 않았어. 나중에야 아버지가 억지로 웃으면서 얘기하셨어. 지금 이 편지를 쓰면서도 아버지가 그때 무슨 말을 했는지는 정확히 기억나지 않아. 다만 교이치 오빠는 지금까지 한 번도 나와 결혼하는 것은 생각해본 적이 없다, 자기와 무척 친한 친구가 있는데 죽을 만큼 나를 사랑하고 있다, 내가 그 사람과 맺어질 수 있도록 나를 설득했으면 좋겠다, 그런 이야기였던 것 같아. 교이치 오빠가 말한 친구가 누구인지는 모르겠어. 아버지는 그 사람이 누구라는 말은 하지 않았어. 나도 그 사람이 누구인지 알고 싶지 않았어.

지로는 편지를 더 읽을 수가 없었다. 더 읽을 용기가 나지 않았다.

지로는 심정이 아주 복잡했다. 먼저 교이치에게 참을 수 없을 만큼 화가 났다. 교이치의 행동은 생각할수록 어리석은 짓이었다. 자신을 모욕하기 위해 일부러 저런 행동을 저질렀다는 생각이 떨쳐지지 않았다. 자신이 미치에를 어떻게 생각하고 있는지 미치에의 아버지에게 알렸는지도 모른다. 아니, 틀림없다. 아직은 미치에가 그 사실을 알고 있지 못하지만 언젠가는 미치에의 귀에도 자신의 감정이 낱낱이 밝혀지는 날이 찾아올 것이다. 그때 미치에가 어떤 표정으로 그 이야기를 들을 것인지는 상상만 해도 충분히 고통스러웠다. 온몸이 쥐어짜지는 것 같았다. 그러나 마음 한구석에서는 미치에한테 섭섭함도 느껴졌다. '나도 그 사람이 누구인지 알고 싶지 않았어'라는 표현이 지로의 마음을 한없이 쓰리게 만들었다. 화두 치밀었다. 죽두록 자기를 사랑하고 있는 한 남자에게 해줄 수 있는 말이 '그 사람이 누구인지 알고 싶지 않았어'라니……. 이것이 올바른 태도라고 할 수 있을까. 만약 자신의 아버지가 모든 진실을 털어놓았을 때도 이렇게 말할 수 있을까. 자신을 죽도록 사랑하는 한 남자의 이름이 지로라는 것을 알게 되었을 때도 이처럼 냉담하게 거부하듯 피해버릴 수 있을까. 만약 내가 자기를 사랑하고 있다는 사실을 알면서도 이런 편지를 보낸 것이라면 미치에한테 나는 무엇이란 말인가. 아니, 나에게 미치에는 무엇이란 말인가……. 문득 지로는 미치에의 마음속에서 정혼자로 인정받고 있는 교이치가 떠올랐다. 그 순간 교이치에 대한 분노가 질투로 바뀌었다. 거대한 질투의 물결이 그의 마음을 더욱 거세게 움켜쥐고 흥분시켰다.

  지로는 애써 마음을 가라앉히며 다시 편지로 눈길을 돌렸다. 이제 와서 미치에의 편지를 읽지 않는 것도 비겁한 짓이라는 생각이 들었다.

  아버지와 내가 어떤 기분으로 돌아왔는지, 또 집에 돌아오고 난 뒤부터 이 편지를 쓰기 전까지 내가 어떤 심정으로 살아야 했는지는 오빠의 상상에 맡길게. 하지만 꼭 말하고 싶은 게 있어. 내가 품어온 바람이 비록 뿌리가 잘린 꽃처럼 시들지라도 나는 그 바람을 수치스럽게 생각하거나 후회하지 않을 거라는 점이야. 뿌리가 자라지 않은 것도 모르고 뿌리가 있는 꽃처럼 사랑해온 내 믿음을 탓할 뿐이야. 오빠는 나를 비웃고 싶겠지?

그래도 할 수 없어. 그 바람이 어리석다는 건 나도 인정해. 하지만 내 손으로 꺾어버릴 수는 없어. 그 꽃은 내겐 생명이었어. 내 생명이 지속되는 한, 뿌리는 내리지 못하더라도 시들게 만들지는 않겠어. 그 꽃을 가슴에 달고 일생을 마치겠다는 생각까지 하고 있어. 오빠는 단순히 어리광일 뿐이라고 비웃을지 모르지만……

그러나 지로는 웃지 않았다. 마음속 어딘가에 남아 있던 희망 같은 것이 깨끗하게 사라져버린 느낌이었다. 지로는 다음 문장으로 눈을 돌렸다. 편지는 더욱 잔인해졌다.

지로 오빠, 난 요즘 그런 생각을 자주 하고 있어. 뿌리를 내리지 못한 꽃을 가슴에 꽂은 채 평생을 살겠다는 다짐이 오빠 눈에는 순간의 감상에 지나지 않는 것처럼 보이겠지. 하지만 난 아직 포기하지 않았어. 나는 어리고 약해. 그래도 나 또한 인간이야. 한 인간으로서 세상을 살아가고 있는 거야. 모든 인간에게는 저마다 살아가야 할 의미가 있다고 생각해. 그리고 이런 의미야말로 인간에게 의지를 부여하는 힘이라고 믿어. 지혜와 열정이 있다면 이 의지로 다시 살아나게 될 거야. 뿌리가 없는 희망에게 뿌리를 만들어주고 싶어. 다른 뿌리를 접붙이는 한이 있더라도 이 꽃에 영원한 생명을 허락하겠어. 오빠도 그때를 기억할까? 도쿄로 올라가기 전에 장미가 있었잖아. 그때 나랑 둘이서 밭에 나무들을 꺾꽂이 해서 심었지. 그때 그 나무들이 대부분 뿌리를 내려 살아난 것을 보고 기뻐했잖아. 이번 일로 고민하다가 우연히 그때를 생각하게 됐어. 그때를 생각하면 어쩐지 용기 같은 게 마음속에서 되살아나는 거야. 지금은 뿌리가 없는 이 바람도 내가 포기하지만 않으면, 비료를 주고 날마다 가꾸면 틀림없이 뿌리를 내릴 거다, 아니 반드시 내리게 해야 한다……. 난 그렇게 생각했어. 운명이란 정말이지 헤아리기가 어려워. 오빠와 함께 마지막으로 땀을 흘린 그 시간들이 나한테 이토록 큰 힘이 될 줄 누가 알았겠어?

지로는 자연스레 '무계획의 계획'을 떠올렸다. 자신의 인생철학이라고까지 할 수 있는 이 말이 쓰디쓰게 다가왔다.

지로 오빠, 이 정도면 내가 지금 어떤 마음인지 충분히 알 거라고 믿어. 나는 슬퍼. 하지만 이 슬픔 때문에 쓰러지지는 않을 거야. 그렇게 되면 정말 슬플 테니까. 그 점은 걱정하지 않아도 돼. 그리고 이런 내 마음을 이해해준다면…… 이렇게 부탁할게. 제발 내 부탁을 들어줘. 얼마 전까지만 해도 나를 좋아하고 있다는 교이치 오빠의 친구가 누구인지 알고 싶지 않았어. 하지만 여러 가지 생각하는 동안 모든 것을 분명히 알지 못한다면 단 한 걸음도 앞으로 나아가지 못할 거라는 생각이 들었어. 그분이 누구인지 알아야 할 것 같은 느낌이 들어. 지금은 그 사람이 누구인지 알고 싶어. 아버지한테 몇 번 물어봤는데 무슨 이유에선지 화만 내셔. 내 짐작이 맞다면 아버지는 교이치 오빠의 친구라는 사람을 알고 있는 것 같아. 내가 아는 교이치 오빠의 친구는 오자와 씨밖에 없어. 도쿄에서 오자와 씨와 몇 번 만나긴 했어. 한 번은 교이치 오빠와 셋이서 영화를 본 적도 있어. 처음에는 그분이 아닐까, 하고 생각도 해봤어. 하지만 오자와 씨는 몇 번 마주친 여자와 결혼을 생각할 정도로 몰지각한 분은 아니라고 생각해. 그런 의심을 하는 것만으로도 그분께는 큰 실례가 되겠지. 만약 사실이라면 교이치 오빠가 어떻게든 눈치를 줬을 텐데 그런 기억도 없어. 내 바람을 뿌리내리기 위해서라도 교이치 오빠가 말한 그 사람이 오자와 씨가 아니기를 빌고 있어.

지로는 날카로운 비수가 천천히 가슴으로 날아오는 것을 느꼈다. 모든 희망과 설렘이 자신의 인생에서 사라져가는 듯 쓸쓸했다. 편지는 이제 두 장 남았다. 지로는 허전한 마음으로 계속 편지를 읽었다.

나로서는 그분의 이름을 확인할 길이 없어. 아버지에게 계속 물어보면 나중에는 가르쳐줄지도 모르지만 이번 일로 아버지가 받은 충격도 적지 않아. 아버지는 교이치 오빠와 관계된 얘기는 그날부터 한 번도 꺼낸 적이 없어. 그런 아버지를 괴롭히고 싶지 않아. 이제 내가 의지할 수 있는 사람은 지로 오빠밖에 없어. 솔직히 말하면 이런 문제로 지로 오빠에게 편지를 쓰고 싶지는 않았어. 잘못했다간 오빠에게 경멸당할 수도 있다고 생각했기 때문이야. 그보다 오빠에게 이런 얘기를 털어놓으면 교이치 오빠도 자연히 알게 될 텐데 교이치 오빠가 내 마음을 오해할 수도 있겠다는 생각이 들어 망설였어. 하지만 이제 그런 일에는 더 얽매이고 싶지 않아. 나는 진실을 원해. 진실을 알지 못하면 한 발짝도 앞으로 나갈 수가 없어. 오빠, 제발 부탁이야. 나를 경멸해도 좋아. 나를 욕해도 좋아. 그분의 이름과 주소만 알면 돼. 어쩌면 지로 오빠도 벌써 그분에 대해 알고 있겠지? 그렇다면 숨기지 말고 알려줘. 아직 모른다면 교이치 오빠한테 부탁해서라도 되도록 빨리 알려줘. 오빠는 내가 교이치 오빠에게 물어봐야 한다고 생각할지도 몰라. 하지만 지금으로서는 그렇게 할 수 없어. 난 교이치 오빠한테 편지를 쓸 수가 없어. 교이치 오빠의 마음을 뻔히 알면서 모르는 척할 수가 없어. 나를 좋아한다는 그분에게 나 같은 건 잊어달라고 편지를 쓴 다음에, 그 다음에 교이치 오빠에게 내 마음을 고백할 거야. 그러니까 먼저 그분에게 편지를 쓸 수 있도록 도와줘. 오빠도 힘들 텐데 내 얘기만 잔뜩 써서 정말 미안해. 정말 미안해.

편지는 이것으로 끝이었다. 그 뒤에 추신이 석 줄 정도 덧붙여져 있었다.

도쿄에서 큰 소동이 일어났다며? 아사쿠라 선생님 내외분과 다른 숙생들은 모두 무사한지 모르겠네. 부끄럽게도 난 지금 그런 데 마음 쓸 여유가 없어. 비웃고 싶으면 얼마든지 비웃어도 좋아. 오빠를 탓하지는 않을게.

 편지를 다 읽은 지로는 돌덩이처럼 꿈쩍도 하지 않았다. 가슴속에서 뜨거운 기운이 솟구쳤다. 아니면 차가운 기운인지도 모르겠다. 그 기운들이 마음속을 무섭게 소용돌이치면서 밖으로 뛰쳐나갈 구멍을 찾고 있었다.
 '이보다 더 추악한 집념은 없다! 이보다 더 거만한 요구는 없다. 나 같은 건 안중에도 없다며 무시해놓고는 대체 어떤 대답을 원하는 걸까.'
 지로는 분통이 터져 미칠 것만 같았다.
 그러나 다음 순간 미치에의 마음을 추악한 집념으로 정의내린 자신의 마음이야말로 더없이 추악하게 느껴졌다.
 '미치에는 죄인이 아니다. 미치에는 다만 나를 믿었을 뿐이다. 나를 의지했을 뿐이다. 그 진심을 추하다고 말해서는 안 된다. 미치에의 간절한 바람을 짓밟아야만 하는 내 욕망이 모든 고통의 근원이다. 이보다 더 추악한 인생이 어디 있는가. 아집과 허위의 덫에 걸려 몸부림치고 있는 질투의 화신……. 이 더러운 모습 밖에 나한테 무엇이 남아 있단 말인가.'
 증오심과 자책감이 쉴 새 없이 밀려왔다. 그 후회스런 감정이 미치에를 사랑하는 마음 주위를 끊임없이 맴돌고 있었다.
 미치에가 답장해달라고 한 것은 지로를 더욱 처참하게 만들었다. 이번만큼은 답장을 써야 한다. 만일 이번에도 답장을 보내지 않으면 미치에는 나를 인간으로 생각하지 않을 것이다……. 그것만은 지로도 피하고 싶었다. 그러나 진실을 쓰면 상황은 어떻게 되는 것일까? 생각만 해도 몸서리가 쳐졌다. 자신의 자존심은 무너져버리고 미치에는 더욱 괴로워하게 될 것이다. 그렇다면 남은 것은 거짓 답장뿐이다. 하지만 뭐라고 거짓말을 둘러대야 할까. 이렇게 한다고 해서 달라지는 것이 무엇일까.

지로는 갈피를 잡을 수가 없었다. 이 막막한 현실에 끝이 보이지 않았다.

그날 저녁, 지로는 끝내 아무것도 결심하지 못했다. 우애숙 행사를 마치고 차갑게 식어버린 다다미에 벌렁 드러누워서도 머릿속은 복잡하기만 했다. 그렇게 차가운 겨울밤을 뜬눈으로 지새우고야 말았다. 이튿날에도 지로의 고난은 그칠 줄 몰랐다. 또다시 저녁이 찾아왔고, 이틀이 지났다. 사흘째가 되었을 때는 생각하는 것조차 싫어졌다. 오늘내일 미루는 동안 답장을 쓰지 않기로 결심한 것과 같은 결과가 되었다. 그래서 지로의 마음은 더욱 불안해졌다. 그 불안 때문에 지로는 말없이 우울해졌다.

미치에가 보낸 편지를 받고 나서 지로는 사변 뒤의 정치 상황이라든가, 우애숙의 운명 같은 것에는 완전히 관심이 멀어졌다. 지로는 자신의 그런 모습을 깨닫고 무척 당황했다. 여자 문제로 우애숙의 운명을 대수롭지 않게 여기는 것은 양심과 직결된 문제였고, 자존심과도 연관이 있었다. 더구나 오가와 무몬과 마주칠 때면 이런 생각이 더욱 강렬해져서 지로는 오가와

무몬에게 두려움을 느꼈다

 2월 26일 사변이 마무리되고 열흘쯤 지나자 신문기사도 조금씩 예전으로 돌아왔다. 우애숙도 오랜만에 일요일다운 일요일을 맞이했다. 그날은 날씨도 무척 좋았기 때문에 숙생들은 아침을 먹자마자 외출 준비를 서둘렀다. 사변이 일어난 현장을 두 눈으로 확인하고 싶은 호기심 때문인지 전에 없이 들뜬 얼굴이었다.

 지로는 아직도 미치에가 보낸 편지에 온 정신이 사로잡혀 외출은 생각하고 싶지도 않았다. 그렇다고 방에 앉아 진득하니 책을 읽을 수도 없을 것 같았다. 여기저기 돌아다니다가 햇볕이 잘 드는 식당 창가에 앉았다. 벽에 걸린 족자에는 여전히 '평상심'이라는 글자가 뚜렷했다. 마치 자기와는 아무 상관이 없는 아주 먼 곳에서 들려오는 소리 같았다.

 숙생들이 모두 나가자 본관은 한적하고 조용했다. 이날따라 바람도 잠잠하여 창밖으로 귀를 기울이면 먼 산에서 서릿발이 무너져내리는 소리마저 들릴 것 같았다. 그러나 지로는 주위가 조용할수록 더 초조해졌다.

 그때 조용한 공기를 깨고 현관 쪽에서 발소리가 들렸다.

 "지로, 여기 있어?"

 사모님이었다. 사무실과 지로의 방을 가로막고 있는 미닫이문이 스르르 열렸다.

 지로는 급히 자리에서 일어났다.

 "지금 뭐 할 일 있어?"

"아뇨. 없는데요."

지로는 얼버무리듯 대답했다. 사모님은 그런 지로를 보며 살짝 웃었다.

"요즘 공림암에도 잘 들리지 않기에 바쁜 일이라도 있는 줄 알았지. 조금 있다 공림암으로 건너와."

지로는 죄송한 마음에 얼굴이 붉어졌다.

"오늘은 선생님과 셋이서 중대한 회의를 해야 하거든."

"중대한 회의라고요? 그게 뭔데요?"

사모님은 웃기만 할 뿐, 지로가 묻는 데는 대답하지 않고 오가와 이야기를 꺼냈다.

"오가와 씨가 외출하지 않았으면 지로랑 같이 의논하면 좋겠는데……. 오가와 씨가 있을지 모르겠네."

"글쎄요."

사모님이 갑작스레 오가와 이야기를 하는 바람에 지로는 더욱 난처해졌다. "글쎄요."라는 대답이 생각할수록 바보 같았다.

"그럼 지로가 오가와 씨 방에 한번 가볼래? 오가와 씨가 있으면 같이 공림암으로 건너와."

사모님은 그렇게 말하고는 밖으로 나갔다.

지로는 생각할 겨를도 없이 곧장 5조가 묵고 있는 방문을 두드렸다.

"예, 들어오세요."

익숙한 오가와의 목소리였다. 방문을 열자 오가와는 좌선이라도 하고 있었는지 등을 곧게 뻗고 책상다리를 한 자세로 앉아 있었다. 앞에 있는 책상 위에는 아무것도 없었다. 창문으로 들어오는 햇살 때문에 지로가 서 있는 문가에서는 오가와의 얼굴이 잘 보이지 않았다. 햇살이 내리쬐는 오가와의 얼굴에서 안경테만이 홀로 반짝거렸다.

지로가 사모님이 한 말을 전하자, 오가와는 "아, 그래요?" 하고 대답하며 자리에서 일어났다. 그다지 궁금해 하는 기색도 아니었다. 지로도 공림암에 들어설 때까지 입을 떼지 않았다.

아사쿠라 선생님의 서재는 남향인 탓에 햇빛이 잘 들어왔다. 바깥의 차가운 기온이 무색할 정도로 따뜻했다. 온실 같았다. 지로 뒤를 따라 들어오는 오가와를 보고 아사쿠라 선생님이 반갑게 맞이했다.

"마침 오가와 군이 있었군. 잘됐어……. 실은 골치 아픈 문제가 생겼어. 우애숙 내부 문제이면서 대외적인 의미도 있는데 숙생들과 다함께 의논해봤자 뾰족한 수가 생길 것 같지도 않아서 말이지……."

대외적이라는 말을 듣고 지로의 눈빛이 긴장하기 시작했다. 최근에는 볼 수 없었던 날카로운 눈매였다. 오가와도 조금은 긴장한 것 같은 얼굴로 아사쿠라 선생님이 다음 말을 꺼내기를 기다렸다.

아사쿠라 선생님이 웃으면서 말했다.

"대외적이니, 뭐니 해서 조금 놀란 눈치구먼. 그렇게 대단한 문제는 아냐. 쉽게 말해 초대하지 않은 손님이 찾아오겠다는 거야."

아사쿠라 선생님이 설명한 데 따르면 초대하지 않은 손님이란 오세키 씨와 그가 이끄는 흥국숙의 숙생 50여 명이었다. 흥국숙에는 현재 쉰 명쯤 되는 청년들이 합숙하고 있는데 며칠 전에 우애숙을 방문하겠다는 전갈을 보냈다. 방문 목적은 견학과 교환 강습이며, 일시는 이번 주 토요일 오후 한 시부터 저녁 여덟 시까지였다. 물론 저녁도 함께 먹는다. 대신 밥값은 반반 부담하기로 했다. 프로그램은 우애숙에 맡기되 그쪽에서는 되도록 토론 시간이 길면 좋겠다는 의견을 보내왔다고 한다.

"흥국숙에선 언제 연락이 왔죠?"

지로는 자기가 모르는 사이에 그런 문제가 결정되어 기분이 조금 상한 것 같았다.

"이삼일 전이야. 아라다 노인이 다누마 이사장님께 또 전화를 했다는구나. 아마도 이번 기회에 본격적으로 청년 강습소를 통합하려는 것 같구나."

"왜 거절하지 않으셨나요?"

"드러난 이유가 나쁜 것도 아니고, 지금은 그들 요구를 무조건 거부할 수 있는 상황이 아니잖아……"

"하지만 저쪽 속셈은 뻔한 거 아닌가요?"

"그렇지……. 옛날 말로 하면 도조야부리(다른 유파의 도장과 싸워서 이기고 돌아온다는 뜻) 같은 거지."

지로는 그런 말을 아무렇지도 않게 하는 아사쿠라 선생님이 무척 당혹스러웠다. 아사쿠라 선생님이 시대의 중압감에 눌려 자포자기하는 심정이 되었을 리는 없다. 그 믿음에는 변함이 없었지만 불안한 것은 어쩔 수 없었다. 지로는 불안한 기색을 숨기지 못하고 선생님을 보았다. 아사쿠라 선생님은 지로의 흔들리는 눈빛을 보고도 그 맑은 눈만 깜빡거렸다.

"도장을 깨뜨리러 찾아온다니 겁나나?"

지로는 당황했다. 그와 함께 투지와 같은 열망이 가슴속에서 꿈틀거렸다.

"그렇진 않습니다."

지로는 큰 소리로 대답하며 입을 굳게 다물었다.

"두렵지 않다면 거절할 이유도 없는 거야. 이번 기회에 홍국숙 숙생들에게 우리의 이상을 조금이라도 알릴 수 있다면 한 발 전진하는 기회가 될 거라고 본다. 쓸데없이 투지를 내세우려 해선 안 돼. 이건 싸움이 아냐. 우리가 지내온 그대로를 저쪽에게 보여주는 거야. 사람이란 결국 가장 자연스럽고 가장 합리적인 생활에 마음이 끌릴 수밖에 없어. 우린 그 모습을 보여주기만 하면 되는 거야. 그러면 언젠가는 상대방도 마음이 움직일 거다. 오가와 군 생각은 어떤가?"

"예, 저도 그렇게 생각합니다."

눈을 감은 채 아사쿠라 선생님과 지로가 나누는 이야기를 듣고 있던 오가와가 평소처럼 무뚝뚝하게 대답했다. 오가와는 또다시 눈을 감고 생각에 잠겼다.

"지로는?"

"예, 알겠습니다."

지로의 의식은 오가와의 존재를 떠올리고 있었다. 아사쿠라 선생님의 말씀을 수긍했다기보다는 홍국숙의 방문을 아무렇지도 않게 여기는 것 같은 오가와의 대답에 수긍했다는 것이 더 정확했다.

"프로그램은 둘이서 의논하면 될 거야. 특별한 걸 준비할 필요는 없어. 늘 하던 대로 가자고. 어차피 한 번은 전체 회의를 해야 할 테니까 자세한 건 그때 정하고 일단 큰 줄기부터 생각해놓으면 될 거야. 잊지 말아야 할 것은 평소 분위기를 유지해야 한다는 점이야. 이왕이면 손님들을 우리 쪽 분위기로 끌어들이는 게 좋겠지만 그건 좀 어려울 것 같고. 어쨌든 우리 모습을 있는 그대로 보여주면 돼."

"어려운 일이네요."

화로 곁에서 커피를 타던 사모님이 말했다.

"하지만 둘이서 잘 생각하면 틀림없이 좋은 프로그램을 짤 거예요."

사모님은 잠깐 손을 놓고 무언가 생각하는 듯하다가 말했다.

"나도 그날은 무슨 일이든 도울게요."

지로는 언제나 한결같은 사모님의 마음에 부끄러움을 느끼면서 뜨거운 커피를 홀짝거렸다.

오가와와 지로는 곧바로 본관으로 돌아와 프로그램을 계획했다. 오가와와 단둘이 이야기를 나누는 것은 요즘 들어 보기 드문 일이었다. 지로는 이상할 정도로 불안해졌다. 오가와에게 눌리는 듯한 기분과 의지하고 싶은 기분이 엇갈리고 있었다. 그나마 다행인 것은 오가와의 존재가 지로의 마음을 완전히 지배해서 미치에와 교이치에 대한 지로의 생각이 조금은 희미해졌다는 점이었다.

공동으로 프로그램을 계획하면서 오가와와 지로가 가장 중요하게 생각한 것은 토론 시간을 되도록 길게 해달라는 상대방 의견을 어떻게 무마시키느냐는 것이었다. 상대방의 의도는 분명했다. 토론 시간을 최대한 활용해 우애숙을 궁지로 몰아넣겠다는 것이다. 일본의 정신과 시대상을 나열하며 이쪽에서 현 시국에 비춰볼 때 도무지 용서받을 수 없는 실언을 할 때까지 몰아붙일 작정인 게 분명했다. 그런 술수에 넘어가서는 안 된다. 그렇다고 쉽게 그들의 의도가 꺾일 것 같지도 않다. 두 사람은 그것을 고민했다. 그러나 생각보다 이 문제는 쉽게 해결되었다. 오가와가 그럴듯한 방법을 생각해낸 것이다. 오가와가 생각해낸 방법은 양쪽 숙생들을 여덟 개 조로 나누어 조별 토론에 시간을 가장 많이 배정하는 것이었다. 조 배정은 같은 지방 출신들로 한다. 같은 지방 출신끼리 간담회를 하면 상대방 의도를 쉽게 무력화시킬 수 있다는 계산이었다.

"인원을 적게 하면 서로 적의가 약해지죠. 게다가 같은 고향 출신이에요. 타향에서 고향 얘기가 나오면 자연스레 친밀감이 더해질 겁니다. 그렇게 되면 상대방도 마음을 열고 우애숙의 생활을 보게 될 거예요."

가장 골치 아팠던 문제가 해결되자 다른 문제는 생각보다 쉽게 정리되었다. 두 사람은 점심 전에 프로그램을 구성했다. 보고서를 읽어보고 나서 아사쿠라 선생님이 재미있다는 듯 웃으면서 말했다.

"지역별 간담회……. 누가 생각했는지 정말 기발하군. 홍국숙에서 실망이 크겠어. 어쨌든 그쪽에서 우리에게 프로그램을 맡겼으니까 이제 와서 되돌릴 수도 없겠지."

하지만 조금 뒤에는 입맛을 다시며 말했다.

"그래도 이런 잔꾀보다는 정공법으로 나가야 하는데……. 그게 좀 아쉽군."

숙생들이 저녁 무렵 밖에서 돌아와 모두 모이자 곧 이 문제로 전체 회의가 열렸다. 숙생들은 두말없이 원안에 찬성했다. 이제 남은 것은 숙생 대표와 진행자를 뽑는 것이었다. 진행자는 만장일치로 지로가 뽑혔다. 문제는 숙생 대표였다. 자신들의 대표를 뽑는 일인만큼 어느 때보다 열기가 뜨거웠다. 여러 가지 의견이 나왔지만 실장 가운데서 대표자를 뽑자는 데에 가장 많이 찬성했다. 아사쿠라 선생님이나 지로가 생각하기에도 가장 합리적인 방법이었다. 그런데 실장들이 대부분 의견에 반대했다. 그때 아오야마 게이타로가 오가와를 추천했고, 숙생들은 모두들 기뻐하며 박수를 쳤다. 그렇게 해서 오가와 무몬이 숙생 대표가 되었다.

그날 밤 회의를 마치고 방으로 돌아와서 지로의 마음에 한 가지 변화가 일어났다. 지로는 책상 서랍에 넣어둔 미치에의 편지를 꺼내 찬찬히 읽어보았다. 그리고 곧 편지 두 통을 썼다. 한 통은 미치에에게, 또 한 통은 교이치에게 보내는 편지였다. 교이치에게 보낼 편지에는, "미치에에게서 편지가 왔어. 난 할 말이 없어. 모든 책임은 형에게 있어. 내가 도울 수 있는 건 그것뿐이야." 하고 쓴 다음, 미치에가 보낸 편지를 함께 봉투에 넣었다.

미치에에게 보낼 편지도 내용은 무척 간단했다.

"편지는 잘 받았어. 나는 미치에를 경멸하지 않아. 그리고 미치에의 처지에 충분히 동감하고 있어. 답장을 늦게 해서 정말 미안해. 미치에가 궁금해 하는 그 사람이 누구인지 고민해봤지만 떠오르는 사람이 없었어. 그래서 미치에한테 허락도 받지 않고 지난번에 나한테 보낸 편지를 형에게 보냈어. 형의 대답만이 해답이 될 거라고 생각했기 때문이야. 곧 형이 답장을 보낼 거야. 이런 문제일수록 당사자가 해결하는 게 원칙이야. 형에겐 미치에에게 답장을 보내야 할 책임이 있고, 미치에는 형에게 마음을 고백해야 할 책임이 있어. 두 사람이 행복하길 진심으로 바랄게."

교환 강습

 그 뒤 일주일 동안 지로는 모순으로 가득 찬 나날을 보냈다.
 교이치와 미치에에게 편지를 보내고 난 뒤 지로의 가슴속에는 커다란 구멍이 뚫렸다. 그 구멍 속을 회한과 질투와 미련과 긍지가 바람처럼 떠돌아다녔다. 또 그 마음은 홍국숙과 교환 강습을 생각할 때마다 무거운 납덩이가 되어 짓누르는 것 같은 책임감에 시달렸다. 홍국숙과 교환 강습을 할 때 자질구레하게 필요한 것들을 준비하거나, 그날 자신이 진행해야 할 차례들에 대한 근심 때문은 아니었다. 그런 준비라면 숙생들에게 골고루 나누어 맡겨두어도 결코 불안하지 않았다. 지로에게 가장 골칫거리는 바로 자신으로, 아사쿠라 선생님이 말한 보잘것없는 투지가 꿈틀거렸기 때문이다. 교환 강습은 그럴듯한 허울일 뿐, 실제로는 홍국속에서 싸움을 걸어온 것과 다름없었다. 더구나 그 결과에 따라 우애숙의 운명이 결정된다고 생각하면 분노가 치밀어 투쟁 본능이 살아났다. 지로는 이런 투지가 우애숙에서 진정으로 바라는 승리가 아니라는 것을 알고 있었다. 더욱이 그런 생각은 우애숙이 패배하는 것을 의미한다는 사실도 알고 있었다. 상대방이 바라는 것은 우애숙의 투쟁이고 분노다. 그들은 우애숙의 투지가 군국주의로 물들기를 바라고 있다. 우애숙의 분노가 그들이 바라는 복종으로 귀결되기를 간절히 기원하고 있다……. 지로는 그렇게 생각하며 스스로를 억제했다. 하지만 원통한 생각은 쉽게 사라지지 않았다.

물론 이런 투지는 지로 개인의 문제만은 아니었다. 의욕이 강한 몇몇 숙생들 또한 지로 못지않게 흥분해 있었다. 더구나 그들은 반성과 책임 의식이 부족했으므로 공공연히 자신들의 투지를 내세우고는 했다. 그 모습을 주시해야 하는 지로는 여간 곤혹스럽지 않았다. 자기 마음속에서 끓어오르는 투지를 억누르면서 투지에 불타오르는 숙생들의 마음을 경계하기란 쉬운 일이 아니었다.

이렇게 고민하면서 지로는 예전의 활달한 성격으로 되돌아갔다. 틈만 있으면 자기 방에 틀어박혀 《탄니쇼》를 뒤적이던 모습은 사치에 지나지 않았다. 지로는 숙생들의 감정을 확인하기 위해 될 수 있으면 숙생들과 많은 시간을 보내려고 노력했다. 언뜻 보기에는 말이 많아지고 쾌활하게 돌아다니는 것 같았지만, 지로 본인은 그것이 겉으로 드러난 것에 지나지 않는다는 것을 잘 알고 있었다.

드디어 약속한 토요일 아침이 밝았다. 기대한 만큼 날씨가 좋지는 않았으나 겨울이 막 물러간 초봄치고는 바람도 따뜻하고 햇빛도 넉넉했다. 교련 강습 준비는 지난밤에 완전히 끝나쳤기 때문에 숙생들은 여유가 넘쳤다. 오전 중에 외래 강사인 고니시 선생에게 향토예술에 대한 강의를 들으며 오후의 결전을 준비했다. 고니시 선생은 옛 고인인 료칸 화상과도 같은 풍격과 멋을 지닌 훌륭한 예술가였다. 그분이 하는 말과 행동에는 조금도 꾸밈이 없었다. 선생은 유머 감각이 무척 뛰어나서 교환 강습을 앞두고 긴장해 있는 숙생들의 마음을 풀어주는 데 안성맞춤이었다.

점심을 먹고 향토예술에 관심이 많은 숙생 두서너 명이 현관까지 고니시 선생을 따라나섰다. 다른 숙생들도 마당으로 나와 서너 명, 또는 대여섯 명씩 잔디밭에 앉아서 이야기를 나누거나 숲을 어슬렁거렸다. 그 모습이 전에 없이 한가로워 보였다. 조금 뒤에 반갑지 않은 손님들과 맞서야 할 숙생들이라고는 믿어지지 않을 정도로 느긋했다. 이 또한 지로와 오가와가 프로그램을 계획하면서 미리 준비해둔 장면이다.

한 시가 조금 지나자 아사쿠라 선생님 부부도 앞마당으로 나왔다. 바로 그때 자가용 한 대가 미끄러지듯 정문으로 들어섰다. 숙생들의 눈길이 한꺼번에 그쪽으로 쏠렸다. 그중에서도 지로의 눈이 가장 번뜩였다. 지로는 잔디밭에 앉아 숙생들과 노닥거리다가 자동차를 발견하자마자 아사쿠라 선생님에게 달려갔다.

이미 그때 자동차는 아사쿠라 선생님 부부 앞에 서 있었다. 스즈다의 부축을 받고 자동차에서 내린 사람은 아라다 노인이었다.

"아라다 선생님이셨군요. 잘 오셨습니다……. 선생님이 오신다는 연락을 미처 못 받아 제대로 마중도 못 했습니다. 양해해 주십시오."

아사쿠라 선생님은 평소와 다름없이 공손한 태도로 아라다 노인에게 인사했다.

아라다 노인은 일본 옷 위에 망토를 걸치고 모피로 만든 스키 모자를 쓰고 있었다.

"아, 숙장님이셨구먼."

노인은 검은 선글라스를 아사쿠라 선생님의 목소리가 들리는 쪽으로 돌렸다.

"오랜만에 나도 견학 좀 하러 왔소이다. 아직 홍국숙에서는 아무도 오지 않은 모양이군."

"한 시에 도착한다는 전갈을 받았습니다. 곧 오겠지요."

아사쿠라 선생님이 막 그렇게 대답했을 때 정문 밖에서 구령 소리에 맞추어 카키색 옷을 입은 젊은 청년들이 다리를 높이 들어올리고 팔을 힘껏 내저으며 정문으로 들어서는 모습이 보였다.

그 모습을 보고 흩어져 있던 숙생들이 아사쿠라 선생님 주위로 몰려들었다. 숙생들은 긴장하기는커녕 재미있다는 듯 손을 흔들거나 소리를 지르거나 손뼉을 치면서 환영하는 뜻을 표시했다. 모두 즐거워하는 기색이 뚜렷했다. 마치 군중들이 개선하는 군대를 환영하는 것 같았다.

홍국숙의 숙생들은 곁눈질도 하지 않고 구령에 맞추어 행진

했다. 그들이 우애숙 숙생들이 모여 있는 곳에 도착하자, 맨 앞에 서 있던 숙생이 "제자리에 섯!" 하고 외쳤다. 곧이어 그 숙생이 "좌향좌!" 하고 구호를 외치자 홍국숙생들은 횡대로 늘어섰다. 그러고는 양쪽 가장자리에 서 있는 숙생에 맞추어 열을 정비한 뒤에 담벼락이라도 된 것처럼 부동자세로 서 있었다. 우애숙생들이 치는 손뼉 소리도 잦아들었다.

신사복을 입은 남자가 대열 뒤에서 천천히 따라오다가 아라다 노인을 발견하고는 황송한 듯 달려오더니 깍듯하게 인사했다. 그리고 옆에 서 있는 아사쿠라 선생님에게도 악수를 청했다. 나이로 보나 용모로 보나 홍국숙장을 맡고 있다는 오세키 씨가 틀림없었다.

오세키 씨는 인사를 마치고 우애숙생들을 얕잡아보듯 둘러보았다.

"차례는 어떻게 준비하셨는지요? 우리는 그쪽에서 정한 대로 움직일 준비가 되어 있습니다."

"아, 그러십니까?"

아사쿠라 선생님이 뒤에 서는 지로를 돌아보며 말했다.

"그럼 우리도 예정대로 진행하지."

그 말을 듣고 지로가 앞으로 나왔다.

"제 이름은 혼다 지로입니다. 오늘 진행을 맡았습니다. 여러분을 안으로 맞아들인 뒤에 예정된 프로그램을 진행하는 것이 예의라고 생각합니다만 다행히 날씨가 좋으니 첫인사는 파란 하늘 밑에서 할까 합니다. 그럼 먼저 우애숙 대표가 환영사를 읽겠습니다."

그러자 오가와 무몬이 근시 안경을 고쳐 쓰며 천천히 걸어 나왔다. 오가와 무몬이 준비한 환영사는 지로가 듣기에도 너무 간단했다. 일부러 여기까지 오느라 수고했다는 말과 편안하게 보내다 가라는 말이 전부였다. 환영사를 읽는 시간은 채 1분도 걸리지 않았다.

다음으로 홍국숙 대표가 답례 인사를 했다. 대열을 지휘하던 청년이 앞으로 나왔다. 그는 먼저 오가와를 비롯한 우애숙생들에게 거수경례부터 했다. 그리고 힘껏 목소리를 높여 외쳤다.

"불초 구로다 이사무는 홍국숙 일동을 대표해 우애숙 여러분에게 인사를 드리는 영광을 갖게 되어 진심으로 감사드립니다!"

이어서 약 5분 동안 외우기까지 꽤 애를 먹었을 것 같은 장황한 연설을 했다. 세계적인 추세와 일본이 나아가야 할 방향에 대한 소견이었다. 그리고 청년들의 사상 문제를 말하기 시작했는데 외운 내용을 잊어버렸는지 단호하던 말투가 점점 흐트러졌다. 그러다가 말이 막히자 어색함을 감추기 위해 하늘을 노려보았다. 핏발이 선 흰자위를 부릅뜨며 하늘을 노려보는 모습은 보기에도 안쓰러웠다. 그렇게 5분이 넘도록 홍국숙 대표는 애꿎은 하늘만 뚫어져라 노려보았다. 마침내 도무지 뒷말이 생각나지 않는다는 표정을 짓고 어깨를 움츠리며 오른손으로 귀 뒤를 긁적거렸다. 그리고 쑥스러운 듯 혼자 빙그레 웃더니 안주머니에서 원고를 한 장 꺼내 읽어나갔다.

홍국숙 대표는 본래의 엄숙함과 열렬함을 되찾았다. 원고를 보고 읽을 수 있다는 안도감 때문만은 아닌 듯했다. 홍국숙 대표는 단순히 원고를 낭독하는 게 아니었다. 원고에서 처음 한 구절을 찾아 읽더니 나머지는 원고 없이도 술술 말이 흘러나왔고, 그가 원하는 대로 엄숙함과 열렬함을 충분히 발휘할 수 있게 되었다. 한 가지 안타까운 것은 앞에 탁자를 준비해두지 못한 점이었다. 만일 우애숙에서 탁자를 준비했더라면 그는 좀 더 교묘하게 탁자 밑에 원고를 놓고 훔쳐볼 수 있었을 것이고, 따라서 연설을 더욱 웅장하게 연출했을지도 모른다.

그는 마지막으로 원고를 쥔 왼손을 허리 뒤로 감추며 오른손을 크게 휘둘렀다.

"수련 장소는 서로 다르더라도 이것이 오늘날 일본 청년이 겪어야 할 대세인 것은 확실합니다. 그렇기 때문에 이 나라의 청년으로서 수련 목적은 언제나 같아야 합니다. 저는 여러분이 우리의 동지라는 것을 의심하지 않습니다. 그래도 개인에 따라, 수련 장소에 따라 터득하는 지혜의 깊이가 다를 수 있습니다. 우리가 이렇게 모인 것은 서로가 가는 방향을 확인하고 더욱 분발하기 위해서입니다. 자신도 모르는 사이 잘못된 방향으로 가고 있는 자가 있을지도 모릅니다. 그 점에서 오늘의 교환 강습은 그 뜻이 큽니다. 반나절이라는 짧은 시간 동안 의견을 최대한 많이 주고받읍시다. 우리 홍국숙 일동은 목숨보다 값진 신념을 들고 이곳에 찾아왔습니다. 여러분과 온 힘을 다해 부딪칠 작정으로 찾아왔습니다. 우애숙 여러분도 온 힘을 다해 우리가 잘못하는 것을 지적해주시기 바랍니다. 이상 끝!"

그는 다시 한 번 거수경례를 하고 자기 자리로 뛰어갔다. 그리고 "쉬어!" 하고 구호를 내렸다.

다시 지로 차례가 되었다.

"그럼 지금부터 여러분에게 우애숙의 부대시설을 설명하는 시간을 갖도록 하겠습니다. 모두 함께 이동하는 것은 아무래도 불편할 것 같아 저희 나름대로 조를 짰습니다. 조별로 이동하는 게 설명을 들을 때도 편리하고, 서로 토론할 때도 더 많은 의견을 자세하게 나눌 수 있다고 생각했기 때문입니다. 조 편성은 지역별입니다. 규슈 조, 도호쿠 조 따위로 조를 편성한 뒤에 다음 차례를 진행하겠습니다. 홍국숙에서도 그렇게 준비해주십시오. 우애숙 관람과 친교는 저녁 먹기 전까지입니다. 저녁을 먹고 연구회를 하겠습니다. 그때도 지역별로 조를 나누겠습니다. 인원이 적어야 한 사람도 빠짐없이 토론에 참가할 수 있고, 또 나중에 고향으로 돌아갔을 때 서로 연락도 할 수 있다고 생각했습니다. 간담회 장소는 본관에 있는 방을 이용해주시기 바랍니다. 날씨가 춥지 않으니 숲이나 잔디밭을 이용해도 괜찮습니다. 장소는 조별로 결정해주십시오. 저녁 시간은 다섯 시 반이니 본관 식당에 모여주십시오. 해산은 여덟 시 정각입니다. 그때까지 아무쪼록 즐겁게 서로 이야기를 나누기 바랍니다. 아, 참 진행은 계속 제가 맡겠습니다. 저녁을 먹은 뒤에는 혹 장기 자랑이 있을지 모르니 미리 준비해두는 것도 잊지 마십시오. 노 만일을 위해 말씀드리는데 우애숙은 출입 금지 구역이 없습니다. 홍국숙 여러분도 오늘 하루만은 우애숙의 식구입니다. 마음 놓고 지내시면 좋겠습니다. 오늘은 손님이 아니라 주인이라는 생각으로 편안하게 즐기시기 바랍니다."

지로가 그렇게 말하고 물러나자 오가와 무몬이 우애숙생들에게 신호를 보냈다. 그러자 숙생들은 다섯 명, 또는 일곱 명씩 뭉쳐 홍국숙생 쪽으로 다가가, "간토 지역은 이쪽으로 오십시오!", "도호쿠는 여깁니다!" 하고 외쳤다.

지로는 잊지 않고 아라다 노인과 오세키 씨를 살펴보았다. 선글라스를 쓴 아라다 노인은 표정을 읽기가 어려웠다. 그래도 뚱뚱하게 살이 찌고 상처가 많은 얼굴은 여느 때보다 벌겋게 물들어 있는 것처럼 보였다.

오세키 씨의 얼굴은 아라다 노인보다 더 적나라하게 감정이 드러나 있었다. 광대뼈에 찰싹 달라붙은 푸르스름한 안면 근육은 입술을 중심으로 심하게 떨리고 있었다. 그는 숙생들을 보고 있었는데 얼어붙은 것처럼 꼼짝도 하지 않았다.

지로는 두 사람을 관찰하다 아사쿠라 선생님과 사모님 쪽으로 눈길을 옮겼다. 선생님은 흐뭇하게 웃으며 숙생들을 바라보았지만, 사모님은 확실히 긴장해 있었다. 그때 아사쿠라 선생님이 오세키 씨에게 말했다.

"저녁 먹기 전까지 제 방에서 지내시지요. 그때까지 우리는 별로 할 일도 없을 것 같군요."

오세키 씨는 대답 대신 아라다 노인의 눈치를 살폈다. 그러고는 몇 번 헛기침을 한 뒤에 따지듯이 말했다.

"이 프로그램은 숙장님이 계획하신 겁니까?"

"아닙니다. 저희 숙생들이 생각해낸 겁니다. 우애숙의 방침은 숙생들이 되도록 창의력을 발휘해 모든 일을 스스로 결정하도록 이끄는 것입니다."

"그러셨군요. 그럼 숙장님께서도 프로그램이 이렇다는 걸 처음부터 모르셨단 말씀이네요?"

"그렇진 않습니다. 결정하기 전에 나를 찾아와서 의논을 하니까요."

오세키 씨는 다시 한 번 아라다 노인의 안색을 살폈다. 그리고 차갑게 웃었다.

"역시 오늘 프로그램은 아사쿠라 숙장님께서도 인정한 계획이군요?"

"그렇다고 봐야지요."

아사쿠라 선생님은 짓궂게 물어보는 오세키 씨에게 조금도 불쾌한 표정을 보이지 않았다.

"창의력을 살려야 한다는 교육 방침에는 홍국숙 숙장님께서도 동감하는 부분이 있을 것으로 생각합니다. 그렇지만 숙생들에게 모든 걸 일임했다간 엉뚱한 의견이 채택될 위험이 있지요. 그래서 제가 마지막에 점검 차원에서 확인하고 있습니다."

"하지만 숙장님께서 친히 인정하신 프로그램치고는 스스로 생각하기에도 좀 이상하다는 생각이 들지 않으십니까?"

오세키 씨는 처음부터 작심한 듯 싸늘하게 웃고 있었다.

"그런가요."

아사쿠라 선생님은 멍청하게 대꾸했다.

"이렇게 숙생들을 흩어놓으면 감독하기도 쉽지 않고, 서로 무슨 이야기를 나누고 있는지도 알 수 없지 않습니까?"

"그런 건 걱정 안 하셔도 됩니다. 우리가 청년들을 믿는다면 그것으로 끝이죠. 의심할 바에야 처음부터 이런 계획을 세워서는 안 되는 게 아닐까요?"

오세키 씨의 푸르스름한 볼이 꿈틀거렸다. 그러나 곧 차갑게 웃으며 말했다.

"숙장님 말씀처럼 진지하게 의견을 교환했다고 합시다. 그 의견들이 옳은지 그른지는 누가 정해줄 겁니까?"

"그거야 간단하죠. 청년들 스스로 결정하면 됩니다."

"숙장님께서 그렇게 나오시면 저도 프로그램에 대해서는 더 말하지 않겠습니다. 그러나 이것만은 짚고 넘어가야겠군요. 만일 숙생들이 토론한 결과가 잘못되었을 때 숙장님은 지도자로서 어떤 책임을 지실 생각입니까?"

"숙생들이 잘못된 결론을 내리더라도 나중에 바로잡으면 될 겁니다. 그렇게 하는 것이 지도자의 책임이라고 생각합니다."

"왜 그렇죠?"

"요즘 청년들은 자기 생각을 적극 표현하지 못합니다. 청년들을 가르쳐온 소위 지도자라는 인물이 그들에게 강압적인 태도로 정해진 생각만 주입했기 때문입니다. 제 생각엔 지도자들이 너무 성급한 것 같습니다. 청년들의 목소리를 들어보기도 전에 결론을 강요하는 경우가 많습니다. 나는 청년들에게 기회를 주고 싶습니다. 자기들끼리 의견을 주고받는 것이 가장 중요하겠지요. 잘못된 결론이 나올 수도 있습니다. 그래도 먼저 서로 판단해보는 것이 중요합니다. 그 뒤에 잘못된 것이 있으면 바로잡아주는 겁니다. 이런 방법이 아니라면 우리가 아무리 열심히 청년들을 가르쳐도 청년들의 실생활을 바꾸거나 하지는 못할 거라고 생각되는군요."

"글쎄요……. 그러니까 이 우애숙은 자유주의적인 지도 방침으로 운영되는 곳이란 말씀이죠?"

오세키 씨는 푸르뎅뎅한 혈색이 조금 붉어지면서 교활하게 웃었다.

"그게 자유주의인지는 잘 모르겠습니다. 하지만 그런 방법이 아니라면 청년들을 올바로 지도할 수 없다고 믿습니다. 진심으로 성실한 인격을 키우고 싶다면, 쓸데없는 감정에 치우치지 않는 국민을 양성하고 싶다면 이런 방법밖에는 없다고 생각합니다."

"지금 그 말은……."

격분한 오세키 씨가 무슨 말을 할 것처럼 보였다. 그때 아라다 노인이 걸걸한 목소리로 말했다.

"오세키 씨, 그만 됐소. 더 얘기할 필요도 없소."

아라다 노인은 그렇게 말한 뒤에 몇 초 동안 검은 선글라스를 반짝이며 아사쿠라 선생님과 오세키 씨를 보았다.

"아사쿠라 숙장, 내가 보기에 숙장은 그럴싸한 이치나 따지려는 나약한 청년들을 키우고 싶어 하는 것 같은데, 내 한 마디

충고하리다. 당신이 바라는 청년은 일본엔 이제 필요가 없소이다. 일본이 필요로 하는 청년은 이유 없이 죽을 수 있는 청년뿐이오."

그러고는 옆에 있던 스즈다에게 말했다.

"자, 그럼 그만 가자. 기껏 왔는데 더 볼일도 없겠구먼."

스즈다는 곁눈질로 아사쿠라 선생님을 쏘아보고 나서 아라다 노인의 손을 잡고 자동차 쪽으로 걸어갔다.

이미 그때는 숙생들이 지역별로 조를 만들어 뿔뿔이 흩어져 있었다. 정문에는 아사쿠라 선생님 부부와 오세키 씨, 그리고 지로, 이렇게 네 사람만 서 있었다. 아사쿠라 선생님이, "벌써 가시려고요?" 하고 아라다 노인을 쫓아갔다. 다른 세 사람도 말없이 그 뒤를 따라갔다.

자동차 문이 닫히기 전에 아사쿠라 선생님이 말했다.

"죄송하게 됐습니다. 모처럼 오셨는데……."

그러나 아라다 노인은 그 말엔 대답도 하지 않고 오세키 씨에게 말했다.

"오세키 씨는 숙생들 때문에 돌아갈 수도 없고……. 딱하게 됐소."

노인은 한마디 한 뒤 거세게 문을 닫아버렸다. 자동차는 어색하리만큼 조용한 분위기 속에서 시동이 걸렸다. 네 사람은 자동차가 사라질 때까지 바라보았다. 그러는 동안에도 모두들 입을 다물고 있었다.

아사쿠라 선생님이 오세키 씨에게 말했다.

"어쨌든 안으로 들어가서 쉬도록 하시죠. 여기에선 차도 대접하기 뭣하니……."

"예, 그러죠."

오세키 씨는 여전히 못마땅한 듯 건성으로 대답했다. 아사쿠라 선생님이 현관 쪽으로 걸어가자 오세키 씨는 아라다 노인이 타고 있는 자동차가 사라져간 숲 쪽을 흘끔거리며 억지로 걸었다. 사모님과 지로는 몇 발자국 뒤쳐져서 그 뒤를 따라갔다. 두 사람은 눈길을 주고받기만 할 뿐, 말은 하지 않았다.

현관에 들어섰을 때 오세키 씨가 말했다.

"이왕이면 저녁을 먹은 뒤라도 좀 더 유익하게 시간을 보냈으면 하는데요."

"유익하게 시간을 보내는 게 어떤 건지……."

아사쿠라 선생님은 신발을 슬리퍼로 갈아신다 말고 오세키 씨를 보았다.

"우리 숙생들은 놀러온 게 아닙니다. 아까운 시간을 조금이라도 아끼려면 모두 모여서 토론이라도 해야 할 것 같은데요. 어떻게 생각하십니까?"

"잘 알겠습니다. 토론회를 원하시면 그렇게 하도록 하죠. 차례를 바꾸는 긴 그리 어려운 일도 아니니까요."

아사쿠라 선생님은 가볍게 대답하고는 그 자리에서 곧바로 지로에게 저녁 프로그램 차례를 바꾸라고 지시했다. 지로는 불만이 없는 건 아니지만 오세키 씨가 보는 데서 그런 말을 할 수도 없어 작은 목소리로 "예." 하고 대답했다.

세상 속으로 ● 339

저녁 시간까지는 아직도 네 시간쯤 남아 있었다. 아사쿠라 선생님과 오세키 씨만 괴로운 게 아니라 사모님과 지로도 더없이 괴로웠다. 아사쿠라 선생님과 오세키 씨는 숙장실 소파에 얼굴을 마주 보고 앉았는데, 어느 쪽에서든 먼저 말할 생각은 없는 것처럼 보였다. 오세키 씨가 불편하기는 아사쿠라 선생님도 마찬가지였지만 오세키 씨가 새로운 의견을 내지 않게 하려면 적당한 이야깃거리를 찾아야 했다. 힘들기는 오세키 씨도 마찬가지였다. 아사쿠라 선생님에게는 '의견'이라는 게 먹히지 않는다는 것을 알아차리고 나니 아사쿠라 선생님과 마주 앉는 것조차 곤욕스러웠다.

탁자 위에는 그동안 우애숙에서 보지 못하던 진귀한 서양식 과자가 담긴 바구니가 놓여 있었다. 아사쿠라 선생님이 머쓱하게 웃으며 그중 하나를 집어들었을 뿐, 오세키 씨는 손도 대지 않았다. 차 시중을 들던 사모님이 몇 번이고 권했지만 오세키 씨는 과자 바구니를 보려고도 하지 않았다.

두 사람은 이렇게 조용히 앉아 그래도 처음 30~40분 정도는 그럭저럭 어색한 감정을 숨길 수 있었다. 지역별로 조를 짠 숙생들은 본관 곳곳을 구경하기 위해 복도를 시끄럽게 돌아다녔고, 그 소리에 귀를 기울이다 보면 서로 민망한 감정을 숨길 수 있었다. 또 요란한 소리를 내며 숙장실 문을 열고 내부를 구경하는 숙생들마저 있었기에 아주 잠깐 동안 분위기가 누그러지기도 했다.

그러나 복도가 점점 조용해지고 마침내 숙생들이 방으로 들어가거나, 한적한 잔디밭에 자리를 정하면서 조용해지자 주위는 서로 맞부딪치고 있던 거대한 얼음덩어리가 빙원(氷原) 하나로 굳어진 것처럼 조용해졌다. 절대 감출 수 없는 분위기였다. 두 사람은 탁자 위에 있는 잡지를 뒤적거렸다.

조금 뒤에 오세키 씨가 자리에서 일어나 밖으로 나갔다. 아사쿠라 선생님은 화장실에라도 다녀올 모양인가, 생각했으나 문밖으로 사라진 오세키 씨는 숙장실 창문으로 훤히 내다보이는 잔디밭에 10명쯤 되는 청년들이 둥그렇게 원을 그리고 앉아 있는 것을 보고 그쪽으로 갔다. 아사쿠라 선생님은 나중에야 지로에게서 그 소식을 들었다.

"저 조에는 오가와 씨가 있습니다."

지로는 아사쿠라 선생님에게 이렇게 알려주며 빙그레 웃었다. 아사쿠라 선생님은 말없이 고개를 끄덕였다. 아사쿠라 선생님도 상황이 어떻게 전개될지 궁금했는지 틈만 나면 오세키 씨를 바라보았다. 오세키 씨는 청년들이 둥그렇게 앉아 있는 주위를 어슬렁거리며 숙생들이 하는 이야기에 귀를 기울였다.

이렇게 해서 길고 긴 네 시간이 흘렀다. 복도에서는 저녁 시간을 알리는 딱딱이가 요란하게 울렸다. 저녁 시간에도 조별로 앉있다. 지로는 양쪽 숙생이 한 명씩 번갈아 가며 앉도록 자리를 배치했다. 저녁 반찬은 고구마국이었다. 식사 때의 예의범절은 두 곳이 차이가 많이 났지만 이날은 우애숙의 방침을 따르기로 했다. 숙생들은 우렁찬 목소리로 "잘 먹겠습니다." 하고 외치고는 밥을 먹기 시작했다. 밥을 믹고 설거지를 한 뒤에 다과가 나왔다. 우애숙에서 공동생활을 경험한 숙생들은 고향으로 내려간 뒤에도 가끔 우애숙에 선물을 보내고는 했다. 대개는 각 지역에서 나오는 특산품이었다. 며칠 전에도 아오모리에서 한 숙생이 사과 세 박스를 보냈다. 사모님은 특별히 홍국숙 생들을 생각해 차와 함께 먹음직스런 사과를 내놓았다. 빨갛게 잘 익은 사과가 나오자 홍국숙생들은 뜻밖이라는 듯 서로 눈짓을 주고받았다.

다과 준비가 끝나자 지로가 자리에서 일어났다.

"그럼 지금부터 토론회를 시작하겠습니다. 토론회 주제는 아직 정해놓지 않았습니다. 낮에 각 조별로 토론한 주제를 얘기해도 좋고, 모두 모인 자리에서 다 함께 의논해보고 싶은 문제를 얘기해도 좋습니다. 망설이지 말고 발표해주십시오. 이번 토론회는 홍국숙의 오세키 숙장님께서 부탁한 자리인 만큼 다과회는 조금 뒤로 하고, 토론회부터 시작하겠습니다."

지로는 일부러 그렇게 말한 것은 아니었는데, 정작 말을 하고 보니 짓궂은 짓을 저지른 것 같아 아차 싶었다. 지로는 슬쩍 아사쿠라 선생님과 오세키 씨를 보았다. 아사쿠라 선생님은 표정없이 눈을 감고 있었고, 오세키 씨는 눈매가 매서워졌다. 오세키 씨가 조금 언짢은 얼굴로 숙생들에게 말했다.

"시간은 되도록 뜻있게 쓰면 좋겠다. 다과회는 기껏해야 30분이면 된다. 먼저 홍국숙의 숙생이 자신들의 포부를 말해주기 바란다. 또 우애숙에서 보고 들은 것을 비판하기 바란다."

그러나 오세키 씨의 희망은 여지없이 짓밟혔다. 홍국숙에서는 어느 한 사람 손을 들지 않았다. 젊은 청년들이 백 명 남짓 앉아 있다는 게 믿어지지 않을 만큼 조용했다. 화롯불에서 숯불이 튀는 소리만 가끔 들릴 뿐이었다.

그때 창가에 앉아 있던 오가와 무몬이 손을 번쩍 들며 말했다.

"홍국숙 숙장님께서는 저희 조가 얘기하는 것을 자세히 들으셨습니다. 혹시 저희들에게 하실 말씀은 없는지요?"

오세키 씨의 날카로운 눈매가 더욱 매서워졌다. 오세키 씨는 거만하게 오가와를 바라보며 면박을 주듯 말했다.

"할 말은 너무 많다. 하지만 오늘은 내가 나설 자리가 아니다. 내 생각은 돌아가서 우리 숙생들에게 이야기할 것이다."

이렇게 해서 또 조용해졌다. 지로는 살며시 아사쿠라 선생님을 살펴봤는데 선생님은 여전히 눈을 감고 있었다.

"다들 토론 주제가 없는 것 같으니 우애숙에서 준비한 좌담회로 넘어가겠습니다."

지로는 차라리 잘됐다는 생각에 서둘러 분위기를 추스렸다. 좌담회는 우애숙이 자랑하는 장기 자랑으로 넘어갔다. 지로는 장기 자랑이 시작되면 이 불편한 자리가 화기애애하게 변할 것이라 생각했다.

그러기 위해서는 먼저 아사쿠라 선생님 내외분을 포함해서 우애숙 식구들 모두가 우애숙 춤을 추는 것이 가장 효과가 있을 것이라고 생각했다. 그리고 이 예상은 여지없이 들어맞았다. 오세키 씨를 제외하고 모두 웃음바다에 떨어들었다. 더구나 아사쿠라 선생님과 오가와 무몬이 복싱 경기를 하듯 어설프게 움직일 때는 쉴 새 없이 웃음이 터졌다. 홍국숙생 일부는 나긋나긋하게 손을 놀리는 사모님에게 완전히 넋을 잃고 처음부터 끝까지 사모님만 바라보기도 했다.

한바탕 춤사위가 끝나고 오가와 무몬이 그 유명한 매미 흉내를 냈다. 오가와 무몬이 능청스레 매미 흉내를 내자 홍국숙생들은 또 한 번 마음의 문을 활짝 열었다.

이에 보답이라도 하듯 홍국숙 대표인 구로다 이사무가 시를 읊었다. 시를 읊는 솜씨는 오가와와는 대조가 되었으나 박수갈채가 쏟아졌다. 그 뒤는 지로가 나서지 않아도 일사천리로 진행됐다. 식당은 웃음과 감탄, 손뼉 소리 때문에 내내 시끌벅적했다. 즐거웠던 장기 자랑 시간도 끝이 나고 대표들이 악수를 나누었다. 현관 앞에서 홍국숙생들이 한 줄로 서서 거수경례만 하지 않았다면 누가 우애숙생이고 누가 홍국숙생인지 구별하기조차 쉽지 않았을 것이다. 모두들 헤어지는 것을 아쉬워했다. 오직 오세키 씨만이 길게 한숨을 내쉴 뿐이었다.

홍국숙생들이 정문을 빠져나갈 때까지 아사쿠라 선생님 부부와 지로는 현관 앞을 떠나지 못했다. 세 사람이 숙장실로 돌아가자 대여섯 명이 아사쿠라 선생님을 기다리고 있었다. 오가와 무몬도 보였다. 그들은 저마다 한마디씩 소감을 말했다.

"정말 대단한 친구들이었어요. 어쨌든 우리와는 생활이 너무 다른 것 같아요. 우리가 말하는 건 처음부터 들으려고 하지도 않았습니다. 자기들이 하고 싶은 말만 되풀이하더군요. 생각보다 형편없는 친구들이었어요."

"그래도 좌담회 때는 즐거워 보였어. 역시 지역별로 모이길 잘했다는 생각이 들어."

"그러고 보면 토론회 때 이쪽에서 아무리 재촉을 해도 누구 한 사람 나서지 않았던 것도 이상해. 처음 봤을 때만 해도 기세가 대단했는데……."

"여기서 몇 시간만 지내보면 누구나 생각이 좀 달라지지."

"생각이 달라진 게 아냐. 본능 때문이야."

그렇게 말한 사람은 오가와 무몬이었다.

"그 친구들도 잘 알지도 못하는 남의 이치를 들먹이는 게 쉽지 않았을 거야. 사과나 먹고 노래나 부르는 게 재미있는 건 당연한 일이지, 후후."

오가와 무몬이 아사쿠라 선생님에게 말했다.

"오늘 그 친구들과 얘기를 하면서 한 가지 깨달은 게 있습니다. 홍국숙에는 자연스러운 생활이라는 게 전혀 없는 것 같아요. '국가가 필요로 할 때만 최선을 다하면 그만이다. 그 밖에는 흐지부지 지내도 너그럽게 용서해줄 수 있다'는 말을 아무렇지도 않게 지껄이는 친구도 있었어요. 같이 이야기를 나눌수록 그 친구들이 불쌍해지더군요."

아사쿠라 선생님은 고개를 끄덕이며 듣기만 했다. 그러자 다른 숙생이 또 이야기했다.

"어떤 기분으로 돌아갔을까?"

"거의 대부분은 자기늘이 이겼다면서 우쭐해 할 거야. 감당

세상 속으로 ● 345

회에서 별다른 논쟁이 안 붙은 것도 우리하고는 애기가 안 통한다고 생각했기 때문인지도 모르지."

"다 그런 건 아냐. 우리 조엔 이웃 마을에서 온 청년이 하나 있었거든. 그 친구가 그러는데 자기도 우애숙으로 올 걸 그랬다면서 무척 쓸쓸해 하더라고."

"자기 자신한테 진실한 사람은 다들 그렇게 생각했겠지. 하지만 그런 사람이 얼마나 되겠냐? 우리만 하더라도 이곳이 좋다는 걸 알게 되기까지 시간이 많이 걸렸잖아?"

"어쨌든 오늘은 좋은 기회였다고 생각해. 홍국숙 친구들이 우릴 어떻게 생각하든 우리 자신은 이곳 생활이 가장 행복하다는 걸 깨달았으니까."

"맞아, 그 친구들 덕분에 여기가 소중하다는 걸 알았어."

사모님의 눈가가 빨갛게 달아올랐다. 지로는 깊은 생각에 잠겼다.

"그렇게 자기한테 도취되어 있다간 오늘이 최악의 날이 될 거다. 알코올은 기분을 좋게 하는 동시에 너희들을 표본으로 만들 때도 사용된다는 점을 명심하도록, 하하하."

아사쿠라 선생님이 그렇게 말하며 창가로 걸어갔다.

"오늘 가장 큰 수확은 알코올에 취한 표본을 만났다는 점이다. 언젠가는 그 표본들이 병째 버려지는 날이 올 거야. 그 생각만 하면……. 이럴 때야말로 저마다 최선을 다해야 해. 또……, 좀 더 겸손하게 자신을 반성하지 않으면 안 돼……. 중요한 건 우애숙이 우애숙이라는 모양새를 갖추느냐 하는 문제다. 이기고 지는 건 아무것도 아냐……. 우애숙이 쓰러져도 이 세상엔 자네들이 있다. 두근거리는 심장으로 살아가는 인간이 있다……. 우애숙에서 체험한 걸 생활 속에서 실천하는 게 중요해. 나를 누구와 비교하는 건 자기도취야. 이겼다고 생각하면 기분이야 좋아지지. 하지만 그 때문에 실패할 수도 있어. 인간은 괴로울 때보다 만족할 때 타락한다……, 평상심……, 그래, 평상심이야. 평상심은 내가 괴로울 때보다 지금 같은 경우에 필요해."

아사쿠라 선생님이 무언가에 씌운 것처럼 아리송하게 말한 것은 처음이었다. 숙생들은 당황해서 선생님을 보았다. 사모님과 지로는 서로 마주 볼 뿐이었으나, 두 사람의 눈빛은 머지않은 장래에 우애숙이 겪게 될 운명에 대해 속삭이는 듯했다.

오가와 무몬만은 그때까지도 조용히 눈을 감고 있었다.

여행

 그 뒤로 일주일 동안 특별한 사건은 일어나지 않았다. 지로는 우애숙의 장래가 좋지 않을 것 같은 예감이 들어 이만저만 걱정이 아니었다. 또 한편으로는 미치에와 교이치가 아무런 답장을 보내지 않는 것도 무척 신경 쓰였다. 우애숙이 자리 잡고 있는 무사시노에는 해마다 그랬듯이 검은 회오리바람이 찾아왔다. 그 때문에 아침저녁으로 청소하기가 무척 힘들어졌다. 그래도 계절은 속일 수 없었던지 물이 차갑지 않아 걸레를 빠는 손은 오그라들지 않았다.

 우애숙은 기수 강습이 끝날 때쯤이면 숙장을 포함해 숙생들 모두가 3박 4일 일정으로 여행을 떠나고는 했다. 여행의 목적은 사숙 생활을 현실에 접목시키는 것이었다. 우애숙이라는 특수한 환경에서 단련받은 것들을 세상이라는 일반적인 환경에서 시험해보는 것이 가장 큰 목적이었다. 여행지는 우애숙을 거쳐간 수료자들이 생활하는 지역이었다. 그들과 새롭게 친교를 맺고, 수료자들이 우애숙에서 배운 것을 어떻게 생활에 접목시키고 있는지 눈으로 확인하기 위해서였다. 어느덧 여행 날짜가 사흘 앞으로 다가왔다. 연구부를 중심으로 일정이 모두 정해졌기에 숙생들은 그날이 오기만을 기다리고 있었다.

그러나 지로에게는 여행을 떠나기 전에 반드시 해놓아야 할 중요한 임무가 하나 있었다. 다음 입숙생들의 지원서를 정리해야 했다. 제11기 신입 숙생 모집은 이미 끝난 뒤였다. 지로가 할 일은 이들 지원자의 이력서를 정리하고, 합격자 명단을 1차로 결정해 아사쿠라 선생님에게 보고하는 것이었다. 이 보고서를 바탕으로 아사쿠라 선생님이 최종 합격자를 선발하면 다시 본인에게 통보하는 것도 지로가 맡은 일이었다. 지원자는 우애숙이 생긴 이래로 가장 많았다. 10기 때보다 두 배 이상이었다. 그만큼 합격자를 심사하는 것도 쉬운 일이 아니었다. 다행히 지로는 어젯밤에 그 일을 완벽하게 끝마쳤기 때문에 아침을 먹은 뒤에 아사쿠라 선생님을 찾아가 보고서를 제출할 생각이었다.

이날은 마침 오가와 선생이 강의를 맡았다. 지로는 강의가 시작되기를 기다렸다가 이력서와 추천서를 한 묶음 들고 숙장실로 갔다.

"지원자가 백 명이 넘어요. 그리고 이력도 예전과 비교가 안 될 만큼 훌륭해요. 역시 수료자들 입으로 소문이 났나 봐요."

지로는 책상 위에 서류를 내려놓으며 의기양양하게 말했다.

"그렇군."

아사쿠라 선생님은 무언가 생각하고 있었던 것 같은 눈으로 지원자들이 낸 이력서를 대강 살펴보더니 곧 책상 서랍에서 전보를 한 다발 꺼내 지로에게 내밀었다.

"하지만 이걸 한 번 읽어봐."

얼떨결에 전보를 받아든 지로는 그 내용을 확인하고는 깜짝 놀랐다. 전보는 다 합쳐서 15통이었는데 하나같이 지방 청년단에서 보낸 것들이었다. 자기 지역에서 지원한 사람들을 명단에서 제외해달라는 내용이었다. 지원자의 수를 따져볼 때 쉰 명은 넘을 것 같았다. 지로는 멍하니 아사쿠라 선생님을 보았다. 지난 5~6일 사이에 아사쿠라 선생님 앞으로 전보가 쏟아졌다는 것은 지로도 알고 있었다. 지로는 그 전보들이 아사쿠라 선생님의 신변과 관계된 내용은 아닌가 해서 무척 불안했는데, 이런 내용을 담고 있는 전보일 줄은 꿈에도 몰랐다.

"놀랐나?"

아사쿠라 선생님이 쓸쓸히 웃으면서 이번에는 편지를 한 통 꺼냈다.

"모든 사정은 이 편지 안에 숨어 있어. 너에겐 끝까지 알리고 싶지 않았다만 이젠 더 숨길 수도 없게 됐구나."

지로는 겉봉에 적혀 있는 발신인부터 확인했다. 스기야마 에쓰오라고 적혀 있었다. 스기야마는 문부성의 사회교육 과장으로 청년 강습소를 담당하는 사람이었다. 그는 아사쿠라 선생님의 제자였고, 다누마 선생과 가까운 사이였다. 우애숙에도 여러 번 찾아왔기에 지로도 잘 아는 사람이었다. 지로는 그가 보낸 편지라면 자신을 실망시키지 않을 거라는 확신이 생겼다.

내용은 그리 길지 않았다.

"……저로서는 아직 자세한 사정은 알지 못하고 있습니다. 정확한 사정을 알 수 있는 자리도 아니고, 또 말씀드리더라도 이제 와서 아무런 도움이 되지 않는 것은 고사하고 괜히 선생님을 괴롭히는 건 아닌지 걱정이 되기도 합니다. 확실한 것은 앞으로 각 지방의 사회교육과 청년단의 방침이 수정될 거라는 점입니다. 안타깝게도 아주 불공평한 방침이 될 것 같습니다. 많은 사람들이 우애숙의 방침에 불만을 품고 있습니다. 지원자도 많이 줄어들 것 같습니다. 이 문제에 반대하는 분들도 많습니다. 하지만 지금 분위기로 봐서는 그런 의견을 쉽게 표명할 수 있는 처지가 아닙니다……."

중요한 내용은 이 정도였고 그 밖에는 어떻게 지내셨느냐는 인사말이 전부였다.

편지를 다 읽고 지로는 힘없이 고개를 숙였다. 어느새 무릎 위로 눈물이 떨어지고 있었다.

아사쿠라 선생님은 창밖을 바라볼 뿐이었다.

"시국이라는 건 무시할 수가 없단다."

아사쿠라 선생님은 그렇게 말하며 눈을 감았다.

조금 뒤에 지로가 떨리는 목소리로 물었다.

"선생님은 오래전부터 단념하셨죠?"

"단념할 수밖에 도리가 없지 않니?"

"다누마 이사장님도 알고 계신가요?"

"알고 계신다. 지원자들이 입숙을 취소하는 편지를 보내왔다는 것도 모두 알려드렸어."

"이사장님은 뭐라고 말씀하세요?"

"별말씀 안 하셨어. 어쩔 수 없다는 말만 하셨지."

지로는 입을 굳게 다물고 눈물이 잔뜩 괸 눈으로 아사쿠라 선생님을 보았다.

"전 아직 포기할 때가 아니라고 생각합니다."

"그게 무슨 뜻이지?"

"이중에는……."

지로는 이력서 다발을 움켜쥐었다.

"지금까지 우애숙을 거쳐 간 수료생들과 지금 이곳에 있는 숙생들이 권유하여 지원한 청년들이 아주 많습니다. 오늘이라도 손을 쓰면 얼마든지 들어올 겁니다."

"손을 쓴다고?"

"편지를 보내는 겁니다. 선생님도 보내시고 숙생들도 그렇게 한다면……."

"뭐라고 편지를 보내지?"

"우애숙이 처한 현실을 솔직히 털어놓아야죠. 그들의 정의감에 호소해야 합니다. 우리의 동지가 되어달라고 사정해야 합니다."

"우리가 사정하면 상황이 바뀔까?"

"무슨 수를 써서라도 바꿔야 합니다. 여행을 떠날 때까지는 아직 이틀이나 남았어요. 여럿이 문구를 만들면 시간은 넉넉해요."

아사쿠라 선생님은 웃기만 했다. 그 웃음이 왠지 쓸쓸해 보였다.

"네 말대로 그럴싸한 문구를 만들었다고 치자. 그 편지를 받고 청년들이 이곳에 찾아오면 그 다음엔 어떻게 할 거지?"

"그렇게 되면 모든 게 해결되는 거 아닌가요? 숙생들이 모이기만 하면 아라다 노인 같은 사람이 협박해도 늘 해온 대로 강습회를 하면 됩니다."

"그렇게만 하면 이 우애숙은 무너지지 않는다?"

"물론입니다."

"네 뜻은 잘 알겠다. 우애숙을 유지하기 위해서는 성공 여부는 별도로 치더라도 먼저 그런 편지라도 보내서 숙생들을 끌어모아야겠지. 하지만 그런 방법으로 모은 그 청년들의 인생은 누가 책임질 거지?"

"그게 무슨 말씀이세요?"

"그 청년들이 우애숙을 찾게 되면 자기 마을이나 청년 단체에서 완전히 고립될 거야. 잘못했다간 지역사회에서 반역자로 낙인찍힐 수도 있어. 그 정도는 아니더라도 우애숙에서 배운 대로 실천할 기회조차 갖지 못하게 되는 건 틀림없어."

지로는 그 말을 듣고 잠깐 생각했다.

"하시만 그런 문제라면 크게 신경 쓰지 않아도 된다고 생각합니다. 어차피 우애숙의 정신은 시대를 거부하고 있습니다. 요즘 같은 시대라면 시대가 옳다고 말하는 것을 거부하는 행동이야말로 진정 올바른 태도입니다. 그렇게 행동하는 것이 당연합니다. 그래야만 다가올 미래에 숭요한 일을 하게 될 거라고 생각합니다."

"시대에 대한 반항이라……. 틀린 말은 아니지."

아사쿠라 선생님은 또 눈을 감았다. 그리고 이마를 쓰다듬으며 말했다.

"네 말처럼 우애숙의 정신은 이 시대의 눈으로 볼 때 반항 정신이라고 할 수 있어. 그러나 다누마 이사장님과 내가 처음 청년운동을 계획했을 때는 시대의 반항자를 양성하겠다는 생각은 한 번도 해본 적이 없어. 우애숙이 청년들에게 가르친 건 애정이야. 애정에서 출발한 창조와 조화의 정신이지."

"그건 저도 알고 있어요. 하지만 이 시대에 대한 애정이라면 시대에 반항하는 것이 당연하다고 생각해요. 잘못된 시대에 반항하지도 못하면서 애정과 창조와 조화를 기대할 수는 없는 거잖아요?"

"그래, 나도 네가 하는 말을 충분히 이해한다. 그래서 우리도 군부가 우리를 적으로 삼을 때까지 우애숙을 이끌어온 거야. 하지만 아무리 사려 깊은 청년들일지라도 반항 정신이 싹트면 공과 사를 구분하지 못하게 돼. 대개는 파괴로 끝나게 마련이지. 파괴를 통해 세상은 조금도 좋아지지 않아. 청년 자신들로서도 불행할 뿐이야."

"그럼 이대로 내버려두자는 말씀이세요?"

"괴롭지만 지금으로서는 그게 최선이다. 아무리 마음에 들지 않는다고 해도 시대는 시대야. 거스를 수가 없는 거란다. 무모하게 대항할 이유가 없어. 그들에게 원인을 제공해주기보다는 먼저 우리와 함께 지내고 있는 저 청년들의 마음속에 애정을 심어주어야 한단다."

"이 싸움에 뛰어들지 않으면 우애숙은 끝입니다!"

"가장 좋은 결과는 우애숙이 우애숙으로 남는 것이지. 하지만 우애숙이 무너진다고 해서 모든 게 끝장난다는 생각은 조금 위험한 것 같구나. 이 나라에는 우애숙을 거쳐 간 젊은이들이 5백 명도 넘게 있다. 앞으로는 이들을 찾아다닐 생각이다. 우리의 처지를 설명하고 지금보다 더 열심히 자기 자리에서 우애숙의 정신을 실천해달라고 부탁할 생각이야."

"그들까지 지역사회에서 고립되면 어떻게 하시려고요?"

"우애숙 출신이라는 이유로?"

"예."

"글쎄……. 그 친구들이 우애숙의 깃발을 마구 휘둘러댄다면 그럴 수도 있겠지. 하지만 우애숙의 정신이 무엇인지를 아는 청년이라면 그런 어리석은 행동은 하지 않을 거라고 믿는다. 주위 환경과 하나가 되어 마을을 조금씩 변화시킬 때 우애숙의 정신은 영원히 지켜진다."

지로는 생각에 잠겼다. 생각할수록 아사쿠라 선생님이 왜 이렇게 갑자기 패배주의자가 되어버렸는지 실망스러웠다. 지로는 선생님과 더 이야기하고 싶지 않았다. 지금 당장 숙장실을 나가고 싶었다. 그러나 오랫동안 아사쿠라 선생님을 믿어온 마음이 지로의 발목을 붙들었다.

시간이 한참 지나고 지로는 조금 비쏘는 투로 입을 열었다.

세상 속으로 ● 355

"저도 우애숙의 정신은 애정에서 실현되어야 한다고 믿습니다. 하지만 그 표현은 얼마든지 시대에 따라 달라질 수 있다고 생각해요. 선생님은 주위와 마찰을 일으켜선 안 된다고만 하시는데 그렇게 되면 결국 수료생들은 시대에 묻혀버리고 말 겁니다."

"그럴지도 모르지……. 아니, 형식으로는 결국 그렇게 될 거다. 그러나 시대에 파묻힌다고 해서 모든 게 끝나는 것은 아니야. 자기 마음속에서 애정만큼은 지켜내야 한다. 그 점을 잊어버리지 않는다면 이 시대의 무리들과 근본부터 다른 결과를 만들어내는 것도 불가능하지는 않아."

"하지만 그때는 일본도 없습니다. 일본이 파멸한 후에 무슨 도움이 될까요?"

"조금은 도움이 되는 부분도 있을 테고, 어쩌면 아무런 도움이 안 될 수도 있다. 지금 형편을 봐서는 도움이 안 될 것 같구나."

"선생님!"

지로는 무척 흥분했다.

"저희들은 지금까지 일본의 파멸을 막기 위해 싸워왔습니다!"

"물론 그랬지."

"이렇게 포기할 수는 없어요. 조금 더 노력하면 상황이 바뀔 겁니다."

"지금으로서는 애정을 길러내는 것만이 방법이다. 애정을 잃으면 그걸로 끝이야. 다른 모든 것을 성취한다고 해도 그렇게 성공하는 것은 아무짝에도 쓸모가 없단다."

"애정 또한 일본이 파멸하면 아무런 소용이 없지 않습니까."

"아니, 그렇지 않다. 애정은 모든 운명을 뛰어넘는 힘이 있어. 비극적인 파멸 앞에서도 애정에 의지하면 견뎌나갈 수 있어. 파멸 뒤에 새로운 세상을 다시 만들어나갈 수 있게 만드는 것도 바로 애정이야. 그렇기 때문에 애정만 있으면 폐허가 된 터전에서 새롭게 출발할 수 있단다. 반대로 애정이 없으면 모든 조건이 완벽하게 갖춰져도 인간은 자기도 모르는 사이에 파멸의 길을 걷게 되는 법이란다."

지로는 얼굴빛이 창백해졌다. 고개를 길게 늘어뜨린 채 아무 말도 하지 못했다. 얼어붙은 듯 눈동자만 차갑게 빛나고 있었다. 지로는 슬픔을 감추고 아사쿠라 선생님을 보았다.

"선생님은 일본이 파멸하는 게 정해졌다고 생각하시는 거죠?"

"정해졌다……. 정해졌다기보다 이미 그렇게 됐다는 말이 맞을 것 같구나. 때론 악이 승리할 때도 있어. 그러나 그것으로 파멸을 모면한다 해도 안심할 수는 없겠지. 악은 결코 영원히 승리하지 않으니까."

"그 말씀은……. 선생님은 일본의 파멸이 당연하다고 여기시는 거죠?"

아사쿠라 선생님은 침통한 눈으로 지로를 보았다.

"다누마 이사장님에게 들은 얘긴데……, 지금 이 나라를 이

끌고 있는 권력자 가운데 세상이 어떻게 돌아가는지 조금이라도 아는 자들은 일본이 패망하는 것을 정해진 사실로 받아들이고 있다는 거야. 그런데도 현시대를 바꾸지 못하고 있는 거란다. 안타까운 현실이지. 이사장님도 그런 결과를 예측하고 있기 때문에 아주 고심하고 계신 거야. 중간에 포기하겠다는 말은 아니다. 마지막까지 우리가 해야 할 일은 마무리 지어야지. 하지만 청년운동은 이쯤 해서 끝났다고 봐야 한다. 며칠 전 이사장님이 하시는 말씀을 들어보니 대세를 돌이키기엔 너무 많이 지나온 것 같더구나."

"그럼 이사장님은 어떤 생각을 하고 계신 건가요?"

"지금으로서는 방법이 많지 않아. 기세를 저지하기보다는 최악의 사태를 피하기 위한 가르침이 필요한 때라고 할 수 있지. 이사장님은 그렇게 생각하고 계시단다."

"그렇다면 애정의 정신을 키워야 한다는 말씀이세요?"

"바로 그거야. 눈 뜬 사람이나 장님이나 다 함께 지옥으로 뛰어들어야 하는 게 이 나라의 운명이라면 지금은 발버둥칠 때가 아냐. 어떻게 하면 지옥 속에서 빠져나올 수 있는지를 생각해야 해. 적어도 지옥에 빠져서도 며칠은 버틸 만한 방도를 찾아야 해. 우애숙이 할 일은 아직 끝나지 않았어. 어쩌면 이사장님은 지금도 어디에선가 피나는 노력을 하고 계실 거다. 이사장님은 그런 분이란다. 헝겊으로 만든 깃발을 앞세우고 청년들을 선동하는 짓 따위는 절대로 하실 수 없는 분이지. 혁명은 피로 피를 씻는 것과 다를 게 없다는 것이 이사장님의 신념이니까."

지로도 얼마 전에 다누마 선생이 2월 26일 사변 직후 새롭게 조직된 내각의 장관으로 내정되었으나 이를 거부했다는 신문 보도를 읽은 기억이 있었다. 그때 상황과 지금 아사쿠라 선생님에게서 듣는 이야기는 직접 연관이 없지만, 신념을 위해 모든 것을 바치려는 다누마 선생의 인품에는 감동하지 않을 수 없었다.

"그래서 다누마 이사장님은 우애숙을 단념하시려는 거야. 네 처지에서는 일생을 걸 만한 사업이 겨우 10회로 끝나는 것이 안타깝겠다만 생각하기에 따라서는 새로운 기회가 될 수도 있어. 이번 일로 우리의 사업은 그 기초가 더욱 단단해질 거야. 그러니 너도 더 낙심하지 않으면 좋겠다."

아사쿠라 선생님은 차분하게 말했다. 지로는 더 말하지 않았다. 눈시울이 뜨거워졌지만 이를 악물고 참았다.

"선생님은 앞으로 어떻게 하실 계획이세요?"

"전국을 걸어서 여행할 생각이야."

"강연이라도 하시게요?"

"강연이 아니라 그냥 여행이야. 내가 강연을 하고 싶어 해도 강연을 부탁하는 곳은 없을걸. 기껏해야 우애숙 수료생들을 모아놓고 좌담회를 여는 정도겠지. 그것도 이왕이면 사람들 눈에 띄지 않게 할 생각이야. 어쩐지 비밀 결사대라도 만드는 것 같군. 괴롭겠지만 참고 이겨내야 한다. 끝까지 참아내면 미래는 얼마든지 바꿀 수 있어. 눈에 보이지 않는 힘을 믿어야 할 때다."

지로는 허전함을 숨길 수 없었다. 전국에 수료생이 5백 명이

나 있다고는 하지만 지역마다 광범위하게 흩어진 세력이다. 그리고 수료생 가운데 몇이나 아사쿠라 선생님의 진심을 이해할는지, 그것도 의심스럽다. 지로는 도보 여행은 아사쿠라 선생님이 자신을 위로하는 길밖에 되지 않는다고 생각했다.

"왜, 별로야?"

아사쿠라 선생님은 지로의 마음을 꿰뚫어보기라도 한 듯 웃었다.

"아뇨……."

지로가 우물거리자 아사쿠라 선생님은 그 맑은 눈으로 진지하게 말했다.

"씨앗 한 톨을 우습게 봐서는 안 돼. 우리는 씨앗 한 톨을 뿌리는 것부터 시작해야 돼. 그게 우리 할 일이야. 며칠 전에 읽은 책에 이런 내용이 있더구나. 어느 선교사가 중국의 서쪽 끝에 있는 조그만 마을에서 20년 동안 선교 활동을 했는데 단 한 사람도 전도하지 못했어. 그리고 21년째 되는 해에 겨우 한 사람을 전도했어. 그런데 놀랍게도 그 뒤부터 해마다 가속도가 붙어 신도가 늘어났다는 거야. 지금은 그 마을 사람들이 모두 기독교도가 되었다는구나. 나는 그 책에 큰 감동을 받았단다. 실은 그 책이 없었다면 여간해선 도보 여행 같은 건 결심하지 못했을 거야."

복도가 갑자기 술렁거렸다. 쉬는 시간이 된 모양이다. 조금 뒤에 오가와 선생이 숙장실로 들어와 지로 옆에 앉았다. 오가와 선생은 그 둔중한 몸집을 지로에게 돌리며 물끄러미 지로를 보았다. 당황한 지로는 얼른 차를 따랐다. 그러자 아사쿠라 선생님이 말했다.

"혼다 군이 생각보다 쉽게 이해하지를 못하는군요. 애 좀 먹고 있습니다."

"그럴 거예요. 나도 아직 이해하지 못하고 있으니까요."

오가와 선생은 그렇게 말하며 이력서 다발을 훑어보았다.

"지원자가 이렇게 많았나요."

지로는 차를 준비하다 말고 두 손으로 얼굴을 감싼 채 도망치듯 밖으로 뛰쳐나갔다.

이날은 지로에게 우애숙이 시작된 이래 가장 슬픈 날이었다. 잃어버린 사랑 때문에 받은 상처가 이제야 조금씩 아물기 시작했는데, 목숨을 건 신념까지 뿌리째 뽑히게 되었다. 지로는 생각하고 싶지도, 느끼고 싶지도 않았다. 온몸에서 조금씩 힘이 빠져나갔다. 지로는 사모님을 생각했으나 찾아갈 마음은 들지 않았다. 그러면서도 쉴 새 없이 몸을 움직였다. 이런 때일수록 일에 파묻혀야 슬픔을 이겨낼 수 있다는 걸 본능적으로 알고 있었기 때문이다. 하지만 이날따라 할 일이 많지 않았다.

지로는 저녁 무렵 혼자 쓸쓸히 뜰을 서성거렸다. 그때 뒤쪽에서 인기척이 났다. 오가와 무몬이었다.

"나도 얘기 들었어요."

지로가 의아한 눈초리로 바라보자 오가와가 말했다.

"우애숙이 이번 기수로 폐쇄된다면서요?"

"그걸 어떻게 아셨어요?"

"아주머니께서 말씀해주셨어요."

지로는 우애숙이 폐쇄되기 전까지는 숙생들에게 이 사실을 비밀로 하고 싶었다. 사모님이 왜 이런 얘기를 서둘러 오가와에게 했는지 이상한 생각이 들었다. 그러나 오가와는 태연하기만 했다.

"숙장님은 도보 여행을 떠나신다고 하더군요. 정말 좋은 생각이에요. 숙장님께서 허락만 하시면 나도 같이 갈 생각입니다."

지로는 마비된 뒤통수에 전류라도 흐르는 것처럼 몸을 부르르 떨었다.

"혼다 씨도 같이 갈 거죠?"

"난 아직 그런 것까지는……"

"우애숙 정신은 건물에 갇혀 있어서는 안 돼요. 숙장님이 정말 좋은 생각을 하셨어요. 강습회에 참가하면서 절실하게 느꼈어요. 처음부터 잘 될 거라는 생각은 하지 않아요. 하지만 5백 명이나 되는 청년들 마음속에 우애숙의 정신이 흩어져 있어요. 방법만 잘 선택하면 꽤 힘이 될 거예요. 쉰 명씩 모아놓고 강습을 하는 것도 좋지만 전국적인 청년운동으로 성장시키려면 발품을 팔아야 해요."

지로는 세 사람이 배낭을 메고 전국을 여행하는 모습을 마음속으로 그려보았다. 가슴이 두근거렸다. 하지만 3년밖에 안 된 본관과 공립암을 포기해야 한다고 생각하니 또다시 억울함이 밀려들었다. 예전에도 이런 억울한 기분에 사로잡힌 때가 있었다. 오하마와 함께 살던 소학교가 무너지는 모습을 바라볼 때였다. 탄광촌으로 떠나기 직전, 오하마는 자신을 데리고 어린 시절의 추억이 깃든 옛날 학교를 찾아갔다. 그때의 쓸쓸한 기분이 마음속에서 다시 되살아나는 것 같았다. 지로는 이런 외로움을 숨기기라도 하듯 큰 소리로 말했다.

"우리까지 따라가면 숙장님께 부담이 될 거예요. 비용도 많이 들고요. 그 문제는 좀 더 생각해보죠."

"그런 걱정은 안 해도 돼요. 아주머니가 그러시는데 다누마 이사장님이 돕겠다고 하셨답니다."

지로는 사모님이 이 문제로 아직 자신에게 한마디 의논도 안 했는데 왜 오가와에게는 그토록 많은 이야기를 다 털어놓았는지 조금 이상했다. 그리고 섭섭하기도 했다. 어린 시절 맛보았던 쓸쓸함과 함께 그 무렵의 불쾌한 질투심 같은 것도 함께 되살아나고 있었다. 질투심은 지로가 오래전에 극복했어야 할 인간적인 약점이었다. 지로는 아직도 자신의 마음 한구석에 이 같은 질투심이 남아 있다는 것을 깨닫고는 적잖이 당황했다. 그 때문에 불쾌한 감정은 한결 더 심해졌다. 지로는 자기도 모르게 오가와의 눈길을 피해버렸다. 그러자 오가와가 말했다.

"혼다 씨, 아주머니가 많이 걱정하고 계세요. 오늘 아침부터 계속 혼다 씨만 걱정하고 있었고요. 하루 종일 혼다 씨만 살펴보고 있었어요. 곁에서 지켜보는 내가 안타까울 정도예요."

지로는 놀란 눈으로 오가와를 보았다. 오가와는 빙긋이 웃으며 지로의 어깨에 손을 얹었다.

"사실은 나도 혼다 씨가 아침부터 조금 이상한 것 같아서 아주머니를 찾아가 물어봤어요. 그랬더니 아주머니가 모든 걸 털어놓으셨죠. 그리고 내가 혼다 씨를 위로해주면 좋겠다고 하셨어요. 하하."

오가와는 크게 웃었다. 지로는 고개를 맥없이 떨어뜨렸다. 오가와는 다시 진지한 표정을 하고 말했다.

"우애숙의 정신은 승리나 패배라는 것에 흔들리지 않아요. 난 그게 마음에 들어요. 언제까지나 분하다는 생각만 하고 있으면 우애숙의 정신은 헛일이 될 거예요. 그러니 어떻게든 좋은 쪽으로 생각하자고요."

지로는 갑자기 오가와의 품에 안겼다. 그리고 흐느끼며 말했다.

"이제 안심이 됩니다……. 여러 가지 물어보고 싶은 것이 많습니다. 자세한 건 여행하면서 천천히 얘기하도록 해요."

이때 숙장실 창으로 두 사람을 바라보는 이들이 있었다. 바로 아사쿠라 선생님 부부였다. 지로와 오가와는 그것을 전혀 눈치 채지 못했다.

그 뒤 이틀 동안은 별다른 사건이 일어나지 않았다. 지원서를 취소해달라는 전보는 그동안에도 계속 날아왔다. 하지만 지로는 더 신경 쓰지 않았다. 숙생들과 여행을 떠나기 전날 밤까지 지원서를 취소하지 않은 청년들이 꽤 있었다. 지로는 그들에게 사정으로 우애숙은 당분간 쉰다는 지극히 사무적인 편지를 썼다. 그 편지를 쓸 때 지로는 한 번 더 고통스러워졌다.

마침내 여행을 떠나는 날이 왔다. 사모님은 이번 여행에도 참가하지 않으셨다. 우애숙을 출발한 지 한참이 지났지만 날은 아직도 캄캄했다. 숙생들은 여행 중에도 저마다 할 일이 많았다. 우애숙을 떠나면서부터 돌아오기까지 아무런 일도 맡지 않는 숙생은 한 명도 없었다. 아사쿠라 선생님과 지로만이 별다른 할 일을 맡지 않았다. 대신 이들 두 사람은 여행지에서 할 일이 따로 준비되어 있었다.

첫 번째 목적지는 시즈오카 현에 있는 ㅎ 마을이었다. 이 마을에는 ㅋ이라는 청년이 살고 있었다. ㅋ은 우애숙의 제1기 수료생이었다. 들리는 소문으로는 ㅋ 군은 우애숙에서 배운 것들을 적극 실천해 마을을 크게 변화시켰다고 한다. 그래서 아사쿠라 선생님과 지로는 꽤 오래전부터 이곳에 와보고 싶어 했다.

ㅎ 마을에 온 숙생들은 근처 초등학교에서 여장을 풀었다. 마을 청년단뿐 아니라 면장과 여러 단체를 이끄는 지역 유지들이 그곳에서 숙생들을 기다리고 있었다. 거창한 환영식은 아니었지만 일개 청년 강습소를 위해 면장까지 시간을 내주었다는 것은 예상치 못한 일이었기에 아사쿠라 선생님이 ㅋ 군을 붙잡고 넌지시 물어보았다.

"저희 마을에서는 어떤 단체가 모임을 하면 다른 단체들도 같이 참석하고 있습니다. 응원도 해주고 뭐 도움이 될 만한 것들을 보내는 식이죠. 오늘도 제가 부탁해서 찾아온 건 아닙니다."

ㅋ 군은 머리를 긁적이며 대답했다. 인사가 끝나고 차를 마신 뒤에 마을에 있는 여러 시설들을 둘러보았다. 그리고 다시 초등학교에 모여 마을 청년들과 지녁을 함께 먹었다. 물론 좌

담회도 했다. 장소만 다를 뿐이지 분위기가 여러 면에서 우애숙과 비슷했다. 더욱 놀라운 사실은 이 마을 청년 모두가 우애숙 춤에 정통하다는 점이었다.

초등학교에서 하룻밤을 지내고, 이튿날 아침 일찍 마을을 떠났다. 숙생들은 비로소 이번 여행이 단순한 여행이 아니라는 것을 생각하는 눈치였다. 숙생들은 자기네들도 고향으로 돌아가면 ㅋ 군처럼 보이지 않는 곳에서 마을을 혁신해야겠다고 다짐하고 있었다. 마을을 떠나기 전에 면장이 아사쿠라 선생님과 악수를 나누며 했던 말도 숙생들을 새롭게 자극했다.

"이 마을이 나름대로 살기 좋은 곳이라는 생각이 드셨다면 그 칭찬은 모두 ㅋ 군에게 하셔야 합니다. ㅋ 군이 아니었으면 저희 마을은 예전 같은 생활에서 벗어나지 못했을 거예요. 우애숙을 다녀온 뒤로 ㅋ 군은 정말 많이 변했습니다. 자기가 생각한 일도 다른 사람을 내세웠죠. 늘 마을을 위해 봉사하면서도 자기가 했다는 말은 하지 않았어요. 사실 면장으로서 내가 새롭게 시작한 업무들도 대부분은 ㅋ 군이 알려준 것들이었어요, 하하하."

이틀째는 보은 마을로 전국에 알려진 스기야마 마을이었다. 스기야마 마을은 역사가 오래된 곳인데도 늘 마을을 새롭게 혁신해서 지역에 새로운 활력소가 되는 곳이었다. 이곳은 메이지 유신 초기까지만 해도 거지 마을로 일컬어지던 작은 산간 마을이었는데, 지금은 근대적인 협동조합을 결성한 선구적인 지역으로 평가받고 있었다. 숙생들에게 이곳은 말 그대로 별천지였다. 마을 한복판에는 창고들이 즐비했고, 현대식 건물도 자주 눈에 띄었다. 게다가 대도시와 이어지는 산업도로까지 잘 정비되어 있었다.

숙생들은 자신들의 가난한 농촌 마을을 떠올리며 일본에서 가장 부유한 농촌을 열심히 탐방했다. 스기야마 마을은 본디 험한 산지였는데, 몇십 년 동안 노력해서 차나무 밭, 귤 밭, 대나무 숲을 만들었다. 이 모든 것을 중앙정부에게 도움받지 않고 마을 사람들 스스로 몇 대에 걸쳐 노력해서 이룩했다. 그 중심에 가다히라 일가가 있었다. 가다히라 가의 당주는 구로사에모 노인이었다. 일흔을 훌쩍 넘긴 구로사에모 노인은 현자의 인품을 떠올리게 했다. 숙생들은 노인에게서 마을의 힘겨웠던 역사를 빠짐없이 듣고 너나 할 것 없이 깊은 감동을 받았다.

오후에는 스기야마 마을을 떠나 곧바로 시미즈로 갔다. 가장 먼저 미호라는 마을에 들러 최신 농업을 관찰하고, 구노 부근의 딸기 돌담 재배를 견학한 뒤 오후 늦게 야마오카 뎃슈와 연고가 깊은 뎃슈 사에 다다랐다.

뎃슈 사는 아사쿠라 선생님과 지로에게는 친척집 같은 곳이다. 두 사람은 우애숙 제1기 때 시미즈 청년단이 주선하여 이곳에 하룻밤 머물면서 이곳 주지인 이토 스님과 무척 가까운 사이가 되었다.

이토 주지는 160센티미터가 되지 않는 땅딸막한 키에 여든이 가까운 나이였지만 어린애처럼 천진난만했다. 지로는 이토 주지를 볼 때마다 어떻게 저 나이까지 동심을 유지할 수 있었는지 궁금하기만 했다. 아사쿠라 선생님은 기수 때마다 빠짐없이 뎃슈 사에 들렀는데, 이토 주지는 새벽부터 부엌 앞에 쪼그리고 앉아 숙생들이 오기만 기다렸다. 그리고 멀리서 걸어오는 숙생들이 보이면 맨발로 달려 나와, "잘 왔어, 잘 왔어. 어서 올라들 가자고. 법당이든 회랑이든 상관없어. 여긴 오늘부터 자네들 집이야. 마음껏 쉬다 가라고." 하고 어린애처럼 반가워했다. 그러고는 어디론가 사라졌는데 숙생들에게 먹을거리를 대접하기 위해서였다. 이토 주지는 허름한 법의 위에 앞치마를 걸치고 이웃 아주머니들과 함께 바지런히 부엌을 들락거렸다. 숙생들이 미안해서 부엌으로 들어가면, "아이구 고마워라. 여긴 내가 알아서 할 테니까 얼른 들어가. 자네들이 도와주면 나 부처님한테 야단맞아." 하고 즐겁게 웃었다. 우애숙을 거쳐 간 많은 숙생들이 이토 주지를 잊지 못했다. 더구나 이번 숙생들은 스기야마 부락에서 현자 같은 풍모를 지닌 구로사에모 노인을 만났기 때문인지 그 노인과 대조되는 인상이 깊이 마음에 남은 듯했다.

그날 밤 이토 주지가 정성껏 준비한 음식들을 실컷 먹은 뒤에 시미즈 청년단과 우애숙생들은 밤이 늦도록 좌담회를 했다. 이곳에도 우애숙 출신이 두 명 정도 있었기 때문에 다들 우애숙 춤을 알고 있었다. 좌담회가 끝난 뒤에 다 함께 우애숙 춤을 추었다. 이토 주지도 어린애처럼 웃으며 기뻐했다.

셋째 날은 자연과 함께 지내는 일정이었다. 새벽 무렵 뎃슈 사를 떠나 류계 사에서 후지산의 해돋이를 감상하고 미호의 솔밭에서 바닷바람을 쐬고, 시미즈 역에서 기차를 타고 고덴바로 간 뒤에 야마나카 호수까지는 버스를 이용했다. 야마나카 호수의 세이케이료는 일본 청년관의 분관으로 유명한 산장이었다. 짐을 정리하자 아사쿠라 선생님이 말했다.

"오늘 하루는 자연과 보내는 시간이다. 자연과 친해지기 위해서는 고독과 침묵이 제일이야. 우리는 내일 이곳을 떠날 거다. 그때까지 자연에서 고독과 침묵을 배우기 바란다."

그 말을 들었을 때 지로는 어쩐지 슬픈 생각이 들었다.

지로는 지난 이틀 동안 고독과 침묵 속에서 생활해왔다. 오가와를 붙잡고 미치에의 문제를 고백하고 싶었으나 결국 하지 못했다. 그것이 원인이 되어 지로는 평상시에도 고독과 침묵 속에 자신을 내던져버렸다. 야마나카 호반에서 보내는 반나절이 지로에게는 마지막 기회나 다름없었다. 그런데 아사쿠라 선생님은 고독과 침묵 속에 빠져보라고 한다. 지로는 이번에도 운명은 자기 편이 아니라는 생각이 들었다.

그러나 이번에는 달랐다. 이번만큼은 자기 운명을 거스르고 싶었다. 이제부터 달라지고 싶었다. 지로는 기숙사 앞마당에서 점심 도시락을 먹고 있는 오가와를 불러내 낙엽송이 우거진 숲을 지나 호수가 잘 보이는 공터에 앉았다. 나무 그늘에는 아직도 군데군데 눈이 쌓여 있었다. 따사로운 햇빛을 받으며 지로는 조금 수줍기도 하고, 또 자랑스럽기도 한 미치에 문제를 오가와에게 이야기했다. 오가와는 지로가 이야기하는 것을 들으며 눈을 감고 있었다. 한마디 말도 없었고 고개를 끄덕이지도 않았다. 이야기가 다 끝나고도 여전히 말이 없었다. 한참이 지나서야 오가와가 천천히 눈을 뜨고 호수를 바라보았다.

"내가 만일 혼다 씨였다면 미치에 씨에게 고백했을 겁니다. 그렇게 하는 것이 나로서는 가장 자연스러운 방법 같군요. 만약 미치에 씨가 거절한다면 그때 가서 깨끗이 잊어버리겠어요. 잊어버리는 게 말처럼 쉽진 않겠지만 마음속에 담아두는 것보다는 덜 고통스러울 것 같네요."

오가와는 한숨을 내쉬며 말했다.

"숙장님이라면 어떻게 하셨을까요? 혼다 씨가 미치에 씨를 사랑하는 만큼 숙장님도 이 우애숙을 사랑하셨을 거예요. 숙장님을 보고 있으면 사랑을 참아내는 것 같기도 하고 깨끗이 잊어버리기로 마음먹은 것 같기도 해요. 좀처럼 짐작이 가지 않네요."

지로는 조금 실망했다. 실컷 자기 이야기를 했는데, 오가와는 정작 관심이 없다는 투로 말했다. 지로는 오가와가 아직까지 누군가를 사랑해본 적이 없어서 괜히 시치미를 떼는 거라고 생각했다. 그러나 오가와의 눈빛은 시치미를 떼는 것치고는 너무나 진지했다. 지로는 자기도 모르게 두려운 생각이 들었다. 오가와가 또 싱긋 웃으며 말했다.

"나는 혼다 씨가 선택한 행동이 잘못됐다고는 생각하지 않아요. 혼다 씨는 그렇게 할 수밖에 없었을 거예요. 아마도 그렇게 하는 것이 혼다 씨에겐 가장 자연스런 일이었겠죠. 사람에겐 자연스러운 마음이 가장 중요해요. 자연스럽다는 건 그 일에 진심을 담았다는 뜻이거든요. 혼다 씨는 부끄러워할 이유가 없어요."

지로는 깊게 숨을 들이마셨다. 안도감과 함께 지금보다 더 괴로운 고민이 시작될 것 같은 예감 때문이었다.

둘은 천천히 일어나 후지 산을 바라보았다. 아무도 말하지 않았다. 후지 산은 미호에서 본 날씬한 모습과는 또 다른 모습으로 파란 하늘 아래서 고독과 침묵을 드러내고 있었다.

지로는 그 침묵과 고독 속에 자신의 사랑과 자신을 둘러싼 시대가 뱀처럼 서로 뒤엉켜 자신의 운명을 끊임없이 뒤흔들고 있다는 것을 분명하게 느꼈다.

〈끝〉